SYLVIA DELOY

Auch die große Liebe fängt mal klein an

Weitere Titel der Autorin:

Das Glück ist zum Greifen da

Titel auch als Hörbuch erhältlich

Über die Autorin:

Sylvia Deloy lebt mit ihrem Ehemann und zwei Kindern in ihrer Lieblingsstadt Köln. Da sie sich schon immer für die komischen Seiten des Lebens interessierte, arbeitete sie nach ihrem Studium beim Fernsehen als Autorin für Comedy-Sendungen. Wenn sie nicht gerade im Garten buddelt oder in ihre Laufschuhe steigt, schreibt sie fleißig an ihrer nächsten romantischen Komödie.

Sylvia Deloy

AUCH DIE GROSSE LIEBE FÄNGT MAL KLEIN AN

Roman

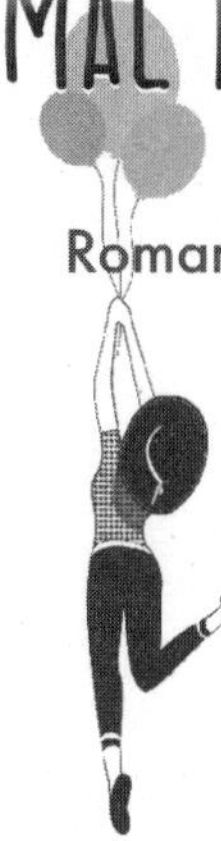

lübbe

Dieser Titel ist auch als E-Book erschienen

MIX
Papier aus verantwortungsvollen Quellen
FSC® C014496
FSC www.fsc.org

Originalausgabe

Textredaktion: Claudia Schlottmann, Berlin
Umschlaggestaltung: Jeannine Schmelzer
unter Verwendung von Illustrationen von © shutterstock:
MariaKGraphicDesigner | Kamieshkova | solmariart |
Rainbow Nima | Sopelkin | Tamara Luiza | PIYUSH GHEDIA
Satz: two-up, Düsseldorf
Gesetzt aus der Minion
Druck und Verarbeitung: GGP Media GmbH, Pößneck
Printed in Germany
ISBN 978-3-404-18353-1

1 3 5 4 2

Sie finden uns im Internet unter luebbe.de
Bitte beachten Sie auch: lesejury.de

1. Kapitel

»Verflixt«, murmelte ich und hämmerte mit dem rechten Zeigefinger auf die Tastatur meines Laptops ein. Die Excel-Tabelle auf dem Bildschirm hatte ich gerade neu angelegt und mit »Einkaufsliste Blogger-Geburtstag« betitelt. Weiter war ich nicht gekommen, denn nun ließ sie sich weder rauf- noch runterscrollen, geschweige denn ausfüllen. »Scheißtechnik!« Seufzend nahm ich Stift und Papier zur Hand. In diesem Moment klingelte es. Ich runzelte die Stirn. Wer war *das* denn jetzt? Unangekündigt, so früh am Morgen? Ich zog den Gürtel meines Bademantels enger und tappte barfuß in den Flur. Vorsichtig öffnete ich die Wohnungstür einen Spaltbreit.

»Morgen, Süße!« Finn grinste mich an wie ein Honigkuchenpferd.

»Äh, Morgen. Was machst du denn hier?« Verwirrt blickte ich ihn an.

»Dich besuchen. Gut geschlafen?« Ohne eine Einladung abzuwarten, marschierte er an mir vorbei in die Wohnung und nahm Kurs auf mein WG-Zimmer.

Ich folgte ihm. »Geht so. Hast du nicht Frühschicht heute?« Finn war Patissier im Steigenberger Hotel, und sein Chef reagierte äußerst allergisch auf Unpünktlichkeit.

»Hab spontan Urlaub genommen.« Er kickte meine weißen Sneakers beiseite und setzte sich auf die Bettkante. »Womit wir auch schon beim Thema wären. Es gibt nämlich eine gute und eine schlechte Nachricht.«

»Aha!«

»Welche zuerst?«

Ich überlegte kurz. »Die gute.« Der Tag hatte noch nicht mal richtig angefangen und raubte mir trotzdem schon den letzten Nerv. Dabei war es ein so wichtiger Tag. »Nein, doch erst die schlechte«, korrigierte ich mich schnell. »Dann hab ich's hinter mir.«

Finn schüttelte den Kopf. »Ich fange mit der guten an«, sagte er, und ich fragte mich, warum er mich überhaupt vor die Wahl gestellt hatte.

»Also: tadaaaa! Halt dich fest. Ich flieg mit Kalle nach Malle!« Kurz stutzte er. »Ha, das reimt sich ja sogar.« Er schüttelte amüsiert den Kopf. »Fällt mir jetzt erst auf.«

»Ah«, erwiderte ich, ließ mich auf meinem Schreibtischstuhl nieder und dachte: Na, spitze!

»Du hast ja nie Zeit für Urlaub, und ich will hier nicht auf ewig versauern«, verteidigte sich Finn. »Ich muss einfach mal raus. Mich erholen von dem Stress im Hotel. Verstehst du doch, oder?«

»Mhmmmm«, brummte ich.

»Ist jedenfalls ein Mega-Schnäppchen. Hat Kalle bei Urlaubspiraten geschossen. Dennis kommt auch noch mit. Du, nur zweihundertfünfzig Euronen pro Nase, für fünf Tage all-inclusive. Da kannste doch echt nix sagen, oder?«

»Hast du anscheinend auch nicht«, murmelte ich.

»Nein, hab ich nicht, obwohl …«

»Obwohl?«

»Jetzt kommt die schlechte Nachricht.« Er verzog gespielt ängstlich das Gesicht und ließ dann die Bombe platzen. »Wir fliegen schon heute Abend. Ging nicht anders.«

Es brauchte einen Augenblick, bis die Tragweite dieser Information in meinem Gehirn angekommen war. »Äh … Moment mal …« Ich runzelte die Stirn. »Das heißt, du bist … heute Abend nicht da?«, stieß ich hervor.

»Korrekt.«

Für drei Sekunden herrschte Stille. »Nicht dein Ernst, oder?«, zischte ich dann. »Du hast versprochen, dass du mir hilfst. Ich hab mich auf dich verlassen. Und jetzt kommst du mir ein paar Stunden vor dem Event mit Malle und Kalle? Sag mal, geht's noch?« Ich sprang vom Stuhl auf und schnappte nach Luft. Der Gürtel meines Bademantels löste sich und sorgte für einen tiefen Einblick in mein Dekolleté.

»Hat dir schon mal jemand gesagt, dass du echt sexy aussiehst, wenn du sauer bist?« Finn linste grinsend in meinen Ausschnitt.

»Hat dir schon mal jemand gesagt, dass du der unzuverlässigste Typ der Welt bist?« Energisch zog ich den Gürtel wieder fest.

»Jaja, ich weiß. Ich erwecke gerade diesen Eindruck. Aber …« Er zuckte mit den Schultern. »Es ging wirklich nicht anders, Süße. Sonst wär' das Angebot futsch gewesen. Ich meine, sorry, aber zweihundertfünfzig Euronen …«

»Sag nicht Euronen!«, blaffte ich.

Finn rollte mit den Augen. Dann lächelte er. »Außerdem, und jetzt kommt die zweite gute Nachricht …«

»Ach, es gibt zwei?«

»Ja, hatte ich das nicht erwähnt?«

»Nein.«

»Ich hab Ersatz besorgt.«

»Was für einen Ersatz?«

»Hung.«

»Hung?«

»Ja, Hung. Ist ein Mega-Typ. Der steht nachher pünktlich auf der Matte, versprochen. Und er wird mich würdig vertreten. Letztens hat er bei uns im Steigenberger ausgeholfen, und ich muss sagen: Schwer auf Zack, der Mann.«

Finn erhob sich von der Bettkante und lächelte mir versöhnlich zu. »Na, was sagst du? Ist doch alles bestens organisiert. Mach dir keinen Kopf, okay?«

»Dieser Hung weiß doch gar nicht, wie die Abläufe bei uns im Restaurant sind. Wie soll er uns da eine Hilfe sein?«

»Glaub mir, er findet sich sehr schnell zurecht.«

»Du weißt, wie wichtig dieser Abend für mich ist!« Ich hörte selbst, dass meine Stimme verzweifelt klang.

»Klar weiß ich das. Und ich weiß, dass du es rocken wirst, Kleines.« Er umarmte mich und machte Anstalten, mir einen Kuss auf den Mund zu drücken.

»Lass mich!« Ungehalten machte ich mich von ihm los.

Finn zuckte mit den Schultern. »Ich muss dann jetzt auch mal. Kofferpacken und so. Also, toi, toi, toi für heute Abend.«

»Das kannst du dir jetzt auch sparen.«

»Komm schon. Wünsch mir Spaß!« Er spitzte die Lippen und hielt sie mir entgegen.

»Spaß!«, knurrte ich, gab ihm nun doch widerwillig den eingeforderten Kuss und fragte mich, was genau eigentlich mit mir nicht stimmte, dass ich immer an solche Typen geriet.

2. Kapitel

Vollgepackt wie ein Lastenesel betrat ich wenige Stunden später das Petite Pauline und stellte die prall gefüllten Einkaufstaschen auf den bunten Terrazzoboden im Eingangsbereich, um meinen strapazierten Schultern eine kleine Auszeit zu gönnen. Ein dunkelblauer Hollister-Hoodie hing am Garderobenständer. Aus der Küche drang Udo Lindenbergs *Hinterm Horizont geht's weiter* herüber – in gepfiffener Form. Tobi war also schon da, und er hatte ein Lied auf den Lippen, das mich hoffnungsfroh stimmte. Wenigstens einer, auf den Verlass war. Ächzend nahm ich meine Einkaufstaschen wieder auf und schleppte sie in die Küche.

»Hi«, begrüßte ich meinen Souschef ein wenig kurzatmig und begann umgehend damit, die Einkäufe zu verstauen. Heute war Zeit Geld.

»Hallo, Chefin. Gut, dass du da bist.« Er nahm mir die Baguettestangen aus der Hand und legte sie auf das oberste Regal. »Philipp von Berseburg hat angerufen.«

»Oh nein«, entfuhr es mir, denn Philipp von Berseburg hatte im Laufe der Woche schon öfter angerufen.

»Er fragt, ob man vorweg statt des Chablis auch einen Sauvignon reichen könnte.«

Ich seufzte. »Haben wir noch welchen im Weinkeller?«

»Ja, zwei Flaschen. Dürfte knapp werden bei dreiunddreißig Personen. Aber … vom Chablis haben wir reichlich, und ganz ehrlich …«

»Ja?«

»Als ob irgendeiner von diesen kulinarischen Banausen den Unterschied schmecken würde! Also, wenn ich du wäre …«

»Du meinst, wir sollen einfach den Chablis als Sauvignon …?«

»Genau das meine ich.«

Einen Augenblick überlegte ich. Dann schüttelte ich energisch den Kopf. »Nein. Das machen wir auf keinen Fall. Wenn das rauskommt, wäre das …«

»Eine Katastrophe«, beendete Tobi meinen Satz.

»Genau.« Ich sah ihn eindringlich an. »Dieser Abend ist echt wichtig für mich«, sagte ich erneut und seufzte bei dem Gedanken daran, *wie* wichtig er war. Philipp von Berseburg war Mode- und Lifestyle-Blogger, YouTuber, Influencer und weiß der Geier, was noch alles. Jedenfalls stellte er sein gesamtes Leben online, was offenbar ein paar Menschen interessant fanden, denn er hatte über neunhundertfünfzigtausend Abonnenten bei Instagram. Was er für gut befand, wurde zu Gold, und heute Abend würde er seinen dreißigsten Geburtstag feiern – mit vielen anderen erfolgreichen Bloggern in meinem kleinen, feinen Restaurant. Ich hatte ihm ein unmoralisches Angebot gemacht, tatsächlich den Zuschlag erhalten und es im ersten Moment kaum glauben können. Nun musste ich natürlich liefern, und ich war fest entschlossen, das auch zu tun – selbst wenn die Hälfte meiner Küchencrew krank war und Finn es für wichtiger erachtete, mit Kalle nach Malle zu fliegen. Apropos … ich sah auf die Uhr.

»Haaaalloooo?«, ertönte es von der Eingangstür. »Jemand da?«

Okay, pünktlich war er, der Ersatz, das musste man ihm lassen. Im nächsten Moment öffnete sich die Schwingtür zur Küche, und ein kleiner, asiatisch aussehender Mann kam herein, lächelte breit und sagte: »Ich bin Hung.«

Tobi und ich reichten ihm förmlich die Hand und stellten

uns vor. Dann zeigte ich Hung, wo er sich umziehen konnte, und ging zurück in die Küche.

»Bin gespannt, ob er was draufhat.« Tobi blickte mich skeptisch an.

»Er ist schwer auf Zack«, sagte ich, mehr um mich selbst zu beruhigen.

»Sagt wer?«

»Sagt Finn.«

»Na, dann.«

»Haaallooooo!« Hung war zurück und trug nun unsere weiße Kochkleidung, die ihm zwar an den Armen etwas zu lang war, aber man konnte ja krempeln.

»Gut siehst du aus«, lobte ich.

Er blickte an sich hinunter. »Wie ein Arzt.« Er lachte schallend über seinen eigenen Witz.

»Absolut. Wenn man's nicht wüsste ...« Tobi warf mir einen vielsagenden Blick zu.

»Äh, ja, Doktor Hung«, sagte ich, und nun lachte Hung noch lauter. Offenbar war er eine Frohnatur, und das war ja auch schon mal was.

»Die Geburtstagsgesellschaft kommt um acht«, erklärte ich ihm. »Das heißt, wir haben noch zwei Stunden, um alles vorzubereiten. Tobi, bitte erläutere dem Herrn Doktor doch die Menüabfolge, und dann, Hung, fängst du mit den Zwiebeln an. Viele Zwiebeln. Vorweg gibt's nämlich französische Zwiebelsuppe.«

»Ihre Spezialität.« Tobi zwinkerte Hung zu.

»Uhhhh.« Hung schaffte es irgendwie, zu lächeln und gleichzeitig die Stirn zu runzeln.

»Stimmt was nicht?« Ich deutete auf seine Ärmel und machte ein Zeichen, das »aufkrempeln« bedeuten sollte.

»Ach, nix, nix, nix.« Er lachte und krempelte. »Nur, ich mag eigentlich keine Zwiebeln.«

»Gut. Siehst du dich in der Lage, sie trotzdem zu schälen?« Mein Tonfall klang nun leicht gereizt.

»Klar. Kann ich probieren. Aber ich bin auch ein bisschen allergisch gegen Zwiebeln. Also, manchmal.«

»Ah, na gut, das wollen wir nicht riskieren«, sagte ich bemüht freundlich. »Dann macht Kamal eben nachher die Zwiebeln, und, Hung, du bist für das Dessert zuständig.«

»Dessert kann ich gut«, sagte Hung und lachte. »Was gibt es für ein Dessert?«

»Eine Crème brulée. Dafür muss die Vanillecreme vorbereitet werden. Tobi erklärt dir, wie.«

»Ah. Gut. Gut. Gut. Aber …«

»Aber?«

»Ich kann nicht probieren. Leider.«

»Okay. Weil …?«

»Weil ich ein kleines bisschen laktoseintolerant bin.«

Ich seufzte. »Aha, okay. Laktoseintolerant also. Was bist du denn sonst noch so alles?«

»Schwer auf Zack«, antwortete Tobi an seiner Stelle.

Da lachte Hung wieder schallend und nickte. »Jaaaa, schwer auf Zack bin ich. Wie ein Arzt.«

Ich lächelte angestrengt. »Eine Sache noch, Hung.« Ich zeigte ihm unseren in die Jahre gekommenen Profiherd. Er stammte noch aus meines Großvaters Zeiten, tat aber treu seinen Dienst – zumindest teilweise und wenn man ein paar Eigenarten beachtete. Ich deutete auf einen Drehknopf ganz rechts. »Dieser hier ist für den Backofen, wobei der gar nicht mehr funktioniert. Wir arbeiten deshalb mit einem separaten Gerät. Wichtig ist nur, dass du diesen Schalter hier nicht betätigst. Sonst fliegt womöglich die Sicherung raus, und dann geht hier gar nichts mehr. Ansonsten funktioniert der Herd im Prinzip wie jeder andere.«

»Gut, gut, gut. Diesen Knopf hier nie betätigen«, wiederholte Hung brav und strahlte mich an. »Sonst ist alles normal. Ich habe verstanden.«

»Prima«, sagte ich zufrieden und dachte, vielleicht ist er ja doch schwerer auf Zack, als es eben schien. »Alles Weitere erklärt dir Tobi. Ich geh dann mal rüber in den Gastraum. Ich glaube, unsere Servicekräfte Alfonso und Elfi sind eben gekommen.«

Tobi hievte einen riesigen Berg Möhren auf die Arbeitsplatte. »Tu das, Chefin. Und denk an den Sauvignon. Hung und ich machen das hier schon. Stimmt's, Hung?« Er drückte dem Aushilfskoch einen Schäler in die Hand.

»Oh, Möhren«, sagte Hung lächelnd.

»Karottenallergie?«, fragte ich matt.

»Nein, nein, nein. Ich liebe Möhren!« Hung strahlte, nahm eine Karotte und biss beherzt hinein.

»Gut. Gut. Gut«, sagte ich erleichtert und zeigte mit dem Daumen nach oben.

Im Gastraum wurde bereits fleißig gearbeitet. Elfi war gerade dabei, die Tische einzudecken, während Alfonso hinter der Theke Weingläser polierte. Es war ein vertrautes Bild, und es gab mir ein gutes Gefühl. Die beiden waren irgendwie schon immer da gewesen – seit ich denken konnte.

»Ciao, bella!«, begrüßte mich der schmächtige Alfonso. Wie gewöhnlich war er tadellos gekleidet in seinem schwarzen Kellneranzug, dem weißen Hemd und der Fliege. Nachher würde er vermutlich sogar weiße Handschuhe überstreifen. Bei festlichen Gelegenheiten ließ er sich das meist nicht nehmen. Elfi trug einen weiten, farbenfrohen Kaftan, unter dem sie ihre rundliche Figur zu verstecken suchte. Im Gegensatz zu Alfonso hasste sie ihr Kellnerinnenoutfit und trug das eng anliegende schwarze Kostüm nur, wenn sie musste. Heute Abend würde sie nicht drum herumkommen, sich jedoch wie üblich erst im letzten Moment umzuziehen.

»Salut!«, erwiderte ich. »Super, dass ihr schon da seid.«

»Ja, sicher sind wir da«, sagte Elfi. »Steht ja einiges an.« Sie kam mit zusammengekniffenen Augen auf mich zu. »Warte mal, du hast da was.« Sie zupfte mir etwas aus dem Haar und hielt es mir vors Gesicht. »Hast du heute Nacht im Heu geschlafen?«

»Nein, ich war auf dem Clarenbachhof und hab mir die Eier selbst aus dem Stall geholt. Und Erdbeeren gekauft. Wäre eigentlich Finns Job gewesen, aber …«

»Ja. Hab schon gehört. Dein Lebensabschnittsgefährte hatte mal wieder was Besseres vor …«

»Es hat sich also schon rumgesprochen.« Ich seufzte.

»Da haste dir aber auch einen Kerl angelacht …« Missmutig schüttelte sie den Kopf. »Mann, Mann, Mann. Hattest schon mal einen besseren Geschmack … «

»Elfi!«, kam es mahnend von der Theke.

»Man wird ja wohl noch mal seine Meinung sagen dürfen.«

»Mal« ist gut, dachte ich. Elfi konnte Finn nicht ausstehen und ließ keine Gelegenheit aus, mir das unter die Nase zu reiben.

»Der Anton damals, das war ein feiner Kerl«, erklärte sie nun und stemmte ihre Hände in die Hüften.

»Warum wusste ich, dass das jetzt kommt?«, stöhnte ich.

»Der Anton war auch nicht besser«, mischte sich Alfonso ein. »Hat unser Mädchen einfach sitzen gelassen.« Seine Miene verfinsterte sich. »In Italien wäre er dafür einbetoniert worden.«

»Wir sind aber nicht in Italien«, erinnerte ich unseren Oberkellner höflich. »Und überhaupt: Können wir über was anderes sprechen?« Angespannt blickte ich von einem zum anderen. »Zum Beispiel über heute Abend.«

»Klar.« Elfi zuckte beleidigt mit den Schultern. »Schieß los. Ich bin ganz Ohr.«

Kurz erläuterte ich den beiden, was nachher anstand. Vier Gänge, angefangen mit einem kalten Gruß aus der Küche. Ein köstliches Tomatengelee mit Scampis, das ich tags zuvor eigens für diesen Event kreiert hatte. Danach Zwiebelsuppe à la Marie. Dann die Spezialität des Hauses: Pauline'sche Entenbrust an Trüffelsoße und Kartoffelgratin. Und last but not least: Crème brulée oder wahlweise Erdbeeren, frisch vom Clarenbachhof.

»Klingt lecker«, sagte Elfi versöhnlich. »Welche Dessertteller nehmen wir für die Erdbeeren?«

»Die geschliffenen aus Glas. Ich muss schnell noch mal los, Wein holen. Herr von Berseburg bevorzugt nun doch einen Sauvignon vorweg.«

»Als wenn der den Unterschied schmecken würde.« Alfonso schüttelte missmutig den Kopf.

Philipp von Berseburg war bereits da, als ich eineinhalb Stunden später in blütenweißer Kochkleidung zurück in den Gastraum kam. Tobi und unser syrischer Nachwuchskoch Kamal hatten in der Küche richtig Gas gegeben, sodass die Speisen gleich à la minute zubereitet werden konnten. Auch Alfonso und Elfi waren rechtzeitig fertig geworden und standen nun in trauter Zweisamkeit hinter der Theke und warteten auf den großen Ansturm. Aufgeregt war ich trotzdem. Das war ich eigentlich immer, wenn ein Event anstand. Aber dieser Abend war in jeder Hinsicht etwas Besonderes und musste einfach grandios werden. Meine Mitarbeiter wussten das nicht. Sogar Elfi und Alfonso hatte ich im Unklaren darüber gelassen was diesmal auf dem Spiel stand … Schnell schob ich meine düsteren Gedanken beiseite. Philipp von Berseburg hatte mich noch nicht entdeckt. Er inspizierte mit braungebrannter, zufriedener Miene die hübsch eingedeckten Tische und wies eine junge Blondine mit künstlichen Wimpern an, Handyfotos davon zu machen.

Läuft, dachte ich erleichtert, setzte ein strahlendes Lächeln auf und ging schnellen Schrittes und mit ausgestreckter Hand auf ihn zu. »Herr von Berseburg? Herzlichen Glückwunsch zum Geburtstag!«

»Danke. Vielen Dank«, murmelte er abwesend, schüttelte kurz meine Hand und begann, mit seinem Handy um sich herum zu filmen. »Äh, könnte ich mal die Chefin sprechen?« Er wuschelte sich mit den Fingern durch die blonden, zurückgekämmten Haare, hielt sein Smartphone eine Armlänge von sich entfernt und betrachtete sich darin.

»Steht vor Ihnen.« Ich lächelte. »Entschuldigen Sie. Marie de Goff.«

»Ah. Ach …« Er blickte mich erstaunt an. »Sie sind das! So jung noch … Darf ich?« Er richtete das Handy auf mich, und noch bevor ich Ja sagen oder wenigstens ein halbwegs vernünftiges Gesicht aufsetzen konnte, machte es klick.

»Natürlich«, murmelte ich irritiert.

Nun wandte sich der Blogger an die Frau mit den Wimpern. »Denise, bitte, ich brauche ein paar Pics von mir und der netten Chefin hier.« Er nickte mir geschäftsmäßig zu. »Für Insta.«

Denise verzog ihren rot geschminkten Mund zu einem Lächeln. »Können Sie sich mal neben ihn stellen?« Ihre Stimme klang wie die eines Kindes.

Ich positionierte mich neben Philipp von Berseburg, der nun souverän seinen Arm um meine Schultern legte, so als würden wir uns schon ewig kennen. Ich lächelte in die Kamera und versuchte, ebenfalls souverän zu sein.

»Bitte mal lächeln«, quäkte Denise.

Ich lächelte noch mehr, und Denise tippte gefühlte fünfzigmal auf den Auslöser und produzierte dabei jedes Mal ein klackendes Geräusch mit ihrem sehr langen roten Fingernagel.

»Da ist jetzt hoffentlich was dabei«, sagte sie schließlich.

Ich nickte und hoffte es auch. Leider sah ich auf Handyfotos selten gut aus.

»Kann ich denn, bevor Ihre Gäste kommen, noch etwas für Sie tun?«, fragte ich Philipp von Berseburg nun.

»Lass uns doch ruhig duzen«, meinte er und blickte lächelnd auf mich herab. »Ich bin der Philipp.«

»Ich bin die Marie.«

»Marie, wo du so nett fragst … ein Drink wäre nicht schlecht.« Er zwinkerte mir zu.

»Natürlich. Entschuldigen Sie. Du. Was kann ich … äh … dir anbieten?«

»Gin Tonic, bitte. Welches Tonicwater nehmt ihr?«

»Thomas Henry.« Ich nickte Alfonso hinter der Bar zu.

»Oh! Really?« Er runzelte die Stirn. »Du, weißt du was? Ich nehme einfach ein Wasser. Danke dir!«

»Ähm. Ja. Gerne«, sagte ich pikiert, doch das hörte Philipp schon gar nicht mehr, denn in diesem Moment betrat der erste Geburtstagsgast das Petite Pauline.

»Philipp, altes Haus!«, rief ein kleiner, korpulenter Typ mit Glatze durch den Raum. Ich schätzte ihn auf Anfang dreißig. Mit strahlendem Lächeln und ausgebreiteten Armen lief er auf das Geburtstagskind zu. Sein auffälliges Seidenhemd in Kobaltblau wies bereits jetzt kleine Schweißflecken in der Achselgegend auf. Das ist genau der Grund, warum ich so selten Seidenblusen trage, dachte ich.

»Frankie, du Sackgesicht! Komm und gratulier mir!«, rief Philipp und breitete ebenfalls die Arme aus.

»Happy Birthday, Digga!« Das Sackgesicht und Philipp umarmten einander und klopften sich gegenseitig auf die Schulter. Dann trat Philipp einen Schritt zurück und betrachtete den Gast. »Guter Style, Alter!« Er nickte anerkennend.

»Danke. Hab ich von Hugo Boss zugeschickt bekommen.«

»Er macht das Gleiche wie ich. Männermodeblog«, klärte Philipp mich auf.

»Aber für Mollige«, ergänzte Frankie und strich liebevoll über seinen dicken Bauch. »Fett angezogen.«

»Äh, wie bitte?« Ich sah ihn verwirrt an.

»So heißt mein Blog. ›Fett angezogen‹. Haste bestimmt schon mal gehört, oder?«

Hatte ich nicht, ich nickte aber trotzdem, was er jedoch nicht mehr zur Kenntnis nahm, da er dazu übergegangen war, eine Reihe Selfies zu schießen.

»Ein Wortspiel«, erklärte er, während er wiederholt auf den Auslöser drückte und dabei verschiedene Gesichter machte. »›Fett‹ im Sinne von toll. Und ›fett‹ im Sinne von …«

»Fett«, ergänzte Philipp.

»Ah!«, sagte ich schnell, dann deutete ich auf die Bar. »Alfonso macht euch was zu trinken. Ich muss dann mal los. In die Küche …«

»Jaja, klar. Deswegen sind wir ja hier. Wegen des Essens, meine ich.« Wieder strich Frankie sich über den Bauch. »Hab extra nichts zu Mittag gegessen.« Er sah sich um. »Ist aber toll hier.« Begeistert reckte er sein Handy in die Höhe, drehte sich einmal um die eigene Achse und filmte dabei. Dann hielt er sich das Gerät vors Gesicht und sagte: »Ich bin gerade im Petite Pauline. Ein ganz entzückendes Restaurant, wie ihr seht. Wahnsinnig authentisch irgendwie. Und es gibt einen guten Grund, warum ich hier bin. Wir haben nämlich heute etwas zu feiern: Der gute alte Philipp wird dreißig, der alte Sack.« Er hielt auf den guten alten Philipp, der prompt ein strahlendes Lächeln aufsetzte. »Wenn das Essen genauso gut ist wie das Ambiente hier im Petite Pauline, dürfte es ein denkwürdiger Abend werden«, sprach er ins Mikro und stoppte anschließend die Aufnahme. Dann begann er, auf dem Bildschirm herumzutippen.

»So, ab in die Story damit. Dann ist das schon mal im Kasten.«

Als ich in die Küche kam, war das Tomatengelee bereits auf Tellern angerichtet, Hung schälte immer noch lächelnd Möhre um Möhre und ließ dabei große Sorgfalt walten – und große Langsamkeit. Zum Glück ging Kamal ihm zur Hand. Er war das jüngste Mitglied unserer Küchencrew. Vor zwei Jahren war er als Geflüchteter nach Deutschland gekommen. Nach viel Papierkrieg hatte ich ihn schließlich fest einstellen können, worüber ich sehr froh war, denn er war flink und geschickt und ein Naturtalent am Herd.

Etwa eine halbe Stunde später waren Philipps Gäste vollzählig, und ich linste durch den Spalt der Schwingtür, um den Zeitpunkt nicht zu verpassen, an dem der Blogger seine Rede beendete.

»Und so freue ich mich auf ein rauschendes Fest in diesem wunderbaren Ambiente des Petite Paulette …«, sagte er gerade in inbrünstigem Tonfall.

»Pauline«, korrigierte Frankie ihn.

»Klugscheißer!«, erwiderte Philipp. »Es gibt jedenfalls wunderbares Essen hier. Irgendwas mit Enten. Hat mich ein bisschen was gekostet, aber hey … das bin ich mir wert.« Er lachte über seinen eigenen Witz.

Ich runzelte die Stirn, denn wenn man ehrlich war, hatte Philipp den Abend fast umsonst bekommen.

Er hob sein Glas und brachte einen Toast aus: »Leute, schön, dass ihr da seid. Lasst uns trinken – auf die nächsten dreißig Jahre Philipp von Berseburg! Lasst uns trinken – auf … äh …« Er stockte einen Augenblick. »… mich!« Und dann klirrten die Gläser, Philipp setzte sein strahlendes Lächeln auf und stieß Denise mit dem Ellenbogen an. »Hast du das?«

»Jaja«, erwiderte sie maulig, kippte ihren Champagner mit links hinunter und hielt mit rechts ihr Handy in die Höhe. Ich gab meiner Küchencrew ein Zeichen. Alfonso, Elfi, Kamal, Tobi und ich schnappten uns jeweils zwei Teller und trugen im Gänsemarsch das hübsch angerichtete Tomatengelee hinaus.

»Das ist ja wie auf 'm Traumschiff, Leute«, schwärmte Frankie und klatschte entzückt in die Hände. In diesem Moment gab es plötzlich einen lauten Knall, die Musik verklang jäh, und alle Lichter erloschen. Ich zuckte zusammen, dachte, wie auf einem *sinkenden* Traumschiff, und stürzte in die Küche.

»Ich hab nur die Suppe ausgestellt«, sagte Hung mit breitem Lächeln und erhobenen Händen.

»Wo?«, fragte ich atemlos.

»Da.« Stolz zeigte er auf den großen Suppentopf.

»Wo du sie ausgestellt hast?!«

»Da.« Hung deutete dieses Mal auf den Backofenknopf.

»Ohhhh, fuck!«, rief ich.

Hung lächelte und kratzte sich am Kopf. »Ups. Ich glaub, ich hab den Knopf verwechselt.«

Nun trudelte auch der Rest der Traumschiff-Crew ein, und ich hörte einen ungeduldigen Philipp aus dem Gastraum rufen: »Kann mal einer die Musik wieder anstellen?«

Panisch machte ich mich am Sicherungskasten zu schaffen. Tobi wies die anderen an, die restlichen Tomatengelees zu verteilen, und blickte mir dann besorgt über die Schulter.

»Bringt nix«, sagte er, nachdem der Hauptschalter zum achten Mal wieder rausgeflogen war.

»Gut«, sagte ich, schloss die Augen und begann, tief in den Bauch zu atmen, so wie meine Mitbewohnerin Swantje es mir beigebracht hatte.

»Was ist denn jetzt?«, hörte ich Philipp erneut rufen, und meine Atmung wurde wieder flacher.

»Plan B«, stieß Tobi hervor.

»Der da wäre?«

»Kerzen. Und … Sauvignon. Dann lauwarme Zwiebelsuppe. Danach … Sauvignon. Als Hauptspeise …« Er dachte angestrengt nach.

»Ja?«

Ich hörte förmlich, wie es in Tobis Gehirn arbeitete.

»Cräcker?«, fragte ich schwach.

Er blickte mich verstört an.

»Für alles andere bräuchte man einen Herd«, erklärte ich verzweifelt.

Tobi nickte. »Wer sagt's ihm?«

»Die Chefin«, erwiderte ich seufzend, schenkte mir einen Schluck Sauvignon in ein Wasserglas und kippte ihn auf ex runter. Dann straffte ich meinen Oberkörper, atmete noch einmal tief in den Bauch und marschierte in den Gastraum.

»Leute, ich dreh durch«, sagte Philipp gerade in die Runde, führte sich eine Gabel in den Mund und schloss die Augen. »Diesches Tomatenschelee ist ein VERDAMMTER TRAUM!«

»Äh … Philipp?« Ich tippte ihm zaghaft auf die Schulter.

»Oh, die Küchenchefin will mich sprechen«, witzelte er, nahm schnell einen großen Schluck Wein und drehte sich zu mir um. »Wird das heute noch was mit der Musik? Und dem Licht? Das Essen ist ein Traum, aber es wäre natürlich schön, wenn man es auch sehen könnte. Aber es schmeckt, falls das deine Frage ist.«

»Nein. Ähm … hast du mal einen Augenblick?« Ich deutete mit dem Kinn Richtung Bar.

»Aber klar doch.« Er zwinkerte grinsend in die Runde, erhob sich und folgte mir.

»Ähm, Folgendes«, begann ich zögerlich.

»Jetzt sag nicht, die Anlage ist im Arsch …«

»Nein. Nicht direkt.«

»Wäre jetzt auch kein Beinbruch. ’ne gute Bluetooth-Box tut’s ja auch. Hauptsache, es ist genug zu trinken da.« Er lachte und stieß mir kumpelhaft mit dem Ellbogen in die Rippen.

»Jaja. Alles da. Also, zu trinken«, stammelte ich. »Und zu essen im Prinzip auch.«

»Das beruhigt mich jetzt ungemein.«

»Äh, ja. Genau. Nur, das Essen …«

»Ja?« Philipp sah mich unsicher an.

»Es gibt ein kleines Problem damit …«

»Probleme sind nur dornige Chancen. Wissen wir doch. Also. Spuck’s aus! Wenn’s geht, heute noch.«

»Der Herd ist kaputt«, stieß ich hervor.

Es dauerte etwa zwei Sekunden, bis Philipp diese Information inhaltlich erfasst hatte. »WHAT??«, rief er dann.

Seine Geburtstagsgesellschaft verstummte jäh, und plötzlich starrten alle zu uns herüber.

»Und das heißt jetzt … was?« In Philipps Gesicht machte sich eine Mischung aus Geringschätzung und Panik breit.

»Was ist los? Dornige Chancen?«, rief Frankie launig zu uns herüber.

»Im Prinzip heißt das, dass wir nur kalte Speisen servieren können. Beziehungsweise … die Zwiebelsuppe ist noch ein bisschen warm. Ja. Das ist die gute Nachricht«, fügte ich leise hinzu. »Und … wir … ähm … haben noch Cräcker.«

»Ist ja mega!« Philipps Stimme klang auf einmal schrill.

»Was gibt’s denn, Kinder?« Frankie hatte sich von seinem Stuhl erhoben und schwebte auf uns zu. Ich bemerkte, dass die Schweißflecken inzwischen deutlich an Größe gewonnen hatten. Er legte einen Arm um mich, zwinkerte mir zu und deutete mit dem Kinn auf Philipp. »Macht er wieder aus einer Mücke einen Elefanten?«

»Der Herd ist kaputt, und es gibt Cräcker«, fasste Philipp die Lage kurz zusammen.

»WHAT?« Jetzt fiel auch Frankies Gesicht in sich zusammen. Doch dann grinste er plötzlich. »Sehr witzig, Philipp. Du nervst mit deiner ewigen Verarscherei.«

»Es stimmt leider«, sagte ich.

»Äh … echt jetzt?« Ungläubig blickte er mich an.

Ich nickte.

»Puh. Jetzt muss ich mich … erst mal sammeln. Und … äh … was trinken. Gin Tonic. Welches Tonicwater habt ihr?«

»Thomas Henry«, antwortete ich matt.

»Ich nehm auch einen«, sagte Philipp und begann, Fotos zu löschen. »Ende. Over!«, rief er seinen Gästen zu. »Party ist vorbei.«

»Hä? Wieso denn?«, rief Denise.

»Weil es als Hauptspeise Cräcker gibt. Also, hopp, hopp! Wir gehen. Vielleicht finden wir in diesem gottverdammten Viertel noch irgendwo ein anderes Restaurant. Eines, in dem man auch essen kann.«

»Ich hätte vielleicht noch eine Idee«, sagte ich schnell.

»Ich hoffe, sie ist brillant!« Philipp blickte mich wütend an.

Ich atmete in den Bauch. Streckte mich. Lächelte. »Absolut!«, sagte ich und marschierte in die Küche. Dabei hatte ich keinen blassen Schimmer, was ich jetzt tun sollte …

3. Kapitel

»Morgen«, murmelte ich müde in Richtung Swantje, als ich barfuß und im Schlafanzug in unsere gemütliche Wohnküche tapste. Zielstrebig steuerte ich den hübsch gedeckten Frühstückstisch an und ließ mich gähnend auf einem der Holzstühle nieder. Am liebsten hätte ich mich den ganzen Tag im Bett versteckt, aber der Duft nach frischem Kaffee und die Tatsache, dass ich meinem Opa versprochen hatte, ihn heute zu besuchen, hatten mich schließlich doch unter meinem warmen Plumeau hervorkrabbeln lassen.

»Morgen, Schlafmütze.« Alva räkelte sich auf dem verschossenen blauen Küchensofa unter dem Fenster und tippte etwas in ihr Handy.

Das sagt ja genau die Richtige, dachte ich, denn wenn ich mich recht erinnerte, hatte ich sie seit Tagen nicht mehr in aufrechter Position angetroffen. Was vielleicht daran lag, dass sie vierzehn war und somit gezwungen, ihre gesamte Energie ins Pubertieren zu stecken. Ich nahm die Hello-Kitty-Tasse, die vor mir stand, und betrachtete sie stirnrunzelnd.

»Der Dom ist in der Spülmaschine«, informierte mich Swantje, nahm mir die Tasse aus der Hand und schenkte mir Kaffee ein. Dann setzte sie sich mir gegenüber an den Tisch. Im Gegensatz zu mir sah sie heute Morgen mal wieder blendend aus. Die langen roten Locken hatte sie zu einem lockeren Dutt gebunden, und mit den Schlagjeans und der süßen weißen Blümchenbluse wirkte sie wie soeben dem druckfrischen H&M-Frühlingskatalog entsprungen. Sicher war sie schon seit Stunden wach, hatte ihr Yoga-Programm absolviert und wahrscheinlich sogar meditiert. Das machte sie fast jeden Tag, sie nannte es Morgenroutine, und vielleicht war das der Grund, warum ihr weder die ständig wechselnden Launen ihrer Tochter noch das Chaos, das ich in der ganzen Wohnung verbreitete, etwas anhaben konnten. Wir hatten uns vor fünf Jahren kennengelernt – an dem Tag, als Swantje in der ehemaligen Autowerkstatt »Bloom & Vogel« gleich neben dem Petite Pauline einen Blumenladen eröffnet hatte, der auch gleichzeitig ein kleines Café war. Vier runde Holztischchen mit jeweils zwei Rattanstühlen standen dort zwischen Zimmerpalmen, unzähligen Eimern mit bunten Schnittblumen und einem großen Käfig, in dem der alte Papagei Eddie hauste. Der allmorgendliche Espresso vor der Arbeit schmeckte nirgendwo so gut wie dort, zwischen Dattelpalmen und Pfingstrosen, weshalb ich mich vom ersten Tag an fast jeden Morgen vor der Arbeit zu Swantje ins Bloom & Vogel begab. Sie hatte es einfach bei dem Namen der Autowerkstatt belassen, was den Vorteil gehabt hatte, dass sie das Schild über dem Eingang nicht hatte auswechseln müssen. Zudem passte er ja auch ganz gut.

Seit Anton vor zwei Jahren ausgezogen war, teilten Swantje, Alva und ich uns die hübsche Altbauwohnung über dem Petite Pauline. Swantje hatte damals dringend eine neue Bleibe gesucht und ich jemanden, der Kosten und Liebeskummer mit mir teilte. Also war sie bei mir eingezogen, mit Sack und Pack und natürlich mit Alva, ihrer Tochter, die sie allein großzog. Alva war das Ergebnis einer kurzen Liaison mit Kishan gewesen, einem indischen Fensterputzer und Yogalehrer, den Swantje während eines längeren Indienaufenthalts kennengelernt hatte. Nach ihrer Rückkehr war er in Mumbai geblieben und hatte mittlerweile eine andere Frau und fünf weitere Kinder. Aber einmal im Jahr kam er zu Besuch, mit bunten Saris im Gepäck und orangefarbener indischer Seife, die merkwürdig roch, und dann bekochte er uns mit unfassbar scharfem indischem Essen und flehte uns an, ihn endlich einmal in Mumbai zu besuchen, was wir auch zu tun gedachten – eines Tages, wenn genug Zeit und Geld da war. Alva sah ihrem Vater verblüffend ähnlich mit ihren schwarzen dicken Haaren und den braunen Kulleraugen. Nur die Sommersprossen auf der Nase hatte sie von Swantje geerbt.

»Alva, kommst du bitte?« Swantje deutete auf den leeren Platz am Küchentisch. »Wir frühstücken.«

»Jahaaa.« Alva erhob sich mit der Geschwindigkeit einer fußkranken Achtzigjährigen und zog ein Gesicht wie sieben Tage Regenwetter.

»Wie war's gestern mit Ben?«, fragte ich augenzwinkernd in ihre Richtung. »Wart ihr im Kino?«

»Nö. Und wir gehen auch nicht mehr. Hab gerade Schluss gemacht!« Triumphierend hielt sie ihr Handy in die Höhe.

»Jetzt? Per WhatsApp?« Swantje und ich starrten sie ungläubig an.

»Wie denn sonst?« Alva schaute uns an, als hätten wir nicht mehr alle Tassen im Schrank. »Er hat's nicht besser verdient«, fügte sie schulterzuckend hinzu.

»Iss mal was«, sagte Swantje.

Alva setzte sich. »Und? Wie war's bei dir?«, wollte sie wissen, während sie mit einer Hand im Brotkorb nach einem Croissant angelte und mit der anderen auf ihrem Smartphone herumscrollte.

»Handy weg!«, sagte Swantje streng.

»Ups …«, sagte Alva.

»Ups was?«, fragte ich.

»Ups, ich ziehe die Frage zurück.«

Nun schnappte ich mir auch mein Handy, obwohl wir es uns

bei Tisch eigentlich verboten hatten, öffnete Instagram und ließ das Gerät dann seufzend sinken.

Swantje runzelte besorgt die Stirn. »Was ist los?«

»War nicht so dolle«, antwortete Alva statt meiner und hielt ihrer Mutter den Post von Philipp von Berseburg vor die Nase.

»Reinfall im Petite Pauline«, las sie leise. »Als Hauptgericht gab's …« Sie blickte auf. »Cräcker???«

»Mit Thunfischpaste drauf«, verteidigte ich mich. »Außerdem war es gar nicht das Hauptgericht. Es gab auch serbischen Bohneneintopf. Den hatte ich nämlich noch eingetuppert und dann aufgewärmt. Hier oben, weil der Herd unten kaputt war. Aber es war leider nicht genug für alle da.«

»Ich versteh nur Bahnhof«, murmelte Alva kauend.

»Ich auch«, pflichtete Swantje ihr bei.

Also erzählte ich die ganze Geschichte mit Hung, dem Herd und der rausgeflogenen Sicherung. »Nun habe ich die teuren Entenbrüste gekauft und konnte sie nicht braten. Und zahlen wird der blöde Philipp natürlich auch keinen Cent, obwohl er mit seiner tollen Bloggerbagage den ganzen Sauvignon weggesoffen hat. Und den Champagner. Am Ende haben sie ihn sogar aus der Flasche getrunken, und wenn Tobi nicht gewesen wäre, hätten sie wahrscheinlich den ganzen Laden auseinandergenommen, weil sie so betrunken waren und … hungrig vermutlich auch«, schloss ich seufzend.

»Warum hast du die Entenbrüste nicht hier oben gemacht?«, wollte Alva wissen.

»Dreiunddreißig Entenbrüste à la minute auf dem kleinen Herd? Das wäre in einer Katastrophe geendet.«

»Ist es ja so auch.«

»Stimmt«, seufzte ich.

»Erdbeermarmelade?«, fragte Swantje und schnitt ein Brötchen auf.

Ich nickte und starrte auf meinen leeren Teller. Plötzlich kamen mir die Tränen, weil es mich rührte, dass Swantje mir ein Brötchen schmierte, und auch, weil sich in mir gerade das sichere Gefühl breitmachte, dass ich gestern meine letzte Chance vergeigt hatte. Bis eben hatte ich noch gehofft, dass Philipps Urteil milde ausfallen würde, wenn nicht sogar positiv, denn am Ende war die Stimmung trotz des missratenen Essens ausgelassen gewesen, und er hatte mich beim Abschied sogar noch umarmt und mir »War 'n Mega-Abend« ins Ohr gelallt. Offenbar hatte er seine Meinung geändert, als die Wirkung des Champagners nachgelassen hatte, und was das für mich und das Petite Pauline bedeutete, mochte ich mir gerade gar nicht ausmalen. Ich schluckte meine Tränen hinunter und biss in das Marmeladenbrötchen, das Swantje mir reichte. In diesem Moment klingelte es.

»Das muss Klaus sein«, sagte ich und sprang auf. Er war mein bester Freund, wohnte zwei Straßen weiter und hatte sich, wie so oft, bei uns zum Frühstück eingeladen. Ich öffnete die Wohnungstür.

»Hallo, Hase«, begrüßte er mich mit Grabesstimme, gab mir einen Kuss auf die Wange und drückte mir mit leicht angewiderter Miene ein Paket Aufschnitt in die Hand. »Was war denn da gestern los? Mein Gott, du Arme! Grande catastrophe!«

»Wenn du es so ausdrücken willst …« Ich stöhnte. »Hast du es bei Insta gesehen?«

»Jeder hat es bei Insta gesehen, Hase.« Er stiefelte in die Küche. Ich folgte ihm.

»Also, auf den Schreck brauch ich jetzt einen Kaffee«, teilte er den Anwesenden mit und ließ sich stöhnend auf den letzten freien Platz am Küchentisch sinken.

»Geht's noch theatralischer?«, fragte Swantje.

»Ich bin schwul. Was erwartest du?«, erwiderte Klaus trocken.

»Außerdem ist es wirklich schlimm, Mama«, sagte Alva und schob Klaus die geblümte Kaffeekanne rüber. »Ich meine: neunhundertfünfzigtausend Abonnenten!«

»Was machen wir denn jetzt, Leute?« Klaus nahm sich ein Brötchen. »Wir brauchen eine Gegendarstellung oder …«

»Jetzt brauchen wir erst mal Frühstück.« Resolut nahm Swantje mir das Aufschnittpaket ab und richtete Wurst und Salami auf einem Teller an. »So was kann immer mal passieren. Und den Herd lässt du reparieren. Wird schon nicht so teuer werden.«

Mein Blick fiel unwillkürlich auf den Stapel ungeöffneter Briefe neben dem Toaster auf der Anrichte, und mein Herz wurde noch schwerer. Ich müsste dringend mal den Papierkram sortieren, dachte ich, und als im selben Moment mein Handy piepte und ein Foto von Finn mit Bierflasche am Pool aus Mallorca kam, dachte ich: Ich müsste dringend mal mein *ganzes Leben* sortieren! Da piepte es schon wieder. Dieses Mal war es nur der Kalender, der mich daran erinnerte, dass übermorgen der Termin mit Herrn Kottmann anstand, und das, ich ahnte es bereits, würde die Sache sicher nicht besser machen.

Wir frühstückten ausgiebig, und Klaus bestand darauf, dass ich ihm die ganze Geschichte noch einmal haarklein erzählte.

Fassungslos schüttelte er den Kopf. »Was fällt diesem Philipp eigentlich ein? Dir daraus einen Strick zu drehen. Das mit dem Herd war doch höhere Gewalt!«

»Das mit dem Herd war Hung«, korrigierte Alva ihn.

»Aber dass Hung überhaupt da war, das war …«

»… Schicksal«, sagte Swantje.

»… persönliches Pech«, murmelte Alva.

»… Finns Schuld«, sagte ich grimmig.

Nach dem Frühstück fühlte ich mich ein klein wenig besser. Klaus und ich räumten gerade das Geschirr in die Spülmaschine, als mein Handy sich schon wieder meldete. Diesmal war es ein Anruf. Ich warf einen Blick auf das Display. Finn. Der hatte mir gerade noch gefehlt. Kurz zögerte ich. Dann ging ich doch ran.

»Oh Mann, was war denn da gestern los?«, grölte er in den Hörer, und mir war sofort klar, dass er es trotz der frühen Stunde nicht bei der einen Flasche Bier vom Foto belassen hatte. »War dann wohl eher 'n Satz mit X, was? Cräcker!!!«, prustete er. »Ich werd' welk!«

»Witzig«, zischte ich.

»Mann, bin ich froh, dass ich nicht da war«, rief er.

»Ja, gut, dass du nicht da warst«, sagte ich und legte auf.

»Schade, dass ich nicht bei dir sein konnte« hätte ich in diesem Moment deutlich lieber gehört. Mir stiegen schon wieder Tränen in die Augen. Und dann wusste ich plötzlich, was ich zu tun hatte. Kurz entschlossen, bevor ich es mir noch anders überlegen konnte, öffnete ich WhatsApp, schrieb »Es ist aus!« und schickte diese unmissverständliche Nachricht Richtung Malle.

»Was machst du?«, fragte Klaus, als er mein Gesicht sah.

»Schluss!«

»Per WhatsApp?«

»Er hat's nicht besser verdient«, sagte ich wütend.

4. Kapitel

Ich stand früh auf, verzichtete schweren Herzens auf meinen Espresso im Bloom & Vogel nebenan und ging auf direktem Wege hinunter ins Petite Pauline. Ein Blick auf die Uhr. Viertel vor neun. Noch war ich allein. Die Köche und Kellner fingen erst um elf an. Herrn Kottmann erwartete ich um neun. So könnte er in aller Ruhe die Räumlichkeiten in Augenschein nehmen, bevor im Restaurant das Tagesgeschäft begann. Ich ging in die Küche und inspizierte sie. Sie war blitzblank geputzt, allerdings definitiv auch in die Jahre gekommen. Die im Schachbrettmuster verlegten roten und weißen Bodenfliesen wiesen Patina auf – ebenso wie die Kupfertöpfe und Pfannen, die an Haken über dem Herd hingen. Die große Steinspüle hatte einen nicht zu übersehenden Sprung, den meine Oma einmal vor vielen Jahren verursacht hatte, als ihr die gusseiserne Pfanne aus der Hand gerutscht war. Ich nahm einen frischen Lappen aus dem Schrank und begann, die Arbeitsplatte zu wienern, obwohl es da eigentlich nichts mehr zu wienern gab. Wenn Herr Kottmann gleich kam, würde er sich zwar in erster Linie nicht für die Sauberkeit der Küche interessieren, doch ein guter Gesamteindruck konnte nicht schaden. Ich seufzte und hoffte inständig, dass wenigstens das hier gut ausgehen würde.

»Moinsen!«, hörte ich da jemanden aus dem Gastraum rufen. Er war da. Augen zu und durch!

Ich trat durch die Schwingtür ins Restaurant, und da stand er schon, mit Lederjacke, Klemmbrett und gezwirbeltem Schnäuzer.

»Herr Kottmann?« Ich straffte meinen Rücken, ging auf ihn zu und reichte ihm freundlich die Hand.

»Jawoll, der bin isch. Pünktlich zur Stelle, wie et sisch jehört.« Er blickte sich um. »An und für sisch ein schönes Restorang.« Er nickte anerkennend. »Sie machen in Enten? Hab isch draußen auf der Karte jesehen …«

»Ja. Genau. Das ist unsere Spezialität.« Ich schluckte.

»Is ja watt Leckeres, so 'ne Ente.« Herr Kottmann warf seine kunstlederne Aktentasche achtlos auf Tisch fünf. Es war der größte hier im Gastraum, und er befand sich direkt gegenüber dem Eingang. »Dann lassen Se uns mal gucken, wie die Jejebenheiten hier sind. Brandschutztechnisch jesehen.« Er zog Schraubenzieher und Handy aus den Gesäßtaschen seiner schlabbrig sitzenden Jeans, zückte sein Klemmbrett und marschierte zielstrebig zur rückwärtigen Wand.

»Ja, schauen Sie sich gerne um«, erwiderte ich schwach und verfluchte zum x-ten Mal das frischgebackene, wenn auch nicht mehr ganz junge Ehepaar Wenders, das einige Monate zuvor ins Haus nebenan gezogen war und seitdem für ordentlich Wirbel sorgte – wegen zu viel Lärm, zu viel Essensgeruch und zu wenig Brandschutz. Gegipfelt hatte das Ganze schließlich darin, dass Reinhold Wenders zwecks Entnahme einer Materialprobe seine Hilti aus dem Keller geholt und bei laufendem Restaurantbetrieb einen sehr langen Bohrer von seinem Wohnzimmer aus durch die Wand gejagt hatte, der im Gastraum wieder herausgekommen war, wo er beinahe den armen alten Alfred Biolek aufgespießt hätte, der, wie fast jeden Freitag, gerade die berühmte Pauline'sche Entenbrust genoss und dabei buchstäblich mit dem Rücken zur Wand saß. Nur um sicherzugehen, dass ein ausreichender Brandschutz gegeben war, hatten die Wenders das Material, das während des Bohrvorgangs auf ihren Wohnzimmerboden gerieselt war, aufgefegt, in ein Kuvert gesteckt und dieses an das Bauaufsichtsamt Köln versandt, mit der Bitte, gegebenenfalls eine Brandschau im Petite Pauline durchführen zu lassen. Die Stadt Köln war dieser Bitte sehr schnell nachgekommen und hatte Herrn Kottmann geschickt, der nun also heute seines Amtes waltete. Aus sicherem Abstand beobachtete ich, wie er brummelnd mit der Taschenlampe seines Handys in Ecken leuchtete, mit dem Schraubenzieher hier und da herumkratzte und immer wieder stirnrunzelnd an die Decke blickte.

Irgendwann kam er auf mich zu, sagte: »Mhmmmm, mhmmm, mhmmm«, und ich dachte, das hört sich nicht gut an. In meinem Bauch machte sich ein mulmiges Gefühl breit. »Und?« Ich schluckte.

»Tja, Mädsche, isch fürchte, da müssen Se ran.«

»Wie, ran?«

»Sehen Sie die Wand da?« Er deutete hinter sich.

»Äh, ja.« Sie war schwer zu übersehen …

»Die muss neu!«

»Neu?«, fragte ich beunruhigt. Meine Stimme klang heiser.

»Ja, datt is keine Brandschutzwand im herkömmlischen Sinne. Muss jemacht werden.« Er deutete nach oben, und sein Gesicht nahm einen bedauernden Ausdruck an. »Und die Decke übrijens auch.«

»Die Decke?« Ich spürte, dass meine Knie weich wurden.

»Ja, datt is bedauerlicherweise eine sogenannte Holzbalkendecke, und die brennt ja wie Zunder, wenn et hart auf hart kommt. Am besten ziehen Se da eine Zwischendecke drunter. Datt kostet natürlich, aber hilft ja nix …«

Ich ließ mich auf einen der Stühle an Tisch fünf sinken. »Wie viel? Also, insgesamt?«

»Puuuuhhh …« Er blickte noch einmal stirnrunzelnd nach oben. »Round about … fuffzich Riesen? Aber nageln Se mich jetzt nicht fest.«

Mir wurde übel. Fuffzich Riesen plus kaputter Herd plus der Berg unbezahlter Rechnungen neben dem Toaster. Ich hatte keinen blassen Schimmer, wie ich das hinkriegen sollte.

Herr Kottmann machte sich noch einige Notizen auf dem Formular, das auf seinem Klemmbrett lag, und wandte sich dann wieder mir zu. »Geht es Ihnen gut?«, fragte er. »Sie sind ja janz blass um die Nase.«

»Alles bestens«, murmelte ich.

Herr Kottmann reichte mir zum Abschied die Hand. Ich erhob mich von meinem Stuhl und spürte, dass ich ein wenig schwankte.

»Sie hören von mir«, versprach er, schnappte sich seine Aktentasche und nickte mir zu. »Isch komm demnächst mal mit meiner Frau vorbei. Hört sich ja lecker an, watt Se hier so kredenzen.«

Dann war er weg, und ich sank zurück auf den Stuhl und starrte wie paralysiert die weiße Wand ohne Brandschutz im herkömmlischen Sinne an. Ich weiß nicht, wie lange ich so dort saß. Irgendwann betrat der nächste Herr mittleren Alters mein Restaurant.

»Herr Evers«, sagte ich und sprang auf, um den Elektriker zu begrüßen. »Gut, dass Sie kommen. Der Herd ist kaputt.«

»Ah, mal was ganz Neues«, sagte er trocken und marschierte in die Küche. Ich verzichtete darauf, ihn zu begleiten. Er kannte sich aus …

Am Nachmittag waren kaum Gäste im Petite Pauline, weshalb ich mich auf den Weg ins Elisenstift machte. Mein Opa lebte dort, seit er sich nicht mehr selbst versorgen konnte. Als ich sein kleines Zimmer betrat, bekam ich sofort Beklemmungen. Wie immer war es hier viel zu warm und schlecht gelüftet.

»Hallo, Opa«, sagte ich. Er saß an dem kleinen Tisch gegenüber dem Bett und klopfte ungeduldig mit den Fingern auf die Holzplatte. Ich öffnete das Fenster und fächelte mir Luft zu.

»Was machst du hier?«, schnauzte er und erhob sich ächzend von seinem Stuhl.

»Dich besuchen.«

»Hab keine Zeit. Muss los. Die Gäste warten!«

Ich seufzte. Erst jetzt registrierte ich, dass er mal wieder seine alte Kochjacke trug.

Mein Opa war gebürtiger Bretone und hatte in Brest eine Lehre zum Koch absolviert. Danach war er nach Köln gekommen, mit gerade mal Anfang zwanzig. Er wollte Erfahrungen sammeln und etwas von der Welt sehen. Also heuerte er in einem Restaurant in der Altstadt an. »Salz & Pfeffer« hieß es, und er lernte dort die traditionelle kölsche Küche kennen. Und einen Küchenchef, mit dem er regelmäßig aneinandergeriet. Nach einem Jahr warf er das Handtuch und war fast schon wieder auf dem Rückweg nach Frankreich, als er aus purem Zufall eine hübsche, leer stehende Gaststätte am Schillplatz in Nippes entdeckte. Ziemlich heruntergekommen, aber eben in toller Lage und mit kleinem Biergärtchen nach hinten raus. Er ließ sich vorzeitig sein Erbe ausbezahlen, erwarb die Immobilie zu einem Schnäppchenpreis und machte daraus ein Restaurant, das er nach seiner Mutter benannte: das Petite Pauline. Das war 1964. Er spezialisierte sich auf Entengerichte, und das Konzept schlug ein. Mein Großvater führte das Petite Pauline jahrzehntelang sehr erfolgreich. Später, als seine Knochen nicht mehr so wollten, vererbte er es meinem Vater, der es mindestens genauso erfolgreich weiterbetrieb, was oft nicht einfach gewesen war, denn meine Mutter starb, als ich erst drei Jahre alt war. Ich konnte mich kaum noch an sie erinnern. Vor zwei Jahren war mein Vater ihr gefolgt. Viel zu früh und ganz plötzlich. Herzinfarkt. Noch auf dem Sterbebett hatte ich ihm fest versprochen, sein

Lebenswerk, und das meiner Großeltern, in seinem und ihrem Sinne weiterzuführen, und das hatte ich auch versucht. Ich hatte wirklich mein Bestes gegeben, doch wie es gerade aussah, hatte mein Bestes nicht gereicht.

»Opa, du kannst deine Kochjacke wieder ausziehen«, sagte ich sanft und hoffte, dass er nicht ausflippte. Er war altersdement, hatte gute und schlechte Tage. Manchmal war er völlig klar, und manchmal vergaß er, was er vor einer Minute gesagt oder getan hatte. Aber das Petite Pauline, das vergaß er nie, und es kam vor, dass er geistig in einer früheren Zeit unterwegs war. In einer Zeit, als er dort noch der Chef war.

»Was?«, brüllte er.

»Du kannst die Kochjacke wieder ausziehen«, sagte ich nun sehr viel lauter, denn ein Blick auf sein Nachttischchen verriet mir, dass er sein Hörgerät mal wieder nicht im Ohr hatte.

»Ohne Jacke koch ich nicht«, ereiferte sich Opa. »Das ist unhygienisch.«

»Weiß ich doch, Opa, aber heute ist Montag.«

»Hä?«

»Heute ist Moooon-tag! Ru-he-tag!«, rief ich und hoffte, dass mich außerhalb dieses Zimmers niemand hörte und womöglich gleich der Lüge überführte. Heute war nämlich Dienstag.

»Montag?«, rief Opa ungläubig.

Ich nickte und reichte ihm sein Hörgerät. »Hier, mach das mal rein.«

»Die sind hier aber auch alle schlecht beieinander.« Missmutig stopfte er sich das Hörgerät ins Ohr. Nun konnten wir unser Gespräch in Zimmerlautstärke fortführen.

»Hilde hat gesagt, heute ist Dienstag. Vorhin, beim Frühstück.« Er schüttelte den Kopf. »Wird auch nicht jünger, die Gute.«

»Wollen wir mal runter in den Park, Opa?«, lenkte ich schnell ab. »Die Sonne scheint. Wir können einen kleinen Spaziergang machen.«

Opa brummelte irgendwas und begann, die Knöpfe der Kochjacke zu öffnen. Seine Hände zitterten ein wenig, und ich machte Anstalten, ihm zu helfen.

»Lass das!« Er schlug nach meiner Hand wie nach einer lästigen Fliege.

»Ja, ist gut, Opa«, sagte ich schnell und wartete geduldig, bis er Koch- gegen Strickjacke getauscht hatte. Dann fuhren wir mit dem Fahrstuhl hinunter, und ich lotste ihn schnell Richtung Hinterausgang, denn vorne stand Hilde.

Wir schlenderten unter den Bäumen entlang. Der kleine Park, der zum Altenstift gehörte, war hübsch angelegt, mit großen Bäumen und bunten Beeten, die die schmalen, geschwungenen Wege säumten.

»Schau mal, die Tulpen«, sagte ich.

»Wo ist eigentlich mein Fahrrad?«, fragte Opa völlig aus dem Zusammenhang.

»Dein Fahrrad? Ich glaube, bei uns im Keller. Wieso?«

»Weil ich's brauche.«

Ich runzelte die Stirn. Offenbar war er immer noch nicht wieder in der Gegenwart angekommen. Opa konnte nicht mehr Fahrrad fahren. Beim besten Willen nicht. Sein Gleichgewichtssinn ließ ihn oft im Stich, und sein Reaktionsvermögen war auch nicht mehr das, was es mal gewesen war. Ich überlegte, wie ich es ihm am besten beibringen könnte. Wenn möglich, nicht auf Konfrontation gehen, hatte der Arzt im Elisenstift mir erklärt, als wir über die beginnende Demenz meines Opas gesprochen hatten. Ich beschloss, schnell das Thema zu wechseln, bevor ich in die Verlegenheit kam, ihm die Wahrheit sagen zu müssen.

»Elfi und Alfonso lassen dich grüßen«, sagte ich im Plauderton.

»Danke. Wie läuft's im Petite Pauline?« Jetzt wirkte er plötzlich wieder ganz klar.

»Mhmmmm«, murmelte ich ausweichend und überlegte, ob ich ihm wenigstens in dieser Hinsicht reinen Wein einschenken sollte. Ihm sagen, dass die Gäste ausblieben, Herr Kottmann neue Wände und Decken verlangte und ich langsam nicht mehr ein noch aus wusste.

»Sehr gut«, hörte ich mich sagen. »Alles bestens.«

»Das ist die Hauptsache«, brummte Opa und klang erstmals an diesem Tag zufrieden.

»Wollen wir noch eine Runde Backgammon spielen?« Ich deutete auf eine Bank unter einer riesigen Linde.

»Ich nehme schwarz!«

»Weiß ich doch, Opa. Du nimmst immer schwarz.«

Wir setzten uns, und ich kramte mein kleines Taschenbackgammon aus der Handtasche. Ich hatte es wohlweislich eingepackt. Gerade, als ich das Brett aufgebaut und die schwarzen und weißen Steine positioniert hatte, schlenderte Hilde vorbei.

»Sehen wir uns nachher beim Bingo?«, rief sie Opa zu und winkte fröhlich.

»Bingo ist dienstags«, blaffte Opa. »Dumme Nuss«, fügte er leise hinzu und tat den ersten Zug.

5. Kapitel

Swantje band gerade einen Türkranz aus Vergissmeinnicht und bunten Bändern, als ich das Bloom & Vogel betrat und meine Tasche auf den Tisch neben der riesigen Dattelpalme pfefferte. Mein Handy bimmelte, und ich warf einen schnellen Blick darauf. Finn mal wieder! Entnervt drückte ich ihn weg.

»Hey, Marie!« Swantje hielt den halbfertigen Kranz in die Höhe.

»Ein Traum«, sagte ich, dann deutete ich auf die Espressomaschine. »Darf ich?«

»Klar. Mach mir einen mit, bitte.«

Ich schnappte mir die alte Kaffee-Hag-Blechdose vom Regal und begann, das sich darin befindende italienische Kaffeepulver in den dafür vorgesehenen Behälter zu schaufeln.

Nachdem die Maschine unter Mordsgetöse zwei köstlich duftende Espressi herausgepresst hatte, legte Swantje den Kranz beiseite, zauberte eine Keksdose hinter dem Tresen hervor und setzte sich an unseren Lieblingstisch unter der Palme. Ich folgte ihr mit dem Kaffee und ließ mich ihr gegenüber auf einen Stuhl sinken.

»Und?« Swantje nippte an ihrer Tasse.

»Fehlanzeige!« Niedergeschlagen schüttelte ich den Kopf. Ich kam gerade von einem Termin mit Herrn Broderich, seines Zeichens Kundenberater bei der Sparkasse in Nippes. Herr Broderich hatte sich mein Anliegen angehört und war ehrlich empört über den Brief von Herrn Kottmann gewesen, der drei Tage zuvor eingetrudelt war und den ich ihm extra mitgebracht hatte, um die Dringlichkeit meines Anliegens zu unterstreichen. Laut Herrn Kottmanns Schreiben mussten die Brandschutzmaßnahmen nämlich schon binnen drei Monaten erledigt werden, was ein wirklich kurzer Zeitraum war, wenn man bedachte, dass man ja kaum Handwerker bekam und, wie in meinem Fall, erstmal das nötige Kleingeld auftreiben musste. Herr Broderich war mir also wohlgesonnen gewesen, doch dann hatte er begonnen, in meiner letzten Bilanz zu blättern, Zahlen in seinen Computer einzugeben und »Eijeijei« zu brummen. Schließlich dann ein langer Monolog, von dem ich nicht alles verstanden hatte, aber in dem die Begriffe »defizitär« und »rote Zahlen« mehrmals vorgekommen waren. Zu guter Letzt hatte er bedauernd den Mund verzogen, mit dem Kopf geschüttelt und irgendwas mit »Hände gebunden« genuschelt, und ich war wie betäubt aufgestanden, denn ich hatte sehr große Hoffnungen in diesen Termin mit Herrn Broderich gesetzt, weil er so nett war, ich ihm schon als Kind immer meine Spardose gebracht hatte – und weil Commerz-, Volks- und Deutsche Bank schon am Telefon abgewunken hatten.

»Oh Mann. Das klingt nicht gut«, seufzte Swantje und wirkte nun mindestens genauso niedergeschlagen, wie ich mich fühlte. Sie blickte mir prüfend ins Gesicht. »Du siehst blass aus, Marie. Hast du heute überhaupt schon was gegessen?« Sie reichte mir einen Keks.

Ich nahm ihn, biss ein Ministückchen davon ab und ließ ihn sinken. »Ich krieg nichts runter.«

Erst jetzt, wo ich hier so saß und den Termin von eben noch einmal Revue passieren ließ, wurde mir meine ausweglose Lage so richtig bewusst. Ich hatte gekämpft, mit allen Mitteln, aber offenbar hatte sich die ganze Welt gegen mich verschworen. Seit dem Cräcker-Gate, wie Klaus den unschönen Blogger-Vorfall zu nennen pflegte, kamen noch weniger Gäste ins Petite Pauline als zuvor schon, Herr Kottmann setzte mir die Pistole auf die Brust, und niemand war bereit, mir auch nur einen müden Euro Kredit zu gewähren. Es war zum Verzweifeln!

»Es ist aus«, sagte ich leise, und jetzt, nachdem ich es ausgesprochen hatte, nachdem ich das gesagt hatte, was nicht sein durfte, traten mir plötzlich Tränen in die Augen.

»Nein! Nein, Marie. Bestimmt nicht!« Swantje sah mich eindringlich an. »Es gibt für alles eine Lösung.«

Ich schüttelte den Kopf. »Für mich nicht. Ich ... ich brauche einen neuen Herd. Und ich hab achttausend Miese auf meinem Girokonto. Und der Stapel Briefe neben dem Toaster ...«

»Ja, die Briefe solltest du mal öffnen«, sagte Swantje mit Nachdruck.

»Ich weiß. Ich ... ich traue mich nur nicht. Es sind fast alles Rechnungen. Rechnungen, die ich nicht bezahlen kann. Da sind zum Beispiel zwei von der Rheinenergie dabei. Ich hab nicht reingeguckt, aber wenn jetzt noch ein dritter kommt, dann ... dann stellen die mir bestimmt den Strom ab.« Ich schloss kurz die Augen. »Die Gehälter für die Angestellten ... ich weiß gar nicht, ob ich das Geld diesen Monat überhaupt für alle zusammenkriege.« Ich schluckte. »Swantje, ich bin komplett ...«

»Pleite«, vervollständigte sie meinen Satz tonlos und drückte meine Hand. »Ich wusste nicht, dass es so schlecht aussieht.«

»Keiner weiß es«, erklärte ich. »Ich wollte es selbst nicht wahrhaben. Ich hatte auf ein Wunder gehofft. Dass Philipp und seine Bloggerbagage was Gutes schreiben und mir die Leute wieder die Bude einrennen. Oder dass von irgendwoher Geld vom Himmel fällt, damit ich den Renovierungsstau beseitigen kann. Vielleicht war Herr Kottmanns Besuch ganz gut. Sonst hätte ich noch ewig die Augen davor verschlossen, und am Ende ...«

Swantje nickte. Dann starrte sie nachdenklich durch das Schaufenster nach draußen. »Und dein Opa?«

»Sein Erspartes ist schon fast komplett für das Heim draufgegangen. Und die Miete, die wir ihm für unsere Wohnung zahlen, braucht er auch dafür. Pflegebedürftig zu sein ist verdammt teuer. Trotzdem bin ich froh, dass er im Elisenstift einen Platz bekommen hat. Es ist eines der besseren Heime.«

Eine Weile schwiegen wir. Swantje stand auf, kam mit einer Packung Tempo zurück und reichte mir ein Taschentuch. Ich nahm es dankbar und schnäuzte mir die Nase.

»Marie?« Swantje sah mich eindringlich an.

»Ja?«

»Ich glaube, es ist besser, wenn …« Sie stockte.

»Wenn was?«

»Wie man es auch dreht und wendet. Ich denke, du solltest das Petite Pauline erst einmal … schließen. Jeder Tag verbrennt Geld. Geld, das du nicht hast. Und dann …«

»Und dann?«

»Vielleicht suchst du dir einen Job. Vorübergehend. Du könntest dich irgendwo anstellen lassen. Als Köchin. Damit wieder Geld in die Kasse fließt und du wenigstens die Rechnungen bezahlen kannst.«

Unwillkürlich schlug ich die Hände vors Gesicht. Das Restaurant schließen? Wie sollte ich das meinen Angestellten beibringen? Vor allem Alfonso und Elfi, die schon ihr halbes Leben dort arbeiteten. Ich dachte an Opa und an meinen Vater. Mir kamen erneut die Tränen. Vor meinem geistigen Auge liefen Bilder ab. Bilder aus besseren Tagen. Meine Großeltern, wie sie hektisch, aber gut gelaunt in der Pauline'schen Küche werkelten. Mein Vater, der drei Bratpfannen gleichzeitig bespielte, nebenbei noch Entenbrüste marinierte und dabei aussah, als wäre er genau hierfür auf der Welt. Mein Versprechen an seinem Krankenbett kam mir wieder in den Sinn. Wie ich neben ihm gesessen, seine Hand gehalten und feierlich verkündet hatte: »Ich werde das Petite Pauline in deinem Sinne weiterführen, Paps. Ich verspreche es!« Und dann war dieses Lächeln in sein Gesicht getreten, und er hatte meine Hand gedrückt. Es hatte ihm viel bedeutet, das hatte ich gespürt. Und nun konnte ich mein Wort nicht halten. Ich hatte es geschafft, das Lebenswerk zweier Generationen innerhalb von ein paar Jahren an die Wand zu fahren. War ja auch irgendwie klar. Es war schon immer so gewesen. Alles, was ich anfasste, verwandelte sich in einen Scherbenhaufen. Freundschaften. Beziehungen. Restaurants. Einfach alles!

»Mach dich nicht so fertig«, sagte Swantje leise, als könnte sie meine Gedanken lesen. Sie stand auf, kam zu mir herum und drückte mich. »Es ist nicht deine Schuld.«

»Wer ist denn dann schuld?«, fragte ich mit erstickter Stimme.

»Die Wenders. Herr Kottmann. Finn. Na ja, und vielleicht hättest du auch vorher schon mal …«

»Eben!«, schniefte ich. »Ich hatte überhaupt keinen Überblick mehr. Über die Finanzen und den ganzen Rest. Als Anton damals weg ist, so kurz nach Paps' Tod, hat mir das den Boden unter den Füßen weggezogen. Ich hab alles schleifen lassen und mich viel zu lange nicht richtig gekümmert. Und irgendwie habe ich mich nie so ganz davon erholt.«

Swantje seufzte. »Wenn man selbstständig ist, kann man sich Lebenskrisen einfach nicht leisten. Wer weiß das besser als ich?« Sie setzte sich wieder und stützte den Kopf in beide Hände. »Ach, Marie. Es bringt ja nichts zurückzublicken. Wir müssen nach vorne sehen. Schauen, wie wir jetzt umgehen mit dem ganzen Schlamassel.«

Es tat gut, dass sie »wir« gesagt hatte. So gut, dass mir gleich wieder die Tränen kamen. »Du hast recht«, schniefte ich. »Du hast natürlich recht. Es geht kein Weg dran vorbei. Ich muss schließen. Vorerst.« Ich richtete mich auf und wischte mir mit dem Handrücken die Tränen von der Wange.

»Ja. Im Moment ist es einfach das Vernünftigste. Ich hab übrigens gestern einen Aushang gesehen. Das Brauhaus Sankt Josef sucht Verstärkung.«

»Brauhaus?« Ich runzelte die Stirn.

»Ich weiß, das ist unter deinem Niveau. Aber es ist fast um die Ecke, sie sollen gut zahlen, und vielleicht ist es …«

»… ein Anfang?«

»Genau.«

»Swantje?«

»Ja?«

»Ich werde das Petite Pauline wiedereröffnen. Eines Tages. Ganz bestimmt!«

Sie blickte mir direkt in die Augen. »Daran habe ich nicht den geringsten Zweifel, Marie«, sagte sie mit fester Stimme und reichte mir ein frisches Taschentuch.

Als ich nach Hause kam, setzte ich mich an den Küchentisch und starrte vor mich hin. Unzählige Gedanken flogen mir durch den Kopf. Das war es nun also erst mal mit dem Petite Pauline. Ich war pleite. Insolvent. Bankrott. Warum gab es eigentlich so viele Wörter für diesen unschönen Zustand? Für »Liebe« gab es doch auch nur einen. Bis eben war mir nicht bewusst gewesen, dass alle diese hässlichen Wörter auf mich zutrafen. Ich hatte mir eingeredet, dass es nur eine Phase war, ein kurzfristiger Zustand des Nicht-flüssig-Seins, der zwar schon etwas länger anhielt, aber trotzdem vorübergehend war. Doch jetzt, wo Swantje es so offen ausgesprochen hatte, dieses Wörtchen »pleite«, sah auch ich endlich klar. Mein kleines Petite Pauline lag am Boden, und ich mit ihm. Mein Blick fiel auf den Stapel Rechnungen neben dem Toaster. Ich seufzte. Es half ja nichts. Ich brauchte eine Bestandsaufnahme dessen, was da war – beziehungsweise nicht da war.

Und so erhob ich mich also von meinem Küchenstuhl, schnappte mir den Stapel ungeöffneter Umschläge und ging damit in mein Zimmer. Ich setzte mich im Schneidersitz auf den Teppich und legte die Briefe neben mich. Um mich herum herrschte das reinste Chaos. Die Klamotten, die ich in den letzten Tagen getragen hatte, lagen überall verstreut. Dazwischen Stifte, Blätter, ein Fläschchen Nagellack, Geschenkpapier und eine Schere. Ich hatte die Angewohnheit, die meisten Dinge auf dem Boden sitzend zu erledigen. Schon allein deshalb, weil mein Schreibtisch und der Stuhl davor meist mit Papierkram, Büchern und Zeitschriften übersät waren, sodass für mich gar kein Platz mehr war. Aber auch, weil ich es auf dem Boden viel gemütlicher fand. Ich beschloss, gleich mit dem Schlimmsten anzufangen, und stöberte nach den beiden Briefen von der Rheinenergie. Ich fand sie, und gerade, als ich sie aufreißen wollte, klopfte es an der Tür.

»Herein«, rief ich, doch da stand Alva schon vor mir.

»Kann ich mir deinen lila Pulli leihen?«, fragte sie ohne Umschweife und steuerte auf meinen offenen Kleiderschrank zu.

»Klar«, sagte ich und deutete in Richtung Bett. »Ich glaub, der liegt da irgendwo.«

»Ah!« Alva stakste durch mein Chaos und fischte sich den Pulli vom Boden. »Was machst du da?«, fragte sie und beäugte stirnrunzelnd den Briefberg vor mir.

»Mein Leben aufräumen.«

»Aha.« Sie blickte sich um. »Willst du nicht mit deinem Zimmer anfangen?«

Ich warf ihr einen bösen Blick zu.

Sie hob beide Hände in die Luft. »Okay, okay. War ja nur eine Frage.«

»Ich bin nun mal nicht so ordentlich wie ihr«, erwiderte ich genervt. Wer ließ sich schon gern von einer Vierzehnjährigen sagen, dass er sein Zimmer aufräumen sollte?

»Versuch's doch mal mit Marie Kondo.«

»Marie wer?«, murmelte ich und riss nun endlich einen der Umschläge auf.

»Kondo. Die Aufräumqueen aus Japan. Weniger ist mehr und so …«

»Schön wär's«, brummte ich und dachte an meinen Kontostand.

»Übrigens …« Alva ließ ihren Blick noch einmal über die vielen Klamotten auf dem Boden streifen. »Ende des Monats ist Elisabethsammlung in unserer Schule.«

»Ah, super!« Ich zog ein Schreiben aus dem Briefumschlag.

»Wir sammeln Kleidung, die nicht mehr gebraucht wird.«

»Wofür?« Ich überflog den Brief, der beunruhigenderweise keine Rechnung, sondern eine zweite Mahnung war.

Alva zuckte mit den Achseln. »Russland oder so … «

»Okay«, murmelte ich und steckte den Brief schnell in den Umschlag zurück.

6. Kapitel

Tobi hatte mir geholfen, Tisch vier und fünf zusammenzurücken, und nun saßen wir also da, alle zusammen im Petite Pauline, um unsere Teambesprechung abzuhalten, und niemand außer mir wusste, dass es die letzte ihrer Art sein würde.

»Schön, dass ihr alle so kurzfristig kommen konntet«, begann ich mit belegter Stimme und blickte in sechs fragende Augenpaare. Ich hatte mir nichts zurechtgelegt, was, wie ich merkte, ein Fehler gewesen war. Mir fehlten jetzt schon die Worte. Wie sollte ich es ihnen sagen? Wie sollte ich es Alfonso sagen, der bereits seit über dreißig Jahren hier arbeitete? In der Zeit hatte er nur zwei Mal gefehlt. An dem Tag, als seine Zwillinge Giacomo und Giulia geboren wurden, und einmal, weil ihn die Grippe niedergestreckt hatte. Wie sollte ich es Elfi erklären, die mich jeden Mittag, wenn ich aus der Schule ins Restaurant gekommen war, an ihren wogenden Busen gedrückt, mich dann mit Mittagessen aus der Küche versorgt und zusammen mit mir Hausaufgaben gemacht hatte? Sie war für mich immer ein bisschen wie eine Ersatzmama gewesen, und wenn ich es recht bedachte, war sie es heute noch.

Mein Blick fiel auf unseren Beikoch Elmar. Er starrte auf die Tischplatte und knetete seine wurstigen Finger. Sicher ahnte er es schon. Er war der Feinfühligste von allen. Elmar wog mindestens hundertfünfzig Kilo und hatte kein einziges Haar mehr auf dem Kopf, aber dafür einen schwarzen Adler. Es war nicht seine einzige Tätowierung. Großflächige Tribals zierten seine massigen Oberarme. Eigentlich war er Fahrradmechaniker und hatte als solcher in einer kleinen Werkstatt in der Weißenburgstraße gearbeitet – bis er seinen Job verlor. Daraufhin hatte er auf einem Schlachthof angeheuert, wo er unter schwierigen Bedingungen Tiere ausnahm. Paps hatte ihn vor Jahren zufällig dort kennengelernt und kurzerhand abgeworben. Elmar sprach nicht viel, und bevor Elfi sich seiner angenommen hatte, konnte er nicht richtig lesen und schreiben. Aber er konnte Enten ausnehmen – und aus Möhrenscheiben kleine Blütenblätter schnitzen.

Kamal blickte mich ebenfalls erwartungsvoll an. Als er 2015 zu uns gekommen war, hatte er kaum ein Wort gesprochen – weil er kein Deutsch konnte und weil er, so hatte er einmal mir gegenüber angedeutet, in seiner syrischen Heimat und auf der Flucht Schreckliches erlebt hatte. Er sprach nie darüber, auch wenn er inzwischen fast perfekt Deutsch konnte. Aber er war aufgeblüht bei uns im Petite Pauline. Mit Tobi zusammen war er inzwischen für die Soßen zuständig. Und für die gute Laune. In beidem war er ein Naturtalent.

Auch Polly war gekommen, obwohl sie gerade Blockunterricht in der Berufsschule hatte. Die zierliche, dunkelhaarige Auszubildende war im zweiten Lehrjahr und wusste schon ziemlich genau, was sie wollte. Für sie würde ich mir etwas einfallen lassen müssen, damit sie ihre Ausbildung zu Ende machen konnte.

Wir waren schon ein ziemlich bunter Haufen. Ein bunter Haufen, der zu einer Familie zusammengewachsen war.

»Was gibt's denn so Wichtiges, Chef?«, fragte Tobi, der ungeduldig auf seine Armbanduhr blickte.

»Ja, spuck's aus, Chefin«, sagte nun auch Kamal. »Sonst gibt's nachher Tütensoße von Knorr.«

Alle lachten, außer mir.

»Ich … ich muss euch etwas mitteilen. Ich weiß nur nicht so recht, wie …«, sagte ich leise.

Jetzt war es so still, dass man eine Stecknadel hätte fallen hören können. »Ich … Es ist etwas sehr Trauriges, und ich wünschte, ich könnte sagen: Es geht um den neuen Enten-Lieferanten aus der Eifel, oder darum, dass die Thymiansoße gestern nicht gut war, aber …«

»Wieso? Was war mit der Soße?«, fragte Kamal und blickte empört in die Runde.

»Nichts war mit der Soße. Das ist es ja. Ich wollte was anderes sagen, nämlich … dass wir schließen müssen.«

»Heute? Ist der Herd schon wieder kaputt?« Kamal rollte mit den Augen.

»Nein, Kamal. Für immer.« Ich schluckte. »Also, vorerst für immer«, fügte ich schnell hinzu.

Alle starrten mich an. Fragend. Traurig. Fassungslos.

»Wir sind pleite«, sagte ich leise. »Insolvent. Bankrott.«

Niemand sagte etwas. Ich hörte die Wanduhr über der Bar ticken. Sie hatte die Form einer Ente.

»Warum?« Elmar stellte mit gebrochener Stimme die Frage, die jedem ins Gesicht geschrieben stand.

»Weil …«, begann ich. »Weil ein Mann vom Brandschutz hier war. Herr Kottmann. Er sagt, wir brauchen eine neue Wand. Und auch eine neue Decke. Und das ist teuer. Ich … ich kann mir das nicht leisten, wisst ihr? Es ist ja auch schon länger so, dass hier nicht mehr allzu viel los ist. Das habt ihr ja selbst gemerkt. Keine Ahnung, warum. Vielleicht, weil das hier alles in die Jahre gekommen ist und weil die Leute jetzt alle Veganer werden und keine Enten mehr essen wollen. Was weiß ich? Dann der kaputte Herd, die schlechte Presse. Ich … kann nicht mehr für eure Löhne garantieren, wenn es so weitergeht, und … vielleicht wird sogar der Strom abgestellt. Und das … das will ich euch ersparen. Und mir auch. Und deswegen muss ich schließen. Ich … ich habe … einfach keine andere Wahl.« Ich blickte in Alfonsos Gesicht. Es war fahl geworden. »Es tut mir so leid«, sagte ich leise.

Da sprang Elfi von ihrem Stuhl auf, kam zu mir herüber und drückte mich an ihren mütterlichen Busen, und ich fühlte mich ein bisschen wie früher, wenn ich aus der Schule gekommen war, mit einem Fünfer in Mathe im Ranzen. Als sie mich wieder losließ, sah ich, dass sie Tränen in den Augen hatte. Das war neu. Bei den Fünfern in Mathe hatte sie nie geweint. Im Gegenteil. Sie hatte lachend abgewunken und gesagt, wer braucht eigentlich Mathe? Wozu gibt es denn Taschenrechner? Tja, vielleicht hätte ich ab und zu mal einen in die Hand nehmen sollen. Bevor die Bilanzen nicht mehr zu retten waren.

»Ich … bin gleich zurück«, stammelte ich und ging auf die Toilette. Ich starrte in den Spiegel, versuchte, mich zu sammeln. Und nicht zu weinen. Ich war schließlich die Chefin, und als solche musste ich stark sein. Oder zumindest den Eindruck erwecken. Als ich mich wieder halbwegs gefangen hatte, ging ich zurück zu den anderen. Sie waren aufgestanden und hatten sich an die Bar gestellt. Als sie mich sahen, kam Tobi auf mich zu.

»Komm mal her«, sagte er, und dann drückte auch er mich. Und dann Alfonso, und dann alle anderen. Einer nach dem anderen nahmen sie mich in den Arm. Zum Schluss Elmar. Als er mich losließ, wischte er sich mit dem Ärmel verstohlen über die Augen.

»Ab wann … machen wir denn zu?«, fragte er.

»Jeder Tag kostet Geld. Deshalb: ab sofort. Leider. Ihr habt ja alle eine Kündigungsfrist. Aber ihr seid freigestellt. So habt ihr Zeit, euch was Neues zu suchen. Ihr findet bestimmt schnell etwas. In der Gastronomie werden händeringend Leute gesucht. Ich habe auch viele Kontakte. Es … ihr werdet nicht arbeitslos werden. Das verspreche ich euch.«

»Arbeit finden wir«, meinte Elmar. Die anderen pflichteten ihm bei. »Aber eine Familie wie hier findet man nicht so schnell.« Elmar starrte auf den Boden, und Elfi tätschelte seinen tätowierten Arm.

»Was willst *du* denn jetzt tun?«, fragte Tobi mich.

»Ich suche mir auch einen Job. Ich muss Geld verdienen, damit ich meine Rechnungen bezahlen kann. Aber …« Ich blickte in die Runde, räusperte mich und sagte mit fester Stimme: »Ich werde das Petite Pauline nicht verkaufen. Ich weiß noch nicht, wie, und ich weiß noch nicht, wann, aber ich werde das Restaurant wiedereröffnen!«

»Wann immer es ist, ich werde da sein«, sagte Alfonso leise.

Alle nickten zustimmend und brummten, sie auch, und da kamen mir schon wieder die Tränen, und Elfi nahm mich noch einmal ganz fest in den Arm.

»Das wird schon, mein Kleines«, sagte sie, und ich dachte, es MUSS werden, für meinen Vater, für mich und für diesen kleinen, bunten Haufen hier.

7. Kapitel

»Kuno! Tu mal die Schnitzel fertig kloppen!«, brüllte die alte Frau Holtmann durch die halboffene Küchentür. Dann wandte sie sich mir zu. Sie war klein, füllig und mindestens Mitte siebzig. »Kommen Se mit, wir gehen in mein Büro«, sagte sie, öffnete eine kleine Tür neben der Theke und bat mich hinein.

Vor zwei Tagen hatte ich meine Bewerbung hier im Brauhaus Sankt Josef abgegeben und schon gestern per Festnetzanruf von der Chefin persönlich eine Einladung zum Vorstellungsgespräch erhalten. Ihr Büro war winzig und düster. Sie setzte sich hinter den massiven Eichenschreibtisch und bat mich, davor Platz zu nehmen. Sie hatte eine Kochhaube über ihre weißgrauen Wasserwellen gestülpt und blickte mich freundlich lächelnd an.

»Schön, datt Se so schnell kommen konnten«, sagte sie. »Watt is denn mit dem Pauline? Isch han jehört, Sie schließen?«

Ich nickte. »Ja. Vorübergehend.«

»Ja, ja, der Brandschutz. Is 'ne Schweinerei, watt die vonne Stadt mit uns Gastronomen treiben.«

»Es hat sich schon rumgesprochen?«, fragte ich überrascht.

»Na, hör ens, junge Frau, wir sind hier in Kölle. Natürlich hat et sich rumjesprochen.«

Ich registrierte, dass meine Bewerbungsmappe vor ihr auf dem Schreibtisch lag. »Jut. Zur Sache.« Sie blätterte kurz darin und legte die Unterlagen dann schnell beiseite. »Sie haben in Enten jemacht. Datt können Se. Datt weiß ich. Können Se auch Schnitzel und Pommes?«

»Äh, ja. Klar! Natürlich«, nickte ich beflissen. »Ich hab meinen Beruf von der Pike auf …«

»Weiß ich doch, Mädsche. Datt musste mir nicht verzällen. Sie sind jut. Hab deinen Vater übrijens jut jekannt. Ist viel zu früh jejangen. Ein Jammer is datt. Also, ich zahl dir dreitausendsiebenhundertfuffzig brutto. Datt is 'ne Menge Holz, aber jute Leute zahl ich jut. Arbeitszeiten nach Dienstplan, rollierendes System. Is natürlich auch datt Wochenende mit bei. Sie können morgen um zehn Uhr anfangen. Pünktlisch, wenn et jeht. Einverstanden?« Sie streckte mir ihre mit Altersflecken übersäte Hand entgegen und lächelte.

»Oh. Morgen schon?«

»Ja, sicher datt. Ich brauch dich hier, Mädsche!«

»Oh. Ja. Wunderbar«, stammelte ich und schlug völlig überrumpelt ein.

»Ja, dann: Willkommen im Sankt Josef, Frau de Joff! Watt habt ihr überhaupt für 'n komplizierten Namen? Isch nenn disch ab jetzt einfach Marie, wenn Se einverstanden sind.«

»Ja. Natürlich.«

Frau Holtmann erhob sich, zwängte sich hinter ihrem Schreibtisch hervor und machte Anstalten hinauszumarschieren. »Watt is? Wollen Se hier Wurzeln schlagen?«

Schnell sprang ich auf und folgte ihr an die Theke.

»Tu mir mal zwei, Jupp!«, rief sie dem Hünen von Köbes zu.

Der zapfte zwei Kölsch und knallte sie uns vor die Nase. »Wohl bekomm's, die Damen.«

Frau Holtmann drückte mir ein Glas in die Hand, nahm das andere und prostete mir zu. »Dann sach ich mal: Auf jute Zusammenarbeit, Marie!« Mit diesen Worten stürzte sie das Kölsch in einem Zug hinunter und knallte das leere Glas zurück auf die Theke.

»Äh, ja, auf gute Zusammenarbeit«, sagte ich verdattert und

tat es ihr gleich, obwohl es gerade mal halb zehn am Vormittag war.

Beschwingt und beschwipst verließ ich das Sankt Josef und radelte nach Hause. Dass nun monatlich regelmäßig Geld auf mein Konto fließen würde, unabhängig davon, wie viele Gäste wir bewirteten, hatte etwas Befreiendes, und zum ersten Mal seit Monaten fühlte ich mich ein wenig leichter und unbeschwerter. Leider hielt dieser Gemütszustand nicht lange an. Als ich zu Hause angekommen war und mein Fahrrad an die Hauswand lehnte, fiel mein Blick auf das »Wir haben geschlossen«-Schild, das ich an die schwere Eingangstür des Petite Pauline gehängt hatte. Der Anblick versetzte mir einen schmerzhaften Stich, und ich wusste, dass ich trotz allem nur eines wollte: irgendwann mein Restaurant zurückhaben.

Ich ging hinauf in unsere Wohnung. Swantje und Alva waren ausgeflogen, was mir gerade ganz recht war. Ich machte mir in aller Ruhe einen Kaffee und dann noch einen zweiten. Danach war mein Alkoholspiegel so weit abgebaut, dass ich mich in der Lage sah, das eine oder andere Telefongespräch zu führen. Ich hatte innerhalb kürzester Zeit einen Job gefunden, und nun wollte ich meine Beziehungen spielen lassen, um meinen Mitarbeitern ebenfalls welche zu verschaffen. Ich hängte mich also ans Telefon und rief ein paar Freunde und Bekannte aus der Gastronomieszene an. Es lief von Anfang an gut. Heute war anscheinend mein Tag, denn fünf Anrufe später hatte ich zumindest für Elfi und Polly ein Vorstellungsgespräch organisiert, und auch für Elmar sah es gut aus. In der »Butterdose« gleich hier um die Ecke suchte man gerade händeringend einen Beikoch. Tobi würde sich selbst helfen, und auch um Kamal machte ich mir keine Sorgen. Er hatte bereits eine Anfrage von einem Restaurant erhalten, nachdem sich das Desaster mit dem Petite

Pauline herumgesprochen hatte. Gute Köche waren hierzulande Mangelware. Nur bei Alfonso sah es nicht ganz so rosig aus. Er war beinahe sechzig und überhaupt ziemlich … na ja … »Old School«. Die meisten Restaurants stellten lieber junge, hippe Servicekräfte ein. Alfonsos formvollendetes Auftreten mit Arm hinter dem Rücken und weißen Handschuhen war nicht mehr en vogue, es sei denn, man heuerte bei einem der klassischen Fünf-Sterne-Hotels an. Aber auch für Alfonso, so hoffte ich, würde sich eine Lösung finden.

Ich machte mir einen dritten Kaffee und beschloss, den freien Tag noch ein wenig zu genießen. Ab morgen würde ich im Sankt Josef Schichten schieben, und das würde anstrengend werden, so viel war klar. Ich ging mit der Kaffeetasse in mein Zimmer und setzte mich auf die Bettkante. Mann, sah das aus hier. Es wurde wirklich höchste Zeit, endlich mal aufzuräumen. Wenn nicht jetzt, wann dann, sagte ich mir und verwarf die Idee, den Tag zu genießen, direkt wieder. Entschlossen sprang ich auf, kramte meinen Laptop unter drei Pullovern und zwei Jeans hervor und schaltete bei Netflix die erste Folge von »Aufräumen mit Marie Kondo« ein. Was ich dort sah, überraschte mich. Ordnung zu schaffen war so einfach! Alles auf einen Haufen werfen und dann jedes einzelne Teil in die Hand nehmen und erspüren, ob es noch Freude in einem versprüht. Wenn ja, behält man es. Wenn nein, bedankt man sich höflich bei ihm dafür, dass es einen ein Stück weit im Leben begleitet hat, und wirft es dann einfach weg. Auf diese Weise, so Marie Kondo, fällt es einem leichter, sich von Sachen zu trennen, und beim »Mich-von-Sachen-Trennen« konnte ich wirklich ein bisschen Hilfe gebrauchen. Ich gab mir also noch eine weitere Folge, in der Marie Kondo im Handumdrehen Haus und Leben einer Messie-Familie aufräumte, und dachte dann, na ja, versuchen kann ich es ja mal. Ich begann also, alle Klamotten aus meinem Kleiderschrank auf den Boden zu werfen. Es war wirklich ganz einfach, und es wurde ein sehr großer Haufen. »Okay«, murmelte ich anschließend, setzte mich im Schneidersitz vor den Kleider-Mount-Everest und zog einen gelben Pulli daraus hervor. Ich hielt ihn mir an die Brust, schloss die Augen und spürte … nichts. Mit spitzen Fingern hielt ich ihn in die Höhe.

»Danke, dass du mich ein Stück meines Lebens begleitet hast«, sagte ich höflich zu ihm, aber dann verengte ich meine Augen zu Schlitzen. »Und, ach, übrigens, wo wir gerade reden: Wusstest du, dass du am Hals gekratzt hast? Unerträglich war das, das nehme ich dir echt übel, denn seien wir mal ehrlich: Du warst nicht ganz billig, und ich hab dich fast nie getragen wegen der blöden Kratzerei. So, und nun tschüss, gelber Pulli. Mach's gut und grüß mir die Russen.«

»Stör ich?«, fragte da plötzlich jemand, und ich zuckte unwillkürlich zusammen. Swantje hatte unbemerkt den Kopf zur Tür hereingesteckt. Offenbar machte sie gerade Mittagspause.

»Äh, nein, Quatsch.« Ich deutete auf den Pulli. »Wir waren sowieso gerade fertig.«

»Ooookayyy.« Sie blickte mich stirnrunzelnd an. »Geht's dir gut?«

»Bestens«, erwiderte ich. »Weißt du, ob die in Russland Kratzpullis tragen?«

»Keine Ahnung«, sagte Swantje. »Aber der sieht doch noch gut aus, das passt schon.«

Zufrieden pfefferte ich den gelben Pullover dorthin, wo heute noch ein zweiter großer Haufen entstehen sollte, nämlich einer mit Kleidungsstücken, die in mir keine Freude mehr versprühten.

8. Kapitel

»Guten Morgen«, sagte ich und blickte mich unsicher in der großen Brauhausküche um. Ich war zehn Minuten zu früh, aber am ersten Tag war das sicher besser als zu spät. Trotz der Morgenstunde herrschte hier schon rege Betriebsamkeit. Eine junge Frau sortierte Lebensmittel in ein Regal, eine andere, ältere räumte mit geübten Griffen die Spülmaschine aus. An der riesigen Arbeitsfläche aus Stahl stand mit dem Rücken zu mir ein korpulenter junger Mann mit roten Haaren und drosch unermüdlich auf ein Schnitzel ein. Offenbar hatte niemand meinen Gruß gehört, und so sagte ich noch einmal »Guten Morgen«, nur dieses Mal viel lauter.

Endlich drehte sich die ältere Dame an der Spülmaschine zu mir um, musterte mich und kam dann auf mich zu. Sie war groß und kräftig, und wie alle anderen trug sie eine dunkelblaue Kochjacke und ein Häubchen auf ihrem ergrauten Haupt. »Moin. Bist du die Neue?«, fragte sie mich ohne Umschweife.

»Ähm, ja. Die bin ich«, sagte ich. »Marie de Goff.« Lächelnd streckte ich ihr eine Hand entgegen.

»Bärbel. Genannt Bärbelschen. Spülkraft«, sagte die große Frau, nahm meine Hand in ihre Pranke und drückte sie so fest, dass ich fast »Autsch« gesagt hätte.

»Heute ist mein erster Arbeitstag«, erklärte ich stattdessen, obwohl das mittlerweile klar geworden sein dürfte. »Ist Frau Holtmann da?«

»Nä. Gerade nich. Aber der Kuno. Der weiß Bescheid.« Sie deutete mit dem Kinn auf den schnitzelklopfenden Rothaarigen und rollte mit den Augen. »Der hört und sieht mal wieder nix. Kuno!«, rief sie in scharfem Ton, und ich sah, dass Kunos breites Kreuz ein bisschen zusammenzuckte.

»Bei der Arbeit«, nuschelte er, legte den Schnitzelklopfer beiseite und drehte sich langsam zu uns um.

»Die Neue ist hier«, informierte Bärbel ihn und schlug mir so kräftig auf die Schulter, dass ich fast zu Boden ging. Während ich versuchte, mein Gleichgewicht wiederzufinden, trat Bärbelschen den Rückweg Richtung Spülmaschine an, und Kuno deutete auf eine braune Holztür mit der Aufschrift »Garderobe«.

»Komm mit«, sagte er, führte mich in eine kleine, fensterlose Kammer und schaltete das Licht ein. Rechts waren einige Haken in die Wand gedübelt, an denen jede Menge Jacken übereinander hingen. Links stand ein Regal, aus dem Kuno nun eine frisch gebügelte blaue Kochbekleidungsgarnitur nahm. »Bitte sehr«, sagte er und drückte mir den Stapel in die Hand. »Mütze oder Haube. Kannste dir aussuchen.«

»Super. Danke!« Ich lächelte ihn an. »Wo kann ich mich umziehen?«

»Hier«, sagte Kuno. »Bin schon weg.« Dann ging er hinaus und schloss die Tür hinter sich.

Hmmmm, kein Mann großer Worte, dachte ich, während ich meine Jacke auszog und an einen der überfüllten Garderobenhaken hängte. Ich schlüpfte in Kochjacke und -hose, band meine braunen Locken zu einem Nackenknoten zusammen und setzte mir das Schiffchen auf den Kopf. Dann warf ich einen prüfenden Blick in den großen Spiegel, der von innen an der Tür klebte, und lächelte mir selbst aufmunternd zu. »Wird schon«, murmelte ich und versuchte, es mir selbst zu glauben, auch wenn diese dunkelblaue Kluft ziemlich ungewohnt an mir aussah. Ich seufzte, schloss den letzten Knopf der Jacke und ging zurück in die Küche, wo ich Kuno auf die Schulter tippte.

»Tadaaa! Fertig!« Ich strahlte ihn an.

Kuno legte die Stirn in Falten, und ich entdeckte kleine Schweißperlen darauf. Auf dem Herd brodelte es bereits in drei riesigen Töpfen. Es wurde langsam warm hier. Kuno beugte sich nach unten und öffnete eine Schranktür unter der Arbeitsplatte. »Töpfe, Pfannen.« Er schloss sie wieder und öffnete die nächste. »Schneidebrett. Siebe.« Er deutete auf zwei große Schubladen. »Kochlöffel. Messer. Pfannenwender.« Dann zeigte er auf eine riesige braune Flasche auf einem Regalbrett über uns. »Maggi.«

»Oh«, sagte ich, doch Kuno hörte es nicht, denn er war bereits weitergegangen. Schnell schloss ich auf, um mir von ihm auch alles andere zeigen zu lassen. Die Lebensmittel, die Gewürze und den Konvektomaten zum Beispiel. Während er mich wortkarg herumführte, nickte ich häufig, sagte ab und zu: »Ah, gut zu wissen«, und versuchte, einen interessierten Gesichtsausdruck beizubehalten, um mir nicht anmerken zu lassen, wie befremdlich ich es fand, dass Kochen im Sankt Josef oft Aufwärmen bedeutete, man Gerichte mit Maggi würzte und sich offenbar hauptsächlich mittels Einwortsätzen verständigte.

Als Kuno seine Runde beendet hatte, nahm er mich mit in den Kühlraum, der sich neben der Küche befand. Auch hier zeigte er mir, wo was war, und schleppte dann einen großen Plastikbeutel mit fertig geschälten und in Scheiben geschnittenen Kartoffeln sowie einen weiteren mit gewürfeltem Schinkenspeck hinaus. Er warf beides auf die Arbeitsplatte und stellte eine große gusseiserne Pfanne auf den Herd.

»Bratkartoffeln«, brummte er, ging zurück an seinen Arbeitsplatz und widmete sich wieder seinen Schnitzeln.

Ich folgte ihm. »Äh, Kuno? Kurze Frage noch. Heißt das, ich soll jetzt Bratkartoffeln braten?«

»Jau.«

»Ah, gut zu wissen«, sagte ich einmal mehr und machte mich an die Arbeit. Bratkartoffeln konnte ich, und ich war froh, dass man sie hier wenigstens auch in einer Pfanne zubereitete und nicht in diesem Konvektomaten.

Inzwischen waren noch andere Kollegen eingetrudelt. Zwei weitere Köche. Einer ziemlich jung, höchstens zwanzig. Der andere mittelalt. Sie begannen gerade, im Akkord Unmengen an Schlangengurken zu schälen. Ich stellte mich ihnen vor, und als ich zurück an meinen Platz ging, fiel mein Blick auf einen Berg Röggelchen, daneben Butter, Senf und ein riesiges Stück Gouda. Hier war wohl jemand im Begriff, eine große Menge Käsebrötchen zu produzieren, oder Halve Hähne, wie man sie in Köln nennt. Kopfschüttelnd begutachtete ich das ausgehöhlte Käsestück. So schnitt man doch keine Käsescheiben! Plötzlich hatte ich so etwas wie ein Déjà-vu. Ich musste an Anton denken. Er hatte den Gouda zu Hause auch immer so zugerichtet: die Scheiben nicht gerade abgeschnitten, sondern das Käsestück ausgehöhlt. Höhlenkäse hatte ich das genannt und immer darüber geschimpft. Er hatte mich wahnsinnig gemacht mit dieser Marotte. Wie mit so einigem anderen, dachte ich gerade, als hinter mir plötzlich jemand »Hey!« sagte. Ich setzte ein freundliches Lächeln auf, drehte mich um und wollte »Hallo« sagen, doch das blieb mir jäh im Halse stecken. Denn da stand *er*, leibhaftig und in Kochjacke, und verschlug mir einfach die Sprache. Verwirrt starrte ich ihn an. Dann spürte ich, dass sämtliches Blut aus meinem Gesicht wich. »Anton!«, murmelte ich. »Du? Hier?« Das mit den Einwortsätzen schien irgendwie ansteckend zu sein.

»Äh … wow! Marie!«, stammelte Anton nun mindestens ebenso überrascht und blickte mich ungläubig an. Dann lächelte er. Er hatte sich schneller wieder im Griff als ich. »Was machst du hier?«

»Ich … ähm …« Mein Herz raste. »Ich wollte dich gerade das Gleiche fragen.«

Sein Blick fiel auf meine Kochjacke. »Sag nicht, du arbeitest jetzt auch hier.« Nun sah er doch wieder verwirrt aus.

Ich registrierte, dass er seine dunklen Haare inzwischen kurz trug. Nur ein paar kleine Locken blitzten unter der Kochmütze hervor. »Ja«, erwiderte ich und verspürte plötzlich den Impuls wegzulaufen. Reiß dich zusammen, befahl ich mir stumm und atmete tief ein. »Ja, ich arbeite jetzt hier«, sagte ich mit fester Stimme. »Vorerst. Heute ist mein erster Tag. Ich wusste ja nicht, dass du …«

»Nee, kannst du ja auch nicht. Bin auch noch nicht so lange hier.«

»Wie lange denn?«, fragte ich, obwohl mich eigentlich viel mehr interessierte, warum. Als wir noch zusammen gewesen waren, hatte er von einer großen Karriere als Koch geträumt, weshalb ich ihn eher in einem schicken Sternerestaurant in irgendeiner europäischen Metropole vermutet hatte als in einem Brauhaus im Kölner Kunibertsviertel.

»Drei Monate«, sagte Anton und lieferte mir dann die Antwort auf meine eigentliche Frage gleich mit. »Ich war eine Weile im Ausland. Nachdem wir … ähm … uns getrennt hatten. In Südamerika und Australien. Und da ist mir aufgefallen, dass es richtig cool ist, auch mal ein Privatleben zu haben. Und Freizeit und so. Wusstest du das?«

Die Aussteigernummer also, dachte ich. »Nein, ich hatte keine Ahnung. Und jetzt sparst du Geld, um eine Strandbar auf Ibiza zu eröffnen?«

Er lachte. »Geld sparen, ja. Strandbar eher nicht. Auf jeden Fall muss Bares in die Kasse. Australien war ein teurer Spaß. Also hab ich hier angeheuert. Die Bezahlung ist ziemlich fair.«

»Stimmt.«

»Und du? Ich meine, du musst doch im Petite Pauline ...«

»Es ist geschlossen«, sagte ich schnell.

»Wie, geschlossen?«

»Geschlossen im Sinne von nicht mehr geöffnet.« Es klang schnippischer als beabsichtigt.

»Ah. Okay.« Er sah mich stirnrunzelnd an.

»Brandschutz und so«, fügte ich ein wenig nebulös hinzu und hoffte, um eine ausführliche Erklärung herumzukommen. »Ist jetzt erst mal vorübergehend.«

»Oh. Aha. Das tut mir leid.«

»Muss es nicht. Ich mach bald wieder auf«, erklärte ich gespielt fröhlich.

»Anton! Watt is mit den Halven Hähnen? Wird datt heute noch watt?« Frau Holtmann war wie aus dem Nichts aufgetaucht und stemmte ihre Arme in die Hüften.

»So gut wie fertig.« Anton zuckte mit den Schultern. »Ich muss dann mal. Ähm ... ja ... also: Herzlich willkommen im Brauhaus Sankt Josef.«

Ich nickte. »Danke. Ich mach dann mal Bratkartoffeln.«

Ich fragte Kuno nach Butterschmalz und mich, ob ich unter diesen Umständen wirklich hier arbeiten wollte. Den Ex-Freund zum Kollegen zu haben war alles andere als ideal – erst recht, wenn er ausgerechnet Anton hieß. Wir waren vor zwei Jahren nicht gerade in Freundschaft auseinandergegangen und hatten seitdem kein einziges Wort mehr miteinander gesprochen. Eine merkwürdige Vorstellung, jetzt jeden Tag mit ihm zusammenzuarbeiten. Andererseits hatte ich Frau Holtmann fest zugesagt, und die Trennung von Anton lag inzwischen ja auch einige Zeit zurück. Ich hatte schon lange nicht mehr an ihn und den ganzen Schlamassel damals gedacht. Na ja. Zumindest nicht mehr so oft. Ich hatte mich inzwischen sehr gut ohne ihn eingerichtet. Mit anderen Worten: Ich war über ihn hinweg. Während die

Bratkartoffeln in der Pfanne vor sich hin schmorten und langsam eine goldbraune Farbe annahmen, wägte ich ab und beschloss schließlich, es auf einen Versuch ankommen zu lassen. Ich würde hier im Sankt Josef bleiben, Geld verdienen und mich auf das konzentrieren, was jetzt wichtig war: die Wiedereröffnung des Petite Pauline.

Dafür, dass es mein erster Arbeitstag war, ist es gar nicht so schlecht gelaufen, dachte ich. Abgesehen von der Sache mit Anton. Mit müden Beinen und rauchendem Kopf begab ich mich in den kleinen Garderobenraum, um mich umzuziehen. Natürlich hatte ich ständig fragen müssen, wo was stand, und die Rezepte der Speisekarte mussten mir auch noch in Fleisch und Blut übergehen, damit bald jeder Handgriff saß, aber das war nur eine Frage der Zeit. Was im Sankt Josef gekocht wurde, war wahrlich kein Hexenwerk. Ich schälte mich aus der Kochjacke und zog mein verschwitztes T-Shirt über den Kopf, während ich, um Zeit zu sparen, gleichzeitig versuchte, aus der Kochhose zu steigen, was sich nicht gerade als die brillanteste aller Ideen erwies, denn ich geriet ins Straucheln, verlor das Gleichgewicht und suchte reflexartig mit den Armen nach Halt. Den fand ich im letzten Moment bei etwas großem Schwarzem unter den Garderobenhaken an der Wand. Ich hielt mich kurz daran fest und schaffte es irgendwie, nicht umzufallen. Das große Schwarze an der Wand schaffte das leider nicht. Es fing an zu rutschen und fiel mit einem Riesengetöse zu Boden.

»Du meine Güte«, murmelte ich erschrocken und kniete mich vor das verunfallte Ding. Es handelte sich, wie ich jetzt feststellte, um eine Art überdimensionalen Geigenkoffer, übersät mit allerlei Aufklebern. Ich hatte ihn bisher gar nicht wahrgenommen, vermutlich, weil er von den vielen Jacken verdeckt gewesen war. Ich entledigte mich endgültig meiner Kochhose, die noch auf halb acht hing, und des T-Shirts und machte mich dann ächzend daran, den riesigen Kasten wieder aufzurichten, inständig hoffend, dass das Instrument darin keinen allzu großen Schaden genommen hatte.

»Was ist passiert?«, hörte ich da jemanden in monotoner Stimmlage fragen, und als ich aufblickte, sah ich, dass ein ziemlich verstörter Kuno in der Tür stand und seine mettverschmierten Finger an einem Küchentuch abrieb. Merkwürdigerweise starrte er dabei angestrengt an mir vorbei.

»Scheiße«, entfuhr es mir, denn schlagartig wurde mir bewusst, dass ich quasi nackt war – von Slip und BH mal abgesehen. Schnell versteckte ich meinen unbekleideten Körper hinter dem Instrumentenkoffer und sagte: »Irgendein Vollidiot hat diesen Kasten hier so blöd abgestellt, und jetzt ist er umgefallen. Weißt du, wem er gehört?«

»Mir.« Kuno steckte das mettverschmierte Handtuch in seinen Hosenbund und räusperte sich.

»Äh, kannst du mir mal meine Klamotten reichen?« Ich deutete auf ein zusammengeknülltes Häufchen im Regal.

Kuno tat, wie ihm geheißen, und vermied es dabei weiterhin tunlichst, in meine Richtung zu sehen. Auch als er meiner Anweisung nachkam, mal kurz den Koffer zu halten, während ich dahinter in Jeans und T-Shirt schlüpfte, blickte er gentlemanlike in die entgegengesetzte Richtung.

»Man kann auch abschließen«, brummte er.

»Ah, gut zu wissen«, sagte ich etwas kurzatmig.

Als ich endlich fertig umgezogen war, legte Kuno den Koffer auf den Boden und öffnete ihn so vorsichtig, als befände sich darin eine tickende Zeitbombe.

»Ist das ein Cello?«, fragte ich.

»Kontrabass.« Behutsam nahm er das Instrument heraus und untersuchte es eingehend.

»Du spielst Kontrabass?«, fragte ich erstaunt.

»Jau.«

»Ist es … kaputt?«

Er schüttelte den Kopf. »Scheint okay zu sein.« Er zupfte noch einmal an allen vier Saiten und bettete das Instrument dann wieder liebevoll in seine Kiste. »Nur etwas verstimmt.«

»Äh … du oder der Kontrabass?«

»Der Kontrabass.«

»Ah. Tut mir leid, dass …«

»Ist ja noch heil.« Kuno strich noch einmal sanft mit der Hand über das Holz des Streichinstrumentes, schloss dann den Kasten und stellte ihn auf die andere Seite neben das Regal.

»Glaubst du, da steht er besser?«, fragte ich zweifelnd.

Er zuckte mit den Schultern. »Steht immer im Weg. Aber irgendwo muss er ja hin.«

»Warum schleppst du das Ding denn immer mit zur Arbeit?«

»Bandprobe. Oder Auftritt. Irgendwas is immer.«

»Kannst du ihn nicht bei Frau Holtmann im Büro abstellen?«

»Muss ich fragen.«

»Jau«, sagte ich.

9. Kapitel

Als ich am nächsten Morgen wach wurde, war es noch vor sieben. Ich hatte unruhig geschlafen, mich die ganze Nacht hin und her gewälzt. Die vielen neuen Eindrücke, die unerfreuliche Begegnung mit meinem Ex und die Tatsache, dass ich nicht mehr Chefin eines feinen Restaurants, sondern Angestellte in einer Brauhausküche war, hatten in meinem Kopf ein Gedankenkarussell in Gang gesetzt, das nicht zu stoppen gewesen war. Normalerweise hätte ich mich um diese Zeit noch mal umgedreht, doch ich spürte, dass ich keinen Schlaf mehr finden würde. Wie gerädert pellte ich mich also aus dem Bett. Nach drei Tassen Kaffee und einer lauwarmen Dusche war ich einigermaßen wach. Ich ging zum Bäcker, besorgte zwei noch warme Croissants und marschierte damit ins Bloom & Vogel, wo Swantje schon Sträuße band und Berge von Blumen in Eimer verfrachtete. Heute war Mittwoch, was bedeutete, dass sie in aller Herrgottsfrühe zum Blumengroßmarkt in Riehl gefahren war, um Ware einzukaufen. Sehr schöne Ware, wie ich mit einem Blick feststellte. »Die Pfingstrosen sind ja ein Traum«, sagte ich und deutete auf die üppigen roséfarbenen Blüten.

Swantje nickte. »Ja, ist jetzt langsam wieder die Zeit. Sie waren allerdings noch ganz schön teuer. Aber ich konnte nicht widerstehen …«

»Kein Wunder …«

»Morgän. Morgän«, quäkte Eddie und blickte mich aus seinem riesigen Käfig heraus beleidigt an.

»Entschuldige, Eddie. Guten Morgen.«

Ich hielt Swantje die Brötchentüte entgegen. »Hab übrigens Frühstück mitgebracht.«

»Kannst du Gedanken lesen?«

»Ich hab von oben deinen Magen knurren gehört.«

»Aha«, sagte Swantje, ließ Blumen Blumen sein und machte uns zwei Espressi. Wir setzten uns wieder an unseren Lieblingstisch und bissen in die knusprigen Croissants. Unter Swantjes Nägeln war es grün vom Blumenschneiden, und ich hatte Brandblasen an den Fingern, weil ich gestern an die heiße Bratpfanne gekommen war. Vor Aufregung wahrscheinlich. Wir betrachteten lachend unsere geschundenen Hände.

»Von Arbeit gezeichnet«, seufzte Swantje.

Ich nickte. »Manikürte Gelnägelhände würden aber auch absolut nicht zu uns passen.«

Sie gab mir recht und wollte dann jedes Detail meines ersten Arbeitstags im Sankt Josef erfahren. Ich erzählte ihr alles haarklein und in chronologischer Reihenfolge.

»Nicht dein Ernst!«, rief sie erschrocken, als ich bei Anton angelangt war.

»Doch. Mein voller Ernst. Ich bin fast in Ohnmacht gefallen, als er plötzlich vor mir stand.«

»Und wie war das für dich? Ihn nach so langer Zeit wiederzusehen?«, wollte sie wissen.

Ich zuckte mit den Schultern. »Schwierig. Im ersten Augenblick stand ich völlig unter Schock. Ich wusste gar nicht, was ich sagen sollte.«

»Und das will was heißen.«

Ich nickte. »Nachdem ich mich wieder einigermaßen gefangen hatte, ging es so lala. Ich hab versucht, mich irgendwie … erwachsen zu verhalten.«

»Erwachsen klingt gut. Und er?«

»Am Anfang war er auch ziemlich von der Rolle, glaube ich.

Aber dann hat er den Coolen raushängen lassen. Na ja. Ist ja auch schon ein Weilchen her. Das mit uns. Aber heute Nacht habe ich von ihm geträumt, und … es war kein schöner Traum. Der ganze Mist, der damals gelaufen ist – das kommt auf einmal alles wieder hoch.«

Swantje nickte. »Kein Wunder. Wie er sich damals verhalten hat …«

Ich seufzte. »Als wenn nicht sowieso schon alles schlimm genug wäre. Ich war kurz davor, direkt wieder hinzuschmeißen im Sankt Josef, aber die Bezahlung ist super, du weißt ja, wie dringend ich das Geld brauche, und Frau Holtmann ist echt nett … Sie kannte übrigens meinen Vater.«

»Vielleicht wird es ja gar nicht so schlimm. Wie du sagst: Es ist lange her, und ihr seid schließlich erwachsene Menschen.«

»Das habe ich mir dann auch gedacht. Kündigen kann ich ja immer noch, wenn es gar nicht geht …«

»Genau«, stimmte Swantje mir zu. »Und es gibt ja auch noch andere Kollegen. Sind die nett?«

»Es herrscht ein rauer Ton. Aber ja. Die meisten sind nett.« Ich erzählte, wen ich sonst noch kennengelernt hatte, und als ich ihr schließlich von meinem Striptease mit dem Kontrabass berichtete, lachte sie sich schlapp. »Typisch du!«, rief sie und begann »You can leave your hat on« zu singen.

»Oh Gott, den hatte ich ja wirklich noch auf«, sagte ich erschrocken. »Ich trug Slip, BH und eine KOCHMÜTZE! Oh Mann, Swantje, ich kann Kuno nie wieder unter die Augen treten, und den anderen auch nicht. Er hat es bestimmt allen erzählt, und …«

In diesem Moment ertönte die Ladenklingel, und Klaus kam mit hochrotem Kopf hereingestürmt. Er sah ziemlich abgehetzt aus – wie immer eigentlich, wenn er arbeitete, denn stets wartete irgendwo ein Dreh auf ihn, oder er musste ganz schnell in den

Schnitt. Klaus war Redakteur bei RTL Explosiv und immer auf Abruf, schließlich ließ die nächste Sensation selten lange auf sich warten. Umso erstaunter war ich, ihn um diese Uhrzeit hier zu sehen.

»Was ist los?«, rief ich überrascht.

»Ich muss gleich in die Redaktion«, keuchte er. »Aber vorher brauche ich unbedingt einen Espresso – und DEINE Hilfe.« Er zeigte mit dem Zeigefinger auf mich. »Die Lage ist ernst«, fügte er mit Grabesstimme hinzu.

»Na gut, dann kümmere ich mich mal um Ersteres«, sagte Swantje und marschierte in Richtung Espressomaschine.

Klaus schnappte sich einen Stuhl vom Nebentisch, setzte sich mir gegenüber und blickte mich eindringlich an.

»Schieß los«, sagte ich, denn langsam wurde ich neugierig.

»Ich hatte gestern einen Dreh mit einem Angler, weil er statt Forellen einen nagelneuen E-Scooter aus dem Rhein gefischt hat«, begann er ein wenig atemlos.

»Tolle Story.«

»Jaja, ich weiß. Zum Gähnen. Ist aber gerade ein Riesenthema mit den E-Scootern. Sagt Chrissie.« Er rollte mit den Augen. Chrissie war seine Chefin. Eine von der Sorte, die jeden in den Wahnsinn trieb, weil immer alles jetzt und sofort gemacht werden musste, und wenn etwas nicht klappte, grundsätzlich die anderen schuld waren, wobei »die anderen« meistens Klaus war.

»Und wo komme *ich* da jetzt ins Spiel?« Ich trank meinen Espresso leer. »Swantje, machst du mir auch noch einen?«, rief ich.

»Okay«, kam es von ihr zurück, und ich blickte Klaus erwartungsvoll an.

»Wegen des E-Scooters gar nicht, aber jetzt kommt's: Der Angler meinte, mir etwas Gutes tun zu müssen, weil er ja nun ins Fernsehen kommt, und da hat er mir am Ende einen riesigen, frisch gefischten Karpfen geschenkt.« Klaus deutete mit seinen Händen die ungefähren Ausmaße des Geschenks an. »Er war schon tot, klar, aber …« Er verzog das Gesicht zu einer angewiderten Grimasse. »Er hat noch Augen und alles. Und jetzt … jetzt liegt er in meinem Kühlschrank. Immer wenn ich den öffne, sieht er mich so vorwurfsvoll an, und das ja auch völlig zu Recht. Das ist richtig spooky, sag ich dir. Heute Morgen hab ich gar nicht gefrühstückt, weil ich den Kühlschrank nicht aufmachen wollte.« Er packte meinen Arm. »Marie, bitte, tu was! Du weißt, was tote Tiere in mir auslösen!«

Oh ja, das wusste ich allerdings. Klaus sprach nämlich gern und oft über sein Kindheitstrauma – um es irgendwie zu verarbeiten, wie er behauptete. Seine Eltern besaßen eine Metzgerei hier in Nippes auf der Neusser Straße, und sie lebten in einer Wohnung, die sich genau darüber befand. Klaus ist dort geboren und aufgewachsen. Um in die Wohnung zu gelangen, musste man einmal quer durch die Metzgerei laufen und dann am Kühlraum vorbei, wo man durch ein Bullauge aus Glas freien Blick auf die toten Schweine und Kühe hatte, die dort von der Decke baumelten und darauf warteten, zu Leberwurst und Hackfleisch verarbeitet zu werden. Spätestens als Klaus eine Körpergröße erreicht hatte, die es ihm erlaubte, durch jenes Bullauge zu sehen, begann er, sich zu ekeln – vor den toten Tieren und vor dem Geruch danach, der sich durchs ganze Haus zog. Man hätte es sich also denken können, doch seine Eltern waren tatsächlich überrascht gewesen, und auch enttäuscht, als Klaus, ihr einziges Kind, ihnen eröffnet hatte, dass er die Metzgerei nicht übernehmen würde, wenn sie, was sie demnächst zu tun gedachten, in den wohlverdienten Ruhestand gingen. Nun lag er im Dauerclinch mit seiner Mutter. Was sein Vater von der Sache hielt, war unklar. Er sprach nicht, oder jedenfalls nur sehr wenig. Zum Thema Nachfolgeregelung hatte er sich noch kein einziges Mal geäußert. Er war wohl eher ein Mann der Tat, was als Metzger ja im Prinzip auch von Vorteil war.

»Also, was soll ich tun, Marie?«, presste Klaus hervor und drückte noch einmal meinen Arm.

Swantje kam mit unseren Espressi zurück und setzte sich zu uns. Ich fasste in zwei Sätzen zusammen, was Klaus' Problem war.

»Der arme Hugo«, ergänzte er und stürzte den Kaffee hinunter.

»Hugo?« Swantje und ich blickten ihn irritiert an.

»Ja … so hab ich ihn genannt«, erwiderte Klaus kleinlaut. »Hugo. Ist doch schön für einen Fisch …«

»Okay. Du hast ihm also schon einen Namen gegeben«, stöhnte ich. »Höchste Zeit, ihn zu eliminieren.« Ich warf Swantje einen vielsagenden Blick zu. »Bevor die Bindung zu eng wird.« Einen Augenblick dachte ich nach. »Na gut. Fürs Erste kann Hugo ins Petite Pauline ziehen. Ins Kühlhaus, auf Eis. Da bleibt er schön frisch. Morgen habe ich nämlich frei. Da könnte ich abends eine leckere Mahlzeit aus ihm zaubern. Und speziell für dich noch etwas Vegetarisches dazu.« Ich knuffte Klaus in die Seite. »Zufrieden?«

Er nickte erleichtert. »Du bist ein Schatz.«

»Alva und ich sind natürlich gerne beim Verzehr von Hugo behilflich«, bot Swantje großzügig an.

»Ach, ihr seid die Besten.« Klaus sah schon viel entspannter aus. In zubereiteter Form und ohne Augen konnte er tote Tiere besser aushalten. »Also, morgen um sieben bei mir?«

Ich nickte. »Passt.«

»Perfekt.« Klaus stand auf und kramte seinen Wohnungsschlüssel aus der Jackentasche. »Sag mal, Marie, könntest du Hugo vielleicht … Ich glaub, ich schaff's einfach nicht, ihn noch mal anzufassen …«

»Gib schon her«, stöhnte ich und schnappte mir den Schlüssel. »Ich kümmere mich um Hugos Umzug.«

»Du hast echt was gut bei mir, Hase.«

»Ich weiß.«

»Und morgen erzählst du mir mal in aller Ruhe, wie es im Sankt Josef ist. Und wir überlegen zusammen, wie wir das Petite Pauline wieder ans Laufen kriegen.«

10. Kapitel

»Ah, auch schon da«, begrüßte mich Anton, während er in einem riesigen Topf rührte.

Mir wurde flau im Magen. Auch an Tag zwei löste sein Anblick Unbehagen in mir aus. Nichts anmerken lassen, Marie, dachte ich und setzte ein Lächeln auf. »Guten Morgen zusammen!«

Ich blickte verstohlen in Antons Richtung. Zumindest grinste er nicht oder sah mich komisch an. Auch sonst niemand tat das, woraus ich schloss, dass Kuno die peinliche Geschichte mit dem Kontrabass für sich behalten hatte. So richtig schlau wurde ich bis jetzt ja nicht aus dem schnitzelklopfenden Musiker, aber in diesem Moment begann ich trotzdem, ihn zu mögen.

»Morgen«, murmelten meine neuen Kollegen.

»Du hast noch einen Zweitjob in der Autowerkstatt?« Stirnrunzelnd betrachtete Anton meine ölverschmierten Finger.

»Nein. Mir ist nur auf dem Weg hierher die Fahrradkette abgesprungen. Deshalb bin ich auch zu spät. Gibt es irgendwo eine Wurzelbürste? Und Scheuermittel?«

»Drüben im Putzschrank.« Anton deutete hinter sich.

Ich fand, was ich brauchte, marschierte auf dem schnellsten Weg in den Waschraum, um meine Hände zu schrubben, und als ich sie endlich vom Kettenöl befreit hatte, zog ich mich um und kehrte schleunigst in die Küche zurück, bevor Frau Holtmann bemerkte, dass ich bereits an meinem zweiten Arbeitstag zu spät gekommen war.

»Was soll ich machen?«, fragte ich und blickte Anton fragend an. Er rührte immer noch in dem riesigen Topf herum.

»Bratkartoffeln«, sagte er. »Das kennst du ja schon von gestern.«

Ich schnupperte. »Ist das Wirsingeintopf?«

»Gut erkannt.«

»Riecht gut.«

»Schmeckt auch gut.« Er holte einen Löffel aus der Schublade und reichte ihn mir. »Hier. Probier mal.«

»Ich?« Verwirrt blickte ich von ihm zum Topf und wieder zurück.

»Ja, du. Wer denn sonst?« Grinsend machte er Platz.

Unentschlossen zuckte ich mit den Schultern. »Na gut.« Ich nahm den Löffel und probierte. »Uhhh«, sagte ich und verzog das Gesicht.

»Wie, uhhh?« Anton sah mich halb ärgerlich, halb amüsiert an.

»Uhh, da fehlt was.« Ich überlegte. »Kümmel. Ja, das ist es. Da fehlt eindeutig Kümmel.«

»Ich mach ihn immer ohne«, erklärte Anton leichthin.

»Schlechte Entscheidung.«

Er blickte prüfend in mein Gesicht. »Sag mal, kann es sein, dass du dich kein Stück verändert hast?«

»Wenn du damit meinst, dass ich immer noch einen exzellenten Geschmackssinn habe: Ja, kann sein.«

»Nein. Das meine ich nicht.«

»Sondern?«

»Dass du immer noch alles besser weißt.«

»Stimmt doch gar nicht.« Beleidigt nahm ich noch einen Löffel von dem Eintopf. »Aber hier liegt es ja nun mal klar auf der Hand.« Ich schüttelte den Kopf. »Wirsing ohne Kümmel … tzzz.«

»Viele Köche verderben den Brei. Schon mal gehört?«

»*Du* wolltest doch, dass ich probiere.«

»Ja, dass du probierst. Aber nicht, dass du deinen Senf dazugibst. Vielleicht kümmerst du dich jetzt besser um deine Bratkartoffeln …«

Während ich zwei riesige Tüten Kartoffelscheiben aus dem Kühlraum holte, fragte ich mich seufzend, ob es wirklich eine so gute Idee gewesen war, diesen Job anzutreten. Jeden Tag Seite an Seite mit Anton zu arbeiten konnte verdammt schwierig werden. In mir erwachten die alten Erinnerungen zu neuem Leben. Dabei hatte ich sie so schön in den Schlaf gesungen. Gestern hatte ich wirklich gedacht, ich könnte den ganzen Mist von damals irgendwie ausblenden, doch nun musste ich mir eingestehen, dass Antons Anwesenheit mir mit voller Wucht auf mein geschundenes Gemüt schlug und mir richtig schlechte Laune machte.

»Vielleicht kümmerst du dich jetzt besser um deine Bratkartoffeln«, äffte ich ihn im Stillen nach. Im Petite Pauline wäre ich die Einzige gewesen, die so etwas hätte von sich geben dürfen. Und jetzt musste ich mir von diesem Amateur sagen lassen, was ich zu tun und zu lassen hatte. In mir begann es langsam zu brodeln. Und in Antons Topf auch. Er war kurz im Gastraum verschwunden, um sich einen Überblick über die Anzahl der Gäste zu verschaffen, deshalb ging ich hinüber und stellte die Temperatur herunter. »Sag ich doch: Amateur«, murmelte ich. Dann probierte ich noch einmal seinen Eintopf. Ich seufzte. Anton war doch mal richtig gut gewesen. Schnell schnappte ich mir ein wenig Kümmel aus dem Gewürzfach. Ich konnte nicht anders. Verstohlen blickte ich mich um. Alle anderen waren in ihre Arbeit vertieft, und von Anton keine Spur. Unauffällig streute ich eine angemessen große Prise des Gewürzes in den Eintopf und rührte ihn schnell um. Dann probierte ich noch einmal. Ja, so ist's perfekt, dachte ich zufrieden. Schnell kehrte ich zurück an meinen Platz, tat, als wäre nichts gewesen, und widmete mich den Bratkartoffeln. Gerade noch rechtzeitig, denn im nächsten Moment war Anton zurück.

»Ich hab deinen Eintopf runtergestellt«, sagte ich. »Der wäre sonst angebrannt.«

»Ah, okay.«

»Wie wäre es mit ›Danke, Marie‹?«

»Danke«, brummte Anton. »Übrigens, dein Opa ist da.«

»Mein Opa? Welcher Opa?«, fragte ich verwirrt.

»Wie viele hast du denn?«

»Du meinst, mein Opa Erwan ist hier? Im Brauhaus?«

»Du sagst es.« Anton grinste. »Mit einer hübschen Pflegerin. Tisch zehn. Himmel un' Äd, ein Kölsch, ein Wasser. Schätze, das Kölsch ist für ihn. Hat ja noch nie ins Glas gespuckt.« Er nickte anerkennend. »Guter Mann!«

Ich stöhnte. »Die hübsche Pflegerin – ist sie so Mitte vierzig, blond und hat einen dicken geflochtenen Zopf?«

»Bingo.«

»Das ist Martha. Seine Lieblings-Altenpflegerin. Wahrscheinlich hat er sie so lange bequatscht, bis sie mit ihm essen gegangen ist. Mein Opa hasst das Essen im Heim.«

»Kann ich mir vorstellen. Für einen Gourmet muss es eine Strafe sein, jeden Tag matschiges Kantinenessen vorgesetzt zu bekommen.«

»So schlecht ist es dort gar nicht«, verteidigte ich die Küche im Elisenstift. »Aber als ehemaliger Koch ist er halt anspruchsvoll.« Plötzlich fuhr mir der Schreck in die Glieder. »Ähm, hast du …?«

Anton sah mich verständnislos an.

»Hast du ihm eigentlich gesagt, dass ich hier arbeite?«

»Nein, ich wollte ihn nicht beim Schäkern stören. Wieso? Weiß er das etwa nicht?«

»Ähm. Nein. Noch nicht. Er denkt …« Ich stockte.

»Sag nicht, du hast ihm verheimlicht, dass das Petite Pauline geschlossen ist?«

»Na ja, was heißt verheimlicht? Ich hab's ihm einfach … noch nicht gesagt«, erwiderte ich kleinlaut.

»Und warum nicht?«

»Weil … Du weißt doch, wie er ist. Das Petite Pauline war sein Leben. Und ist es irgendwie immer noch … Es hat sich einfach noch keine Gelegenheit ergeben.«

»Oh Mann!« Anton schüttelte den Kopf. »Und wann, denkst du, wird es eine Gelegenheit geben?«

»Bald.«

»Gut. Ich finde nämlich, er sollte es wissen.«

»Lass das einfach meine Sorge sein!«

Anton hob beide Arme in die Luft. »Okay, okay. Klar, ist deine Sache …« Er widmete sich wieder seinem Eintopf, und ich nahm mir fest vor, meinem Opa morgen reinen Wein einzuschenken. Da hatte er zwar Geburtstag, und eigentlich wollte ich ihm den nicht verderben, aber besser so, als dass er selbst herausfand, was los war.

»Sag mal … Marie?« Anton drehte sich zu mir um. Er hatte einen Probierlöffel im Mund, den er gerade stirnrunzelnd wieder herauszog.

»Hast du da etwa … heimlich Kümmel reingetan?«

»Nur ein bisschen.« Ich blickte ihn herausfordernd an.

»Okay. Oooookay.« Er atmete tief ein und aus. »Dass wir hier zusammenarbeiten, ist irgendwie echt … schräg. Aber für mich geht es in Ordnung.«

»Toll! Danke sehr«, erwiderte ich schnippisch.

»Ja, so bin ich. Aber können wir uns bitte auf eines einigen?«

»Worauf?«, fragte ich genervt.

»Wenn du kochst, kochst du. Und wenn *ich* koche, koche *ich*. Und zwar so, wie *ich* es für richtig halte.«

»Es ist aber nicht richtig«, beharrte ich. »Ich meine, Wirsing ohne Kümmel. Ganz ehrlich …«

Anton öffnete den Mund, um etwas Passendes zu erwidern, doch ihm fehlten offensichtlich die Worte, was mal was ganz Neues war.

»Hallo!«, rief plötzlich jemand von der Tür her. »Wer hat das Himmel un' Äd gemacht?«

Anton grinste. Er schien richtig Spaß zu haben, auf meine Kosten. »Besuch für dich.«

Ich schnappte nach Luft, als ich registrierte, wer da auf einmal in der Küche stand: mein Opa!

»Verrat mich nicht«, zischte ich Anton zu, schaltete schnell die Herdplatte mit den Bratkartoffeln herunter und sprintete in den Kühlraum. Was um alles in der Welt machte er hier? Entweder hatte er sich auf dem Weg zur Toilette verlaufen, oder er wollte mal eben die Küche inspizieren. Ich tippte auf Letzteres. Er blieb in seinem Herzen halt immer ein Koch. Im Kühlraum war es kühl, was jetzt keine große Überraschung war, aber trotzdem fror ich, da ich leider keine Gelegenheit gehabt hatte, mir eine warme Jacke mitzunehmen. Ich öffnete die Tür einen Spaltbreit und linste hindurch. Opa war in ein angeregtes Gespräch mit Anton und Kuno vertieft. Schnell schloss ich die Tür wieder und hüpfte ein wenig auf und ab. Langsam fing ich zu zittern an, bestimmt waren meine Lippen inzwischen blau angelaufen. Sie fühlten sich jedenfalls so an. Um mich von der Kälte abzulenken, begann ich, Regale aufzuräumen. Als ich damit fertig war, linste ich noch einmal durch den Türspalt. Opa, Anton und Kuno schienen sich bestens zu unterhalten. Na, prima. Ich war inzwischen ein einziger Eisklotz. Bibbernd begutachtete ich die riesigen eingeschweißten Fleischstücke. Und die fertig zubereiteten, vakuumverpackten Eisbeine. Noch einmal blickte ich durch den Türspalt. Gott sei Dank. Opa verabschiedete sich gerade und schlurfte zurück in Richtung Gastraum. Schnell schlüpfte ich aus meinem kalten Gefängnis und begab mich auf schnellstem Wege zu den brodelnden Töpfen.

»Was wollte er?«, fragte ich und streckte meine Hände über den warmen Herdplatten aus. Sie kribbelten, während sie auftauten.

»Wissen, wer sein Gericht gekocht hat«, erwiderte Anton mit einem breiten Grinsen. »Und sich bedanken, weil es ihm so gut geschmeckt hat. Ein Kompliment aus berufenem Munde. Und tja, was soll ich sagen? Zufällig ist das Himmel un' Äd auf meinem Mist gewachsen. Wie du siehst: Ich brauche dich nicht zum Abschmecken.«

»Himmel un' Äd kann jeder.«

»Gewagte These! Ach ja, und wie wäre es eigentlich mit ›Danke, lieber Anton, dass du mich nicht verraten hast‹?«

»Danke«, murmelte ich maulig.

»Hey … warum so unterkühlt?«

»Ich lach dann später, okay?«

11. Kapitel

Am nächsten Tag bereitete ich direkt nach dem Aufstehen Pauline'sche Entenbrust mit Kartoffelpüree zu, backte einen Rhabarberkuchen, weil Opa den am liebsten aß, und legte anschließend alles in einen Korb und noch einen Strauß Pfingstrosen obendrauf. Den hatte ich gestern noch schnell bei Swantje besorgt. So bepackt, schwang ich mich auf mein Fahrrad und machte mich auf den Weg zu meinem Opa ins Elisenstift.

Als ich sein Zimmer betrat, saß er in seinem gestreiften Frotteebademantel auf dem Bett und schaute fern. Es lief Shopping Queen, und zwar so laut, dass seine Zimmernachbarin Hilde sicher durch die Wand jedes Wort mithören konnte.

Ich stellte den mitgebrachten Proviant ab und öffnete das Fenster. »Ich mach mal aus, ja?«, rief ich, deutete auf die Fernbedienung und drehte Guido Maria Kretschmer den Saft ab.

»Die Blonde war gut!«, rief Opa. »Die gewinnt!«

Ich reichte ihm seufzend sein Hörgerät. »Welches Motto?«, schrie ich.

»Weiß ist heiß auf Ibiza!«, brüllte er zurück und steckte sich das Ding ans Ohr.

»Alles Liebe zum Geburtstag, Opa«, sagte ich nun in Zimmerlautstärke und nahm seine Hand. Dann umarmte ich den hageren Körper des alten Mannes und dachte, er wird auch immer weniger.

Opa blickte mich völlig überrumpelt an. »Hab ich …«

»Ja, Opa, du hast heute Geburtstag.«

»Wie alt bin ich geworden?«

»Siebenundsiebzig. Ein junger Hüpfer!«

»Hast du was zu essen mitgebracht? Und mein Fahrrad?«

Ich deutete auf den Korb am Boden. »Essen ja. Was denkst du denn? Geburtstagsessen. Entenbrust und Rhabarberkuchen.«

Opa nickte zufrieden. »Dann muss ich den Fraß von unten nicht essen. Schmeckt zum KOTZEN hier«, schimpfte er vor sich hin, während er sich umständlich von seinem Bett erhob. »Und wo ist mein Fahrrad?«

»Bei uns im Keller. Warum fragst du?«

»Ich brauche es.«

Ich seufzte. »Nächstes Mal bringe ich es dir mit, Opa«, versprach ich in der Hoffnung, dass er es wieder vergaß, und verschränkte dabei kurz Zeige- und Mittelfinger hinter dem Rücken. Ich war abergläubisch. Sehr sogar. Das hatte ich wohl von meiner Mutter geerbt. Das jedenfalls hatte Paps immer behauptet, als er noch lebte.

Ich nahm zwei Teller, Besteck und weiße Servietten aus der Kommode und deckte schnell den Tisch, damit wir essen konnten, bevor Opa sich auf das Fahrradthema versteifte.

»Setz dich.« Ich fand eine Vase für die Pfingstrosen und platzierte sie in der Mitte des Tisches. Dann holte ich eine große weiße Stumpenkerze aus dem Regal, zündete sie an und stellte sie neben die Vase. Nun sieht es nach Geburtstag aus, dachte ich zufrieden und begann, das Essen aus dem Warmhaltegefäß auf hübsche Schüsseln zu verteilen.

Opas Augen begannen zu leuchten. »Schon das zweite leckere Essen diese Woche.« Er setzte sich an den Tisch und rieb sich voller Freude die Hände.

»Ach ja?«, fragte ich scheinheilig und auch ein wenig überrascht, denn ich hätte wetten können, dass er heute bereits vergessen hatte, dass er gestern Himmel un' Äd im Sankt Josef gegessen hatte.

»Ich war im Brauhaus«, verkündete er und schaufelte Entenbrust und Püree auf seinen Teller.

»Im Brauhaus? Wann?«

Er runzelte die Stirn. »Gestern. Oder vorgestern.«

»Wieso warst du da?« Jetzt war ich wirklich gespannt.

»Hab 'ne Wette gewonnen. Gegen Martha. Sie wollte mir nicht glauben, dass ich es schaffe, für alle hier ein vernünftiges Gulasch zu kochen. Pah. Da hatte sie sich aber geschnitten.«

»Du hast hier gekocht?«

»Klar!«

»Wann? Hast du mir ja gar nicht erzählt.« Ich schob mir ein Stück Entenbrust in den Mund, die mir, wie ich jetzt feststellte, wirklich gut gelungen war. Nun ja, dieses Gericht hatte ich ja auch schon mindestens tausend Mal zubereitet.

»Letztens. Vereinbarung mit der Küchenchefin hier. Damit die mal sieht, wie man kocht.«

»Die war bestimmt begeistert.«

»Nee, die war nicht da. Aber die Heimleitung hat's so angeordnet. Du weißt schon, Frau Heils. Die liebt Gulasch. Tja, und das ist dann auch weggegangen wie warme Semmeln, das kann ich dir sagen. Die Leutchen haben ihren Teller alle ratzekahl leer gegessen, und das ist hier noch nie vorgekommen. Sogar Hilde hat alles aufgegessen, dabei isst die sonst wie ein Spatz, wegen ihrer Dritten. Haften nicht richtig, die blöden Dinger.«

»Du hast die Wette also gewonnen.«

»Und wie ich die gewonnen hab!«, brummte Opa und ließ sich die zarte Entenbrust auf der Zunge zergehen. »Geht doch nix über eine Ente aus dem Petite Pauline.«

»Mhmmm«, murmelte ich ausweichend. »Und dann ist Martha also mit dir ausgegangen?«

»Musste sie ja. Wettschulden sind Ehrenschulden. Ich wollte sie ins Pauline ausführen, aber das hat ja montags geschlossen.«

»Aber gestern war … ach, egal.« Ich aß vom Püree und fühlte mich plötzlich sehr unbehaglich. »Opa«, begann ich. »Wegen des Pauline. Ich …«

In diesem Moment klopfte es an der Tür. »Herein, wenn's kein Schneider ist«, rief Opa.

Es war kein Schneider, sondern Martha. »Herr de Goff, kommen Sie nicht zum Essen runter?«, fragte sie, blickte ein wenig erstaunt auf den reich gedeckten Tisch und begann geschäftig, hier und da etwas wegzuräumen. »Wir haben extra eine Geburtstagskerze an Ihren Platz gestellt.«

»Die könnt ihr heute Abend anzünden. Heute Mittag komm ich nicht«, nuschelte Opa mit Ente im Mund. »Hab hohen Besuch, und der hat Essen mitgebracht. Leckeres Essen. Aus dem Petite Pauline.«

»Ah, ich verstehe.«

»Ich hatte Bescheid gesagt«, informierte ich sie. »Ist vielleicht untergegangen …«

»Oh, ach so. Ja, vermutlich.«

»Ich hörte, gestern war er mittags auch nicht beim Essen?«

Martha lachte. »Nein, da hat mich Ihr lieber Herr Großvater ausgeführt – ins Sankt Josef!«

»Danke, dass Sie das mitgemacht haben.«

»Ach, nicht dafür«, sagte sie mit einer wegwerfenden Handbewegung. »Es war mir eine Freude. Ihr Opa hat so lecker gekocht für uns alle hier, nicht wahr, Herr de Goff?«

»Nächstes Mal gehen wir ins Pauline. Dann sehen Sie mal, dass das Kochen bei uns in der Familie liegt.«

Ich lächelte verlegen, und Martha verabschiedete sich.

Opa nahm sich noch Nachschlag. »Wie alt bin ich geworden?«

»Zweiunddreißig«, sagte ich im Scherz.

»Aha«, nuschelte Opa mit vollem Mund.

»Und nun iss mal. Ich hab noch eine Überraschung für dich.«

Als Opa aufgegessen hatte, bestand ich darauf, dass er trotz angenehmer Temperaturen draußen seine warme Jacke überzog, denn aus Erfahrung wusste ich, wie zugig es immer rund um den Kölner Dom war. Er hatte schon so lange davon gesprochen, dass er mal wieder hoch wollte, aber fünfhundertdreiunddreißig schmale glatte Steinstufen – da war der Oberschenkelhalsbruch ja vorprogrammiert. Ich hatte deshalb für uns beide eine ganz besondere Tour gebucht. Zusammen mit einer Gruppe würden wir mit dem Lastenaufzug hinauffahren, der sonst nur Mitarbeitern und Handwerkern vorbehalten war, und uns versteckte Ecken, Winkel und uralte Eisenkonstruktionen ansehen. Und wir würden einen einzigartigen Blick über die Stadt haben. Als Swantje anlässlich Kishans alljährlichem Besuch vor einiger Zeit mit ihm an dieser Führung teilgenommen und mir später begeistert in allen Einzelheiten davon erzählt hatte, wusste ich sofort: Das wird mein Geburtstagsgeschenk für Opa. Sein bester Freund Fritz war nämlich Zimmermann gewesen, hatte zeitlebens im Dom gearbeitet und Opa das eine oder andere Mal mit hinaufgenommen. Er hatte mir schon so oft davon erzählt.

»Gehen wir etwa hoch?«, fragte Opa, als wir auf die Domplatte kamen, und blickte mich mit leuchtenden Augen an.

»Wir fahren!« Ich führte ihn zu dem Aufzug, vor dem sich bereits eine Menschentraube gebildet hatte.

»Der Lastenaufzug«, murmelte Opa überrascht. »Das ist der Lastenaufzug. Ist Fritz hier?«

»Nein. Wir fahren ohne ihn.« Dass Fritz bereits vor fünf Jahren gestorben war, sagte ich ihm heute mal nicht.

Er drängelte sich durch die Wartenden zu der schweren Eisentür vor und deutete auf ein Schloss. »Man braucht einen Schlüssel.«

»Den Schlüssel habe ich«, sagte da ein großer, sympathisch

aussehender Mann, der sich nun ebenfalls den Weg zur Aufzugtür bahnte. »Mein Name ist Johannes Röttgers«, stellte er sich vor. »Ich bin Architekt der Dombauhütte und werde Ihnen heute da oben Stellen des Kölner Doms zeigen, die normalerweise sonst niemand zu Gesicht bekommt.«

»Ich kenne da jeden Winkel«, brummte Opa.

Herr Röttgers fuhr mit uns hoch hinauf und führte uns durch schmale Gänge. Oft mussten wir uns ducken oder über Balken oder Werkzeug steigen, das auf dem Boden herumlag, und ich fragte mich, ob es wirklich eine so gute Idee gewesen war, Opa hier hinaufzubringen. Doch er wirkte plötzlich, als wäre er in einen Jungbrunnen gefallen, war aufmerksam und gut zu Fuß, und als ich ungefähr zum zehnten Mal sagte: »Vorsicht, Opa, da liegt was«, motzte er: »Ich bin doch nicht blind!«

Herr Röttgers zeigte uns Skurrilitäten wie das als Wasserspeier verewigte FC-Köln-Maskottchen Hennes und das in Stein gemeißelte vollbusige Funkemariechen. Er führte uns zu alten Treppen, Dachkonstruktionen und in den Frühstücksraum der Handwerker. Opa war voll in seinem Element. Mit Herrn Röttgers fachsimpelte er über Baumaterialien, alte ›Villeroy & Boch‹-Fliesen und aktuelle Sanierungsarbeiten.

»Wann isch der Dom ferdich sanierd?«, wollte ein kleiner älterer Herr wissen, der offenbar aus dem Schwabenland stammte.

Opa und Herr Röttgers sahen sich kopfschüttelnd an und sagten wie aus einem Munde: »Wenn der Dom fertig ist, geht die Welt unter!«

Als wir gegen Ende der Führung im Gänsemarsch durch einen schmalen Gang im Südturm marschierten, zupfte Opa plötzlich an meinem Ärmel und deutete auf eine unauffällige alte Holztür zu unserer Linken. Er öffnete sie und schlüpfte hindurch.

Schnell ging ich ihm hinterher, denn ich wollte ihn auf keinen Fall aus den Augen verlieren.

Ich sah mich um. Wir befanden uns in einer winzigen staubigen Kammer. Auf dem Boden lagen ein verrostetes Sägeblatt und eine alte Rohrzange. An der Wand lehnten einige dicke Holzbalken. Ansonsten war der kleine Raum vollkommen leer. Aber es gab ein Fensterchen, aus dem Opa nun blickte. Ich ging zu ihm hinüber, stellte mich auf die Zehenspitzen und sah ebenfalls hinaus.

»Wow!«, entfuhr es mir, denn von hier aus hatte man eine wunderschöne Aussicht auf Köln und den Rhein. »Was ist das für ein Raum, Opa?«, wollte ich wissen.

»Wenn Fritz sich vor der Arbeit drücken wollte, ist er immer hier rein«, erklärte er. »Manchmal hat er mich mitgenommen. Kam ja sonst niemand her.«

»Und was habt ihr hier gemacht?«

»Über Gott und die Welt philosophiert.« Er lachte kurz auf. »Und über die Frauen.« Einen Augenblick schwieg er, und sein Gesicht nahm einen verklärten Ausdruck an.

»Es ist ein schöner Ort, Opa«, sagte ich leise.

»Das hat Katja auch immer gesagt«, murmelte er.

»Wer?«

Er antwortete nicht, sondern ließ einfach den Blick schweifen.

»Wir müssen weiter«, erinnerte ich ihn. »Sonst verlieren wir die anderen. Und alleine finden wir hier nie wieder raus.«

Opa riss sich von der Aussicht los und sah sich in der Kammer um. Dann wandte er sich doch noch einmal dem Fensterchen zu. Ich ahnte, was er gerade dachte, nämlich, dass er heute vielleicht zum letzten Mal an diesem Ort voller schöner Erinnerungen war.

12. Kapitel

Hugo lag in meiner Kühlbox auf Eis und war in bester Verfassung, als Swantje, Alva und ich am frühen Abend in Klaus' Küche kamen. Er deckte gerade den Tisch mit seinem Windsor-Geschirr. Auf jedem Teller prangte ein anderes Konterfei aus dem englischen Königshaus. Klaus liebte die Queen und ihre Familie und besaß eine entsprechend umfangreiche Devotionaliensammlung einschließlich eines Porzellancorgis in Lebensgröße.

»Krass!«, rief Alva, als sie das Hündchen auf der Fensterbank thronen sah. Sie war heute das erste Mal bei Klaus zu Hause. Völlig entrückt zog sie ihr Handy aus der Hosentasche und verbrachte die nächste halbe Stunde damit, eine umfassende Fotodokumentation von Klaus' königlichem Interieur zu erstellen und diese bei Instagram hochzuladen.

»Ist doch okay, wenn ich ein, zwei Fotos poste, oder?«, fragte sie irgendwann.

»Nett, dass du fragst«, erwiderte Klaus sarkastisch, denn zu diesem Zeitpunkt hatte sie ihr Werk längst der Öffentlichkeit zugänglich gemacht.

Ich hatte derweil Hugo aus der Kühlbox befreit, ihn ausgenommen, gewürzt und zusammen mit dem von Swantje vorbereiteten Gemüse und einem Blech Rosmarinkartoffeln in den Backofen verfrachtet. Der Garungsprozess würde etwa eine halbe Stunde dauern, weshalb ich eine Eieruhr stellte, die eine perfekte Miniaturnachbildung des Kensington Palace war. Dann setzten wir uns alle an den Küchentisch und vertrieben uns die

Wartezeit bei einem Glas Riesling. Alle, außer Alva, die mit Wasser vorliebnehmen musste.

»Ihr seid so was von spießig«, maulte sie.

»Auf Hugo!«, sagte ich schnell, um die Wogen gar nicht erst glätten zu müssen, und erhob feierlich mein Glas.

»Können wir nicht auf was anderes trinken?«, fragte Klaus mit gequältem Gesichtsausdruck.

»Klar. Kein Problem. Hauptsache, wir trinken endlich.«

»Auf Opa Erwan«, schlug Swantje vor, »der Geburtstag hat und den du hoffentlich herzlich von uns gegrüßt hast.«

»Hab ich«, sagte ich, und dann stießen wir endlich an und tranken auf das Geburtstagskind.

»Und? Wie hat er es aufgenommen?« Klaus blickte mich gespannt an. Ich hatte ihm erzählt, dass ich Opa heute endlich reinen Wein einschenken wollte. Ihm beichten, dass das Petite Pauline nicht mehr war.

Seufzend trank ich einen großen Schluck Riesling.

»Echt jetzt? Du hast es ihm immer noch nicht gesagt?«

Ich machte ein verzweifeltes Gesicht. »Er war so … gut drauf. Ich konnte es einfach nicht. Außerdem … wollte ich ihm den schönen Tag nicht versauen.« Ich blickte trotzig in die Runde.

»Ach, Hase!« Klaus schüttelte den Kopf.

»Ich find's okay, dass du es ihm nicht gesagt hast«, sprang Alva mir zur Seite. »Ich mein', das wär' ja so, als wenn ich an meinem Geburtstag erfahren würde, dass …« Sie überlegte einen Augenblick. »… mein Handy kaputt ist oder so.«

»Ja, so ähnlich«, sagte ich. Dann erzählte ich den anderen von unserem Ausflug auf den Dom und der kleinen Kammer. Ich war gerade fertig, da schrillte der Kensington-Palast so laut wie eine Feuerwehrsirene. Wir trugen gemeinsam das Essen auf. Es duftete köstlich, und Hugo war auf den Punkt gegart. Klaus rührte ihn natürlich trotzdem nicht an, aber das Gemüse und die

Kartoffeln schmeckten ihm, und so blieb mehr Fisch für uns. Ich nahm aber auch nur eine Spatzenportion. Die Schließung des Petite Pauline und dann noch Anton im Sankt Josef waren mir nicht nur aufs Gemüt, sondern auch auf den Magen geschlagen.

»Nun iss mal ordentlich«, sagte Klaus, als wäre ich ein Kleinkind und er mein Vater. »Du bist ja nur noch Haut und Knochen.«

»Das stimmt. Aber ist ja auch kein Wunder …« Swantje sah mich mitfühlend an.

Ich nickte stumm und seufzte.

»He, alles in Ordnung?« Klaus blickte mir forschend ins Gesicht.

»Ja. Aber es … es fühlt sich einfach scheiße an, wenn man … wenn man nichts auf die Reihe kriegt, wisst ihr? Meine Großeltern, meine Eltern … alle waren supererfolgreich mit dem Petite Pauline. Und kaum komme ich, ist alles kaputt. Und mein neuer Job ist auch nicht gerade toll. Vor allem wegen Anton«, fügte ich leise hinzu. »Alles, was ich anfasse, endet irgendwie im … Chaos.«

»Alles stimmt ja nicht.« Swantje runzelte die Stirn.

»Na ja, aber fast alles. Das Pauline, Anton, Finn …«

»Hugo nicht«, sagte Alva und schob sich genießerisch ein großes Stück Fisch in den Mund.

»Richtig«, pflichtete Swantje ihr bei.

Ich leerte mein Glas, und Klaus nahm es mir aus der Hand und füllte es nach. Dankbar trank ich noch einen großen Schluck und stellte das Glas dann ab. Ich registrierte, dass Alva mich unsicher anblickte. Plötzlich sprang sie auf, kam zu mir herüber und schlang von hinten ihre Arme um mich.

»Das stimmt nicht, Marie«, sagte sie, und es klang fast zärtlich. »Dass bei dir alles im Chaos endet, meine ich. Ja, okay, ein bisschen chaotisch bist du schon, aber …«

»Bisschen ist gut …« Klaus rollte mit den Augen, jedoch nur so lange, bis ich ihm einen bösen Blick zuwarf.

»Aber du bist auch die beste Freundin und Mitbewohnerin, die man sich vorstellen kann. Ohne dich, das wäre … nichts. Das blöde Pauline. Da kannst du doch nichts für, dass die Wenders dich angeschwärzt haben und neuerdings keiner mehr Enten mag.«

Klaus räusperte sich unauffällig, und ich musste lächeln. Alvas Gefühlsausbrüche waren unberechenbar, aber für diesen hier mochte ich sie sehr.

»Du sagst es mir doch selbst immer vor Mathearbeiten«, fuhr sie unverdrossen fort. »Hauptsache, du gibst dein Bestes. Alles andere ist egal. Und du hast dein Bestes gegeben. Du bist einfach … super!«

Klaus schlug mit der flachen Hand auf die Tischkante, und ich zuckte zusammen. »Absolut! Besser hätte ich es nicht ausdrücken können«, sagte er feierlich. »Und nun hör auf, dich selbst fertigzumachen.«

»Mhmmm«, machte ich, denn plötzlich hatte ich einen Kloß im Hals und konnte nicht sprechen. Dabei hätte ich gern gesagt, wie froh ich war, so großartige Freunde zu haben. »Schön, dass es euch gibt«, presste ich schließlich doch noch hervor.

»Ja, ich weiß«, sagte Klaus. »Wir haben dich auch lieb, Hase, und wenn ich nicht schwul wäre, würde ich dich vom Fleck weg heiraten. Habe ich dir das eigentlich schon mal gesagt?«

Ich nickte. »Ja, das eine oder andere Mal …«

»Puh, da hast du aber Glück gehabt«, sagte Alva.

»Wieso?« Ich blickte sie verwirrt an.

»Na ja, dass Klaus auf Männer steht. Sonst müsstest du für den Rest deines Lebens von Queen-Elizabeth-Tellern essen …«

Ich musste lachen, und in diesem Moment fühlte sich die ganze Pleite ein bisschen weniger schlimm an.

Swantje nickte. »Und jetzt müssen wir nach vorne schauen. Die große Frage ist doch: Wie schaffen wir es, das Petite Pauline wieder ans Laufen zu bekommen?«

»Vielleicht musst du das mit den Enten noch mal überdenken«, schlug Klaus vor.

»Aber das Pauline hat immer in Enten gemacht. Mein Vater, mein Opa … Außerdem habe ich meinem Vater damals versprochen, dass ich das Restaurant in seinem Sinne weiterführe.«

»Aber Enten funktionieren nun mal nicht mehr.« Klaus zog schon wieder ein angewidertes Gesicht. »Und bevor du gar nicht weitermachst … Vielleicht schraubt man auch das Niveau mal ein bisschen runter. Diese gehobene Küche, die vielen Köche, die Kellner im feinen Zwirn – das könnte man sich doch auch alles ein bisschen leichter machen …«

»Du meinst, Pommes und Schnitzel aus der Mikrowelle anbieten?« Ich schüttelte den Kopf. »Auf keinen Fall! Das geht gegen meine Köchinnenehre. Wenn ich schon ein Restaurant führe, dann soll es auch meine Handschrift tragen.«

»Erst mal braucht Marie Geld«, unterbrach Swantje uns. »Geld für den Umbau und für einen neuen Herd. Und eine Reserve, damit sie wieder Personal bezahlen kann.«

Ich nickte. »Du hast recht.«

»Hast du alle Banken abgeklappert?« Klaus schaufelte sich noch eine Portion Rosmarinkartoffeln auf den Teller.

»Ja, so ziemlich.« Ich seufzte. »Die haben alle gleich abgewunken. Keine Chance.«

»Wie wäre es denn mit einem Investor?« Swantje trank einen Schluck Wein. »Jemand, der finanziell mit einsteigt und dann prozentual am Gewinn beteiligt wird.«

»Mhmmmm. Ja. Warum nicht?« Ich steckte mir ein Stück Hugo in den Mund und überlegte. »Ein Gastronom. Jemand vom Fach. Er könnte stiller Teilhaber werden … Vielleicht auch aktiv mit einsteigen. Dann würde nicht alles auf meinen Schultern lasten, und ich müsste trotzdem nicht verkaufen.«

»Beziehungsweise nur einen kleineren Anteil.« Swantje nickte nachdenklich. »Ich hab's!«, rief sie auf einmal mit vollem Mund, kaute und schluckte. »Ich könnte Gerrit fragen. Meinen Cousin, ihr wisst schon …«

»Der, der aussieht wie ein Sparkassen-Azubi im ersten Lehrjahr, aber gewiefter Vertriebler in einer Kölsch-Brauerei ist?«

»Genau der. Der kennt so ziemlich jeden Gastronom in Köln. Vielleicht hat der ja eine Idee.«

»Super!«, sagte ich.

»Mega!«, rief Klaus, und dann tranken wir auf Gerrit, der zwar noch nichts von seinem Glück wusste, aber in den ich trotzdem große Erwartungen setzte, denn zum jetzigen Zeitpunkt war er meine einzige Hoffnung.

Mit der Gerrit-Idee war auch der Appetit zurückgekommen. Swantje, Alva und ich vernichteten Hugo bis auf die Gräten, und dazu gab es eine zweite Flasche Riesling.

Irgendwann sagte Klaus: »So, Leute, nun muss ich euch leider rausschmeißen. Ich muss morgen in aller Herrgottsfrühe los. Missglückte Brust-OP in Wiesbaden. Lange Anfahrt, dämliches Thema. Doofe Protagonistin. Ich hasse meinen Job!« Theatralisch schlug er beide Hände vors Gesicht.

»Werd doch Influencer.« Alva hielt ihm ihr Handy unter die Nase. »Schon über dreihundert Likes für dein Geschirr und den Corgi.«

13. Kapitel

Als ich am nächsten Morgen aufwachte, fühlte ich mich miserabel. Ich hatte eine Stimme wie ein Reibeisen und einen Kopf, in dem sich ein riesiger Wattebausch eingenistet zu haben schien. Zuerst gab ich dem Riesling die Schuld, doch dann begann ich, zu husten und zu niesen, und mir wurde klar, dass es wohl eher der lange Aufenthalt in der Kühlkammer gewesen war, der sich nun rächte. Ich frühstückte Zwieback, Ingwertee und eine Aspirin plus C, schwang mich mit triefender Nase aufs Fahrrad und fuhr zum Sankt Josef.

»Morgen!«, rief ich krächzend in die Runde, als ich in die Küche kam, und hoffte, dass die Aspirin bald Wirkung zeigen würde. Inzwischen hatte ich nämlich schlimme Kopfschmerzen. Meine Kollegen waren schon fast alle da – einschließlich der Chefin höchstselbst.

»Morjen, Marie«, erwiderte sie. »Na, schon einjelebt?«

»Hatschi!«, machte ich in Richtung meiner Armbeuge, und Frau Holtmann runzelte die Stirn.

»Sach ma, bist du krank, Mädsche?« Prüfend schaute sie mir ins Gesicht.

»Ach was. Nur ein kleiner Schnupfen«, erwiderte ich und fahndete in meiner Jackentasche nach einem Papiertaschentuch. »Hatschii. 'tschuldigung!«

»Kleiner Schnuppen is jut. Sie sehen ja grauenhaft aus. Also ehrlisch. So können Se hier aber nich arbeiten. Aus hygienischen Gründen jeht datt schon nich. Du steckst ja hier alles an. Ab nach Hause mit Ihnen!«

»Aber ich könnte …«

»Gar nix können Se. Außer auf schnellstem Wege Richtung Bett. Matratzenhorchdienst, Liebelein!«

»Morgen, Marie«, murmelte da jemand hinter mir. Es war Anton, der gerade aus dem Kühlraum kam.

»Hatschii!«, erwiderte ich.

Unwillkürlich machte er eine abwehrende Handbewegung. »Komm mir bloß nicht zu nahe.«

Bestimmt nicht. Nicht noch einmal, dachte ich und seufzte innerlich. Ich schniefte und fand immer noch kein Taschentuch. »Ja, okay, ich … äh … geh dann mal.«

»Bitte! Jute Besserung. Meld disch, wenn et überstanden is.« Frau Holtmann reichte mir ein Geschirrtuch.

»Ja«, japste ich, schnäuzte mich ausgiebig und verließ die Küche.

Zu Hause schlüpfte ich in mein verwaschenes Ed-Sheeran-T-Shirt, das ich aktuell als Schlafshirt nutzte. Gestern hatte ich beim Frühstück ein bisschen Eigelb draufgekleckert, aber das war mir jetzt so was von egal. Heute würde mich sowieso niemand mehr zu Gesicht bekommen. Ich holte mir ein Glas Wasser aus der Küche und kroch dann samt Käpt'n-Blaubär-Wärmflasche ins Bett. Inzwischen war ich Frau Holtmann ziemlich dankbar, dass sie mich nach Hause geschickt hatte. Ich fühlte mich von Minute zu Minute elender.

Erschöpft schloss ich die Augen und dämmerte langsam weg. Plötzlich bimmelte mein Handy. Ich schrak auf und angelte nach dem Telefon. Es lag neben dem Bett auf dem Boden. Ein Blick aufs Display: unbekannte Nummer. Vielleicht die Sparkasse, die es sich anders überlegt hat, dachte ich. Oder jemand aus dem Sankt Josef mit einer Fachfrage. Ich krächzte »Marie de Goff« in den Hörer und schniefte.

»Tim Bühnele hier«, kam es geschäftsmäßig vom anderen Ende der Leitung. »Spreche ich mit der Geschäftsführerin des Petite Pauline?«

Schlagartig richtete ich mich auf. »Ja, genau. Die bin ich.« Ich räusperte mich verhalten. Wer immer da am Telefon war, sollte nicht den Eindruck gewinnen, dass die Geschäftsführerin des Petite Pauline täglich Unmengen Whiskey zu sich nahm.

»Dann bin ich ja goldrichtig bei Ihnen.« Lachen. »Ich habe Ihre Telefonnummer von einem Gerrit Kremer von der Eigelstein-Brauerei. Er sagte mir, das Petite Pauline sei derzeit geschlossen, und es werde ein neuer Eigentümer beziehungsweise Investor gesucht. Ist das korrekt?«

»Ein Investor, ja, das ist korrekt«, sagte ich schnell und versuchte, mich zu konzentrieren. Swantje hatte die Idee, mit ihrem Cousin zu reden, anscheinend direkt in die Tat umgesetzt. »Ähm, haben Sie denn Interesse?«, fragte ich und trank einen Schluck Wasser.

»Kommt darauf an.« Lachen. »Ich müsste mir den Laden mal anschauen. Und die Bücher natürlich.«

»Kein Problem«, krächzte ich. »Wann können Sie denn?«

»Mhmmmmmm«, brummte Bühnele. »Wie wäre es mit nächster Woche Mittwoch? Direkt morgens um zehn?«

Ich dachte nach. Nächste Woche hatte ich Spätschicht. »Ja, das passt«, sagte ich also und verabredete mich mit ihm vor dem Eingang des Petite Pauline. Dann legte ich auf. Das waren ja mal gute Nachrichten! Vor lauter Aufregung konnte ich jetzt nicht mehr einschlafen. Stattdessen ärgerte ich mich, dass ich Bühnele nicht gefragt hatte, ob er überhaupt Gastronom war. Andererseits würde man das sicher schnell ergoogeln können oder im Notfall bei Gerrit erfragen. Mein Kopf begann wieder zu pochen, die Wirkung des Aspirins ließ anscheinend nach. Es fühlte sich an, als hätte ich jetzt auch Fieber. Schnell machte ich mir einen Ingwertee, und nachdem ich ihn im Bett getrunken hatte, fielen mir endlich die Augen zu.

Ich träumte irgendwas Verrücktes mit Bratkartoffeln und dem Dicken Pitter, der größten Turmglocke im Kölner Dom. Die kam eigentlich nur an hohen Feiertagen zum Einsatz, in meinem Traum läutete sie allerdings ununterbrochen. Als ich irgendwann die Augen aufschlug und langsam zu mir kam, stellte ich fest, dass es gar nicht der dicke Pitter war, der sich da in meine Träume geschlichen hatte, sondern die Türklingel. Mühsam richtete ich mich auf. Mein Hals schmerzte immer noch, mein Kopf auch. Ich stand auf und wankte in den Flur, um die Tür zu öffnen. Wahrscheinlich hatte Alva mal wieder ihren Schlüssel vergessen. Fluchend drückte ich auf den Summer und hörte jemanden die Treppe hinaufstapfen.

»Alva?«, rief ich.

»Nicht ganz«, antwortete eine männliche Stimme, und wenige Augenblicke später stand Anton vor mir. Mit einem Grinsen im Gesicht und einem Suppentopf in den Händen.

Oh Gott. Was will *der* denn hier? Verwirrt blickte ich ihn an. Hätte ich nur nicht aufgemacht. Oder wenigstens nicht das alte Ed-Sheeran-T-Shirt mit dem Eifleck vorne drauf angezogen.

»Hi«, sagte Anton.

»Äh … hi«, erwiderte ich matt seinen Gruß und fuhr schnell mit den Händen durch mein völlig zerzaustes Haar.

»Öhm, darf ich reinkommen?« Er deutete mit dem Kinn auf den riesigen gusseisernen Topf. »Ganz schön schwer, das Ding.«

»Klar. Komm rein«, sagte ich. »Was … machst du hier?«

»Im Sankt Josef war so viel Hühnersuppe übrig, da fiel mir ein, dass du krank bist, und ich dachte, was gibt's da Besseres als Hühnersuppe? Die hab ich übrigens höchstpersönlich gekocht.«

»Ist deshalb so viel übrig?« Ich tapste in die Küche.

Anton folgte mir. »Witzig! Hierhin?« Er stellte den Topf auf den Herd, ohne eine Antwort abzuwarten.

»Ja, super, danke. Echt nett. Du, ich würde mich dann auch mal wieder hinlegen.«

»Ja, klar.« Er sah sich neugierig um. »Ist ganz anders geworden hier. Außer das Sofa. Die Stühle sind neu, oder? Und der Tisch auch …«

»Mmmmm.«

»Und du wohnst jetzt hier mit Swantje, habe ich gehört?«

»Ja. Und mit Alva.« Ich verschränkte meine Arme vor Ed Sheeran und dem Eifleck.

»Super. Und unser Wohnzimmer ist jetzt dein Schlafzimmer?« Er machte Anstalten, in Richtung meines Zimmers zu gehen, was ich jedoch unter allen Umständen vermeiden wollte. Was bildete er sich überhaupt ein, hier einfach so reinzumarschieren?

»Du, wie gesagt … nett mit der Suppe. Aber ich muss echt wieder ins Bett.« Ich riss ein Stück Küchenpapier von der Rolle und schnäuzte mich.

»Klar, verstehe. Du siehst auch echt scheiße aus.« Sein Blick fiel auf den Eifleck.

Ich verschränkte wieder meine Arme. »Ähm, ja, super. Danke.«

»Bin schon weg. Und iss unbedingt die Suppe. Gibt nichts Besseres bei Erkältung. Sie schmeckt echt lecker.«

»Jaja, mache ich«, versprach ich halbherzig und ging zurück in den Flur.

Anton warf einen Blick an die Decke. »Den Stuck vermisse ich ja. Ich hab eine Dachgeschosswohnung mit Schrägen und so. Auch schön. Schön gemütlich.«

»Toll.« Ich öffnete die Wohnungstür. »Tschüss. Ich melde mich, sobald ich wieder arbeitsfähig bin. Hatschii!«

Anton sprang beiseite. »Ja. Mach das. Tschau. Und gute Besserung!« Mit diesen Worten verschwand er endlich.

Kopfschüttelnd schloss ich die Tür hinter ihm. Was war das denn jetzt bitte gewesen? War bestimmt gut gemeint, aber mich einfach so zu überfallen, nach allem, was zwischen uns vorgefallen war …

Verwirrt wärmte ich die Suppe auf und aß einen Teller. Sie schmeckte wirklich gut, das musste ich zugeben. Und sie *tat* gut. Ich hatte den Teller gerade in Rekordgeschwindigkeit leer gelöffelt, da kam eine WhatsApp von Anton.

»Und, schon probiert?«, schrieb er.

Ich textete zurück: »Ja, ist lecker. Aber tu bitte nächstes Mal Nelken rein.«

Die Antwort kam prompt: »Nächstes Mal tu ich ARSEN rein!«

Ich legte mich ins Bett und nahm noch einen Teller Hühnersuppe mit. Das T-Shirt war ja eh schon vollgekleckert.

Früher hatte Anton mich manchmal Kleckerliese genannt. Unwillkürlich musste ich an unseren ersten gemeinsamen Urlaub in Holland denken. Damals war *er* krank geworden, und wir waren zu diesem seltsamen alten Arzt gegangen, dessen Praxis aussah wie ein Wohnzimmer. Danach hatte *ich* für Anton Hühnersuppe gekocht. Wir waren frisch verliebt, und weder Grippe noch Regenwetter hatten unser Glück trüben können. Wir hatten eine tolle Zeit gehabt, ganz oben auf Wolke sieben. Bis der Absturz kam.

14. Kapitel

Ein paar Tage später war ich wieder so weit hergestellt, dass ich unter die Leute konnte, und das musste ich auch, denn erstens hatte ich mich für den Nachmittag zum Spätdienst im Sankt Josef zurückgemeldet, und zweitens stand heute der Besichtigungstermin mit Tim Bühnele an. Ich hatte inzwischen mit Swantjes Cousin Gerrit telefoniert, der zu berichten wusste, dass Bühnele bereits stolzer Besitzer eines Sternerestaurants war. Ihm gehörte das Meisenberger in der Altstadt. Privat wohnte er, genau wie wir, in Nippes. Er kam trotzdem nicht zu Fuß, sondern fuhr mit einem fetten Landrover vor, für den es natürlich weit und breit keinen Parkplatz gab. Nachdem er einmal um den Pudding gefahren war, parkte er illegal in zweiter Reihe, sprang aus dem Wagen und kam mit schnellen Schritten und gewinnendem Lächeln auf mich zu. Er war braun gebrannt und trug Jeans und ein dunkelblaues Jackett, dessen Knöpfe er im Gehen schloss. Ich schätzte ihn auf Mitte vierzig. Er wirkte dynamisch, wie jemand, der gleich noch ein Dutzend Anschlusstermine hat.

»Morgen. Bühnele mein Name. Frau de Goff?« Er streckte mir seine Rechte entgegen.

Ich ergriff sie. »Ja, die bin ich. Guten Morgen, Herr Bühnele. Schön, dass es geklappt hat.« Ich war nervös, versuchte jedoch, mir nichts anmerken zu lassen. »Tja. Dann wollen wir mal, oder?« Ich deutete auf die geöffnete Eingangstür des Petite Pauline. Es war alles vorbereitet. Ich war eine halbe Stunde früher heruntergekommen, hatte gelüftet, die hübschen alten Bugholzstühle ein wenig zurechtgerückt und den Staubwedel wedeln lassen. Die Mühe hatte sich offenbar gelohnt.

»Hübsches Restaurant«, sagte Bühnele, als er sich im Gastraum umsah. Er betrachtete die alten Schwarz-Weiß-Fotos an den Wänden und die antike Bar aus dunklem Holz.

»So französisch. Nicht überkandidelt. Authentisch. Très parisien.«

»Äh, ja, danke. Das sind übrigens Familienfotos.« Ich deutete auf eines mit einem Mann in Kochjacke vor einer dampfenden Pfanne. »Mein Großvater. Er kam aus der Bretagne hierher und hat das Restaurant übernommen. Das war 1964.«

»Schönes Foto. Die Einrichtung stammt auch noch aus dieser Zeit?«

»Ja, das meiste schon. Die Theke, das Gestühl und die Tische sind sogar noch älter. Die hatte schon der Vorbesitzer.«

Bühnele nickte. Sein Blick wanderte nach oben. »Die alten Leuchten passen wunderbar dazu.« Er deutete auf die weißen Porzellankugeln mit Messingstäben, die von der Decke hingen.

»Ja, die sind auch noch original.«

»Super. Und die Küche?«

»Folgen Sie mir bitte«, sagte ich ein wenig beklommen, denn hier war auch noch alles original, und ich befürchtete, dass Herrn Bühnele das vielleicht nicht ganz so gut gefallen würde. Ich hielt ihm die Schwingtür auf. »Hier ist sie. Das Herz des Petite Pauline.«

»Aha.« Bühnele begutachtete das altersschwache Herz, das längst einen Schrittmacher benötigt hätte. Die Spüle mit dem Sprung, die Arbeitsfläche aus alten Fliesen und den wackligen Verschnauftisch, wie wir ihn nannten. »Das ist natürlich nicht mehr ganz auf dem neuesten Stand. Technisch gesehen.«

Meine Vorahnung bestätigte sich. Bühnele musterte den Herd stirnrunzelnd. »Und der geht noch?«

»Na ja, nicht immer«, erwiderte ich kleinlaut.

»Gut«, sagte er. »Kühlung?«

Ich öffnete eine Tür, die in den Biergarten führte. »Der Zugang ist im Hof«, erklärte ich, trat hinaus und zeigte ihm den kleinen Kühlraum neben der Küche.

»Hübscher Biergarten«, sagte Bühnele, als wir wieder herauskamen. Er betrachtete die efeuberankte Mauer und die fünf einfachen Bierzeltgarnituren. »Klein, aber fein. Wie kommt man hier denn vom Gastraum aus hin?«

»Als Gast muss man außen ums Haus herumgehen. Aber das war nie ein Problem.«

»Verstehe.« Bühnele warf einen Blick auf seine goldene Armbanduhr und marschierte zurück in die Küche. Ich hatte Mühe, Schritt zu halten. Wieder sah er sich stirnrunzelnd um. »Also, das muss natürlich alles neu gemacht werden hier. So kann man ja nicht effizient arbeiten.« Er öffnete wahllos einen der Unterschränke. Leider war es der, bei dem immer die Tür aus den Angeln fiel. Natürlich tat sie das auch jetzt.

»Eijeijei.« Bühnele sah mir prüfend ins Gesicht. »So langsam verstehe ich, warum Sie einen Investor suchen.« Er sah sich den Sprung in der Spüle an. »Investitionsstau«, fasste er die Misere in einem Wort zusammen.

Da zog ich eine der Schubladen auf, die noch ganz gut in Schuss waren, und fischte das Schreiben von Herrn Kottmann heraus. »Und deswegen.« Wacker reichte ich ihm den Brief.

Bühnele überflog ihn. »Aha. Hätte ich mir denken können. Gut, wenn man das anpackt, kann man die Küche gleich mit machen.« Er sah sich noch einmal um, schritt dann unaufgefordert zurück in den Gastraum, als gehörte das Petite Pauline bereits ihm, und betrachtete die Wände. »Ich sag Ihnen was«, erklärte er plötzlich. »Ich hab Interesse.«

»Oh. Wirklich?« Ich wusste nicht recht, ob das eine gute oder eine schlechte Nachricht war, denn einerseits brauchte ich dringend einen Investor, andererseits hatte ich irgendwie ein ungutes Gefühl bei Bühnele. Ich hing an unserer alten Küche, und er war so … geschäftsmäßig. Was dem Pauline möglicherweise genau gefehlt hatte, in den letzten Jahren.

»Aber nur unter einer Bedingung.«

»Nämlich?«

»Ich will es komplett kaufen.«

»Äh, wie bitte?« Ich blickte ihn verwirrt an.

»Ich würde es ganz kaufen. Eine Teilinvestition lohnt sich für mich nicht. Gibt auch nur Ärger. Ich denke, ich kann Ihnen einen guten Preis machen, und dann sind Sie den Laden hier los und haben eine Sorge weniger.« Er lachte und wurde mir immer unsympathischer.

Tief einatmen, dachte ich, und tat es auch. »Ich verkaufe nicht«, sagte ich mit fester Stimme. »Also, nicht ganz. Auf keinen Fall. Ich suche einen Teilhaber. Keinen Käufer.«

»Gut.« Bühnele sah wieder auf seine Armbanduhr. »Dann fürchte ich, dass wir nicht zusammenkommen.«

»Genau«, erwiderte ich trotzig.

»Überlegen Sie es sich in Ruhe, und schlafen Sie noch mal drüber.« Er griff in seine Jacketttasche und reichte mir eine Visitenkarte. Dann streckte er mir zum Abschied die Hand hin.

Ich schüttelte sie widerwillig.

»Sie können mich jederzeit anrufen, wenn Sie Ihre Meinung geändert haben.« Wieder schenkte er mir sein gewinnendes Lächeln, doch jetzt kam es mir plötzlich vor wie ein schmieriges Grinsen. Er wandte sich zum Gehen, und ich dachte, eher arbeite ich in einer Pommesbude, als dass ich diesem Schmierlappen mein kleines, süßes Pauline zum Fraß vorwerfe. Ich folgte Bühnele hinaus und sah, dass er fluchend ein Knöllchen von seiner Windschutzscheibe entfernte.

»Manchmal gibt es doch noch ein kleines bisschen Gerechtigkeit«, murmelte ich.

Dann ging ich noch einmal in die Küche und betrachtete nachdenklich die alte Einrichtung von Opa Erwan. Wenn es nach Bühnele ging, würde das alles einfach rausgeschmissen werden und stattdessen modernste Technik und Edelstahl Einzug halten. Unwillkürlich schüttelte ich den Kopf. Auf keinen Fall durfte das passieren. Mir musste einfach etwas einfallen! Mit diesem Gedanken nahm ich meine Handtasche und ging hinaus. Ich kramte meinen Schlüssel hervor und schloss das Pauline mit einem tiefen Seufzer ab.

»Hallo, Marie«, sagte da jemand.

Ich drehte mich um. »Alfonso!«, rief ich und umarmte unseren alten Kellner stürmisch. »Was machst du denn hier?«

Er lächelte. »Ich bin nur zufällig in der Gegend. Da dachte ich, gehe ich doch mal durch die Schillstraße und schaue mir meine alte Wirkungsstätte von außen an.«

»Du kannst sie dir auch von innen ansehen.« Ich deutete auf die Tür. Der Schlüssel steckte noch.

Doch Alfonso schüttelte den Kopf. »Nee, lass mal, Marie. Ich muss weiter.«

»Hast du schon … Wie geht es dir denn, Alfonso?«

Er blickte ein wenig betreten auf den Bürgersteig. Ich biss mir auf die Lippen. Gestern hatte meine langjährige Ersatzmama Elfi mit Erdbeerkuchen bei uns vor der Tür gestanden. Sie hatte erfahren, dass ich krank gewesen war, aber nun einigermaßen wieder auf den Beinen, und da wollte sie mir einen Besuch abstatten und Kaffeeklatsch mit mir halten. Der Erdbeerkuchen war köstlich gewesen, und während jede von uns zwei Stücke verdrückte, erzählte sie mir, dass fast alle aus dem Pauline-Team schon einen Job gefunden hatten, worüber ich sehr erleichtert gewesen war. Elfi selbst hatte als Kellnerin im Kolibri angeheuert. Das war gleich um die Ecke. Nur von Alfonso hatte sie länger nichts gehört, und er sei auch telefonisch nicht erreichbar. Sie hatte schon angefangen, sich Sorgen zu machen. Genau wie ich. Ihr war zu Ohren gekommen, dass er mehrere Absagen erhalten hatte.

»Ich hab nachher noch ein Vorstellungsgespräch«, sagte Alfonso jetzt. »Im Wilhelmsburger Hof.«

»Oh, da drück ich dir die Daumen!«

»Na ja. Es ist natürlich nicht das Pauline, sondern ein Brauhaus. Aber ... besser als gar nichts.«

»Ja, da hast du recht, Alfonso. Ich arbeite ja auch jetzt in einem Brauhaus. Und es ist gar nicht so schlecht.« Wenn man mal von Anton absah, aber das tat jetzt nichts zur Sache.

Alfonso nickte.

»Wollen wir bald mal wieder eine Partie Backgammon spielen?«, fragte ich ihn.

»Ja, Marie. Das machen wir. Auf jeden Fall. Du hast mich lange nicht mehr besiegt.«

Wir redeten noch ein bisschen über die alten Zeiten im Petite Pauline. Von Bühnele erzählte ich ihm lieber nichts. Schließlich verabschiedete er sich und schlurfte davon, und jetzt machte ich mir noch mehr Sorgen. Das mit dem kleinen bisschen Gerechtigkeit funktionierte anscheinend nur selten.

Als ich am Nachmittag in die Küche des Sankt Josef kam, herrschte dort große Hektik. Eine dreiunddreißigköpfige asiatische Reisegruppe war eingekehrt, hatte sich an einer aus mehreren Tischen zusammengestellten langen Tafel niedergelassen, und alle bis auf einen hatten Schweinshaxe mit Kartoffelpüree bestellt. Ich erfasste die Situation in Sekundenschnelle und kümmerte mich auf Anweisung von Frau Holtmann um das Kartoffelpüree, das schon fertig in Tüten darauf wartete, aufgewärmt zu werden, während Anton und Kuno im Akkord Schweinshaxen aus dem Kühlhaus holten, sie von ihrer Plastikhülle befreiten und in den Konvektomaten schoben. Aufgewärmte Fertiggerichte zu servieren, auch wenn sie noch so gut zubereitet waren, daran konnte ich mich einfach nicht gewöhnen. Auch heute nicht, obwohl die Hektik groß war. Ich gab das fertige Püree in einen großen Topf und probierte. Es schmeckte nicht schlecht. Immerhin war es nicht aus Pulver hergestellt worden, sondern aus richtigen Kartoffeln. Trotzdem fehlte das gewisse Etwas. So machte ich mich also auf die Suche nach Muskatnuss, Butter und frischer Milch, wurde fündig und begann, den Kartoffelbrei zu verfeinern. Es dauerte eine Weile, bis ich zufrieden war. Beim Abschmecken von Speisen vergesse ich gerne die Zeit.

»Könntest du deinen Kram mal hinter dir wegräumen?«, blaffte da plötzlich Anton neben mir. »Ich hab kaum noch Platz, um die Teller herzurichten.«

Ich spürte Ärger in mir aufsteigen. Wie redete er eigentlich mit mir? »Keine Zeit«, gab ich unfreundlich zurück. »Wann sind die Haxen fertig?«

»Jetzt!«

»Ich brauch noch drei Minuten für das Püree«, informierte ich ihn.

»Wir brauchen das Püree aber JETZT!«

»Es ist noch nicht heiß«, erwiderte ich ein wenig kleinlaut.

»Nicht dein Ernst«, stöhnte Anton.

Es wurde ein Desaster. Eine Hälfte der asiatischen Reisegruppe bekam heißes Eisbein mit lauwarmem Püree, bei der anderen Hälfte war es umgekehrt. Und die eine Person, die Reibekuchen bestellt hatte, hatten wir am Ende ganz vergessen.

»Weil Madame ja unbedingt die Künstlerin spielen und da noch wild rumverfeinern muss«, schimpfte Anton, nachdem einer der Köbesse uns darüber unterrichtet hatte, dass er zwar kein Chinesisch spreche, das aber auch gar nicht nötig gewesen sei, um zu verstehen, dass an der langen Tafel allgemeine Unzufriedenheit herrschte. »War ja klar, dass das wieder mal im Chaos endet!« Anton riss entnervt seine Kochmütze vom Kopf.

»Weil Monsieur nicht mal in der Lage ist, Schweinshaxen in der Mikrowelle aufzuwärmen. Wo ist eigentlich deine Kochehre abgeblieben? Hast du die zusammen mit deinem missratenen Wirsingeintopf den Schweinen zum Fraß vorgeworfen?« Wütend kratzte ich die Reste des Kartoffelpürees aus dem Topf.

»Nein, stell dir vor: Er ist weggegangen wie WARME Semmeln. Im Gegensatz zu deinem KALTEN Kartoffelpüree!«

»Sacht mal, jeht et noch??« Frau Holtmann war unbemerkt aus dem Büro gekommen, stand mit hochrotem Kopf mitten in der Küche und stemmte die Hände in die Hüften. »Watt is denn datt hier für eine Schreierei?«

Da wurde es plötzlich mucksmäuschenstill. Alle Kollegen hatten aufgehört, geschäftig ihrer Arbeit nachzugehen, und starrten stattdessen Anton und mich an. Mir wurde schlagartig heiß, und ich spürte, dass ich knallrot anlief.

»Äh, tut mir leid«, sagte ich und deutete mit dem Kinn auf Anton. »Kleines Missverständnis. Aber wir haben alles im Griff.«

»Ja, datt seh isch«, blökte Frau Holtmann. »Isch han hier ne dicke Beschwerde von die Schinesen am Halls. Wollen null Stääne vergeben. Bei Trippeweiser oder wie datt heißt.« Sie verengte ihre Augen zu Schlitzen und zeigte mit dem Finger abwechselnd auf Anton und mich. »Und datt jeht auf eure Kappe!«

»Ähm, ich … ich wusste nicht, dass …«

»… es schnell gehen muss, wenn dreiunddreißig Leute gleichzeitig Essen haben wollen?«, fiel Anton mir in den Rücken.

Ich schnappte nach Luft. Hatte er das wirklich gerade gesagt? Wie gemein! Im Stillen beglückwünschte ich mich dazu, dass ich mit so jemandem nicht mehr zusammen war.

»Datt is hier 'n Brauhaus und kein Chichi-Fünf-Sterne-

Jedöns, Frau von und zu de Joff«, wies Frau Holtmann mich vor allen Kollegen zurecht.

»Das Püree war aber lecker«, sagte Kuno. »Also, als es dann warm war«, fügte er hinzu.

»Na, wenigstens etwas«, sagte Frau Holtmann. »Und jetzt: weitermachen!« Sie verschwand wieder in ihrem Büro, und ich wäre am liebsten auch verschwunden, zum Beispiel im Boden, aber meine Schicht war leider noch lange nicht zu Ende, und so musste ich wohl oder übel unter den mitleidigen Blicken der Kollegen weiterkochen.

»Danke, Kuno«, murmelte ich, als er kurze Zeit später neben mir auftauchte, um Zwiebeln zu schneiden. Ich wusste es zu schätzen, dass er versucht hatte, mich zu verteidigen, und dafür so viele Worte in den Mund genommen hatte.

»War wirklich lecker«, nuschelte er.

Ich ging hinüber zum Herd, denn da stand Anton und schmeckte eine Erbsensuppe ab. »Und dir auch vielen Dank!«, zischte ich ihm zu.

»Sorry, was hätte ich denn sagen sollen?«

»Wie wäre es mit … nichts?!« Ich funkelte ihn wütend an. »Das wäre jedenfalls wesentlich netter gewesen, als mich bei der Chefin anzuschwärzen.«

»Was heißt hier anschwärzen?«, verteidigte sich Anton. »Ich wollte doch nur …«

»Deinen Kopf aus der Schlinge ziehen?«

»Nein. Ich hab einfach nicht nachgedacht. Sorry, war echt blöd von mir …«

»Nachdenken war ja noch nie deine Stärke«, fauchte ich und nahm eine Pfeffermühle aus dem Regal. »Vielleicht ist das auch der Grund, warum du deine Karriere in einem Brauhaus mit Maggi und Mikrowelle beendest.«

»Äh, kurze Anmerkung«, sagte Anton da. »Du auch!«

»Wann ist noch mal dein großer Auftritt?«, erkundigte sich Kuno irgendwann bei Anton.

»Morgen.« Er wühlte in seiner Hosentasche und zog triumphierend einen zusammengefalteten Zettel heraus. »Hier. Gestern fertig geworden.«

»Was ist das?«, fragte ich stirnrunzelnd. »Endlich ein vernünftiges Rezept für Wirsingeintopf?«

»Nein, ein Gedicht.«

»Okay, dann ist es definitiv NICHT dein Wirsingeintopf.«

»Kommst du mit?«, fragte Kuno mich, als Anton außer Hörweite war.

»Wohin?«

»Zum Poetry Slam.«

»Poetry Slam? Wieso?« Irgendwie stand ich gerade komplett auf der Leitung.

»Anton. Er tritt da morgen auf. Mit dem Gedicht.«

»Ach«, sagte ich überrascht. »Mister Mikrowelle ist jetzt unter die Dichter gegangen?«

»Genau.«

Ich schüttelte den Kopf. »Nee, lass mal, Kuno. Ist schon schwierig genug, dass ich Anton hier fast jeden Tag bei der Arbeit ertragen muss. Da muss ich ihn mir nicht auch noch in meiner wertvollen Freizeit geben.«

»Ihr wart mal zusammen, ne?«

Ich nickte.

»Hat er erzählt.«

»Ja, aber jetzt sind wir es nicht mehr.« Meine Miene verfinsterte sich. »Und das aus gutem Grund!«

»Okay.« Kuno zuckte mit den Schultern. »Dann gehe ich halt allein.«

Anschließend nahm er wieder seine Lieblingsbeschäftigung

auf: Schnitzel klopfen. Irgendwie tat er mir leid. Und er hatte ja auch noch etwas gut bei mir. Schließlich war er heute für mich in die Bresche gesprungen. Außerdem hatte er mich nackt hinter einem Kontrabass gesehen, und so was verbindet ja auch irgendwie. Also ging ich noch einmal zu ihm hinüber und tippte ihm auf die Schulter.

»Ich überleg's mir, okay?«

15. Kapitel

»Darf ich vorstellen? Swantje und Klaus.« Ich deutete auf meine Freunde.

»Kuno.« Mein neuer Kollege hob die Hand zum Gruß.

Wir standen vorm Eingang des Koschinski. Immer mehr Leute kamen und gingen hinein.

»Wollen wir mal?«, fragte ich mit einem Blick auf meine Armbanduhr. »Sonst kriegen wir keinen Platz mehr.«

»Oh Gott, ja, lass uns bitte reingehen. Ich will nicht den ganzen Abend stehen.« Klaus war schon auf dem Weg zur Tür. Als er von Antons Auftritt gehört hatte, war er Feuer und Flamme gewesen und hatte vorgeschlagen, wir drei könnten doch gemeinsam hingehen und einen schönen »Freunde-Abend« daraus machen. Er und Anton hatten sich immer gut verstanden, und dass mein Ex und ich nun Kollegen waren, konnte seiner Meinung nach kein Zufall sein, sondern hatte irgendetwas zu bedeuten. »Klar«, hatte ich erwidert, »dass das mit dem Brauhausjob eine vollkommen bescheuerte Idee war zum Beispiel. Genauso bescheuert übrigens wie die Idee, Anton beim Slammen zuzusehen.« Aber Klaus hatte so lange gequengelt, bis ich schließlich widerwillig Ja gesagt hatte. Und irgendwie hatte er ja auch recht. Ich hatte schon immer mal zu einem Poetry Slam gewollt, und wenn die anderen heute hingingen, würde ich bestimmt einen tollen Abend verpassen, über den alle noch wochenlang sprachen. Das fehlte noch, dass ich mir jetzt auch noch legendäre Freunde-Abende von Anton nehmen ließ. Im Übrigen traten außer ihm noch viele andere Slammer auf, und zur

Not konnte ich ja schnell aufs Klo verschwinden, wenn er dran war.

Als wir das Koschinski betraten, war es tatsächlich schon ziemlich voll. Klaus stürzte sich auf den letzten freien Tisch irgendwo in der Mitte des Raumes und winkte uns mit wilden Armbewegungen heran. Wir drängelten uns durch, setzten uns und stellten fest, dass man von hier aus einen recht guten Blick auf die Bühne hatte, die im Kneipenraum provisorisch aufgebaut worden war. Wir bestellten jeder ein Kölsch und warteten ungeduldig darauf, dass es losging. Die Stimmung war gut, das Bier schmeckte großartig, und wir alberten herum. Jetzt war ich doch froh, dass ich mitgekommen war. Die Ablenkung war Balsam für meine Seele und ließ mich den ganzen Schlamassel mit dem Petite Pauline für den Moment vergessen. Einmal reckte ich meinen Hals und hielt kurz Ausschau nach Anton, doch ich konnte ihn nirgendwo entdecken. Umso besser. Mir kam unser Kartoffelpüree-Streit in den Sinn und dass er mir in den Rücken gefallen war, doch ich versuchte, diese Gedanken aus meinem Kopf zu verbannen. Ich hatte mich schon genug darüber geärgert, und außerdem hatte er sich entschuldigt, was wiederum echt nett gewesen war. Das mit der Hühnersuppe war ebenfalls ziemlich nett gewesen, überlegte ich vor mich hin. Aber auch sehr seltsam.

»Hase, noch ein Kölsch?«, fragte Klaus in meine Gedanken hinein.

»Unbedingt«, erwiderte ich und stellte plötzlich fest, dass ich nun doch ein kleines bisschen gespannt auf Antons Auftritt war.

Es dauerte noch etwa zehn Minuten, da kam ein junger, sehr großer Mann mit schwarzer Nerdbrille auf die Bühne. Er stellte sich als Jan vor und erklärte kurz den Ablauf des Abends. Dann moderierte er Linda an, die die Ehre habe, den Anfang zu machen.

Jan ging ab, und Linda kam unter großem Applaus auf die Bühne. Sie trug ein geblümtes Siebziger-Jahre-Kleid, Plateauschuhe und einen Blumenkranz. Ihr Slam trug den Titel »Summ, summ, summ«, doch was zunächst wie ein Kindergedicht anmutete, entpuppte sich als anspruchsvoller Text über das Insektensterben. Swantje war sehr angetan, und mir gefiel es auch. Klaus sagte: »Reim dich, oder ich schlag dich«, woraus ich schloss, dass der Funke bei ihm nicht so recht übergesprungen war. Kuno zeigte keinerlei Regung, bestellte dafür aber eine neue Runde Kölsch. Nachdem Linda unter beachtlichem Applaus von der Bühne gegangen war, trat ein Mann mittleren Alters auf, der mich optisch ein bisschen an Dieter Nuhr erinnerte, aber nichts Sozialkritisches auf Lager hatte, sondern ein Liebesgedicht zum Besten gab. Es folgten noch einige andere Poeten, die teils Lustiges, teils Ernstes vortrugen, und ich musste zugeben, dass das Programm und überhaupt der ganze Abend sehr unterhaltsam waren. Wir bestellten eine dritte und eine vierte Runde Kölsch, und gerade, als ich mich fragte, wann Anton endlich an der Reihe war, wurde er von Jan anmoderiert und trat auf die Bühne.

Klaus stieß mir mit dem Ellenbogen in die Seite. »Da ist er!«

»Sehe ich selbst.«

»Er sieht Hammer aus!« Klaus' Gesicht nahm einen schwärmerischen Zug an. »Mega, oder?«

»Jetzt krieg dich mal wieder ein«, murmelte ich.

Anton lächelte ins Publikum. Okay, er sah wirklich mega aus. Unwillkürlich exte ich den Rest aus meinem Kölschglas.

»Hi«, sagte Anton.

»Kennst du sein Gedicht?«, fragte ich Kuno.

»Nope«, erwiderte er.

»Ich freue mich, heute hier zu sein. Mein Slam heißt ›Ein kleiner Gruß aus der Küche‹. Viel Spaß!«

»Ah, was Lustiges aus dem Arbeitsalltag«, raunte ich Klaus zu.

»Psssst!«, machte er.

Anton setzte seine mir wohlbekannte Kochmütze auf und stellte den Mikrofonständer ein wenig höher. Er räusperte sich. Dann legte er los. Mit etwas rauer Stimme zuerst, doch das gab sich.

Ein kleiner Gruß aus der Küche

Ich komm in die Küche. Sag »Morgen, Kollegen«.
Was gibt's zu tun? Viele hungrige Mägen?
Die Chefin lacht. Was hast du denn gedacht?
Sieh zu, dass gleich die Schwarte kracht.
Gib Gas, mach hinne, gewinn mal Land,
Du bist hier systemrelevant.

Dreimal Püree. Und den Salat nicht vergessen.
Die Gruppe an fünf hat nicht aufgegessen.
Der Service macht Druck. Kann Tisch drei jetzt starten?
Und was ist eigentlich mit dem Sauerbraten?
Und die Schnitzel für acht? Sind die schon gemacht?
So gut wie fertig. Nennt mich Christian Rach.
Was hab ich mir da nur für einen Job angelacht?

Schweiß auf der Stirn, ich greif mir den Klopfer.
Beeil dich. Sie fragen: Bist du fertig, du Opfer?
Adrenalin fließt durch mich, aber so was von.
Murmle mir zu: Come on, come on!
Keine Zeit für Prokrastination.
Das hier ist eine Stresssituation!

Ich lege los. Ich hole aus.
Mach den Schnitzeln den Garaus.
Planieren, panieren, dann ab in die Pfanne.
Rauf auf die Teller. Jetzt volle Kanne.
Der Service macht Druck. Die Gäste warten.
Und was ist mit dem Sauerbraten?

Anton war wirklich ein Naturtalent. Schon nach wenigen Sätzen hatte er das Publikum auf seiner Seite. Die Zuschauer lauschten seinem in Reime gepackten Berufsalltag, lachten oft und an den richtigen Stellen, und als er zehn Verse und drei Minuten später mit …

Acht Stunden verrennen wie im Flug,
und als wäre es jetzt nicht genug,
haben die Gäste noch nicht hinausgefunden,
was bedeutet: Überstunden.
Ein Dessert? Hier die Karten.
No problem, Chefin, klar kann ich warten.
Da ist Rauch. Seht ihr das auch?
Ups, ich glaub, das ist der … Sauerbraten!

… endete, bekam er genauso viel Applaus wie Linda am Anfang.

»Super!«, rief Swantje begeistert.

»Sauber, Junge.« Kuno nickte anerkennend, was bei ihm schon fast einem Gefühlsausbruch gleichkam.

»Na ja, soooo toll war's auch wieder nicht«, murmelte ich missgünstig. Meine Laune befand sich gerade im freien Fall. Ich hätte einfach nicht herkommen sollen, dachte ich, und war plötzlich sauer auf Klaus, weil er mich überredet hatte, und auf mich selbst, weil ich nicht Nein sagen konnte.

»Da gebe ich dir absolut recht, Hase«, sagte Klaus jetzt mit finsterer Miene.

Swantje und Kuno blickten ihn überrascht an. »Wieso?«

»Ist euch eigentlich klar, dass ein Sauerbraten auch mal gelebt hat?«, rief er aufgebracht.

Den Poetry Slam gewann am Ende Linda mit ihren Bienen, aber bei Anton reichte es immerhin für das Siegertreppchen. Er wurde Dritter und somit automatisch Teilnehmer der nächsten Slam-Runde in einem Monat.

Nachdem die Siegerehrung vorüber war, kam er bestens gelaunt an unseren Tisch. »Hab euch schon von der Bühne aus gesehen«, sagte er.

»Glückwunsch. War super, dein Auftritt!« Swantje klatschte noch einmal anerkennend in die Hände.

»Danke.« Er schnappte sich einen frei gewordenen Stuhl vom Nebentisch und quetschte sich zwischen Klaus und mich.

»Lange nicht gesehen, was?«, sagte er im Plauderton an Swantje und Klaus gewandt und tauschte ein paar Nettigkeiten mit ihnen aus. Dann blickte er mich an. »Und? Wie hat's dir gefallen?«

Ich zuckte mit den Schultern. Jetzt bloß nicht als schlechte Verliererin rüberkommen. »Joaa. War nett«, sagte ich so freundlich ich konnte. »Bisschen unrealistisch vielleicht.« Ich biss mir auf die Lippen.

»Unrealistisch?« Anton runzelte die Stirn.

»Na ja. Zum Beispiel das mit dem Sauerbraten. Als wenn der nicht schon von vornherein fertig wäre …« Noch während ich das sagte, wusste ich, wie bescheuert es war. »Okay, künstlerische Freiheit«, fügte ich schnell hinzu. »War eigentlich echt gut.«

»Oh, ein Lob aus deinem Munde.« Anton grinste. »Hört man ja selten in diesen Tagen.«

»Wieso?«

»Ja, wieso?«, sprang Klaus mir zur Seite.

»Da musst du Marie fragen. An allem, was ich mache, meckert sie rum.«

»So ein Quatsch«, sagte ich ärgerlich.

»Der Wirsingeintopf. Die Hühnersuppe. Die aufgewärmten Haxen … um nur ein paar Beispiele zu nennen.«

»Du spinnst echt!«

»Och, jetzt hört aber auf, ihr Kampfhähne!« Klaus schüttelte unwillig den Kopf. »Früher wart ihr immer so süß zusammen. Wie … William und Kate. Also, ganz früher, meine ich …«

Ich zeigte ihm einen Vogel und wollte gerade etwas Passendes erwidern, als mein Handy vibrierte. Ich warf einen schnellen Blick drauf und stöhnte innerlich. Mal wieder eine WhatsApp von Finn. »Vermiss dich!«, schrieb er.

»Eine Nachricht von deinem Freund?« Anton linste neugierig auf mein Display. »Wo ist der eigentlich heute?«

»Geht dich gar nichts an«, sagte ich, wurde aus unerfindlichen Gründen rot und pfefferte das Telefon in meine Handtasche.

Anton hob beide Hände. »Sorry. Ich frag ja nur.«

»Und ich antworte nur«, erwiderte ich schnippisch. Jetzt war meine Laune endgültig im Keller, und ich wäre am liebsten sofort nach Hause gegangen. Doch die anderen wollten noch bleiben, und so ließ ich mich zu einem Absackerkölsch überreden. Anton würdigte ich keines Blickes mehr. Für heute hatte ich genug von ihm – und er vermutlich auch von mir.

Klaus verabschiedete sich als Erster. Er musste morgen mal wieder in aller Herrgottsfrühe raus. Ein Dreh in Darmstadt.

»Botoxunfall«, erklärte er gequält und schlüpfte in seine Jacke.

»Puh!« Swantje setzte eine bedauernde Miene auf.

»Da sagst du was. Wenn die mir nicht bald mal ein vernünftiges Thema geben, höre ich da wirklich auf!«

»Klar«, sagten Swantje und ich im Chor und wechselten einen vielsagenden Blick.

»Nur, was mach ich dann?«, kam es auch gleich von ihm. »Ich kann ja nichts anderes.«

»Adelsexperte«, schlug ich vor. »Du könntest bei royalen Hochzeiten der Kommentator sein und Fragen von Frauke Ludowig beantworten.«

»Oh ja. Das wäre mein absoluter Traumjob.« Er fasste sich mit der Rechten ans Herz und schloss für einen kleinen Moment die Augen. Doch dann verdüsterte sich seine Miene. »Aber davon kann man leider nicht leben. So oft wird ja bei Königs auch wieder nicht geheiratet, und in nächster Zukunft steht da auch wirklich gar nichts an. Unsere Generation ist unter der Haube, und bis Klein-Georgie oder die süße Charlotte mal so weit sind, bin ich längst in Rente. Also. Macht's gut, ihr Lieben! Ich melde mich morgen mal aus …« Er verdrehte die Augen. »… Darmstadt.«

»Gehen wir jetzt auch endlich?«, drängte ich.

»Ja, gleich«, sagte Swantje, und wir tranken noch ein zweites allerletztes Kölsch.

»Auf Darmstadt«, sagte ich matt.

»Auf Kate«, sagte Anton, stieß sein Glas an meins und blickte mir einen Augenblick zu lange in die Augen.

16. Kapitel

Als ich am nächsten Morgen wach wurde, fühlte ich mich wie durch den Fleischwolf gedreht. Es waren am Ende dann ja doch ein paar Kölsch gewesen, und die Uhr hatte nach Mitternacht gezeigt, als Swantje und ich endlich ins Bett gefallen waren. Zum Glück hatte ich heute Spätschicht im Sankt Josef, und somit noch ein wenig Zeit, um mich und meinen Körper zu regenerieren. Das Wichtigste, was ich dafür brauchte, waren mindestens zwei Tassen Kaffee, die ich mir, nachdem ich es mit viel Mühe und Überwindung aus dem Bett geschafft hatte, in der Küche zubereitete. Auf dem Tisch standen schon Teller, Besteck und die Kaffeetasse mit dem Dom. Daneben lag eine Brötchentüte, die verführerisch vor sich hin duftete. Ich musste lächeln und umarmte Swantje im Geiste. Die Arme stand vermutlich seit acht Uhr im Laden und hatte es offensichtlich vorher noch geschafft, zum Bäcker zu gehen. Ich warf einen Blick in die Tüte. Zwei frische Croissants, noch warm, und ein knackiges Dinkelbrötchen.

»Ich hab dich lieb«, murmelte ich und fragte mich, wie sie es schaffte, immer so pünktlich, perfekt, ordentlich und toll zu sein und dabei noch auszusehen wie ein Model. Ich blickte an mir hinab. Das Ed-Sheeran-T-Shirt war inzwischen in der Wäsche gelandet, und ich hatte es gegen ein altes gelbes mit FDP-Logo getauscht. Das hatte es mal vor einigen Jahren als Werbegeschenk auf dem Wochenmarkt gegeben. Swantje schüttelte jedes Mal fassungslos den Kopf, wenn ich es trug, und zugegebenermaßen war es das mit Abstand unsexyste Teil, das ich jemals besessen hatte – dicht gefolgt von der orangefarbenen Schirmmütze der Abfallbetriebe Köln, die ich manchmal trug, wenn ich laufen ging. Gestern Abend war jedenfalls gerade kein anderes Schlafshirt zur Hand gewesen, und außerdem verbrachte ich die Nächte ja neuerdings sowieso wieder allein und konnte mich nach Herzenslust gehen lassen und FDP-Shirts tragen, sooft ich wollte.

Seufzend nahm ich meine dampfende Tasse, setzte mich an den Tisch und bestrich eines der Croissants mit Butter und Marmelade. Nachdem ich hineingebissen und einen großen Schluck Kaffee getrunken hatte, fühlte ich mich schon viel besser. Ich nahm mein Handy und checkte, was es Neues gab. Ich stöhnte. Finn stalkte mich mal wieder. Er hatte mir SIEBEN Mal geschrieben!

»Leben aufräumen«, murmelte ich und löschte alle seine Nachrichten ungelesen. Meine Gedanken sprangen plötzlich zu Anton. Zu seinem »Auf Kate!« Warum hatte er das gesagt? Und mich dabei so angesehen?

Ich räumte den Tisch ab. Heute wollte ich ordentlich sein. Wie Swantje und Alva. Und ich konnte es auch. Sah man ja. Die Küche war picobello, als ich sie verließ.

Nachmittags fuhr ich mit dem Fahrrad Richtung Sankt Josef und bereute wenig später, dass ich nicht ausnahmsweise meinen kleinen Fiat Cinquecento genommen hatte. Eigentlich war nämlich nicht zu übersehen gewesen, dass sich am Himmel etwas zusammenbraute. Kaum hatte ich die Neusser Straße erreicht, geriet ich in einen Platzregen, der sich gewaschen hatte. Als ich die Küche betrat, war ich nass bis auf die Haut und sah buchstäblich aus wie ein begossener Pudel. Viel Zeit, mich trockenzulegen, hatte ich nicht. Drinnen herrschte mal wieder große Hektik. Offenbar hatte halb Köln sich entschlossen, im Sankt Josef Zuflucht vor dem Regen zu suchen, und zu allem Unglück hatte Bärbelschen sich krankgemeldet, was bedeutete, dass wir ihren Job mitmachen mussten. Sogar Frau Holtmann ließ heute Büro Büro sein und stand höchstpersönlich an der Pfanne, um im Akkord Frikadellchen zu braten.

Kuno schien die Kölsch von gestern besser verkraftet zu haben als ich. Er brutzelte in einer riesigen Pfanne Reibekuchen und begrüßte mich mit einem Lächeln. »Hallo, Marie.«

Anton war auch schon da – weniger gut gelaunt und vollends in seine Arbeit vertieft.

»Hi«, brummte er nur, als er mich bemerkte, und hob kaum den Kopf.

Er war heute für das Gemüse zuständig und verwandelte gerade eine Schlangengurke in hauchdünne Scheiben. Das Messer flog nur so durch die grüne Stange. Er war beeindruckend schnell und treffsicher mit dem Messer, das musste ich ihm lassen.

Frau Holtmann teilte mich für Fleisch und Soßen ein, was ich mit Genugtuung und einem triumphierenden Blick in Richtung Anton zur Kenntnis nahm. Das gestrige Desaster mit dem Kartoffelpüree schien vergeben und vergessen zu sein. Ich rannte zwischen Herd und Pass, der großen Durchreiche zwischen Küche und Gastraum, hin und her. Ich marinierte, probierte und richtete Teller an. Dabei bemühte ich mich sehr, meine Sachen hinter mir wegzuräumen und ganz allgemein möglichst wenig Chaos anzurichten. Um Anton machte ich einen großen Bogen, denn ich wollte nicht Gefahr laufen, reflexhaft schnippische Bemerkungen in seine Richtung abzufeuern.

Frau Holtmann behielt uns im Auge, schon allein deshalb blieb mir gar nichts anderes übrig, als mich zusammenzureißen. Auch Anton war erstaunlich ruhig und konzentriert und würdigte mich kaum eines Blickes. Wir sprachen nicht, aber wir arbeiteten Hand in Hand und schafften es fast immer, das Essen auf den Punkt fertig zu bekommen und die Gäste zufriedenzustellen.

Irgendwann konnte Anton offenbar doch nicht mehr an sich halten. Als Frau Holtmann mal kurz außer Hörweite war und er gerade einen Möhren-Kartoffel-Eintopf zubereitete, sagte er: »Ach, guck mal, Platz auf der Arbeitsplatte. Und das, obwohl Marie hier herumfuhrwerkt.«

»Ach, guck mal, Essen, das schmeckt. Und das, obwohl Anton hier herumkocht«, gab ich postwendend zurück.

»Kinners, Kinners«, sagte Frau Holtmann, die unbemerkt zurückgekommen war. »Ihr benehmt eusch wie ein altes Ehepaar.«

Der Arbeitstag kam mir unendlich lang vor, und ich war heilfroh, als wir endlich Feierabend machen konnten. Es war schon nach dreiundzwanzig Uhr, als wir die Küche schlossen. Die anderen verkrümelten sich nach und nach. Ich spülte noch die letzten Töpfe und Pfannen, und plötzlich war ich allein mit Anton.

Er nahm sich die Kochmütze vom Kopf und mir den großen Nudeltopf aus der Hand. »Gib mal her.« Er stellte ihn ins oberste Schrankfach. »Da kommst du ja gar nicht ran.«

»Danke.«

»Feierabendkölsch?«, fragte er plötzlich. »Die Theke ist noch besetzt.«

Ich schüttelte den Kopf. Ich war müde und wollte außerdem nicht noch länger mit ihm alleine sein.

»Komm schon. Wir haben noch gar nicht auf unser Wiedersehen angestoßen«, sagte er und entschwand durch die Tür Richtung Gastraum.

Ich ging mich umziehen, und als ich zurückkam, reichte er mir ein Kölschglas, das er auf die blank geputzte Arbeitsplatte aus Edelstahl gestellt hatte.

»Danke«, murmelte ich.

»Prost.« Er hielt mir sein Glas entgegen, und wir stießen an. Ich nippte mehr, als dass ich trank.

»Ist alkoholfrei.« Anton lächelte. »Ich weiß doch, dass zwei Tage hintereinander Kölsch trinken nichts für dich ist.«

»Das hast du dir gut gemerkt.« Ich runzelte verwundert die Stirn. Warum war er plötzlich so nett und aufmerksam? Frau Holtmann war doch längst weg, theoretisch hätten wir uns jetzt hemmungslos beschimpfen können.

»Ist was? Möchtest du doch lieber ein richtiges?«

Ich schüttelte den Kopf, trank einen Schluck und hatte nun plötzlich meinerseits das Gefühl, ich müsste etwas Nettes sagen. Aber dann fiel mir ein, dass Anton ja Anton war und wie er sich mir gegenüber verhalten hatte – vor zwei Jahren, als wir nicht mehr wie William und Kate gewesen waren. Also sagte ich einfach gar nichts, und dann war plötzlich dieses Schweigen da. Eines der unangenehmen Art, bei dem man das Gefühl hat, man müsste jetzt doch irgendwas sagen, und sich das Hirn zermartert, doch alles, was einem einfällt, ist das Wetter. »Hat ganz schön geregnet heute.«

»Ja, du sahst aus wie frisch aus der Dusche heute Mittag.«

»Ähm, ja. Stimmt.« Schweigen. Ich wurde rot. Warum wurde ich rot? Ich fluchte innerlich.

»Bist du …«, begann ich.

»Fast wären …«, sagte er gleichzeitig.

Ich lachte verlegen. »Was wolltest du sagen?«

»Du zuerst.«

»Na gut. Egal. War nichts Wichtiges. Ich wollte nur fragen, ob du mit der Bahn gekommen bist. Heute Mittag, meine ich. Weil du ja trocken warst. Also …« Ich schüttelte den Kopf. Machte eine wegwerfende Handbewegung. Wurde noch röter. »Und du? Was wolltest du sagen?«, fragte ich schnell, trank noch einen Schluck Kölsch, von dem ich mir plötzlich wünschte, dass es doch Alkohol enthalten hätte. Wenigstens ein ganz klein wenig …

Anton sah mich an und lächelte. »Keine Ahnung. Vergessen. Aber, ja. Ich bin heute mit der Bahn gekommen.«

Wieder schwiegen wir.

»Fast wären wir es geworden«, sagte er da plötzlich in die Stille hinein.

Ich runzelte die Stirn. »Was?«

»Ein altes Ehepaar.«

Ich sah auf und blickte in seine braunen Augen, die wie immer ein bisschen glänzten.

»Ja. Fast«, murmelte ich.

»Warum guckst du so?«, wollte Anton wissen.

»Wie?«

»So … finster.«

Ich deutete auf mein Glas. »Weil mein Kölsch leer ist«, sagte ich schnell und schnappte mir meine Jacke, die immer noch ein bisschen nass war. »Ich muss dann auch mal. Ähm … tschüss. Bis morgen.«

»Ja. Tschüss«, murmelte Anton und blickte mich irritiert an.

Ich suchte schnell das Weite, denn ich hatte nicht die geringste Lust, mit ihm über alte Zeiten zu quatschen. Mein finsteres Gesicht hatte daher gerührt, dass ich ein kleines, unangenehmes Ziehen in der Solarplexus-Gegend verspürt hatte. Nur ganz kurz, aber es hatte gereicht, um mir zu signalisieren, dass spätestens jetzt der Zeitpunkt gekommen war, um die Flucht anzutreten. Nein, das brauchte ich heute wirklich nicht. Heute nicht, und sonst auch nicht. Ich hatte genug andere Baustellen. Die mit Anton war fein säuberlich abgeriegelt und mit einem großen Schild versehen. BETRETEN VERBOTEN stand da drauf, und ich würde mich an dieses selbst auferlegte Verbot halten. Es war nämlich eine gefährliche Baustelle. Eine mit Verletzungsgefahr.

Ich warf einen Blick auf die Uhr. Es war schon fast Mitternacht und somit sowieso höchste Zeit, ins Bett zu gehen. Morgen war Muttertag, und wie jedes Jahr würde ich Swantje an diesem besonderen Tag im Blumenladen helfen, was bedeutete, dass die Nacht für mich um halb sieben zu Ende sein würde. Ich schlüpfte in mein FDP-T-Shirt, kroch ins Bett und schloss die Augen. Meine Gedanken begannen zu kreisen, um Christian Lindner, das Petite Pauline und meinen Opa. Und als ich schon fast eingeschlafen war, merkwürdigerweise auch um Anton.

17. Kapitel

Als Swantje den Laden am nächsten Morgen aufschloss, stand bereits eine kleine Traube Ehemänner vor der Tür, die meisten ungeduldig und mit Brötchentüte in der Hand. Zum Glück hatte sie gemeinsam mit Alva schon gestern eine Vielzahl an schönen Sträußen vorgebunden, sodass die ersten Kunden schnell abgefertigt waren.

Elfi kam mit etwas Verspätung und ihrem berühmten selbst gebackenen Erdbeerkuchen in den Laden. Sie hatte ebenfalls angeboten, heute mit anzupacken, und sich den Tag extra freigehalten. Seit Swantje bei mir wohnte, hatte Elfi sie in ihr großes Herz geschlossen, und inzwischen ging sie im Bloom & Vogel ein und aus. Um Kaffee zu trinken, Blumen zu kaufen oder einfach, um mit anzupacken, wenn Not am Mann war. So wie heute. Kaum hatte sie sich ihrer Jacke und des Kuchens entledigt, stürzte sie sich auf einen ziemlich gut aussehenden jungen Mann mit blonden Locken und ebenfalls Brötchentüte im Arm.

»Peter, wie schön!«, begrüßte sie ihn überschwänglich. Natürlich. Sie kannte ihn. Sie kannte ja fast jeden hier.

»Was machst *du* denn hier? Machst du jetzt in Blumen?«, fragte der Kunde.

»Ach, was. Ich helfe hier nur ein bisschen aus. Wie geht's euch? Was machen die Zwillinge?«

»Nur Unsinn natürlich. Du kennst doch Vally und Olly.« Peter lachte. Er sah nett aus. Ich hatte ihn vorher noch nie hier gesehen.

»Und Ana?«

»Geht's auch prima. Hat viel Arbeit mit ihrem Café. Aber es läuft super. Apropos. Ich brauche einen Blumenstrauß für sie. Den schönsten, den ihr habt.«

»Was mit Vergissmeinnicht?«

»Sind das diese kleinen blauen?«

Elfi nickte.

»Die mag sie«, sagte Peter. »Sie erinnern sie an jemand Besonderen.«

»Ich weiß.« Elfi zwinkerte ihm zu und fischte einen sehr hübschen Strauß aus dem Meer aus Blumen, das in Eimern auf dem Boden stand. »Ich glaube, der hier wird Ana sehr gefallen.«

»Wer war das?«, fragte ich, als der Mann gegangen war.

»Mein Nachbar, der Musikprofessor. Du weißt schon, der, der letztes Jahr mit seiner Freundin und den Zwillingen nebenan eingezogen ist.«

»Der, der immer so schön Klavier spielt?«

Elfi nickte. »Genau der. Ich glaub, ich frag ihn mal, ob er mir Unterricht gibt.«

»Oh ja, Elfi. Mach das. Und wenn du ein bisschen spielen kannst, trittst du im Petite Pauline auf.«

Elfi lachte. »Au ja!«

Inzwischen gaben sich die Kunden die Klinke in die Hand. Viele kannten wir aus der Nachbarschaft, und es war schön, sie zu treffen und ein Pläuschchen zu halten.

»Habt ihr auch Ranunkeln?«, hörte ich jemanden fragen, und als ich mich umsah, stand da plötzlich unser ehemaliger Beikoch. Verlegen grinste er von einem Ohr zum anderen.

»Elmar!«, rief ich und breitete meine Arme aus, um ihn zu drücken. Ich stellte mich auf die Zehenspitzen, und er beugte sich zu mir herunter und zerquetschte mich fast.

»Wie geht's dir?« Ich sah ihm prüfend ins Gesicht.

Elmar kratzte den Adler auf seiner Glatze. Dann nickte er. »Gut. Gut. Ich bin jetzt in der ›Butterdose‹. Ist ganz okay da. Und du?«

»Sankt Josef. Ist auch ganz okay.«

Er räusperte sich. »Ähm … weißt du eigentlich schon, wann du … wiedereröffnest?«

Ich seufzte. »Noch nicht«, erklärte ich wahrheitsgemäß. »Ich … arbeite dran.«

»Gut.« Elmar nickte. »Weil wenn, dann … würde ich gerne wiederkommen.«

»Weiß ich doch, Elmar. Natürlich kommst du zurück ins Pauline. Was sollten wir denn ohne dich machen?«

Elmar lächelte, und wenn mich nicht alles täuschte, wurde er auch ein klein wenig rot. »Habt ihr denn jetzt Ranunkeln oder nich? Evchen mag Ranunkeln.«

Evchen war Elmars Mutter. Das wusste ich, denn ab und zu hatte sie ihren Sohn im Petite Pauline besucht. Meistens dann, wenn am Ende des Geldes noch Monat übrig war, wie sie es mit ihrer unvergleichlich rauchigen Stimme auszudrücken pflegte. Dann hatte Elmar ihr etwas zu essen eingepackt, und wir hatten alle weggeguckt, um Evchen einen peinlichen Moment zu ersparen. Dass sie Ranunkeln mochte, war mir allerdings neu, aber Elfi wusste es natürlich. Als sie Elmar entdeckte, kniff sie ihm in die Wange, wobei sie sich auch ganz schön strecken musste, und dann fragte sie: »Rosa oder weiß?«, und hielt Elmar zwei Sträuße unter die Nase.

»Rosa«, sagte Elmar.

»Swantje, watt kosten die rosa Ranunkeln?«, rief Elfi nach hinten. »Für Evchen!«

»Geht auf Rechnung!«, rief Swantje quer durch den Laden zurück.

Zufrieden wickelte Elfi die Blumen in Papier und reichte sie an Elmar weiter. »Geht auf Rechnung« war nämlich unsere interne Sprachregelung für »Ist für umme«.

»Danke.« Elmar nahm den Strauß und wandte sich zum Gehen, doch dann drehte er sich noch einmal um. »Habt ihr was von Alfonso gehört?«

»Er sucht noch«, sagte Elfi. »Wenn du was hörst …«

»Hm.« Elmar kratzte wieder seinen Adler. »Ich könnte mal in der ›Butterdose‹ fragen …«

»Das wäre gut«, sagte Elfi mit Nachdruck.

Gegen Mittag wurde es langsam ruhiger. Der große Ansturm schien vorüber zu sein. Doch dann flog die Ladentür noch einmal auf, und Klaus kam hereingestürmt.

»Habt ihr Maiglöckchen?«, fragte er keuchend. »Für meine Mutter.«

»Hi, Klaus«, sagte ich und deutete auf einen der Tische. »Jetzt setz dich. Kaffee?«

Klaus blickte hektisch auf seine Uhr. »Ach, komm, was soll's. Eigentlich müsste ich um zwölf bei meinen Eltern sein, aber auf eine Viertelstunde kommt's jetzt auch nicht mehr an. Meine Mutter ist sowieso schon sauer. Mann, geht die mir auf die Pimpernellen.«

»Und trotzdem kriegt sie Blumen?« Swantje war zu uns gestoßen und strich sich vorsichtig eine Haarsträhne aus dem Gesicht. Ihre Finger waren komplett blumenstängelgrün.

»Ich mach uns mal Kaffee«, rief Elfi zu uns rüber und deutete auf den Erdbeerkuchen, den sie gerade aus dem Kühlschrank geholt hatte. »Höchste Kuchenzeit!«

Klaus ließ sich auf einen Stuhl sinken. »Meine Mutter bringt mich um, wenn ich satt und zu spät zum Mittagessen komme. Aber ganz ehrlich: selbst schuld, wenn sie Rinderbraten macht.«

Die Kaffeemaschine übertönte seine letzten Worte. Ich ging

hinüber zu Elfi, half ihr mit dem Kaffee und kam mit Kuchen, Tellern und einer Ausgabe des *Express* zurück, die ein Kunde uns vorhin dagelassen hatte. Swantje verteilte Besteck und Geschirr und Elfi den Kuchen. Dann quetschten wir uns alle zusammen an den Tisch.

»Und warum geht deine Mutter dir nun auf die Pimpernellen? Nur wegen des Rinderbratens?«, fragte ich und steckte mir die erste Gabel von Elfis köstlichem Erdbeerkuchen in den Mund.

»Nein. Ja. Auch. Aber vor allem geht's mal wieder um den Laden. Stellt euch vor, sie wollen ihn schon nächsten Monat dichtmachen! Und dann den größten Teil des Jahres in Florida wohnen. Sie haben da letzte Woche eine Immobilie gekauft. Ein Haus mit Pool. Man gönnt sich ja sonst nichts.«

»Nicht schlecht. Eure Metzgerei scheint einiges abzuwerfen.«

»Ja, genau. Und deswegen will meine Mutter auch immer noch, dass ich sie übernehme. Ich meine, ich und eine Metzgerei – das ist, als würde … die Queen einen Beate-Uhse-Shop übernehmen.«

Wir lachten.

»Jedenfalls habe ich meiner Mutter gestern am Telefon klipp und klar gesagt, dass sie das vergessen kann.«

»Und wie hat sie reagiert?« Elfis Kauapparat kämpfte gerade mit einer Riesenerdbeere.

»Total übertrieben. Sie meinte, dann würde sie eben das ganze Haus einschließlich unserer Sechs-Zimmer-Wohnung einem Tierheim vermachen. Da ist mir dann endgültig der Kragen geplatzt.«

»Was genau hast du zu ihr gesagt?« Ich zog die zusammengefaltete Zeitung zu mir heran.

»Was ich gesagt hab? ›Damit könnt ihr die unzähligen Morde, die ihr an Tieren begangen habt, auch nicht wiedergutmachen‹, hab ich gesagt. Beziehungsweise gebrüllt. Und dass ich, wenn sie mir noch einmal damit kommt, überall rumerzählen werde, dass sie mal abgelaufene Mortadella an die alte Frau Hermann verkauft hat, weil die Karneval vor zwei Jahren meinem Vater an den Arsch gepackt hat.«

»Ihhh«, sagte Swantje.

»Genau«, nuschelte ich mit vollem Mund. »Ist ja eklig.«

»Der Hintern oder die abgelaufene Mortadella?«

»Beides. Können wir vielleicht über was anderes reden?« Ich versuchte, mir den Kuchen trotz des unappetitlichen Themas auf der Zunge zergehen zu lassen.

»Ihhh, ihhhh«, krächzte Eddie in seinem Käfig.

Ich faltete den *Express* auseinander.

»Klar. Schlag was vor.« Klaus verzog beleidigt das Gesicht.

»Wow!«, rief ich, und mir fiel vor Schreck fast eine Erdbeere aus dem Mund. »Wie wäre es denn damit?« Und dann hielt ich Klaus die Titelseite unter die Nase.

Ungläubig entriss er mir die Zeitung und starrte mit offenem Mund auf die fett gedruckte Schlagzeile:

WILLIAM UND KATE KOMMEN NACH KÖLN!

Er schnappte nach Luft. »Das glaub ich jetzt nicht«, japste er und sprang aufgeregt vom Stuhl auf. »Das ist … die beste Nachricht seit … seit der Geburt ihres kleinen Louis!« Schweigend überflog er den Artikel und las ihn dann noch einmal ganz genau. »Ich muss sofort mit Chrissie sprechen. Wenn ich da nicht drehen darf, dann …«

»Kündigst du?«, riet ich.

»Genau!« Er blickte wieder auf seine Uhr und seufzte. »Ich muss los, Leute. Es hilft ja nichts.« Er schnappte sich seine Jacke und machte Anstalten, aus dem Laden zu stürmen.

»Deine Maiglöckchen«, erinnerte ihn Swantje und ging nach hinten, um ihm ein Bund einzupacken.

»Ach, die hätte ich jetzt fast vergessen«, murmelte er und wandte sich dann an Eddie. »Kate kommt! Und William«, teilte er ihm mit leiser Stimme mit, als wäre es eine höchst vertrauliche Information.

»Kate, Kate!«, echote Eddie.

»Wusstest du eigentlich, dass Kate jetzt auch Vegetarierin geworden ist?«, fragte er in meine Richtung.

»Echt?«

»Ja, mega, oder?«

»Total!«

Swantje war zurück und reichte ihm das Sträußchen.

»Was kriegst du?«, wollte Klaus wissen.

»Geht auf Rechnung«, sagte Swantje.

18. Kapitel

Am nächsten Morgen hatte ich Frühschicht im Sankt Josef. Um Punkt zehn Uhr stand ich in der Küche. Es war noch nicht viel los um diese Zeit, deshalb beschloss ich, ein neues Rezept auszuprobieren. Gebackener Blumenkohl mit Trüffel-Stampfkartoffeln. Letzte Woche hatte ich Frau Holtmann vorgeschlagen, einige neue Gerichte in die Karte mit aufzunehmen. Zu meiner Überraschung war sie von meinen Ideen sehr angetan gewesen und ließ mir nun völlig freie Hand, was das Experimentieren am Herd anging.

»Ah, die Sterneköchin bei der Arbeit«, sagte da plötzlich jemand.

»Dir auch einen schönen guten Morgen, Anton«, erwiderte ich, ohne aufzublicken, und probierte den gebackenen Blumenkohl, der vor mir in einer Auflaufform lag.

»Kann ich auch mal?« Ohne eine Antwort abzuwarten, schnappte sich Anton eine Gabel, nahm sich ein Stück und ließ es sich auf der Zunge zergehen. »Hmmmm. Gar nicht so übel.« Er nickte anerkennend.

»Du magst keinen Blumenkohl«, erinnerte ich ihn höflich und schob die Auflaufform aus seiner Reichweite.

»Menschen ändern sich.« Anton kaute, angelte nach der Form und bediente sich erneut.

»Wäre nett, wenn du noch etwas für Frau Holtmann übrig lassen würdest. Sie will nämlich gleich entscheiden, ob der Blumenkohl es auf die Karte schafft.«

Doch der Blumenkohl musste warten, denn in diesem Moment kam die Chefin völlig außer sich in die Küche gestürmt. Ihr Gesicht war rot vor Aufregung. In der einen Hand hielt sie ihren Kalender, in der anderen das Telefon.

»Kinners, isch dreh am Rad«, keuchte sie. »Ratet mal, wer sisch für den neunzehnten Juni anjekündischt hat!«

»Der Papst?« Anton machte schon wieder Anstalten, von meinem Essen zu klauen, doch dieses Mal war ich schneller und schob seinen Arm beiseite.

»William und Kate?«, fragte ich im Scherz.

»Volltreffer!«, sagte Frau Holtmann und lehnte sich japsend an die Arbeitsplatte. »Da hat gerade jemand anjerufen. Einer mit englischem Akzent. Wahrscheinlisch eine Art Pressesprescher von den Windsors, oder watt weiß isch. Jedenfalls hatter jesacht, datt die Kate unbedingt, wenn se jetz nach Kölle kommt, mal mit ihrem William in 'nem echten kölschen Brauhaus essen will.«

»Gute Entscheidung!« Anton zeigte einen Daumen hoch.

»Und wie sind sie ausgerechnet auf das Sankt Josef gekommen?«, wollte ich wissen. »Ich meine, in Köln gibt es doch jede Menge Brauhäuser, und …«

»War wohl eine Empfehlung von der Annette. Auf die Frau is ja Verlass, wenn et hart auf hart kommt.«

»Annette?« Ich blickte verständnislos von einem zum anderen.

»Lützenkirchen«, half Anton mir auf die Sprünge. »Die Bürgermeisterin, wie dir vielleicht bekannt sein dürfte. Frau Holtmann ist SO mit ihr.« Er hielt seine beiden Zeigefinger aneinander und zwinkerte unserer Chefin zu. »Wusstest du das nicht?«

»Neee«, sagte ich. »Wusste ich nicht. Aber ist natürlich nie verkehrt, wenn man die Bürgermeisterin kennt. Schon gar nicht, wenn man in Köln wohnt.«

»Eben«, sagte Frau Holtmann entschlossen. »Und natürlisch hab ich auch zujesacht.« Plötzlich wurde ihre Miene ernst. »Aber ein bisschen mulmisch is mir ja schon. Watt, wenn denen datt hier nich mundet?«

»Dann haben sie Pech gehabt.« Anton zuckte mit den Schultern.

»Von wegen!« Frau Holtmann zeigte plötzlich mit dem Finger auf uns. »Ich verlass misch auf euch. Ihr seid die Gourmets in diesem Laden. Und meine Wenischkeit natürlisch. Datt wird auf jeden Fall eine Herausforderung, datt is jetzt schon klar wie Kloßbrühe.«

»Zumal Kate jetzt Vegetarierin ist«, warf ich ein.

»Auch datt noch!« Frau Holtmann rollte mit den Augen. »Und die Kate und ihr William, die kommen ja auch nich' alleine. Die haben einen riesigen Stab an Leuten dabei. Bodyguards und Butler und Hofdamen … watt weiß ich, wen die alles mitbringen. Jedenfalls wollen die alle watt leckeres Kölsches zwischen die Kiemen, und da zähl isch auf euch! Kriegt ihr datt hin, altes Ehepaar?«

Anton und ich nickten synchron und würdigten uns dabei keines Blickes.

»Klar, Chefin«, sagte Anton. »Kein Problem.«

Frau Holtmanns Blick wanderte zu mir.

»Klar, Chefin, kein Problem«, echote ich matt und dachte, das kann ja lustig werden …

»Da wird sich Klaus aber freuen«, sagte Anton, als wir nach Feierabend unsere Räder aufschlossen.

»Der wird sich gar nicht mehr einkriegen.«

»Stimmt es wirklich, dass Kate Vegetarierin ist?«

Ich zuckte mit den Schultern. »Hat Klaus behauptet.«

»Dann stimmt es.«

Ich hievte mein Fahrrad aus dem Pulk anderer Räder heraus.

»Müsste mal geölt werden«, stöhnte Anton und ruckelte

noch immer an seinem Schloss herum. Dann hatte auch er es geschafft.

»Ich muss los.« Ich machte Anstalten, auf mein Rad zu steigen.

»Warte«, sagte Anton. »Ich muss in deine Richtung.«

»Ooookay«, sagte ich und ließ es nicht gerade wie eine Einladung klingen. Doch Anton überhörte den Zwischenton großzügig, und so radelten wir zusammen Richtung Schillplatz.

»Huhu!«, rief uns jemand von Weitem zu. Wir fuhren gerade am Kolibri vorbei, und als ich genauer hinsah, erkannte ich Elfi. Mit der einen Hand balancierte sie ein volles Tablett, mit der anderen winkte sie fröhlich zu uns herüber. Anton und ich waren früher oft im Kolibri gewesen – auf einen Kaffee, ein Kölsch oder einen Salat. Nun nahm Elfi hier Bestellungen auf und war heute offensichtlich für die Tische draußen zuständig. Es war merkwürdig, sie hier zu sehen – mit Bleistift hinterm Ohr und professionellem Lächeln im Gesicht. Sie war voll in ihrem Element, als hätte sie nie woanders gearbeitet, und auch wenn ich mich sehr freute, dass sie einen Job gefunden hatte, der ihr Spaß machte, versetzte es mir doch einen Stich.

»Hier ist noch ein freier Tisch«, rief sie uns entgegen.

Anton grinste mich an. »Wollen wir? Komm, auf einen Kaffee.«

»Macht hinne, sonst ist er gleich weg!«

Ich seufzte. Hatte ich eine Wahl?

Und so schlossen wir unsere Räder wieder an, ließen uns ausgiebig von Elfi herzen und setzten uns.

Elfi war entzückt, Anton wiederzusehen, das war beim besten Willen nicht zu übersehen. Natürlich war ihr längst zu Ohren gekommen, dass wir nun Kollegen waren, und seitdem hatte sie nicht mit Bemerkungen wie »Ach, ist ja schon ein Hübscher« oder »Ihr wart so ein tolles Paar« gespart.

»Anton, wie geht es dir?«, fragte sie nun und stellte das Tablett auf unserem Tisch ab.

»Bestens.« Anton lächelte sie an, und ich sah Elfi förmlich dahinschmelzen. Nun würde er in die Charmeoffensive gehen. Ich kannte ihn.

»Und bei dir alles okay, Elfi?«

Sie nickte. »Klar.«

»Ja, man sieht's. Warst du im Urlaub?«

»Nee. Ich bin viel draußen.« Sie deutete auf die Tische um uns herum.

»Tolles Kleid, übrigens. Steht dir sehr gut.«

»Findest du wirklich?« Elfi strich über den geblümten Stoff.

»Absolut. Blumen stehen dir.«

Jetzt ist es aber auch mal gut, dachte ich.

»Wie geht's denn Alfonso?«, fuhr Anton im Plauderton fort.

Da wurde Elfis Gesicht plötzlich ernst. »Ach, hör bloß auf. Ich mag ihn schon gar nicht mehr anrufen. Kellner mit Leib und Seele, der Mann, und es hagelt nur Absagen.«

Ich seufzte.

»Wird schon noch«, versuchte Anton zu trösten.

»Hoffen wir das Beste.«

Elfi nötigte uns Kaffee und Kuchen auf, und beides schmeckte köstlich.

»Ist dir eigentlich aufgefallen, dass das hier früher unser Stammplatz war?«, fragte Anton auf einmal.

Ich nickte. Ja, das war mir aufgefallen, aber ich hatte den Gedanken schnell beiseitegeschoben, denn das »Betreten verboten«-Schild war unwillkürlich in meinem Kopf aufgetaucht. Aber jetzt musste ich plötzlich doch an die alten Zeiten denken. Es ließ sich nicht steuern. Mir fielen die schönen Abende ein, und auch die weniger schönen, an denen wir uns gestritten oder uns einfach nichts zu sagen gehabt hatten.

»Ob es Klopfer noch gibt?«, fragte Anton und unterzog sein Stück Kuchen einer genauen Inspektion.

Ich musste lachen. Wir hatten hier einmal einen Salat bestellt und dazu Brot. Letzteres war ziemlich trocken gewesen. Als Kenner der Branche wussten wir aber, wie anstrengend Leute sind, die in jeder Suppe ein Haar suchen und sich bei der kleinsten Kleinigkeit beschweren. Erst als Anton an einem Stück Brot blauen Schimmel entdeckt hatte, beschlossen wir, mal beim Kellner vorzusprechen.

»Ah, sorry. Ihr habt den falschen Brotkorb erwischt«, hatte der erklärt. »Der hier ist für Klopfer.«

»Klopfer?«

»Der Hase meiner Tochter.«

Er entschuldigte sich, und wir uns auch, dass wir Klopfer das Brot weggegessen hatten.

»War schon cool.«

Ich sah ihn irritiert an. »Dass wir Klopfers Brot überlebt haben?«

»Ja. Nein. Überhaupt.« Anton wurde plötzlich ernst. »Ich hab ganz schön lange gebraucht, um …« Er stockte. »Na ja, um das mit uns … zu vergessen.«

»Echt?«, fragte ich ihn und grübelte, warum er dann damals einfach abgehauen war. Und nicht zurückgekommen.

»Irgendwie komisch, dass wir uns jetzt jeden Tag sehen, oder?«

»Ja, komisch. So kann man es auch nennen. Aber es wird nicht für ewig sein.«

»Du wirst das Petite Pauline also wirklich nicht verkaufen?«

»Nein. Ganz sicher nicht.« Ich blickte ihn ungehalten an. Und dann erstarrte ich.

»Was ist los?«

»Wenn man vom Teufel spricht …« Wie auf Kommando

war am anderen Ende des Platzes plötzlich Herr Bühnele aufgetaucht. Er trug eine verspiegelte Pilotensonnenbrille, doch ich hatte ihn trotzdem sofort erkannt. Mit dynamischen Schritten hielt er genau auf uns zu. Neben uns war ein Tisch frei geworden, den er offenbar ins Auge gefasst hatte.

»Was ist los?«

»Das ist der Typ«, murmelte ich und erinnerte mich, dass Bühnele ja hier um die Ecke wohnte.

»Welcher Typ?«

»Der, der das Pauline kaufen will«, raunte ich, denn inzwischen hatte Bühnele uns fast erreicht.

Anton fixierte ihn interessiert, während ich mein Gesicht so gut es ging hinter meiner Kaffeetasse versteckte. Vergebliche Liebesmüh, denn im nächsten Moment entdeckte er mich, und das Lächeln, das über sein braun gebranntes Gesicht huschte, ließ keinen Zweifel zu: Er hatte mich sofort wiedererkannt.

»Frau de Goff!« Er baute sich vor unserem Tisch auf und streckte mir seine Hand entgegen. Am kleinen Finger trug er einen Siegelring, was mir bei unserem ersten Treffen gar nicht aufgefallen war. »Wie geht's? Wie steht's?« Er grinste wie ein Honigkuchenpferd.

Ich ergriff seine Rechte, und er zerquetschte meine Hand fast. »Gut, bei dem Wetter.«

»Ja, herrlich.« Er wandte sich an Anton und gab nun auch ihm die Hand. »Bühnele«, stellte er sich vor.

»Kröger.«

»Angenehm.« Bühnele blickte wieder zu mir. »Und, Frau de Goff? Ich bin mal so frei und frag einfach zwischen Tür und Angel: Haben Sie es sich überlegt?«

»Ich verkaufe nicht«, sagte ich mit fester Stimme und ärgerte mich im selben Moment, dass ich mich hier in der Öffentlichkeit und vor Anton überhaupt auf so ein Gespräch einließ.

»Aber Sie haben immer noch geschlossen, oder? Bin gestern mal da vorbeigelaufen. Noch keine Lösung für den Umbau in Sicht?«

Ich antwortete nicht.

»Tja, ohne Moos nix los, ne?!« Er lachte und legte gönnerhaft seine Hand auf meine Schulter. »Meine Nummer haben Sie ja.« Dann wandte er sich an Anton. »Frauen haben ja öfter mal eine lange Leitung.« Verschwörerisch blinzelte er ihm zu.

Ich schnappte nach Luft.

»Ich weiß nicht, was Sie für Frauen kennen«, erwiderte Anton. »Die, die ich kenne, haben jedenfalls *keine* lange Leitung. Und meine Freundin schon gar nicht. Im Gegenteil. Und wenn sie sagt, sie will nicht verkaufen, dann will sie nicht verkaufen. Ist eigentlich ganz einfach zu verstehen.«

Bühneles Grinsen wurde ein wenig starrer. »Manchmal ist so eine Entscheidung nicht unbedingt eine Frage des Willens, wenn Sie verstehen, was ich meine.« Er rieb Daumen und Zeigefinger aneinander. »Mein Angebot steht jedenfalls ... Schönen Tag noch, die Herrschaften.« Mit diesen Worten setzte er sich an den Nebentisch und begann, auf seinem Handy herumzutippen.

Ich blickte Anton erstaunt an. »Äh ... ›meine Freundin‹?« Ich sprach leise, damit Bühnele mich nicht hörte.

»Ich wollte es nicht komplizierter machen als unbedingt nötig.«

»Ah. Danke jedenfalls. Wegen der langen Leitung ... dass ich die nicht habe und so ...«

»Stimmt zwar nicht immer, aber das muss ja nicht gleich jeder wissen.« Anton grinste mich an.

»Blödmann«, sagte ich und schnippte einen Kuchenkrümel in seine Richtung.

19. Kapitel

Es war Samstagnachmittag und somit traditionelle Opa-Besuchszeit. Doch vorher wollte ich unbedingt noch bei Klaus vorbeifahren, um ihm die sensationelle Nachricht vom royalen Besuch im Sankt Josef zu überbringen. Ich hatte Glück. Er war zu Hause und bot an, mir einen Darjeelingtee zu kochen. Das Angebot nahm ich dankend an und beschloss, es spannend zu machen.

»Du glaubst nicht, was ich gestern erfahren habe«, begann ich, während ich mich in der Küche niederließ und er das Wasser für den Tee aufsetzte.

»Was denn?« Klaus wurde hellhörig.

»Rate!«

»Dein reicher Großonkel Sam aus Toronto ist gestorben und hat dir eine Million Euro vermacht.«

»Ich habe keinen Großonkel Sam in Toronto.«

»Kann ich ja nicht wissen.«

»Auch wieder wahr.«

Klaus dachte nach, während er Teeblätter in ein Teeei gab, es in eine Porzellankanne hängte und kochendes Wasser drübergoss. »Du hast über Facebook erfahren, dass du in Brasilien eine Zwillingsschwester hast, die genauso aussieht wie du, nur mit kurzen Haaren.«

»Nein. Auch nicht.«

»Ja, toll. Dann weiß ich es nicht.«

»William und Kate kommen am neunzehnten Juni ins Sankt Josef, um dort echtes kölsches Essen zu essen und Kölsch zu trinken«, ließ ich die Bombe platzen.

»Ha, ha, sehr witzig!«

»Kein Witz!«

Klaus ließ den Wasserkocher sinken und starrte mich an. »Doch, oder?«

»Nein. Wirklich nicht. Kate will unbedingt in einem traditionellen Brauhaus essen, und tadaaaa … sie haben das Sankt Josef gewählt.«

Klaus schob eine Teetasse aus feinem Porzellan vor meine Nase. Die Queen lächelte mich höflich vom Tassenboden aus an.

»Das glaube ich jetzt nicht!« Klaus stellte die Teekanne auf ein Stövchen, ließ sich mir gegenüber an den Küchentisch sinken und schüttelte den Kopf. Er hatte es immer noch nicht verdaut. »Das sind doch Fake News.«

Ich lachte. »Nein. Sie kommen. Und ich soll das Menü kreieren – zusammen mit Frau Holtmann. Und Anton«, fügte ich hinzu.

»Das wird ja immer besser!« Er schwenkte das Teeei in der Kanne.

»Wen hast du?«, fragte ich und deutete auf seine Tasse.

»Kate. Willst du tauschen?«

»Nein.«

Klaus rieb seine Hände aneinander. »Gott, ist das aufregend. Sag mal, dir ist klar, dass ich unbedingt da sein muss, wenn sie kommen, oder? Dafür musst du sorgen, Hase!« Er blickte mich eindringlich an.

Ich nickte. »Na, klar.«

»Meinst du, ich kann da ein bisschen drehen, wenn sie da sind? Und vielleicht ein Interview führen?«

»Das wird schwierig. Da ist keine Presse zugelassen, hat Frau Holtmann gesagt. Die kommen mit Bodyguards und allen möglichen anderen Leuten. Du kannst vielleicht mal von Weitem gucken, aber mehr auch nicht.«

Klaus nickte. »Jaja, dachte ich mir. Aber von Weitem gucken ist ja auch schon was.«

»Eben. Ich könnte Frau Holtmann fragen, ob du bei uns in der Küche filmen kannst. Wie wir das königliche Essen zubereiten und so. Kriegst auch einen O-Ton von mir.« Ich grinste.

»Super! Ich muss das mit Chrissie besprechen, aber sie findet es bestimmt gut. Hach, Hase, ich bin so aufgeregt!« Er schenkte uns Tee ein. Dann pustete er in seine Tasse, trank einen großen Schluck und blickte auf den Tassenboden. »Kate, ich komme!«, rief er feierlich.

Ich musste lachen.

»Sag mal, Liebes, was ganz anderes.« Klaus stellte vorsichtig seine Tasse ab. »Den nächsten Samstagabend halte ich mir frei, oder?«

»Wieso?«

»Weil es der fünfundzwanzigste Mai ist?«

»Ah. Ach so. Mein Geburtstag. Ich … ich werde nicht feiern, Klaus.«

»Wie bitte? Du wirst dreißig!«, rief er empört. »Du kannst nicht ernsthaft *nicht* deinen Dreißigsten feiern!«

Ich seufzte, trank und blickte in das Antlitz der Queen. Sie war mit dreißig glücklich verheiratet und Königin von England. Und ich? Ich war unglücklicher Single und Königin von Bankrotthausen. Ich hatte keinen Grund zu feiern. Wahrlich nicht.

»Ich bin nicht so in der Stimmung«, verteidigte ich mich. »Ich hab weder Lust noch einen Grund. Und Geld hab ich auch keins. Also fällt der Dreißigste flach. Auch kein Beinbruch. Vielleicht werde ich mir zur Feier des Tages ein Glas Rotwein gönnen, mit ›The Crown‹ anfangen und hoffen, dass die Welt an meinem Einunddreißigsten besser aussieht.«

»›The Crown‹ ist mega«, sagte Klaus. Dann seufzte er, griff nach meiner Hand und sagte: »Ach, Mönsch, Marie.«

Eine Weile saßen wir so da und starrten in unsere Teetassen.

»Du, die Queen hatte auch nicht nur tolle Zeiten«, bemerkte Klaus irgendwann.

Ich nickte. »Für niemanden ist das Leben immer nur leicht.«

Er seufzte. »Da sagst du was, Hase.«

Nachdem ich meinen Tee getrunken hatte, radelte ich auf schnellstem Wege zum Elisenstift.

»Hallo, Opa«, begrüßte ich meinen Großvater.

»Du bist spät. Hast du mein Fahrrad mitgebracht?« Er saß in seinem Sessel und steckte einen zerfledderten Brief in ein abgegriffenes Fotoalbum. Seine Hände zitterten ein wenig.

»Ähm … nein. Heute ging es nicht. Was ist das?«, fragte ich schnell und deutete auf das Album in seinen Händen.

»Nichts.« Er klappte es zu und hielt es mir entgegen. »Schublade!«

Ich nahm es und schlug es wieder auf. »Bist du das, Opa?« Ich hielt ihm das Album unter die Nase und deutete auf ein Schwarz-Weiß-Foto, auf dem ein attraktiver dunkelhaariger Mann in Badehose zu sehen war.

»Mhmmm«, brummte er, was ich als Zustimmung deutete.

»Wow, du bist gut in shape.« Ich nickte anerkennend.

»Was?«

»Sahst gut aus in Badehose.«

»Was denkst du denn?«

Ich lachte und blätterte durch das Album. Überall klebte Opa in Schwarz-Weiß und jung. Mit Freunden, mit Frauen, beim Sport, beim Baden. Ich glaubte, auf einigen Fotos Fritz zu erkennen. Und oft war Opa mit einer sehr hübschen Frau zu sehen, die ich nicht kannte.

»Wer ist das?« Ich hielt ihm das Album erneut unter die Nase und deutete auf ein Schwarz-Weiß-Porträt, das diese junge Frau zeigte.

»Katja.«

Ich erinnerte mich vage, dass Opa den Namen kürzlich schon einmal erwähnt hatte. An seinem Geburtstag, als wir oben in der kleinen Kammer im Dom gewesen waren. Merkwürdig. Ich hatte vorher noch nie von einer Katja in seinem Leben gehört. »Sie ist hübsch. Wer ist sie?«

Ein Lächeln glitt über sein Gesicht.

»Opa?«

»Kennst du nicht.« Mehr war offenbar gerade nicht aus ihm herauszuholen.

Ich blätterte weiter. Auf einer der Seiten klebte ein kleiner Schlüssel. Jemand hatte ihn mit Tesafilm befestigt.

»Ist das der Schlüssel zu deinem Tresor mit den Goldbarren?«, fragte ich.

»Hättest du wohl gerne. Jetzt tu das Ding weg. Ich will raus.«

Ich legte das Album in Opas Nachttischschublade, während er versuchte, sich aus dem Sessel zu hieven. Unwillkürlich griff ich nach seinem Arm.

»Lass das!« Er schlug nach meiner Hand.

Ich seufzte. Heute war er mal wieder besonders gut drauf. Irgendwann schaffte er es allein aus dem Sessel, und wir gingen in den Park. Die Sonne schien, und so langsam besserte sich auch Opas Laune. Wir setzten uns auf unsere Parkbank, und als er mich fragte, wie es im Petite Pauline so laufe, dachte ich: Jetzt oder nie!

»Opa«, begann ich. »Ich muss dir etwas sagen.«

Er starrte auf die Stiefmütterchen, die, hübsch nach Farben sortiert, in einem Beet in der Mitte des Rasens gepflanzt worden waren.

»Das Petite Pauline … läuft nicht so gut.«

»Warum nicht?«, bellte Opa und nestelte in seiner Jackentasche herum.

»Weil … weil es geschlossen ist«, sagte ich schnell.

»Wo sind meine Zigaretten?«

»Opa, du rauchst nicht mehr.«

»Seit wann?«

»Seit zehn Jahren!«

»Warum nicht?« Seine Meine verfinsterte sich wieder.

»Weil es gesünder ist. Hast du gehört, was ich gesagt habe?«

»Ich bin ja nicht taub. Weil es gesünder ist.«

»Nein, das andere. Das Petite Pauline. Es ist geschlossen, Opa. Ich musste es schließen, weil ich … weil ich pleite bin und umbauen müsste wegen dem Brandschutz. Was ich mir nicht leisten kann. Und jetzt ist es zu, und ich muss mir etwas überlegen.«

Opa starrte wieder auf die Stiefmütterchen und sagte kein Wort.

»Es gibt jemanden, der es kaufen will. Bühnele heißt er. Aber ich will nicht. Ich will nicht verkaufen. Ich will das Pauline wiedereröffnen. Ich weiß noch nicht, wie, aber ich finde eine Lösung. Der Schlüssel im Album … der war wirklich nicht für einen Tresor? Denn falls du noch Geld gehortet hast, das du nicht mehr brauchst … ich könnte es jetzt gut gebrauchen …« Was zum Teufel redete ich denn da?

Opa starrte immer noch ins Blumenbeet.

»Opa?« Ich rüttelte ein wenig an seinem Knie und rechnete fest damit, dass er meine Hand wieder wegschlagen würde. Doch dieses Mal nahm er sie und drückte sie ganz fest. »Lass uns reingehen«, sagte er.

20. Kapitel

»Happy birthday to youuuu. Happy birthday to youuuuuuu!«

Schlaftrunken öffnete ich die Augen und setzte mich auf. Verschwommen sah ich einige Gestalten an meinem Bett stehen. Ich rieb mir den Schlaf aus den Augen.

»Happy birthday, liebe Marihiiie, happy birthday to you!«

»Ohhhhh«, sagte ich nur, denn vor lauter Rührung brachte ich nichts anderes heraus. Vor meinem Bett hatten sich Swantje, Alva und Klaus aufgebaut. Klaus trug einen Schokoladenkuchen mit sehr vielen brennenden Kerzen. Die anderen beiden standen rechts und links neben ihm und sangen fröhlich, lautstark und schief.

»Guten Morgen, Geburtstagskind«, sagte Klaus feierlich, nachdem das Ständchen zu Ende gesungen war. Er fegte mit dem Arm die Zeitschriften von meinem Nachttisch und stellte den Kuchen darauf ab.

»Guten Morgen«, sagte ich verschlafen. »Ihr seid ja …«

»… verrückt, ich weiß«, sagte Klaus. »Ich bin heute Morgen um sechs aufgestanden, um dir einen Kuchen zu backen.«

»Dafür warst du aber spät hier«, warf Swantje stirnrunzelnd ein.

»Na ja, ich wollte um sechs aufstehen. Ist dann doch sieben geworden.«

»Ihr seid die Besten!« Ich lächelte.

»Herzlichen Glückwunsch«, sagte nun auch Swantje, und dann umarmten sie mich einer nach dem anderen, und ich fragte mich, womit ich diese tollen Freunde verdient hatte.

»Und jetzt auspusten!« Klaus deutete auf den Kuchen mit den brennenden Kerzen und klatschte wie ein Kind in die Hände.

»Sind das wirklich dreißig?«, fragte ich.

»Nee, neunundzwanzig!« Er rollte mit den Augen. »Natürlich sind das dreißig. Und jetzt puste, sonst tropft der ganze Wachs auf den leckeren Kuchen.«

Ich holte sehr tief Luft, denn wenn es ums Kerzenauspusten ging, war ich schon als Kind ehrgeizig gewesen. Ich schaffte das Unmögliche, nämlich alle auf einmal auszublasen.

Klaus war begeistert. »Super. Das bringt Glück, Hase!«

»Ich weiß«, erwiderte ich stolz.

»Und jetzt aufstehen. Es gibt Frühstück.« Er nahm den Kuchen und trug ihn vor sich her in die Küche.

»Und Geschenke«, fügte Swantje lächelnd hinzu.

»Ich komme sofort«, sagte ich und angelte nach meinem Bademantel.

Swantje und Alva folgten Klaus, und ich ließ mich zurück auf mein Kissen sinken und schloss noch einmal kurz die Augen. Dreißig. Jetzt war es also so weit. Als Jugendliche hatte ich mir manchmal gewünscht, kurz in die Zukunft blicken zu können. Nur fünf Minuten spinksen auf mein Leben als Erwachsene. Es hatte mich brennend interessiert, ob ich mit dreißig verheiratet sein würde und, wenn ja, mit wem. Welchen Beruf ich hätte, wo ich leben würde und wie meine Wohnung aussähe. Und vor allem hatte ich mich gefragt, ob ich glücklich wäre. Da man aber ja bekanntlich nicht in seine Zukunft gucken kann, hatte ich sie mir einfach ausgemalt. Mit Mann, zwei Kindern und einem großen Haus mit Pool. Dass ich so tolle Freunde haben würde, hatte ich mir nicht ausgemalt. Ich hatte einfach nicht daran gedacht. Doch nun: kein Mann, kein Haus, kein Pool. Dafür jede Menge Sorgen. Aber ich war nicht allein, und das fühlte sich tröstlich an. Als ich die Augen öffnete, sah ich wieder alles verschwommen.

»Hase?«, hörte ich Klaus rufen.

Ich schniefte, rieb mir ein Tränchen aus dem Auge und stand auf. Ich hatte alle Kerzen geschafft. Es konnte nur besser werden.

Als ich in die Küche kam, roch es schon nach Kaffee. Der Tisch war reich gedeckt. In der Mitte stand eine Vase mit bunten Frühlingsblumen, und um den Teller an meinem Platz lag ein bunter Blütenkranz.

»Oh, Swantje, wie schön!«, sagte ich und nahm lächelnd Platz. »So wird man gerne dreißig.«

»Warte, bis du deine Geschenke siehst«, sagte Alva mit geheimnisvollem Gesichtsausdruck. »Du wirst dich freuen.«

»Hoffentlich«, sagte Klaus und schaute plötzlich ein wenig ängstlich drein.

Wir frühstückten, und dann war Bescherung. Von Alva bekam ich einen Gutschein für einmal Zimmer aufräumen und dazu ein hübsch gerahmtes Foto, auf dem ich mit ihr und einem Esel zu sehen war. Das Bild war entstanden, als wir im letzten Herbst gemeinsam den Drachenfels hochgestapft waren. Swantje hatte es mit Alvas Handy aufgenommen, und ich hatte ihr schon oft damit in den Ohren gelegen, dass ich es gerne hätte. Ich freute mich sehr. Das Bild würde einen Ehrenplatz in meinem Zimmer erhalten. Von Swantje bekam ich einen Schnellkochtopf. Ich hatte mir schon lange so einen für zu Hause gewünscht. Swantje sagte, sie habe ihn auf dem Riehler Flohmarkt erworben, was mich nicht wunderte, denn sie erwarb so ziemlich alles auf Flohmärkten. Der Topf sah trotzdem nagelneu aus, und ich versprach, alsbald etwas Leckeres für uns darin zu kochen. Klaus schenkte mir ein süßes T-Shirt mit einem M aus Glitzer drauf und sagte, schöne T-Shirts könne ich ja gebrauchen und dass ich es heute Abend tragen müsse.

»Heute Abend?«, fragte ich stirnrunzelnd.

»Ich weiß, du wolltest nicht feiern«, sagte er ein wenig schuldbewusst, »aber ich konnte es einfach nicht aushalten. Dreißig werden ohne Party, das …«

»Heißt das, du hast eine Party organisiert?«

»Jepp.« Er blickte mich zerknirscht an. »Im Petite Pauline. Draußen. Ich hoffe, du bist nicht sauer, aber …«

Ich sprang auf. »Klaus, du bist wirklich …«

Er duckte sich weg.

»… der Allerbeste!«, beendete ich den Satz, und dann umarmte ich ihn, denn jetzt, wo es so weit war, fühlte es sich plötzlich ganz falsch an, diesen Tag mit Netflix statt im Kreise meiner Freunde zu begehen – zumal das Wetter mitspielte. Es versprach ein warmer Tag zu werden – und ein lauer Sommerabend, der sich geradezu anbot für ein schönes Fest im Pauline'schen Biergarten. Und dafür, ein paar Stunden seine Sorgen zu vergessen.

»Wow«, entfuhr es mir, als ich am Abend gegen sieben den kleinen, lauschigen Hinterhof des Petite Pauline betrat und mich ehrfürchtig umsah. Klaus und Swantje hatten ganze Arbeit geleistet. Über mir baumelten bunte Lampions, auf den Tischen standen kleine Windlichter und hübsche Keramikväschen mit Wiesenblumen. Klaus war gerade dabei, den Grill anzuwerfen, und auf einem langen Biertisch, den die beiden an der efeuberankten Backsteinmauer aufgestellt hatten, standen Salate, Dips und ein Fässchen Kölsch. Auch Grillgut war in rauen Mengen vorhanden. Klaus' Mutter war, wie mir berichtet wurde, vorhin mit einem Lieferwagen vorgefahren und hatte Unmengen marinierter Koteletts, Steaks und Würstchen aller Art mitgebracht.

»Es ist so weit. Sie schließen nächste Woche«, erklärte Klaus nun mit Blick auf das Fleisch und wirkte dabei fast ein bisschen wehmütig.

»Ihr seid super«, sagte ich gerührt. »Es sieht wunderschön aus. Wie viel Mühe ihr euch gegeben habt!«

Klaus machte eine wegwerfende Handbewegung. »Das war doch nichts.«

»Na ja, ›nichts‹ ist vielleicht ein klein wenig untertrieben«, wandte Swantje ein und hängte einen letzten Lampion in die große Kastanie, die ihre Äste über die Mauer streckte. In diesem Moment hörte ich Stimmen von draußen. Die ersten Gäste kamen!

Klaus hatte wirklich alle eingeladen. Die gesamte alte Crew aus dem Petite Pauline und einige meiner neuen Kollegen aus dem Sankt Josef. Kuno zum Beispiel, Bärbelschen und sogar Frau Holtmann, wobei die leider abgesagt hatte. »Einer muss ja datt Brauhaus am Laufen halten, Kinners«, hatte sie erklärt. Dafür kam Anton, was ich Klaus dann doch ein bisschen krummnahm, denn wenigstens das hätte er mit mir absprechen können. Aber Klaus konnte man sowieso nie lange böse sein, und so fand ich mich schnell damit ab, dass ich meinen Dreißigsten nun also auch mit meinem Ex beging.

Die meisten hatten kleine Geschenke mitgebracht. Alfonso überreichte mir hübsch verpackten italienischen Espresso, Elfi einen riesigen Korb Erdbeeren und Anton eine Kochschürze, auf der »Chaos-Queen« stand. Ich nahm es mit Humor. Die größte Überraschung hielt Kuno für mich bereit. Nach dem Essen kamen drei Mitglieder seiner Band *Schattengewächse* vorbei. Die junge Cellistin Valerie, ein etwa vierzigjähriger Saxophonist namens Barry, der frappierende Ähnlichkeit mit Ryan Gosling hatte und aus Dover stammte, und ein attraktiver Posaunist mittleren Alters namens Stefan. Nachdem alle etwas getrunken hatten, packten sie ihre Instrumente aus, nahmen Aufstellung unter den lampionbehängten Zweigen der Kastanie und jammten »Happy Birthday to You« von Stevie Wonder, »Hello« von Adele und schließlich einen meiner Lieblingssongs: »New York« von Alicia Keys. Es klang großartig, alle wippten begeistert mit und nötigten die Musiker weiterzuspielen. Sie ließen sich nicht lange bitten, und es stellte sich heraus, dass die *Schattengewächse* richtige Lichtgestalten waren, die musikalisch so ziemlich jedes Genre draufhatten, von Jazz über Pop und R 'n' B bis hin zu kölscher Karnevalsmusik. Als sie »Hey Kölle, du bes e Jeföhl« spielten, stand Alfonso plötzlich neben mir. Wir stießen mit Kölsch an und tranken stumm. Wenn man sich sein Leben lang kennt, weiß man, wann es Zeit zu reden ist und wann zu singen. Heute wollten wir beide unsere Sorgen vergessen, deshalb stimmten wir gemeinsam mit ein und sangen aus vollem Herzen:

Hey Kölle – do ming Stadt am Rhing
He wo ich jroß jewode ben
Do bes en Stadt met Hätz un Siel
Hey Kölle, do bes e Jeföhl

Irgendwann übertönte Alfonso uns alle. Er schmetterte mehr, als dass er sang. Schmettern, das konnte er nämlich. Im Petite Pauline hatte er so manches Mal Kostproben seines gesanglichen Könnens dargeboten, zuweilen bei geschlossenen Gesellschaften und immer zu späterer Stunde bei unseren legendären Weihnachtsfeiern.

Ich stieß ihm in die Rippen. »Du hast noch gar nichts Italienisches gesungen.«

Alfonso hob abwehrend beide Hände und schüttelte den Kopf. »Nein, nein, Marie, das lassen wir heute auch mal.«

»Und wenn ich es mir zum Geburtstag wünsche?«

»Dann muss ich wohl.«

»Eben.«

»Schlingel«, murmelte Alfonso. So hatte er mich schon als Kind genannt, wenn ich ihn im Backgammon besiegt hatte, und jetzt interpretierte ich es großzügig als Zustimmung. Ich ging zu den *Schattengewächsen* hinüber und besprach mich kurz mit Kuno.

»Kein Problem, haben wir drauf«, sagte er, und das wunderte mich inzwischen auch nicht mehr. Ich winkte Alfonso heran und nötigte ihn, sich neben die Band zu stellen.

»Schlingel«, sagte er erneut, doch als die ersten Töne von Guiseppe Verdis »La donna è mobile« erklangen, huschte ein Lächeln über sein Gesicht. Und dann legte er los, dieser kleine Mann, der heute seinen schwarzen Kellneranzug gegen Jeans und ein weißes T-Shirt getauscht hatte, und schmetterte Verdis Arie schöner, als Luciano Pavarotti es je getan hat – zumindest in meinen Ohren. Alle, die bis dahin in Gespräche vertieft gewesen waren, verstummten, kamen heran und lauschten gebannt Alfonsos Tenor. Ich schloss die Augen und hatte mit einem Mal das Gefühl, mitten in Bella Italia zu sein, auf einer belebten Piazza in Rom, wo man das Leben zu feiern weiß, ob es nun süß ist oder nicht. Als ich sie wieder öffnete, stand plötzlich Anton neben mir.

»Ciao, bella«, raunte er in mein Ohr.

Mein erster Impuls war, mich abzuwenden oder etwas Schnippisches zu erwidern, doch dann dachte ich, vielleicht ist er auch gerade in Rom, und sagte: »Ciao, ragazzo«, und schenkte ihm ein Lächeln.

Alfonsos Auftritt war der Höhepunkt der Party. Alle klatschten und johlten, als er die Arie beendet hatte, und die Rufe nach einer Zugabe wurden immer lauter. Da gab er noch das »Trinklied« aus Verdis La Traviata zum Besten.

Auf, schlürfet in durstigen Zügen
den Kelch, den die Schönheit kredenzt

sang er und erntete dafür schmachtende Blicke von Bärbelschen. Ich erntete auch Blicke, und zwar vielsagende von Anton, besonders als Alfonso mit *Der Liebe erschalle ein Hoch! Die Liebe, sie lebe hoch!* endete. Ich hatte keine Ahnung, was das zu bedeuten hatte, und beschloss, es einfach zu ignorieren, Rom hin oder her.

»Wenn hier nicht sofort Ruhe ist, rufe ich die Polizei!«, keifte es plötzlich vom Balkon des Nachbarhauses. Ich schaute nach oben. Da stand Frau Wenders in einem babyblauen Nickibademantel und sah missbilligend zu uns hinunter. Ein Blick auf die Uhr verriet mir, dass es Punkt zweiundzwanzig Uhr war und alles, was jetzt hier draußen stattfand, somit von Amts wegen als nächtliche Ruhestörung galt. Ich hatte nicht den geringsten Zweifel, dass das Ehepaar Wenders keine Sekunde zögern würde, unsere Party mittels behördlicher Unterstützung stillzulegen, weshalb wir kurzerhand beschlossen, drinnen weiterzufeiern, was der Stimmung zum Glück keinen Abbruch tat. Die Band packte ihre Instrumente ein, und Klaus aktivierte seine Playlist – nicht zu laut, denn die Wände waren nicht schallisoliert. Ich bedankte mich herzlich bei den *Schattengewächsen* und natürlich bei Alfonso.

»Ihr habt meinen dreißigsten Geburtstag zu etwas ganz Besonderem gemacht«, sagte ich zum wiederholten Male zu Kuno, als er irgendwann später zu Swantje und mir an die Theke kam. Elmar, der von Klaus für den Zapfdienst eingeteilt worden war, reichte uns drei Kölsch, und wir stießen an.

»Ihr seid richtig gut, Kuno«, fuhr ich fort, nachdem wir getrunken hatten. »Macht ihr das alle nebenberuflich? Musik, meine ich?«

Kuno schüttelte den Kopf. »Valerie ist Lehrerin an der Rheinischen Musikschule. Die anderen beiden spielen im Gürzenich-Orchester.«

»Und du?«, wollte ich wissen. »Warum bist du Koch geworden und nicht Musiker?«

Kuno zuckte mit den Schultern. »Hat sich so ergeben.«

»Wie? Ergeben?«

Und da sprach Kuno das erste Mal in meiner Gegenwart mehr als zwei Sätze hintereinander.

»Musik fand ich schon immer cool. Aber da war ich leider der Einzige in unserer Familie. Und ein Instrument zu lernen war eh nicht drin. Finanziell, meine ich. Hab dann einen auf Rapper gemacht. Musik ohne Instrument eben. Darüber bin ich in so eine Rapper-Clique geraten, die alle keinen Bock auf Schule hatten. Wir schwänzten, hingen rum, rappten, kifften, tranken. Das wurde dann irgendwann echt extrem. Vor allem das mit dem Kiffen. Da hat mein Vater nicht lange gefackelt und mich zu Hause rausgeschmissen. Was im Nachhinein irgendwie auch gut war, denn mein Onkel hat sich dann um mich gekümmert. Er spielt Kontrabass und hat's mir beigebracht. An ein Musikstudium war trotzdem nicht zu denken, ohne Abi und so. Ich war eh nicht gut genug, glaube ich. Also hab ich eine Kochlehre gemacht.«

»Warum ausgerechnet Koch?«, wollte Swantje wissen.

Kuno zuckte mit den Schultern. »Weil ich gern koche. Und esse.«

»Und hast du schon mal darüber nachgedacht, jetzt noch umzusatteln?«

»Ich werd bald vierzig. Ist eh zu spät …«

Swantje schüttelte den Kopf. »Quatsch. Es ist nie zu spät, für seinen Traum loszugehen.«

»Ich bin happy so. Ich mag meinen Beruf.«

»Sicher?«

»Jepp.«

»Okay. Dann ist ja gut.«

»Mhmmmm.«

Kuno kippte den Rest seines Kölschs und ging zu Anton hinüber.

»Jetzt hast du ihn verscheucht«, sagte ich zu Swantje. »Sag mal, glaubst du das eigentlich wirklich?«

»Was?« Sie blickte mich fragend an.

»Dass es nie zu spät ist, für seinen Traum loszugehen und so …«

»Klar.«

»Na ja, es kommt ja auch oft vor, dass das Leben einem einen Strich durch die Rechnung macht. Und dann war's das mit dem Traum. Da kannst du dann zwar losgehen, aber du kommst halt nie an.«

Swantje runzelte die Stirn. »Versuchen muss man es«, sagte sie im Brustton der Überzeugung.

Ich seufzte und dachte, sie hat gut reden, bei ihr läuft ja auch immer alles wie am Schnürchen …

In diesem Moment erklang »Everybody« von den Backstreet Boys aus dem Lautsprecher. Klaus stürzte auf die Tanzfläche und winkte uns mit wilden Armbewegungen zu sich.

»Komm!«, rief Swantje. »Wir denken zu viel und tanzen zu wenig!« Und dann nahm sie meine Hand und zog mich auf die Tanzfläche.

Der harte Kern feierte bis drei Uhr morgens. Dann spielte Klaus den klassischen Rausschmeißer »New York, New York«. Das Gröbste räumten wir noch gemeinsam auf, dann gingen alle müde nach Hause. Alle außer einem. Ich hatte gerade die Tür zum Hof abgeschlossen, als ich überrascht feststellte, dass Anton noch da war. Er folgte mir in die Küche und blickte sich um.

»Die Party ist übrigens zu Ende«, informierte ich ihn freundlich.

»Ich wollte nur gucken, ob ich dir noch helfen kann.«

»Aha«, sagte ich misstrauisch. »Das ist ja …« Eigentlich wollte ich »was ganz Neues« sagen, entschied mich dann aber für »nett«.

»Ja, so bin ich.« Anton grinste. »Kann ich denn noch helfen?«

»Nein, den Rest mache ich morgen mit Swantje und Klaus.«

»War eine tolle Party.«

»Ja, fand ich auch.«

»Alfonso war der Hammer!«

Ich nickte.

»Irgendwie vermisse ich es. Euch. Das Petite Pauline.«

Dieses Mal erwiderte ich nichts. Ich fragte mich, was mit ihm los war. Wieso er immer noch da war und … solche Sachen sagte.

»Schon toll, was du hier geleistet hast.« Er tippte einen der Kupfertöpfe an, die an den Haken über dem Herd hingen. Es quietschte ein wenig, als er hin und her zu schaukeln begann. »Ich meine, dieses Restaurant zu leiten – ganz allein, nach allem, was passiert ist. Ich … ich glaube, ich habe dir das damals nie gesagt.«

Nein, hatte er nicht. Und im Nachhinein betrachtet, war es Teil des Problems gewesen. Dass er nie verstanden hatte, was ich hier geleistet und warum ich kaum noch Zeit für ihn gehabt hatte. Welche Last auf meinen Schultern geruht hatte, während er seinem Angestelltenjob nachgegangen war und zumindest halbwegs geregelte Arbeitszeiten gehabt hatte. Nachdem Paps gestorben war, hatte ich ihn gefragt, ob er sich vorstellen könne, seinen Job im »Fasan« zu kündigen und mit einzusteigen ins Unternehmen Petite Pauline, aber das hatte er nicht gewollt. Zusammensein, zusammenwohnen und dann noch zusammenarbeiten – das könne einfach nicht gut gehen, hatte er immer gesagt. Schon gar nicht, wenn ich auch noch seine Chefin wäre.

»Wir wären gleichberechtigte Partner«, hatte ich ihm versprochen, doch Anton hatte abgewunken. »Das ist dein Laden. Euer Familienrestaurant. Da wäre ich nie gleichberechtigt«, hatte er gesagt, und vielleicht hatte er damit sogar recht gehabt. Also hatte ich allein weitergemacht, härter gearbeitet denn je und schließlich beides verloren. Erst Anton. Und jetzt das Pauline.

»Ist trotzdem gründlich schiefgegangen«, sagte ich nun leise.

»Es ist nicht deine Schuld.«

»Nein, deine«, hätte ich fast gesagt, doch ich biss mir auf die Lippen. So einfach war es natürlich auch nicht.

»Ist denn inzwischen irgendeine Lösung in Sicht?«

Ich schüttelte den Kopf. »Das alles hier zu verkaufen, das … das macht bestimmt irgendwie Sinn, aber … ich kann es einfach nicht.«

»Es wäre eine Schande.« Wieder tippte er an den Kupfertopf.

»Die hat mein Opa noch gekauft. Es sind die Töpfe der ersten Stunde.«

»Ich weiß.«

Ich seufzte.

»Hey«, sagte Anton. »Du findest einen Weg. Es gibt eine Lösung. Ganz bestimmt …«

Ich zuckte mit den Schulten. »Ich bin mir da inzwischen nicht mehr so sicher. Wie soll die aussehen? Niemand gibt mir Geld. Keiner scheint mehr Vertrauen in mich und das Pauline zu haben. Dabei war es doch mal eine Goldgrube.«

»Die Zeiten ändern sich … Hast du schon mal an Crowdfunding gedacht?«

Ich nickte. »Ja. Aber … nein.«

»Ja, aber nein?«

»Ich will nicht betteln gehen. Ich will es aus eigener Kraft schaffen.«

Anton lächelte. »Die stolze Bretonin.«

In diesem Moment erinnerte ich mich wieder, warum ich mich einmal in ihn verliebt hatte. Sein Charme. Sein Lächeln. Ganz kurz verspürte ich den Wunsch, er möge mich in den Arm nehmen.

Da öffnete sich plötzlich die Schwingtür, und Finn stand in der Küche. Er schwankte ein wenig und hielt eine Flasche Sekt in der Hand.

»Da bissu ja«, lallte er und knallte die Flasche auf die Arbeitsplatte. »Wussich doch, dassich dich hier … hicks … finde.«

»Was willst *du* denn hier?«, fragte ich kühl.

»Hab tausend Mal versucht, dich … hicks … zu erreichen. Aber Madame is ja … schschschwwwär beschäftigt.« Finns Blick fiel auf Anton. Dann hielt er schwankend auf mich zu. »Häp… hicks. Häppy börsday, Kleines«, lallte er und scannte Anton noch einmal von oben bis unten. »Äh … Moment mal …« Er deutete auf Anton. »Ist … ist das nicht dein … Ex?« Jetzt schwankte er so bedenklich, dass ich kurz mit dem Gedanken spielte, ihn festzuhalten. Zum Glück fand er dann doch allein sein Gleichgewicht wieder.

»Finn, geh nach Hause«, sagte ich. »Du bist ja …«

»… voll wie ein Eimer«, ergänzte Anton trocken.

Finn lachte laut auf und zeigte mit dem Zeigefinger abwechselnd auf mich und Anton. »Ihr beide …? Nich euer Ernst!«

Anton deutete mit dem Kinn Richtung Tür. »Schade, dass du schon gehen musst.«

»Hä?«

»Da geht's lang. Ciao!«

»Sel… selber ciao.« Finn machte eine wegwerfende Handbewegung und schwankte auf mich zu. Als er dicht vor mir stand, fasste er mich mit einer jähen Bewegung an den Schultern und versuchte, mir einen Kuss auf den Mund zu drücken.

»Lass das!«, zischte ich und machte mich los.

Finns Gesichtsausdruck veränderte sich. Plötzlich hatte er etwas Unheimliches an sich. Aus den Augenwinkeln sah ich, dass Anton sich in Habachtstellung brachte. Jetzt war ich wirklich froh, dass er da war.

»Hey! Zierdich nichso. Ich … vermissdichkleines.«

»Finn, bitte geh jetzt«, sagte ich eindringlich.

»Sorry.« Er hob beide Hände in die Luft. »Sorrywegenmalle.« Nun wankte er wieder und hielt sich mit einer Hand an mir fest. »Ver … vermischtu mich denn garnich?«

Ich schob seine Hand weg. »Nein. Lass mich in Ruhe und hau ab.«

Anton war neben mich getreten, was mir ein gutes Gefühl gab. »Hast du nicht gehört, was sie gesagt hat?«, fragte er in ruhigem Tonfall.

»Das … gehtdichgarnixan«, lallte Finn. Dann blickte er mir tief in die Augen. Seine Pupillen waren riesig. »Hab dichnichso. Ich weiß doch, dass du michimmernochliebhast, Kleines.« Wieder wankte er bedenklich. Er fasste mich erneut an den Schultern, was ihm etwas Halt gab. »Ich … ichliebedich, Marie!« Dann packte er mein Kinn und drückte seine feuchten Lippen auf meine. Er roch nach Schnaps und Zigaretten. Angewidert drehte ich mein Gesicht weg und versuchte, mich von ihm loszumachen. »Spinnst du?«, schrie ich.

Dann ging alles ganz schnell. Anton schnappte sich seinen Arm und zog ihn mit einer kräftigen Bewegung von mir weg. »Hast du nicht gehört, was sie gesagt hat?«, wiederholte er, nur dieses Mal viel lauter.

»Lass mich!« Finn versuchte, sich aus Antons Griff zu befreien, doch es gelang ihm nicht. Anton zerrte ihn aus der Küche und bugsierte ihn durch den Gastraum Richtung Ausgang. Ich folgte den beiden in sicherem Abstand und beobachtete, wie Anton meinen Ex buchstäblich vor die Tür setzte. »Lass dich bloß nicht noch mal blicken!«, zischte er ihm zu und schloss die Eingangstür hinter ihm.

»Wow«, sagte ich, als wir zurück in der Küche waren. Ich hielt mich an der Arbeitsplatte fest und atmete tief durch.

»Alles okay?«, fragte Anton besorgt.

Ich nickte.

»Den sind wir jedenfalls los«, sagte er.

Ich nickte wieder, doch da öffnete sich die Schwingtür zur Küche, und Finn torkelte erneut herein.

»Raus!«, riefen Anton und ich wie aus einem Munde.

Finn griff nach der Sektflasche auf der Arbeitsplatte. »Pissnelken!«, murmelte er und schwankte samt Flasche wieder hinaus.

»Was Alkohol aus Menschen machen kann«, sagte ich. »Jedenfalls … danke.«

»Gern geschehen.« Er blickte mich ernst an. »War das … mein Nachfolger?«

»Nein. Ja. Nicht mehr. Er ist eigentlich …« Ich sank auf einen der Holzhocker am Verschnauftisch und vergrub das Gesicht in den Händen.

Ich hörte, dass Anton sich den zweiten Hocker zurechtrückte und sich neben mich setzte. Kurz legte er seine Hand auf meinen Rücken, zog sie aber schnell wieder weg. »Der berühmte Griff ins Klo, was?«

Ich nahm die Hände vom Gesicht und blickte den Kachelboden an. »Gott!«, flüsterte ich kopfschüttelnd. Ich schämte mich.

»He! Passiert. Mir auch.«

Ich hob den Kopf und fragte ungläubig: »Ja?«

»Ja.« Anton lachte kurz auf. »In letzter Zeit ständig.« Einen Augenblick schwieg er. Sein Blick fiel auf die Kupfertöpfe über dem Herd. »Ist gar nicht so einfach, den passenden Deckel zu finden.«

»Stimmt«, murmelte ich.

»Vor allem, wenn man ihn eigentlich schon gefunden hatte.« Er sah mich an – ein My zu lang. »Und ihn dann wieder verloren hat.«

»Ja«, sagte ich schlicht, denn damit machte man nichts falsch.

Er erhob sich, tippte noch einmal an den Kupfertopf über dem Herd und nickte mir zu. »Wollen wir?«

»Ja, lass uns abschließen«, sagte ich und sah dem Topf noch einen Augenblick beim Schaukeln zu.

21. Kapitel

In der Nacht träumte ich wirres Zeug von Finn und Anton und schließlich von einer Alarmanlage im Petite Pauline, die so klang wie der Klingelton meines Handys.

»Marie!« Jemand rüttelte an meiner Schulter. »Marihiie!« Schlaftrunken öffnete ich ein Auge.

»Alva?«

»Gut erkannt«, sagte sie genervt und hielt mir mein bimmelndes Handy entgegen. Ich registrierte, dass mein Kopf dröhnte. Langsam kam die Erinnerung. Die Geburtstagsparty. Finn. Anton. Es war schön gewesen und spät geworden und hatte schließlich sehr unschön mit Finn geendet.

»Es klingelt pausenlos.« Alva warf das Telefon vor mich auf die Bettdecke und stapfte durch meine Unordnung hindurch aus dem Zimmer.

»Wann kann ich den Gutschein einlösen?«, fragte ich hinter ihr her, doch sie verschwand einfach, ohne zu antworten. Ihrer Laune nach zu urteilen, war es um ihren Gesamtzustand nicht besser bestellt als um meinen, aber wer wollte es ihr verdenken? Pubertieren ist eben eine anstrengende Sache.

Geburtstag feiern aber auch, weshalb ich mich nun sammeln musste. Und mein anderes Auge öffnen. Als das geschafft war, klingelte mein Handy nicht mehr, aber auf dem Display stand »12 Anrufe in Abwesenheit«, und die waren, wie ich feststellte, allesamt von Frau Holtmann. Mir fuhr ein Schreck in die Glieder. Hatte ich etwa Dienst? Ich dachte angestrengt nach. Nein. Ich hatte mir meine Arbeitszeiten doch extra so gelegt, dass ich heute freihatte. Ich wollte nämlich meinem Opa anlässlich meines gestrigen Geburtstags einen Besuch abstatten und ihn mit einem noch zu backenden Rhabarberkuchen überraschen. Plötzlich war ich hellwach und beschloss, meine Chefin umgehend zurückzurufen.

»Na endlisch«, begrüßte sie mich ungeduldig. »Isch han schon ein paarmal versucht, Sie zu erreischen.«

Ein paarmal ist gut, dachte ich. »Was ist denn los, Frau Holtmann?«

»Watt los is? Kann isch Ihnen sagen. Isch befinde misch derzeit im Krankenhaus.«

»Ach du liebes bisschen«, entfuhr es mir. »Warum denn?«

»Wegen Kuno und seiner blöden Riesengeige. Hat datt Dingen so dämlisch in meinem Büro abjestellt, datt isch drüber jestolpert bin.«

»Oh nein!«, rief ich ehrlich betroffen, und in mir regte sich das schlechte Gewissen. Wenn ich mich recht erinnerte, war ich diejenige gewesen, die Kuno vorgeschlagen hatte, seinen Kontrabass im Büro der Chefin zu parken. »Haben Sie sich verletzt?«, fragte ich überflüssigerweise.

»Ja, sischer datt! Sonst wär isch nit hier. Bänderriss!«

»Verdammt!«

»Jenau. Sie wissen, watt datt bedeutet? Isch fall jetzt erst mal aus. Und zwar, wie et aussieht, mehrere Wochen. Deswegen rufe isch auch an, Marie. Du und Anton seid jetzt Küchenchef. Quasi interimsmäßisch. Und datt Jedöns mit den Royals sagen wir ab, datt ist ja klar. Solange isch nit do bin, machen wir Sparflamme. Nur, datt Se da Bescheid wissen. Nicht, datt Se schon die Menüabfolge planen …«

»Jaja, klar. Ich verstehe. Nett, dass Sie Bescheid sagen. Ist natürlich schade.« Ich konnte meine Enttäuschung kaum verbergen.

»Klar ist datt schade. Schon wegen der juten Presse und so. Aber watt nich is, is nich.«

»Ja, klar. Es soll wohl nicht sein«, seufzte ich.

Frau Holtmann legte mir nun in allen Einzelheiten dar, wie sie sich die nächsten Wochen ohne ihre Wenigkeit im Sankt Josef vorstellte, wer was übernehmen sollte und wann für wen einspringen. Ich versuchte, ihr zu folgen und alles Nötige zu notieren. Als ich ihr gute Besserung gewünscht und aufgelegt hatte, ging ich in der Hoffnung auf ein leckeres Frühstück in die Küche.

»Und? War es was Wichtiges?«, wollte Alva wissen.

»Ja, Frau Holtmann hat einen Bänderriss, Anton und ich werden jetzt interimsmäßig Küchenchef, und William und Kate kommen nicht«, fasste ich das Telefongespräch zusammen.

»Och, echt nicht?« Alva zog einen Flunsch.

»Ich find's auch blöd, aber sie ist der Boss. Was will man machen?«

»Ich dachte, du und Anton, ihr seid jetzt der Boss …«

»Hmmm, ja. Auch wieder wahr.«

»Eben«, sagte Alva und verkrümelte sich in ihr Zimmer.

»Hier. Der ist für dich.« Swantje hatte gerade die Post reingeholt und reichte mir einen kleinen grauen Umschlag. Unwillkürlich zog sich mein Magen zusammen. Der Brief war vom Finanzamt. Es muss ja nicht unbedingt was Schlimmes sein, versuchte ich mich gedanklich zu beruhigen, beschloss aber trotzdem, ihn sicherheitshalber erst später zu öffnen, Schnell legte ich ihn neben den Toaster.

»Das ist aber wirklich schade mit William und Kate«, sagte nun auch Swantje und schälte eine Banane.

»Ja.« Ich goss mir Kaffee in die Domtasse und kuschelte mich aufs Küchensofa.

»Wie bringen wir das nur Klaus bei?«

»Gute Frage.« Langsam ließ das Dröhnen in meinem Schädel ein wenig nach.

»Ich habe ihn gestern Nacht noch nach Hause gebracht. Hatte ganz schön getankt, der Gute.« Sie lachte.

»Da war er nicht der Einzige«, stöhnte ich.

»Stimmt.« Sie runzelte die Stirn. »Sag mal, wart ihr gestern eigentlich noch lange unten?«

»Mhmmm?«

»Du und Anton. Als ich gegangen bin, war er ja noch da, und ich hab dich gar nicht nach Hause kommen gehört.«

»Ach so. Nein, nicht mehr allzu lange. Er hat mir noch ein bisschen beim Aufräumen geholfen.«

»Aha!?«

»Was heißt in diesem Zusammenhang ›aha‹?!?«

»Och, nüscht.« Swantje schob sich ein Stück Banane in den Mund. »Ich hab nur gedacht … dass er überhaupt gekommen ist. Und dann hat er dich die ganze Zeit nicht aus den Augen gelassen. Ist dir das nicht aufgefallen?«

»Nö.«

»War aber so.«

»Das hast du dir nur eingebildet.«

»Nee. Irgendwie habe ich das Gefühl …«

»Was?«

»Dass er dich immer noch ziemlich toll findet.« Sie runzelte die Stirn. »Oder wieder.«

»Du spinnst!« Ich zeigte Swantje einen Vogel. Wenn ich ehrlich war, musste ich allerdings zugeben, dass sie möglicherweise gar nicht so falsch lag. Ich dachte an die Sache mit Finn gestern. An den Topf und den Deckel, und an Antons Blick, als wir darüber gesprochen hatten. Die alte Vertrautheit, die in diesem Moment aufgeflammt war. Zum ersten Mal seit unserem Wiedersehen war ich froh gewesen, ihn in meiner Nähe zu haben.

Swantje sah mir prüfend ins Gesicht, während mir diese Gedanken durch den Kopf gingen. Ich spürte, dass ich ein wenig rot wurde. Und dann hörte ich sie wieder, wie so oft in schwierigen Situationen: die Stimme meines Vaters. »Man kann einen Fehler machen«, hatte er oft gesagt. »Aber nicht zweimal den gleichen.«

Ich seufzte. Du hast ja recht, Paps, dachte ich und schob Anton gedanklich beiseite.

Nachdem ich am Nachmittag gemeinsam mit Klaus und Swantje die letzten Partyüberreste beseitigt hatte, fuhr ich ins Elisenstift, bepackt mit frisch gebackenem Rhabarberkuchen. Zum Geburtstag gestern hatte mein Opa mich nicht angerufen, was ich jedoch seiner Vergesslichkeit zuschrieb. Die letzten beiden Jahre hatte er ihn auch schon vergessen, und Weihnachten hätte er ebenfalls verschlafen, wenn ich ihn nicht zu uns geholt hätte, damit er gemeinsam mit mir, Swantje und Alva das Fest begehen konnte.

»Hallo, Opa«, begrüßte ich ihn fröhlich, als ich sein Zimmer betrat. Ich hoffte, dass er die schlechte Nachricht von der Schließung des Petite Pauline einigermaßen verdaut hatte.

»Mhmmmmm«, machte Opa und blickte kaum vom *Kölner Stadtanzeiger* auf, in den er gerade vertieft war.

Alles wie immer, dachte ich erleichtert. »Ich hab dir Rhabarberkuchen mitgebracht.« Ich stellte das Kuchenpaket auf den Tisch und holte Teller und Kuchengabeln aus der Kommode.

»Und? Was gibt's Neues?« Ich rückte einen Stuhl neben seinen Sessel und setzte mich.

»Sie sperren die Mülheimer Brücke.«

»Oh. Warum?«

»Kaputt.«

»Auch das noch. Opa?«

»Ja.«

»Ich bin jetzt dreißig.«

Er blickte kurz auf. »So alt schon?« Nickend legte ich ein Stück Kuchen auf seinen Teller. »Siehste nicht nach aus.«

»Danke. Ich bin's ja auch erst seit einem Tag. Ich hatte gestern Geburtstag. Hier.« Ich reichte ihm den Teller.

»Du?«

»Ja, ich. Willst du mir nicht gratulieren?«

Er legte die Zeitung beiseite, sah mich einen Augenblick verwirrt an und fuhr mir dann mit seiner rauen Hand über die Wange. »Glückwunsch, mein Kind.«

»Danke, Opa.«

»Hast du schön gefeiert?«

»Meine Freunde haben eine Überraschungsparty für mich organisiert.« Ich holte mein Handy aus der Tasche und öffnete die Foto-App. Dann schob ich meinen Stuhl so, dass ich neben ihm saß. »Schau mal, hier. Wenn du nach links wischst, kannst du dir die Fotos angucken.«

Opa ließ die Kuchengabel sinken, nahm das Handy und starrte aufs Display.

»Guck, da ist Klaus«, erklärte ich. »Und das da ist Kuno. Mein neuer Kollege. Er hat seine Band mitgebracht. *Schattengewächse* nennen sie sich.«

»Warum?«

»Warum sie so heißen? Keine Ahnung. Sie haben jedenfalls den ganzen Abend gespielt. Das hätte dir gefallen, Opa.« Ich wischte ein Bild weiter. »Das hier sind die *Schattengewächse* in Aktion.«

Er starrte auf das Foto, verengte die Augen zu Schlitzen und murmelte etwas Unverständliches. Dann hielt er das Handy ein Stück von sich entfernt, um besser sehen zu können. »Das … das ist doch …« Er atmete plötzlich schwer, so als wäre ihm ein Schreck in die Glieder gefahren.

»Alles okay, Opa?«

Ich nahm ihm das Telefon aus der Hand und betrachtete das Foto. Es war nur die Band zu sehen. Ansonsten nichts Ungewöhnliches.

»Das Cello«, stieß Opa hervor.

»Was ist damit?« Ich zog das Foto größer und hielt ihm das Handy wieder unter die Nase.

Er nahm es und betrachtete es stumm. Seine Hand zitterte ein wenig.

»Opa, was ist mit dem Cello?«, fragte ich eindringlich.

»Das hier …« Er deutete auf einen großen schwarzen Fleck auf dem Instrument, der mir schon bei der Party aufgefallen war. Ich hatte mir nichts dabei gedacht. Nun inspizierte ich ihn genauer.

»Sieht aus wie Italien«, murmelte ich.

»Das ist Mina!«

»Mina?«

»Katjas Cello. Mina. Kein Zweifel.«

Schon wieder Katja. »Die Frau aus dem Fotoalbum? Wer ist sie, Opa?« Er antwortete nicht.

»Opa?«

»Diese Frau. Wer ist das?« Er deutete auf die Cellistin.

Ich zuckte mit den Schultern. »Sie heißt Valerie. Musiklehrerin, wenn ich mich recht erinnere. Und Mitglied bei den *Schattengewächsen*, wie man sieht. Mehr weiß ich auch nicht.«

»Wieso hat sie Mina?«

»Keine Ahnung. Wieso hat das Cello überhaupt einen Namen?«

Er antwortete wieder nicht, betrachtete nur schweigend das Foto.

»Ich kann Kuno fragen. Sicher weiß der mehr über sie. Aber nur, wenn du mir jetzt erzählst, wer diese Katja ist, wieso auf dem Cello ein Fleck ist, der wie Italien aussieht, und warum das Ding Mina heißt.«

Er lehnte sich in seinem Stuhl zurück und murmelte etwas Unverständliches.

»Opa?« Nun war ich wirklich neugierig geworden. Ich stand auf, zog die oberste Schublade seines Nachttischchens auf und holte das alte Fotoalbum heraus. »Da ist Katja drin, oder?«, fragte ich und legte ihm das Album auf den Schoß.

Er schlug es auf, blätterte ein wenig darin herum und hielt dann inne. »Das ist sie«, sagte er und deutete auf das Schwarz-Weiß-Porträt der hübschen jungen Frau, nach dem ich ihn letztes Mal gefragt hatte.

»War sie … eine Freundin von dir?«

»Sie war … mein Mädchen.«

»Dein Mädchen? Du warst also mit ihr zusammen?«

»Mhmmm«, brummte er, was ich als Ja deutete.

»Wie habt ihr euch kennengelernt? Und wieso …«

»Sie hat Musik studiert damals und in einem kleinen Kammerorchester gespielt.«

Opa strich mit dem Finger über ihr Gesicht. »Manchmal sind sie im Pauline aufgetreten. Dort habe ich sie kennengelernt.«

»Aha«, sagte ich.

Plötzlich kam Leben in seinen alten Körper. Er stand auf und kramte ein einzelnes Foto aus seiner Nachttischschublade. Es war gerahmt, ebenfalls schwarz-weiß und zeigte ein kleines Kammerorchester im Petite Pauline. Er deutete auf die Cellistin. »Hier. Das ist sie. Da spielt sie schon auf Mina.«

Ich sah genauer hin und entdeckte den schwarzen Fleck auf dem Instrument.

»Deine Großmutter gab es da noch nicht, falls du dich das fragst. Ich war ja erst Anfang zwanzig.«

»Verstehe.«

»Genau wie Katja. Sie war auch blutjung und außerordentlich begabt an ihrem Instrument. Nach einem ihrer Auftritte im Pauline habe ich ihr ein Glas Wein spendiert und ein wenig mit ihr geplaudert.« Er lächelte in sich hinein. »Sie war sehr hübsch.«

»Du hast sie also nach allen Regeln der Kunst angebaggert.« Ich grinste.

»Angebaggert …« Er lachte in sich hinein. »Ich hab … mit ihr geflirtet. Und ihr von dem alten Cello erzählt, das ich auf dem Dachboden gefunden hatte. Der Voreigentümer des Hauses hatte es dort einfach stehen gelassen. Der schwarze Fleck stammte wahrscheinlich von einem Wasserschaden. Das hat mein Freund Fritz jedenfalls später vermutet. Ich hatte dem Instrument nie irgendeine Bedeutung beigemessen, aber ich hab's aufgehoben, weil ich dachte, zum Wegwerfen ist es zu schade, und vielleicht kann Fritz bei Gelegenheit mal etwas draus machen. Ein Gewürzregal fürs Petite Pauline oder so.«

»Ein Gewürzregal?«, rief ich empört.

Er schmunzelte. »Das hat Katja auch gesagt. Bei unserem nächsten Treffen nahm ich sie mit in meine Wohnung. Die, in der du jetzt wohnst. Ich zeigte ihr das Cello mit dem schwarzen Fleck, und sie fragte, ob sie es mal ausprobieren dürfe. ›Gern‹, habe ich gesagt. Sie stimmte es, und dann spielte sie, und es klang …« Er stockte und schloss für einen Augenblick die Augen. » … einfach wunderbar. Ich glaube, in diesem Moment war es um mich geschehen …«

»Du hast dich in sie verliebt.«

»Mhmmmm.« Er lächelte in sich hinein.

»Wie ging es mit euch weiter?«, fragte ich ungeduldig.

Da klopfte es an der Tür. Ich seufzte. Ausgerechnet jetzt, wo es spannend wurde!

Martha steckte den Kopf herein. »Hallo, Herr de Goff.« Sie nickte mir freundlich zu. »Zeit fürs Abendessen.«

Ich sah auf die Uhr. Es war gerade mal siebzehn Uhr.

»Was gibt's denn?«, raunzte Opa sie an. »Die Pampe von gestern esse ich nicht noch mal!«

Ich legte beschwichtigend eine Hand auf seinen Arm, die Opa wie üblich wegschlug, als wäre sie eine lästige Fliege. Die gute Stimmung war dahin.

»Ihrem Großvater hat der Milchreis gestern wohl nicht gemundet.« Martha lächelte mich entschuldigend an.

Ich überlegte einen Augenblick. Heute war ich mit dem Auto da. »Wissen Sie was?«, sagte ich aus einem Impuls heraus. »Ich hatte gestern Geburtstag und würde meinen Großvater gerne heute Abend zum Essen ausführen. Ich bringe ihn auch wohlbehalten zurück.«

Martha seufzte. Eigentlich musste man es vorher ankündigen, wenn man nicht zum Essen kam.

»Na gut«, sagte sie. »Weil Sie es sind.« Dann wandte sie sich an meinen Großvater. »Herr de Goff, ich bin nachher aber nicht mehr da. Kerstin wird sich dann um Sie kümmern.«

»Warum?«

»Ich muss früher weg. Sie wissen doch: Mein Sohn …«

»Na gut«, sagte Opa.

»Bis morgen. Und, ach, Frau de Goff: Herzlichen Glückwunsch nachträglich!«

»Danke, Martha.«

Ich packte meinen Opa ins Auto und fuhr mit ihm zu uns nach Hause. Zum Glück hatte ich noch einiges an Essbarem vorrätig, und so kochte ich ein schnelles Pastagericht mit Lachs und frischen Kräutern, das mein Großvater geradezu in sich hineinschaufelte.

»Schmeckt's dir?«, fragte ich ihn, obwohl das eigentlich nicht zu übersehen war.

»Besser als die Pampe im Heim«, nuschelte er. »Frage: Mein Fahrrad, wo ist das?«

»Äh, wie bitte?«

»Wo mein Fahrrad ist!«, bellte er.

»Ach so, das alte Hollandrad. Müsste, wie gesagt, noch hier im Keller stehen.« Ich hatte sehr gehofft, dass das leidige Fahrradthema in Vergessenheit geraten war, aber dem schien nicht so zu sein.

»Wir können nach dem Essen mal schauen, ob es überhaupt noch fahrtüchtig ist«, sagte ich in der Hoffnung, dass sich das Problem auf diese Weise erledigen würde. »Wie ging es denn nun mit Katja weiter?«, wechselte ich schnell das Thema. Dasselbe hatte ich ihn bereits im Auto auf dem Weg hierher gefragt und später noch einmal, als er auf dem Küchensofa Zeitung las und ich kochte. Doch einmal hatte er nur »Welche Katja?« gefragt und beim zweiten Mal gar nicht mehr geantwortet. Er war gedanklich wohl gerade in anderen Sphären unterwegs. Ich ärgerte mich ein wenig, dass ich das Fotoalbum nicht mitgenommen hatte. Doch dann hatte ich plötzlich eine Idee.

»Hier entlang, Opa«, sagte ich und führte ihn ins Petite Pauline.

»Als wenn ich das nicht wüsste«, schimpfte mein Großvater.

Natürlich. Das hier war jahrzehntelang sein Zuhause gewesen. Zunächst hatte er das Restaurant im Erdgeschoss nur gemietet, später jedoch das ganze Haus gekauft. Lange hatte er in der Wohnung gelebt, in der ich nun mit Swantje und Alva wohnte. Erst allein, später dann mit seiner kleinen Familie. Wie Katja in diese Lebensgeschichte passte, konnte ich mir nicht erklären, aber vielleicht würde ich es ja heute noch herausfinden.

Als mein Großvater ins Petite Pauline kam, blickte er sich ehrfürchtig um. »Warum ist hier niemand?«, wollte er wissen.

»Wir haben doch geschlossen, Opa«, sagte ich.

Er war bereits auf dem Weg in die Küche. »Warum?«

Ich seufzte. Er hatte es schon wieder vergessen. Ich folgte ihm und erklärte es ihm noch einmal.

Opa nickte, aber ich war mir nicht sicher, ob er es wirklich verstand. Er sah sich in der Küche um, und ich fürchtete schon, dass er gleich mit dem Kochen loslegen wollte, doch er begnügte sich damit, alles genau zu inspizieren, über Töpfe und Herd zu streichen und sich den Hof anzusehen. Danach gingen wir in den Gastraum zurück.

»Möchtest du etwas trinken?«, fragte ich ihn.

»Ein Kölsch«, sagte Opa und setzte sich an Tisch fünf. Ich brachte ihm eine eiskalte Flasche und ein Glas. Ich selbst beschränkte mich heute auf Wasser. Ich setzte mich zu ihm, schenkte ihm ein und hoffte, dass das Bier die Erinnerung ankurbeln und seine Zunge lösen würde.

Er nahm drei große Schlucke. »Lecker!«

»Wo genau haben sie eigentlich gespielt?«, fragte ich wie beiläufig und sah mich um.

»Wer?« Opa füllte sein Glas nach.

»Das Kammerorchester, in dem Katja gespielt hat. Wo haben sie gesessen?«

»Katja«, murmelte Großvater, und dann sagte er eine Weile nichts. Er sinnierte vor sich hin, und ich fragte mich schon, ob er meine Frage überhaupt verstanden hatte.

»Hier«, sagte er plötzlich. »Genau hier. Wo wir jetzt sitzen. Die Tische haben wir immer beiseitegerückt.«

Ich nickte. »So haben wir es gestern auch gemacht. Diesen Platz hier freigeräumt und als Tanzfläche benutzt.«

»Gut, gut.«

»Opa?«

Er sah zu mir herüber.

»Wie war das denn nun mit dir und Katja?«

»Was?« Er runzelte die Stirn.

»Du hattest dich in sie verliebt, hast du mir vorhin erzählt.«

»Hab ich?«

»Ja, hast du.«

Opa lächelte abwesend.

»Habt ihr euch wiedergesehen, nachdem sie bei dir auf dem alten Cello gespielt hatte?«

»Mhmmmm. Ja. Ja, haben wir.«

»Das heißt, sie fand dich auch … nett?«

Opa grinste. »Nett? Sie war hin und weg von mir!«

»Logisch.« Ich lachte und musste an das alte Schwarz-Weiß-Foto denken, das meinen Großvater in jungen Jahren zeigte. Natürlich war sie hin und weg gewesen!

Mein Opa trank noch einen Schluck Kölsch, dann lächelte er. »Wir sind einige Male zusammen ausgegangen.«

»Und dann? Du hast gesagt, sie war ›dein‹ Mädchen. Also, wart ihr … richtig zusammen?«

Opa nickte, und ich seufzte.

»Nun lass dir doch nicht alles aus der Nase ziehen, Opa«, schimpfte ich. »Wie ist es dazu gekommen?«

»Du bist ziemlich neugierig.«

»Klar, ich bin eine de Goff.«

»Auch wieder wahr.«

»Also, ihr seid ein paarmal ausgegangen, und dann?«

»Dann hatte Katja Geburtstag.« Er grinste. »Ihr einundzwanzigster. Da hab ich mir natürlich was Besonderes einfallen lassen.«

»Klar.«

»Wir fuhren mit dem Fahrrad zum Dom. Wir sind oft zusammen Fahrrad gefahren. Am Rhein entlang nach Rodenkirchen oder auf die kleine Insel Groov in Zündorf.«

»Daher weht der Wind«, murmelte ich und dachte an das Hollandrad im Keller.

»Ich hab sie mit auf den Dom genommen«, fuhr Opa fort. »Wir sind mit dem Lastenaufzug hochgefahren. Du weißt schon, der für die Handwerker.«

»Ich weiß, Opa. Wir sind ja letztens zusammen damit hochgefahren.«

»Ja, das war schön«, sagte er mit leiser Stimme, und ich war froh, dass er sich erinnerte.

»Ich hab Katja meinen Lieblingsort gezeigt: den kleinen Raum mit dem Fensterchen.«

»Ah«, sagte ich. »Eine schöne Idee. Wie fand Katja ihn?«

»Sie war sofort fasziniert von der magischen Kammer. Wir stellten uns nebeneinander an das Fensterchen und sahen hinaus. Und wie wir da so standen und stumm auf den Rhein schauten, hab ich einen Arm um sie gelegt, herzlichen Glückwunsch zum Geburtstag gesagt und …«

»Und?«

»Und sie geküsst.«

»Hach …«, entfuhr es mir.

Großvater schloss kurz die Augen, und ein Lächeln huschte über sein Gesicht. »Es war unser erster Kuss, und es hätte keinen schöneren Ort dafür geben können«, flüsterte er.

»Es ist der perfekte Ort für einen Kuss«, stimmte ich ihm zu.

Wir schwiegen eine Weile.

»Und von da an wart ihr ein Paar?«, fragte ich irgendwann, als er sich wieder seinem Kölsch zuwandte.

»Ja. Ein sehr glückliches Paar. Katja studierte weiter Musik und spielte abends manchmal im Petite Pauline. Immer wieder fragte sie, ob sie noch einmal auf dem alten fleckigen Cello spielen dürfe. Sie hat es Mina genannt.«

»Wieso eigentlich Mina?«, fragte ich.

Mein Großvater schüttelte den Kopf und schmunzelte. »Keine Ahnung. Sie hatte diesen Spleen, Instrumenten Namen zu geben. Ihr eigenes Cello hieß Bernd. Der Name Mina gefiel ihr einfach. Deshalb hieß das alte Cello vom Dachboden von nun an so. Es hatte einen außergewöhnlich schönen Klang. Der Wasserschaden, oder was auch immer es war, hatte ihm nichts anhaben können.«

»Und wie kam es, dass Mina dann in Katjas Besitz überging? Hast du es ihr geschenkt?«

Mein Großvater dachte kurz nach. »Es war wieder der zweiundzwanzigste Juni«, sagte er dann. »Da wurde Katja zweiundzwanzig.«

»Dass du das noch weißt. Ihren Geburtstag. Und wie alt sie wurde.«

»Es gibt Daten, die vergisst man nicht. Sein Leben lang. Der zweiundzwanzigste Juni ist so ein Datum.«

Ich nickte. Solche Daten kannte ich auch. Der vierundzwanzigste März zum Beispiel. Da hatte meine alte Kindergartenfreundin Lisa Geburtstag. Ich hatte sie seit der dritten Klasse nicht mehr gesehen, denn da war sie mit ihren Eltern nach Bremen gezogen, trotzdem dachte ich am vierundzwanzigsten März immer: Heute hat Lisa Geburtstag.

»Was habt ihr gemacht an diesem zweiundzwanzigsten Juni?«, fragte ich nun.

»Na, was denkst du wohl?«

»Lieblingsort?«, riet ich.

»Natürlich. Wir sind wieder im Lastenaufzug hochgefahren, und ich hab uns den Weg zu unserer Kammer gebahnt. Das war gar nicht so einfach, denn diesmal hatte ich einen Cellokoffer auf dem Rücken. Oben angekommen, habe ich eine kleine Kerze angezündet, was eigentlich strengstens verboten war, und dann habe ich feierlich den Koffer geöffnet. Da lag sie: Mina, frisch entstaubt und mit neuen Saiten. Ich habe sie vorsichtig herausgehoben und Katja überreicht.«

»Was hat sie gesagt?«

»Nichts. Sie hat meine Hand gedrückt, ganz fest. Dann hat sie sich auf einen Vorsprung aus Stein gesetzt und den Bogen gespannt. Und wenn man sehr gute Ohren hatte, konnte man an dem Tag unten auf dem Alter Markt Bachs Vierte Sonate für Cello hören, atemberaubend schön gespielt auf einem Instrument, das soeben eine neue Besitzerin gefunden hatte.«

»Wow«, sagte ich mit Gänsehaut auf den Armen. »Was für eine schöne Geschichte.«

Wieder schwiegen wir ein paar Augenblicke.

»Und dann …?«, fragte ich irgendwann.

»Dann … waren wir eine ganze Weile sehr glücklich. Doch irgendwann hatte sie ihr Studium beendet und bekam ein Angebot von einem sehr renommierten Pariser Orchester. Also ging sie nach Frankreich.«

»Oh nein, das ist ja furchtbar!«, entfuhr es mir.

»Tja. Hab auch 'ne Weile gebraucht, um das zu verdauen.«

»Warum bist du nicht mitgegangen? Ich meine Paris … Es gibt schlechtere Orte.«

»Ich musste mich doch um das hier kümmern.« Er machte eine ausladende Handbewegung.

»Um deine andere große Liebe – das Petite Pauline?«

»Mhmmm.« Er nickte.

»Wie ging es dann weiter mit dir und Katja?«

»Am Anfang haben wir uns geschrieben. Ziemlich oft. Ein paarmal haben wir uns auch besucht, aber na ja, wie das Leben so spielt. Irgendwann ist es im Sande verlaufen, und wir haben uns nicht mehr gesehen … seit zweiundfünfzig Jahren …«

Er trank sein Kölsch aus und knallte das leere Glas auf den Tisch. »Und jetzt will ich zu meinem Fahrrad!«

Ich stöhnte auf. Dement hin oder her, wenn mein Opa sich einmal etwas in den Kopf gesetzt hatte, vergaß er es nicht mehr. Ich hakte ihn also unter, mir blieb ja nichts anderes übrig, und wir stapften vorsichtig die alte Kellertreppe hinunter. Wir bogen links ab und gelangten in einen düsteren Raum voller Spinnweben. An einer Wand war ein Holzregal angebracht, auf dem einige verstaubte Weckgläser mit eingemachtem Obst standen. Ich nahm mir vor, Swantje davon zu unterrichten. Das Obst war vermutlich so alt wie mein Opa und hatte seinen Zenit seit ein paar Jahrzehnten überschritten, aber die Gläser konnte sie sicher noch gebrauchen. An der gegenüberliegenden Wand lehnte ein orangefarbenes Kinderfahrrad. Ich musste lächeln. Es war meins. Damit war ich jeden Tag in die Grundschule gefahren. Und dann stand da noch ein schwarzes Hollandrad mit Stange und Ledersattel. Ich seufzte.

»Da ist es ja!« Erfreut nahm Opa das Rad in Augenschein. Es war völlig verstaubt, die Kette sah rostig aus, und die Reifen hätten platter nicht sein können. »Wenigstens etwas«, murmelte ich leise.

»Das ist ja noch super in Schuss.« Opa klopfte auf den Ledersattel. Kleine Staubflöckchen schwebten zu Boden.

»Na ja. Es hat zwei Plattfüße, ist völlig verrostet und sieht auch insgesamt nicht besonders … fahrtüchtig aus. Ich glaube, es ist besser …«

»Elmar. Ruf Elmar an!«

»Welchen Elmar?« Ich stellte mich dumm.

»Den mit dem Adler aufm Kopp. Welchen denn sonst?«

»Ach, *den* Elmar«, sagte ich, als würde ich noch ein Dutzend andere Elmars kennen. Der Beikoch hatte bei irgendeiner Gelegenheit mal erzählt, dass er gelernter Fahrradmechaniker war. Das hatte mein Opa sich natürlich gemerkt.

»Ruf ihn an. Er soll vorbeikommen und es reparieren.«

»Ich weiß gar nicht, ob ich seine aktuelle Nummer habe«, erwiderte ich ausweichend.

»Dann besorg sie dir. Irgendjemand wird sie schon haben. Und dann rufst du ihn an. Der soll sich das hier mal ansehen.«

»Mach ich, Opa.« Ich deutete auf das dicke Kettenschloss. »Aber das Rad ist abgeschlossen. So kann er es nicht reparieren.«

Opa dachte einen Augenblick nach. »Ich weiß, wo der Schlüssel ist«, verkündete er dann und deutete triumphierend auf das Regal mit den Einweckgläsern. »Er lag immer unter den Pflaumen.«

»Ich sehe mal nach«, sagte ich. »Ist denn die Kette noch in Ordnung?«

Opa ging ächzend in die Knie, während ich eines der Pflaumengläser im Regal anhob und den Fahrradschlüssel tatsächlich sofort entdeckte. »Hier ist er nicht«, sagte ich und ließ den Schlüssel mit ziemlich schlechtem Gewissen in meine Hosentasche gleiten.

»Seltsam. Die Kette braucht nur ein bisschen Öl. Aber der Schlüssel muss hier irgendwo sein.« Opa begann, den Raum systematisch abzusuchen. »Jetzt hilf doch mal!«, forderte er mich ungehalten auf.

Ich half, ihn nicht zu finden.

»Merkwürdig«, sagte Opa. »Er war doch immer hier.«

»Das ist lange her, Opa. Er kann wer weiß wo sein.«

»Dann muss Elmar eben eine Eisensäge mitbringen.«

22. Kapitel

Zwei Tage später schwang ich mich auf mein Fahrrad und radelte zum St. Vinzenz-Hospital. Ich hatte beschlossen, Frau Holtmann einen Besuch abzustatten und sie bei dieser Gelegenheit dazu zu überreden, den Event mit William und Kate doch nicht abzusagen. Falls sie das nicht schon längst getan hatte. Ich wollte ihr anbieten, alles Nötige zu organisieren und ein Menü zu kreieren, das keine Wünsche offenließ. Mit anderen Worten, ich würde dafür Sorge tragen, dass der königliche Besuch auch ohne Frau Holtmanns Anwesenheit in jeder Hinsicht ein voller Erfolg wurde. Mir war nämlich sehr daran gelegen, dass der englische Hochadel im Sankt Josef dinierte. Zum einen, weil es für mich als Köchin eine willkommene Herausforderung darstellte, die traditionellen kölschen Gerichte mit einem besonderen Twist zu versehen und in bester Qualität zuzubereiten, und zum anderen, weil Klaus ansonsten unendlich enttäuscht wäre. Und natürlich auch, weil es für das Sankt Josef eine einmalige Gelegenheit war, sich über die Stadtgrenzen hinaus einen Namen zu machen. Diese Chance durfte sich Frau Holtmann einfach nicht entgehen lassen, zumal ich mich absolut in der Lage fühlte, das Beste aus der Situation herauszuholen. Schließlich hatte ich schon öfter große Events gemanagt, und die meisten waren ein voller Erfolg gewesen. Kurz kam mir Philipp von Berseburg in den Sinn, und ich hoffte, dass Frau Holtmann nicht bei Instagram unterwegs war. Zuzutrauen wäre es ihr allerdings gewesen.

Als ich das Krankenzimmer betrat, war Frau Holtmann zu meinem großen Erstaunen nicht allein. Anton saß neben ihrem Bett, und sie schienen in ein Gespräch vertieft zu sein.

»Oh, hallo!« Ich wurde rot. Antons Anwesenheit brachte mich irgendwie aus dem Konzept.

»Hallo, Marie.« Er grinste.

»Äh, was machst du denn hier?«

»Das Gleiche wie du vermutlich. Einen Krankenbesuch.«

»Ahhh«, erwiderte ich nicht sonderlich intelligent. Schnell wandte ich mich unserer Chefin zu. »Guten Tag, Frau Holtmann. Wie geht es Ihnen?«

»Beschissen ist noch jestrunzt.« Sie thronte mit hochgelegtem Gipsbein in ihrem Bett und sah nach schlechter Laune aus.

Ich begann, in meinem Jutebeutel zu kramen, und förderte zwei Flaschen Kölsch zutage. »Hier. Hab ich Ihnen mitgebracht.«

»Schnell. Rein damit!« Frau Holtmann deutete auf die Tür ihres Nachtschränkchens und machte jetzt ein deutlich zufriedeneres Gesicht. Ich verstaute die Flaschen im Schränkchen und bemerkte, dass da noch zwei weitere standen. Fragend blickte ich Frau Holtmann an.

Sie deutete auf Anton. »Zwei Doofe, ein Jedanke.«

»Oh! Na, dann können Sie ja jetzt eine Party feiern.«

»Von wegen«, grunzte sie. »Isch bin noch die janze Woche hier. Ich trink jeden Abend ein Fläschchen zum Einschlafen. Ist zwar nicht kalt, aber trotzdem besser als die Schlaftabletten, die die mir hier immer verabreischen wollen.«

Ich musste lachen. »Lassen Sie sich bloß nicht erwischen!«

»Keine Sorge. Ich füll mir datt Kölsch ins Wasserglas. Die Nachtschwestern sind hier so im Stress, die denken, datt datt Apfelschorle is.«

»Und wundern sich, dass Ihre mürrischste Patientin abends immer so lustig wird«, bemerkte Anton.

»Quatsch, mürrisch«, maulte die Chefin.

Ich zog mir einen Stuhl heran, setzte mich neben Anton an ihr Bett und fragte sie nach dem Verlauf ihrer OP, wie lange es voraussichtlich noch dauern werde und wann sie wieder arbeiten könne.

»Datt weiß nur der liebe Herrjott«, erwiderte sie auf meine letzte Frage.

»Wirklich ein Jammer, dass das mit Kate und William nun doch nicht klappt.«

»Ja, datt hat der Anton auch schon jesagt. Aber watt willste machen …«

Anton nickte.

»Haben Sie schon abgesagt?«

»Nee. Isch erreisch da niemanden.«

»Sie könnten doch trotzdem kommen«, fiel ich nun mit der Tür ins Haus. »Ich hab schon oft große Events organisiert, ich bin echt gut darin.« Aus den Augenwinkeln bemerkte ich, dass Anton mich stirnrunzelnd ansah, und mir kam der Verdacht, dass *er* Philipp von Berseburg abonniert hatte. »Sie hätten absolut keine Arbeit damit«, fuhr ich fort. »Ich würde die gesamte Orga übernehmen, ein Menü zusammenstellen und mich um die Einkäufe kümmern. Es wäre doch schade, wenn Sie sich das entgehen lassen würden. Die Presse, die Sie bekommen würden – das wäre unbezahlbar. Ihr Sankt Josef in aller Munde. Auf Jahre hinaus würden die Kölner sagen: ›Das ist das Brauhaus, in dem William und Kate so lecker gegessen haben.‹«

»Wenn et jut jeht, ja. Wenn nisch, heißt et noch in drei Jenerationen: Datt is datt Brauhaus, wo se sisch bis auf die Knochen blamiert haben, als mal datt Kate und der William da jejessen haben.«

»Wird nicht passieren«, warf Anton ein. »Ich bin schließlich auch noch da.«

»Datt stimmt.« Frau Holtmann sah nun abwechselnd Anton und mich an. »Naaaaa jut«, sagte sie schließlich. »Ihr macht datt zusammen. Auch wenn ett ein jewisses Risiko is. Aber jut …« Sie zeigte mit dem Finger auf mich. »Sie sind für datt Menü zuständig.« Dann deutete sie auf Anton. »Und Sie für den Rest. Orga, Personal, wer watt macht und so. Datt Kochen erledigt ihr zusammen. Hand in Hand. Und …« Sie verengte ihre Augen zu Schlitzen. »Datt mir keine Klajen kommen, weil ihr eusch wieder in de Haare kricht. Is datt klar?«

Anton und ich nickten synchron, und ich dachte, *das* wird vielleicht die größte Herausforderung. Unauffällig schielte ich zu ihm hinüber. Sein Gesichtsausdruck verriet mir, dass er dasselbe dachte. Wie hatte die Chefin eben so schön gesagt: »Zwei Doofe, ein Gedanke.«

Für den Moment rissen wir uns aber zusammen und berieten uns noch eine Weile mit Frau Holtmann bezüglich des Menüs und der Organisation des Ganzen. Ich war jetzt richtig aufgekratzt und voll in meinem Element. Wahrscheinlich ging es Anton ganz ähnlich, man merkte es ihm aber nicht an.

Als ich mich schließlich verabschiedete, sagte er: »Ich muss auch los«, und sprang auf.

Wir wünschten Frau Holtmann gute Besserung und versprachen, sie bezüglich der Vorbereitungen für den königlichen Besuch immer auf dem Laufenden zu halten.

»Isch bitte darum«, sagte sie und scheuchte uns hinaus.

»Wir beide zusammen als Küchenchef. Grandiose Idee.« Anton grinste, als wir gemeinsam den breiten Krankenhauskorridor hinuntergingen.

»Allerdings.«

»Vielleicht sollten wir vorher einige Regeln festlegen.«

»Was für Regeln?«

»Na ja, zum Beispiel, dass du nicht an meinem Essen rummäkelst. Oder es nachwürzt. Und dass du …«

»Ja?«

»Nicht die Diva spielst.«

»Pffff«, machte ich. »Wann habe ich denn die Diva gespielt?«

»Ähm … immer?«

Ich zeigte ihm einen Vogel.

»Wir sind gleichberechtigte Partner. Das wollte ich nur noch mal klarstellen.«

»Natürlich sind wir das«, fauchte ich. »Aber wehe, du benutzt Maggi!«

»Ich benutze nie Maggi!«

Das ging ja gut los. Hatte ich wirklich vor ein paar Tagen noch gedacht, dass wir möglicherweise wieder mehr sein könnten als nur Kollegen? Im Geiste schickte ich meinem Vater ein Dankeschön in den Himmel – dafür, dass er mich gewarnt hatte.

Wir stiegen in den Fahrstuhl und fuhren ins Erdgeschoss. Da lächelte Anton auf einmal versöhnlich. »Wir machen das schon, oder?«

Ich sah ihn misstrauisch an. »Ja. Sicher.«

»Marie?«

»Hm?«

»Ich bin froh, dass du das Menü kreieren sollst. Darin bist du wirklich besser als ich. Das muss ich zugeben.«

»Aha«, sagte ich und dachte: Na ja, irgendwie ist er ja doch ganz nett.

»Sag mal, hast du Montag nicht frei?«

Ich dachte kurz nach. »Ja. Wieso?«

»Ich auch. Ich würde gerne mit dir ins Bergische fahren.«

23. Kapitel

»Tee?«

Ich nickte.

Hanni goss ein rabenschwarzes Gebräu in die hübsch geblümte Porzellantasse und hielt mir dann einen Teller mit Selbstgebackenem unter die Nase. Sie trug eine dunkelblaue Stoffhose, dazu eine rosafarbene Bluse. Vermutlich hatte sie ihre Arbeitskluft extra meinetwegen gegen ihr Sonntagsoutfit getauscht. Ich nahm etwas Spritzgebäck und biss hinein. Irgendwie war es merkwürdig, plötzlich wieder in dieser alten Bauernküche zu sitzen und Tee zu trinken.

»Sie freuen sich«, hatte Anton versichert, nachdem ich seinen Vorschlag, mit ihm zu seinen Eltern ins Bergische zu fahren, dankend abgelehnt hatte. Die Idee, hier Gemüse und Fleisch für das königliche Menü in Augenschein zu nehmen, war grundsätzlich zwar nicht schlecht. Seine Eltern betrieben seit Jahren einen gut sortierten Bio-Hofladen mit besten Produkten aus eigenem Anbau. Doch der Gedanke, meinen ehemaligen Fast-Schwiegereltern unter die Augen zu treten, behagte mir überhaupt nicht. Ich hatte sie seit Antons Auszug nicht mehr gesehen, was, wie ich zugeben musste, auch an mir gelegen hatte. Um so schnell wie möglich über Anton hinwegzukommen, hatte ich es für das Beste gehalten, auch alle familiären Brücken abzubrechen.

»Meine Mutter fragt so oft nach dir«, hatte Anton nicht lockergelassen. »Und außerdem gibt es bei meinen Eltern die besten Tomaten der Welt.«

»Auch wieder wahr«, hatte ich erwidert und schließlich eingewilligt. Das Gemüse der Krögers war wirklich hervorragend, und die Leute kamen aus der ganzen Umgebung, um hier ihr Fleisch zu kaufen. Als Anton und ich noch ein Paar gewesen waren, hatte ich vom Hof seiner Eltern oft Produkte für das Petite Pauline geordert.

Und nun saß ich also wieder hier in der Küche, neben Anton, und trank Tee, als wäre nichts gewesen. Ich musste an den Tag denken, als er mich seinen Eltern vorgestellt hatte. An die Wochenenden, die wir hier verbracht hatten. Zum Beispiel unser erstes gemeinsames Osterfest. Die Krögers versteckten traditionell bunte Eier und Schokoladenosterhasen auf dem ganzen Hof, und die Kinder aus der Nachbarschaft kamen am Ostersonntag nachmittags zum Suchen. Anton und meine Aufgabe war es damals gewesen, Osterhase zu spielen und dem einen oder anderen Dreikäsehoch später beim Suchen ein wenig auf die Sprünge zu helfen. Irgendwann, nachdem Anton einem süßen Dreijährigen den entscheidenden Hinweis bezüglich des Aufenthaltsortes eines Schokohäschens gegeben hatte, nahm er meine Hand und zog mich auf die Kuhwiese hinter der Scheune. Dort eröffnete er mir, dass der Osterhase auch etwas für mich versteckt hatte. In einem alten Wassertrog am Weidezaun entdeckte ich nach längerer Suche schließlich ein Körbchen, in dem sich ein kleines Päckchen befand.

»Mach auf.« Anton stand vor mir und blickte mich ein wenig verlegen an, als ich das Geschenkpapier aufriss.

»Gefällt es dir?«

»Sehr«, hauchte ich, und dann küssten wir uns und vergaßen die Eier, die Kinder und alles andere um uns herum.

»Anton? Marie?«, hörten wir irgendwann Hanni quer über den Hof rufen. Wir lösten uns voneinander, und ich hielt Anton meinen rechten Arm hin. »Kannst du es mir umbinden?«, fragte ich. Und dann knotete Anton das hübsche Lederarmband mit dem kleinen silbernen A um mein Handgelenk.

»Ich werde es nie wieder abnehmen«, gelobte ich feierlich und küsste ihn noch einmal.

Wir schlenderten Hand in Hand zurück.

»Muss Liebe schön sein«, hatte Hanni gemurmelt, als wir wieder zur Stelle waren.

Das Armband hatte ich von da an wirklich immer getragen – bis zum Tag von Antons Auszug. Da riss ich es ab, wütend und wehmütig zugleich, und verbannte es in irgendeine meiner Pröddelschubladen und holte es nie wieder heraus.

»Noch Tee?«, fragte Hanni jetzt und goss mir nach, ohne eine Antwort abzuwarten. Sie plauderte in gewohnter Manier über das Wetter, die Ernte und den ollen Nachbarn Leferink, der gestern wieder besoffen mit dem Trecker gegen das Weidegatter gebrettert sei.

»Seine Pacht hat er auch nicht überwiesen«, ergänzte Antons Vater Gerd und schüttete sich einen kräftigen Schuss Sahne in den Tee. Er war nie sehr gesprächig gewesen, und auch heute sollte das der einzige nennenswerte Wortbeitrag bleiben. Gerd kam gebürtig aus Ostfriesland. Aurich, um genau zu sein. Inzwischen hatte er sich gut eingelebt im Bergischen. Nur den Tee, den trank er immer noch auf ostfriesische Art.

»Schön, dass du mal wieder hier bist«, wechselte Hanni rasant das Thema und lächelte mir herzlich zu. Ich fragte mich, ob sie in Sachen Petite Pauline im Bilde war. Vermutlich hatte Anton ihr vorher ein Update diesbezüglich gegeben und sie gebeten, das Thema weiträumig zu umschiffen. Wenn es so war, wie ich vermutete, dann hielt sie sich jedenfalls daran. Sie fragte kein einziges Mal nach meinem Restaurant.

»Was braucht ihr denn alles?«, wollte sie stattdessen wissen.

»Ach, Kinder, ich kann es immer noch nicht glauben, dass ihr für die Kate und den William kochen dürft.« Sie seufzte selig. »Was für eine Ehre. Das muss man sich mal überlegen. Die Kate wird Kartoffeln essen, die ich in der Hand hatte.« Sie betrachtete ihre rauen Hände, tat so, als würde sie damit Kartoffeln aus der Erde holen, und schüttelte entrückt den Kopf. »Ist das nicht Wahnsinn, Gerd?«

»Hmmmmm«, kam es von ihrem Mann.

»Sach doch auch mal was«, forderte Hanni ihn auf, doch Gerd widmete sich wieder seinem Tee.

»Fleisch brauchen wir auch«, erklärte ich nun. »Ich hatte an ein Bürgermeisterstück gedacht, für William. Für Kate muss es etwas Vegetarisches sein. Aus ziemlich sicherer Quelle weiß ich, dass sie kein Fleisch mehr isst.«

»Ach, das wusste ich ja gar nicht. Was kocht ihr denn für sie?« Hanni überlegte. »Vielleicht mag sie Reibekuchen mit Apfelkompott. Die neuen Kartoffeln sind schon reif. Richtig lecker sind die. Annabelle, Linda und Gala, alles da. Am besten, ihr nehmt mal ein Pfund von jeder Sorte mit. Zum Testen. Oder, Gerd?« Sie wartete seine Antwort nicht ab. Vielleicht, weil sie wusste, dass sowieso keine kommen würde. »Ihr könnt auch gleich mal im Laden und im Gemüsegarten gucken, was ihr sonst noch so braucht. Bohnen und Erbsen sind auch reif. Und sogar schon ein bisschen Rote Bete. Die frühe Sorte. Und im Gewächshaus gibt's Tomaten. Und …« Sie machte ein Gesicht, als würde sie nun die Sensation des Jahres verkünden. »Dieses Jahr haben wir sogar Overginen.«

»Auberginen«, korrigierte Anton, der sich wie sein Vater bisher weitgehend aus dem Gespräch herausgehalten hatte.

»Sag ich doch. Die werden ja jetzt viel gegessen. So Kinder, seid ihr fertig?«

»Nein«, sagte Gerd und goss sich gemächlich Tee nach.

Nachdem wir gemeinsam das Geschirr abgeräumt hatten, entließ uns Hanni, und Anton und ich gingen zum Bio-Hofmarkt in die große Scheune. Hier gab es neben Obst und Gemüse auch Eier von glücklichen Hühnern, Honig und selbst gekochte Marmelade. Ich roch begeistert an den Erdbeeren, begutachtete die frischen Bohnen und die vielen Sorten Kartoffeln. Anton plauderte derweil mit Frau Hermann, die seit Jahren als Verkäuferin in Teilzeit bei seinen Eltern arbeitete. Immer wieder kamen Kunden herein und kauften Eier, Gemüse oder Fleisch.

Nachdem ich mir einen Überblick über das Warenangebot verschafft und die eine oder andere Notiz gemacht hatte, beschloss ich, als Nächstes den Gemüsegarten aufzusuchen. Frau Hermann hatte mich darüber informiert, dass es dort reichlich Zucchini und Gurken gab, von deren Qualität ich mich gerne überzeugen wollte.

»Ich gehe mal zu den Gurken«, sagte ich zu Anton und machte mich auf den Weg.

Die Zucchini sahen wirklich gut aus, genauso wie die Schlangengurken. Plötzlich hörte ich helles Stimmengewirr, und als ich aufblickte, sah ich, dass eine ganze Grundschulklasse auf dem Hof eingetroffen war. Hanni stürzte aus dem Haus und begrüßte die Lehrerin. Den Wortfetzen, die zu mir herüberwehten, entnahm ich, dass die Schüler den Hof besichtigen wollten. Hanni ging in die Scheune und kam mit Anton wieder heraus. Er sprach mit den Kindern und begann dann, sie herumzuführen. Ich musste lächeln. Anton war in seinem Element. Die Kinder himmelten ihn förmlich an, während er ihnen alles erklärte. Und auch die junge Lehrerin fand ihn toll, das war nicht zu übersehen. Kein Wunder, dachte ich. Er ist ja auch toll. Immer noch. Irgendwie. Plötzlich sah er zu mir herüber. Er strahlte und winkte mir zu. Mein Herz machte einen kleinen Hüpfer. Ich winkte zurück und deutete dann auf das riesige Gewächshaus weiter hinten. Er nickte und rief: »Bis gleich!«

»Bis gleich«, murmelte ich.

Ich schlenderte zu dem gläsernen Bau, den Antons Eltern vor Jahren aus alten Sprossenfenstern gezimmert hatten. Die Glastür war ein wenig windschief. Als ich sie öffnete, quietschte sie. Ich schlüpfte hinein. Warm und feucht war es hier, wie in den Tropen, und es roch intensiv nach feuchter Erde, Blüten und Laub. Rechts und links standen Holzregale, bestückt mit Pflanzkästen, in denen die unterschiedlichsten Stecklinge sprossen. Ich ging durch den engen Mittelgang in den hinteren Bereich, wo Beete mit Tomaten und Auberginen angelegt waren. Die Pflanzen standen dicht gedrängt und sorgfältig hochgebunden nebeneinander. Viele trugen bereits Früchte. Ganz in der Ecke wuchs sogar ein Pfirsichbaum. Ich sog die Luft ein und blickte nach oben. An der Decke baumelten unzählige Lavendel- und Rosmarinsträuße, die Hanni hier wohl zum Trocknen aufgehängt hatte. Ich musste an die Bretagne denken. Anton und ich hatten dort einmal eine wunderbare Woche verlebt. Damals waren wir erst ein paar Monate zusammen gewesen. Wir waren nach Plougrescant gefahren – das Heimatdorf meines Großvaters. Es hatte eine Weile gedauert, bis wir das alte Steinhäuschen gefunden hatten, in dem er aufgewachsen war. Es war einsam gelegen und direkt am Meer. Riesige pinkfarbene Hortensien wuchsen davor, außerdem Agapanthen, Rosmarin und Lavendel, der herrlich duftete. Als Kind war ich ein paarmal hier gewesen, in den großen Ferien, mit Paps und Opa. Das Häuschen war noch hübscher, als ich es in Erinnerung hatte. Leider war es inzwischen nicht mehr in Familienbesitz, doch der neue Eigentümer nutzte es als Ferienhaus und war so nett gewesen, es uns zu vermieten. Von innen war es noch winziger, als es von außen aussah, doch der Blick auf den Atlantik war gigantisch. Einen Großteil des Urlaubs hatten Anton und ich im Bett verbracht. Wir waren meist erst nachmittags aufgebrochen, um uns ein einsames Eckchen am Meer zu suchen. Baden. Sonnen. Küssen. Und abends Moules Frites und Cidre und manchmal auch Austern, direkt aus dem Meer. Wir hatten das Leben in vollen Zügen genossen. Wann hatten wir eigentlich damit aufgehört?

Ich seufzte und inspizierte die Tomaten. Hanni baute viele verschiedene Sorten an. Kleine und große. Eierförmige und runde. Rote, gelbe, schwarze. Es war alles dabei, und einige waren tatsächlich schon reif. Ich probierte eine der gelben Cocktailtomaten und war überrascht, wie köstlich und intensiv sie schmeckte. Das musste man Hanni wirklich lassen: Tomaten konnte sie. Mir war warm. Die Luft hier drinnen war wirklich zum Schneiden. Ich zog meine Jeansjacke aus und hängte sie über den Stiel eines Spatens, der inmitten der Tomaten in der Erde steckte und auf seinen Einsatz wartete. Dann ging ich zu den Auberginen. Hanni hatte nicht zu viel versprochen. »Gut seht ihr aus«, murmelte ich und strich sanft mit der Hand über eine der spiegelglatten Früchte.

»Hey, Babe«, sagte da plötzlich eine Stimme ganz dicht an meinem Ohr.

Ich zuckte zusammen, drehte mich um und unterdrückte einen Schrei. Hinter mir stand jemand in weißem Ganzkörperanzug mit Hut und Gesichtsschleier.

»Ach, du bist es«, stöhnte ich halb erleichtert, halb wütend, als ich erkannte, dass es Anton war, der da in diesem merkwürdigen Raumfahreroutfit steckte. Und dann, als ich sah, dass er mir ein Honigglas entgegenstreckte, schloss ich, dass es gar kein Raumfahreroutfit war, sondern ein Imkeranzug. Offenbar hatte er gerade den Bienen etwas von ihrer Ernte geklaut.

»Du hast mich zu Tode erschreckt«, schimpfte ich.

»Sorry. Das wollte ich nicht.« Hinter dem Netzvorhang lächelte Anton sein charmantes Lächeln, und da konnte ich ihm nicht mehr böse sein.

Ich trat einen Schritt zurück und betrachtete ihn von oben bis unten. »Steht dir.«

»Danke. Ist aber ziemlich warm. Könntest du mal …?« Er kam näher, drehte sich um und deutete auf den Reißverschluss an seinem Rücken.

»Mir ist auch warm«, sagte ich überflüssigerweise.

Ich zog den Reißverschluss auf, stellte fest, dass meine Finger ein wenig zitterten, und fragte mich, ob es etwas zu bedeuten hatte, dass er mich gerade Babe genannt hatte. Das hatte er früher nämlich öfter getan – meist in geraunter Form, kurz bevor er mich geküsst hatte. Vielleicht war es eine Art Pawlow'sche Reaktion, vielleicht der Duft nach Lavendel. Womöglich hatte es aber auch eine andere, weitaus folgenreichere Bedeutung, dass sich in meinem Bauch plötzlich eine Art Bienen-Flashmob breitmachte, der wie wild zu tanzen begann, und dass ich Anton in diesem Moment am liebsten den Netzhut vom Kopf gerissen und ihn hinter die mannshohen Auberginensträucher gezogen hätte, um dort das zu tun, was sonst immer auf »Babe« gefolgt war. Doch da entledigte er sich schon selbst seiner Kopfbedeckung und lächelte mich an, und da war er für mich der schönste Mann der Welt.

»Sind die Tomaten schon reif?«, fragte er.

»Vielleicht«, murmelte ich, doch es war die Antwort auf eine andere Frage, die ich mir soeben selbst gestellt hatte. Nämlich die, ob es möglich ist, sich zweimal in dieselbe Person zu verlieben.

24. Kapitel

»Yes!«, rief ich triumphierend, denn die Laterne vor dem Sankt Josef war noch frei, was bedeutete, dass ich soeben den perfekten Fahrradparkplatz ergattert hatte. Manchmal sind es die kleinen Dinge … Ich schloss meinen Drahtesel an, und als ich wieder aufblickte, stand plötzlich Kuno hinter mir – mit Kontrabass auf dem Rücken und ebenfalls mit Fahrrad.

»Komm, das passt noch«, sagte ich und rückte mein Rad herum, sodass er seins von der anderen Seite anschließen konnte.

»Ich halte deinen Kontrabass«, bot ich an.

Kuno streifte den riesigen Koffer vom Rücken und übergab ihn mir vorsichtig.

»Das Corpus Delicti«, sagte ich grinsend. »Aber die Chefin hat dir verziehen. Hast du jetzt endlich einen guten Platz dafür gefunden?«

Kuno räusperte sich. »Nee, ich stelle ihn immer noch ins Büro. Chefin ist ja nicht da. Und wenn sie wiederkommt … «

»Müssen wir anbauen.«

»Genau.«

»Sag mal, deine Bandkollegin«, begann ich, während er sein Rad parkte. »Die mit dem Cello …«

»Valerie.«

»Genau. Woher kennst du sie eigentlich?«

»Wieso?«

»Lange Geschichte«, erwiderte ich, obwohl sie so lang nun auch wieder nicht war. Aber da Kuno kein Mann großer Worte war, kam es mir in diesem Moment so vor.

»Mein Opa. Er hat mich gebeten, es herauszufinden. Vor allem will er wissen, woher sie ihr Cello hat.«

Kuno schloss sein Rad an, fuhr mit der Hand durch sein rotes Haar und blickte mich verständnislos an.

»Er hat es wiedererkannt«, erklärte ich. »Also, das Cello von Valerie. Auf meinen Handyfotos. Er meinte, dieser Fleck, der aussieht wie Italien, den kennt er. Und deshalb ist er sich sicher, dass das Mina ist.«

»Mina?«

»Ja, du hast richtig gehört. Das Cello hat einen Namen. Es gehörte mal meinem Opa, und dann hat er es verschenkt. Vor über fünfzig Jahren. An eine Frau. Eine Cellistin namens Katja, und die hat es Mina getauft. Tja, und nun hat Valerie das Cello, und die Frage ist, warum. Also, wo sie es herhat. Verstehst du?«

Kuno nickte. Dann runzelte er die Stirn. »Also, Valerie heißt mit Nachnamen Keller und ist Cellolehrerin an der Rheinischen Musikschule. Sie unterrichtet Kinder. Und leitet ein Cello-Orchester.«

»Cello-Orchester?«

»Ja, ein Orchester nur mit Cellisten. Die proben einmal die Woche hier in Nippes am Baudriplatz. Aber woher sie das Cello hat …« Er zuckte mit den Schultern. »Keine Ahnung.«

»Könntest du sie fragen?«

»Logo.«

»Danke, Kuno. Du bist ein Schatz.«

»Weiß ich doch«, murmelte er, wurde rot und schulterte seinen Kontrabasskoffer.

»Tja, dann wollen wir mal.« Ich hielt ihm die Tür auf. »Die Arbeit ruft.«

»Hey, ihr beiden!«, rief da jemand. Ich drehte mich um. Anton kam mit schnellen Schritten angelaufen. »Wartet auf mich!«

Ich winkte und war plötzlich ein wenig kurzatmig.

Wir gingen zu dritt hinein und ließen Kuno den Vortritt im Garderobenraum.

»Ich habe übrigens eine Menge bergischer Lebensmittel im Kühlschrank«, sagte Anton.

»Ich weiß.« Wir hatten gestern bei seinen Eltern drei Kisten mit Gemüse und Fleisch eingepackt.

»Wollen wir heute Abend probekochen?«

»Wir?« Eigentlich war ja ich allein für das Kreieren der Gerichte zuständig. Das hatte Frau Holtmann ganz klar so bestimmt, und es war im Prinzip auch eine gute Sache, weil ich mir nicht gerne ins Handwerk pfuschen ließ, wenn ich neue Gerichte ausprobierte, und weil viele Köche ja bekanntlich den Brei verderben. Andererseits wollte ich Anton auch nicht vor den Kopf stoßen. Ein Kochabend mit dem Ex. Ein Teil von mir hätte am liebsten sofort »Ja, gute Idee« gesagt und im Geiste vor Freude ein Rad geschlagen. Ein anderer war da weitaus unentschlossener. Eben weil Anton mein Ex war. Weil ich gerade das mit dem Atmen hatte. Und man ja nie zweimal denselben Fehler machen sollte.

»Marie?«

»Ja, gute Idee«, hörte ich mich sagen und erschrak dermaßen über mich selbst, dass ich das mit dem inneren Radschlag sein ließ.

»Zu dir oder zu mir?« Anton lächelte sein schönes Lächeln.

»Mir egal …« Unentschlossen zuckte ich mit den Schultern.

»Eure Küche ist größer. Meine Bude hat eher … studentischen Charakter.«

»Swantje und Alva gehen heute ins Kino. Mutter-Tochter-Abend. Wir könnten es also theoretisch bei mir machen.«

»Praktisch auch?«

»Dann musst du nur alles mitbringen. Also, die ganzen bergischen Zutaten.«

»Kein Problem. Ich nehme das Auto. Um acht, passt das?«

In diesem Moment kam Kuno aus dem Garderobenraum.

»Passt«, sagte ich.

Anton deutete auf die geöffnete Tür. »Ladies first.«

»Danke«, murmelte ich, schlüpfte hinein und schloss mich ein, um mich umzuziehen. Hier drinnen herrschte mal wieder das nackte Chaos. Und in mir auch. Ich seufzte halb glücklich, halb besorgt und schlug nun doch noch innerlich ein Rad, aber kein besonders gelungenes.

25. Kapitel

Es klingelte um Punkt acht, und als ich die Wohnungstür öffnete, stand er schon da. Gut aussehend, bestens gelaunt und mit einer Flasche Chablis in der Hand. Zu seinen Füßen mehrere Einkaufstaschen voller Lebensmittel. Weiß der Geier, wie er sie alle hier herauf bekommen hatte. Vermutlich war er zweimal gegangen.

»Hey!« Er hatte wieder das schöne Lächeln im Gesicht und ich das mit dem Atmen.

»Hey!« Jetzt lächelte ich auch und bat ihn herein. Heute war ich vorbereitet, hatte mein dunkles Haar zu einem Pferdeschwanz gebunden und war in Jeans, Chucks und ein T-Shirt ohne Flecken geschlüpft. Er trug Niveacreme und ein frisch gebügeltes weißes Hemd, was ihm wegen seines dunklen Teints sehr gut stand, meines Erachtens aber trotzdem keine gute Wahl war. Vor allem, weil wir gleich kochen würden.

Vielleicht ein guter Einstieg, das anzusprechen, dachte ich, schnappte mir zwei Einkaufstaschen und ging voran in die Küche. »Hoffentlich bleibt es weiß«, sagte ich und deutete in Richtung seiner Körpermitte.

Anton winkte ab. »Ich bin vorbereitet.« Er kramte in einem der Beutel und förderte eine Schürze mit der Aufschrift »Hier kocht der Chef« hervor. »Und außerdem bist du ja die Kleckerliese von uns beiden.« Er grinste, band sich die Latzschürze um und krempelte die Ärmel hoch. »Schön.« Er deutete auf den großen Küchentisch, den ich bereits gedeckt hatte, da das Gekochte ja auch verkostet werden musste. Anton öffnete den Chablis und schenkte etwas davon in zwei Gläser. Eines reichte er mir. »Zum Wohl!« Er hob sein Glas.

»Zum Wohl. Auf …«

»… William und Kate«, vollendete er meinen Satz.

»Na gut. Auf William und Kate.«

Wir tranken einen Schluck. »Dann mal los«, sagte ich und ging hinüber zum Herd. »Ich habe mir schon ein paar Sachen überlegt. Schau doch mal, wie du es findest.« Ich nahm mehrere beschriebene Din-A4-Blätter vom Tisch und gab sie ihm.

Er deutete auf mein T-Shirt. »Schürze!«

»Ach, ja.« Ich kramte die Chaos-Queen-Schürze, die ich von ihm zum Geburtstag bekommen hatte, aus einer Schublade, band sie mir um und beobachtete gespannt sein Gesicht.

Er grinste und zeigte einen Daumen nach oben. »Gute Wahl«, sagte er und wandte sich wieder meinen Aufzeichnungen zu. »Kohlrabi mit Rote-Bete-Sud und gerösteter Mandelmilch. Für Kate?«

»Genau.« Wir hatten inzwischen auch von offizieller Seite erfahren, dass die Herzogin Vegetarierin war, weshalb ich kreativ hatte werden müssen. Die kölsche Brauhausküche bot traditionell nur wenig Fleischloses.

»Bürgermeisterstück. Kartoffelstampf mit Trüffel. Himmel un' Äd mit Flönz. Arme Ritter …«, las Anton weiter. »Na, da haben wir ja was zu tun.«

»Du bist schließlich nicht zum Vergnügen hier.«

»Wie man's nimmt. Wir essen ja nachher auch alles, und das ist dann hoffentlich doch ein Vergnügen. Denn wenn nicht, müssten wir noch mal ganz neu denken … beziehungsweise du.«

»Auch wieder wahr.«

Wir begannen mit dem Schnippeln und Kochen und Braten. Die Küche hatte ich vorher picobello aufgeräumt, und die Rezepte pinnte ich fein säuberlich an den Kühlschrank, sodass man jederzeit einen Blick drauf werfen konnte.

»Für deine Verhältnisse ziemlich gut organisiert.« Anton nickte anerkennend.

Ich runzelte die Stirn. »Was soll das heißen?«

»Och, nichts«, beeilte er sich zu sagen, und wir tranken noch einen Schluck Wein. Dann widmete ich mich den Kartoffeln und den Äpfeln für Himmel un' Äd, experimentierte mit Gewürzen und Garungsprozessen, während Anton die Rote Bete in den neuen Schnellkochtopf verfrachtete und unterschiedliche Salatdressings mixte.

»Probier mal«, sagte er zwischendurch immer wieder und hielt mir einen Teelöffel hin.

»Einen Spritzer Apfelessig«, sagte ich dann zum Beispiel, nachdem ich die Flüssigkeit eine Weile im Mund hin und her geschoben hatte.

»Wie Sie meinen, Chefin«, sagte Anton und folgte meinem Vorschlag.

Als ich gerade das Bürgermeisterstück in die Pfanne geworfen hatte, meinte er: »Wir sind ein richtig gutes Team.« Er trat hinter mich, blickte mir über die Schulter und kam mir dabei so nahe, dass ich trotz Bratenduft auch die Niveacreme roch und sofort wieder ein wenig kurzatmig wurde.

»Ist ja mal was ganz Neues«, erwiderte ich.

»Na, so neu jetzt auch wieder nicht. Früher waren wir auch mal … ein gutes Team. Wenn man es so nennen möchte.«

Das Brutzeln des Bürgermeisterstücks übertönte seine Worte fast, und der Schnellkochtopf machte ein zischendes Geräusch.

»Ich glaub, die Rote Bete muss mal raus.« Ich deutete mit dem Kinn auf den zischenden Topf.

Anton warf einen Blick auf die Ikea-Uhr an der Wand. »Eigentlich hätten sie noch drei Minuten.« Er rüttelte ein wenig an

Swantjes Geburtstagsgeschenk. »Na ja, jeder Topf ist anders.« Mit diesen Worten versuchte er, vorsichtig den Deckel zu lösen, was sich jedoch als schwierig erwies. Mit Vorsicht war hier anscheinend nichts zu machen. Also versuchte er mit aller Kraft, ihn im Uhrzeigersinn zu drehen, doch auch das half nichts.

»Das gibt's doch nicht«, ächzte Anton und versuchte es noch einmal.

PENG, machte es da plötzlich, und im nächsten Moment spritzte eine riesige rote, sehr heiße Fontäne durch die Luft.

»Vorsicht!«, brüllte Anton. Reflexartig stellte er sich vor mich und schlang schützend seine Arme um meinen Kopf. Ich keuchte, weil mir ein Riesenschreck in die Glieder gefahren war und weil ich so eng mit dem Gesicht an Antons Brust gedrückt wurde, dass ich kaum Luft bekam. Ich versuchte es trotzdem und atmete tief durch die Nase ein. Es war warm an ihm, und es roch gut. Nach frisch gewaschener Wäsche und nach Anton. Unwillkürlich wünschte ich mir, dass ich noch eine Weile so verharren und mich von dem Schreck erholen könnte. Doch da löste Anton seine Arme, trat einen Schritt zurück und schaute mir prüfend ins Gesicht.

»Bist du okay? Hast du was abbekommen?« Er sah besorgt aus.

»Nein. So gut wie nichts. Alles okay.«

Er nahm mein Kinn und drehte meinen Kopf in alle Richtungen, um mein Gesicht auf Verbrühungen zu untersuchen. »Gott, das hätte übel ins Auge gehen können«, murmelte er.

»Was ist mit dir?«, fragte ich.

»Alles gut.« Er stand da wie vom Donner gerührt und war über und über mit rotem Saft besprenkelt. »Ich muss mich nur mal kurz sammeln.«

»Sammeln ist gut«, sagte ich und begann, Rote-Bete-Stücke von seinem Körper und aus seinen Haaren zu lesen.

»Dein Hemd …« Ich betrachtete die Stellen, die nicht von der Schürze bedeckt waren, und dachte, das geht nie wieder raus. »Sieht aus, als hätte jemand versucht, dich mit ganz vielen Messerstichen zu ermorden.«

Anton sah an sich hinab. »Stimmt«, sagte er und biss sich auf die Lippen. »Die ganze Küche sieht irgendwie nach Splatterfilm aus.«

»Hoffentlich hat Swantje heute Morgen ausgiebig meditiert.«

Ich entfernte ein letztes Stück Rote Bete aus Antons Haaren. »So, du bist vom Gröbsten befreit.«

»Danke. Ähm, warte, du hast da auch noch was …« Er pulte etwas von meinem Hals. »Und … darf ich?«, fragte er und griff kurz in den Ausschnitt meines T-Shirts, in dem sich auch noch ein Stückchen Rote Bete befand.

»Äh, ja … danke«, stammelte ich.

»Mann. Wir haben wirklich Glück gehabt, Marie.«

Ich nickte.

»Etwas stimmt mit dem Kochtopf nicht.«

»Swantje hat ihn vom Flohmarkt. Ich werde ihn wegwerfen«, versprach ich.

»Wenn du in absehbarer Zeit nicht noch mal eine Bombe brauchst, wäre das, glaube ich, eine gute Idee.« Er entledigte sich der Schürze, knöpfte sein rot gesprenkeltes Hemd auf und zog es aus. »Darf ich mal das Bad benutzen?«

Ich nickte, warf einen kurzen Blick auf seinen definierten Oberkörper und dachte, wow, das hatte ich verdrängt. »Ich hole dir mal ein T-Shirt von mir.«

Ich verschwand in meinem Zimmer, während Anton sich im Bad von roten Spritzern befreite.

»Hier«, sagte ich, als er wieder rauskam. »Das müsste eigentlich passen.« Ich reichte ihm mein FDP-T-Shirt.

Er hielt es in die Höhe. »Dein Ernst?«

»Es ist das größte, das ich habe. Und es ist frisch gewaschen«, verteidigte ich mich.

»Na, dann«, sagte er und schlüpfte hinein. »Und, was sagst du?«

Das T-Shirt saß hauteng, und bauchfrei war es auch noch, aber hey … er konnte es tragen.

»Perfekt«, sagte ich also und grinste. »Lass uns mal essen.« Ich deutete auf das fast fertige Bürgermeisterstück, den Salat und die Kartoffeln.

»Wollen wir nicht erst das Chaos …«, begann Anton.

»Nein. Aufräumen können wir später.« Entschlossen wendete ich noch einmal das Fleisch. »Sonst ist gleich alles kalt, angebrannt oder klumpig.«

Anton gab sich geschlagen, und so setzten wir uns an den hübsch gedeckten Tisch. Ich hatte mir Mühe gegeben, das gute Geschirr gewählt und ein kleines Väschen mit Wiesenblumen in die Mitte gestellt. Anton schenkte uns Wein nach, und ich tat den Salat auf, den wir als Vorspeise essen wollten. Dazu gab es Weißbrot, das ich extra heute Morgen noch gebacken hatte.

»Das Dressing ist perfekt«, sagte ich.

»Danke. Das mit dem Apfelessig war eine gute Idee.« Er probierte nun auch und machte ein zufriedenes Gesicht. »Es ist wirklich eine Gabe«, sagte er und kaute auf dem Salat herum.

»Was?«

»Dein feiner Geschmackssinn. Dein Gespür dafür, was noch fehlt oder was zu viel ist. Und welche Zutaten im Zusammenspiel für eine Geschmacksexplosion sorgen.«

»Danke. Schön, dass dir das auch schon auffällt.«

»Was soll das heißen? Es ist mir schon immer aufgefallen! Du bist wirklich eine tolle Köchin. Schon immer gewesen. Aber …«

»Aber?«

»Ach, nichts. Du bist eine gute Köchin. Punkt.«

»Nein, sag ruhig. Ich kann mit Kritik umgehen.«

Er sah mich zweifelnd an.

»Raus damit!«

»Na gut. Du … du stehst dir manchmal selbst im Weg. Vor allem, seit …«

»Seit?«

»Ach, ist ja auch egal.«

»Seit Paps gestorben ist?«

»Ja.«

»Wieso?«

»Vielleicht täusche ich mich, aber ich hatte damals das Gefühl, dass dir … seit er nicht mehr da war, in Sachen Kochen ›sehr gut‹ nicht mehr gereicht hat. Alles musste perfekt sein. Darauf hast du sehr viel Zeit verwendet. Aufs Perfektsein. Und darauf, es allen recht zu machen. Es vor allem deinem Vater recht zu machen, der gar nicht mehr da war.«

»Du spinnst!«

Anton nahm noch einen Schluck Wein.

»Ich habe meinem Vater auf dem Sterbebett versprochen, das Restaurant in seinem Sinne weiterzuführen, und das habe ich versucht. Versprechen, die man Sterbenden gibt, bricht man nicht, oder?«

»Auch nicht, wenn dabei alles andere auf der Strecke bleibt?«

»Was meinst du?«

»Ich meine … dich. Uns.«

Ich spürte Ärger in mir aufsteigen. Das war verdammt noch mal nicht fair. »*Du* bist damals einfach gegangen. In meiner schwersten Zeit. Mein Vater war gestorben. Er war plötzlich einfach weg. Und ich hatte das Restaurant – und nicht mal Zeit, traurig zu sein. Und du … du hattest nichts Besseres zu tun, als deine Sachen zu packen und mich auch noch zu verlassen. Zusammenhalten, in guten wie in schlechten Zeiten. Schon mal gehört?«

Anton blickte auf seinen Teller und schwieg. »Marie«, sagte er irgendwann, als ich längst die Hoffnung auf eine Antwort aufgegeben hatte. »Ich … ich würde es dir gerne erklären. Warum ich damals so Hals über Kopf weg bin. Aber …«

»Jetzt bin ich gespannt!«

»Ich … glaub mir, ich habe mir damals gewünscht, dass es einen anderen Weg gegeben hätte, aber ich dachte, ich hätte keine Wahl. Inzwischen weiß ich, dass man fast immer eine Wahl hat.«

»Könntest du vielleicht etwas konkreter werden?« Ich runzelte die Stirn und goss uns Wein nach.

»Ich meine, dass uns das Leben damals ganz schön dazwischengefunkt hat.« Er trank einen Schluck. »Und dass wir es unter anderen Umständen vielleicht geschafft hätten.«

»Was geschafft?«

»Zusammen glücklich zu sein. Zusammen alt zu werden. Zusammen … zusammen zu sein. In guten wie in schlechten Zeiten.«

Ich schwieg, obwohl ich immer noch nicht verstand.

Er sah zum Herd hinüber und setzte sein lausbübisches Grinsen auf. »Zweiter Gang?«

Ich nickte.

Er stand auf, ging zum Herd und sagte: »Hmmm, das sieht gut aus!«

»Wirklich?«

»Wenn man geschmorte Schuhsohle mit einem Klumpenpüree von angebrannter Annabelle mag, auf jeden Fall!«

Wir aßen das, was noch essbar war, und darüber vergaß ich meinen Ärger. Irgendwann machte Anton sich daran, Musik auszusuchen. »Hast du einen Wunsch?«

Ich schüttelte den Kopf. »Irgendwas Schönes.«

»Mit so unpräzisen Anweisungen kann ich wirklich nicht arbeiten.« Er scrollte durch seine Playlists und wählte eine aus. Wenig später ertönte Alicia Keys' »New York« aus der Bluetooth-Box.

New York, dachte ich voller Wehmut. Wir hatten oft davon gesprochen, einmal zusammen dorthin zu fliegen, und manchmal hatte ich insgeheim geträumt, dass er mir dort einen Heiratsantrag machen würde. Auf der Brooklyn Bridge, genau in der Mitte.

If I can make it here,
I can make it anywhere,
that's what they say.
Seeing my face in lights
or my name in marquees found down on Broadway.
Even if it ain't all it seems,
I got a pocketful of dreams …

… sang Alicia Keys, und Anton und ich machten es uns nebeneinander auf dem blauen Küchensofa bequem. Wir hatten es damals zusammen ausgesucht. Er streckte seine Beine lang aus. Zwischen Jeans und gelbem FDP-T-Shirt war ein Streifen seines leicht gebräunten Bauches zu sehen. Wir tranken noch ein Glas Wein. Mein viertes, wenn ich richtig gezählt hatte. Der Alkohol und Alicia Keys machten mich sentimental, müde und mutig.

There's nothing, you can't do.
Now you are in New Yoooork …

Nun streckte ich meine Beine auch aus und ließ meinen Oberkörper ein wenig nach rechts sinken. Und dann lag mein Kopf plötzlich an seiner Schulter, und in diesem Moment fühlte es sich so an, als müsste es genau so sein. Vielleicht spürte Anton das auch. Jedenfalls wunderte er sich anscheinend nicht, dass ich ihm so nahegekommen war, sondern legte einfach seinen Arm um mich und schloss die Augen.

Hail a gypsy cab
Takes me down from Harlem
To the Brooklyn Bridge …

Und genau das tat ich nun auch. Ich genoss die Wärme in Alicias Stimme und in Antons Arm und träumte mich nach New York.

Nein, dachte ich und kuschelte mich noch dichter an ihn. Nein, es fühlt sich gerade nicht wie ein Fehler an. Ganz und gar nicht. Ich schloss die Augen.

Concrete jungle
Where dreams are made of
There's nothing you can't do!
Now you're in New York …

26. Kapitel

Als ich die Augen wieder öffnete, hatte ich Rückenschmerzen und im ersten Moment keine Ahnung, wo ich war. Mühsam rappelte ich mich auf und rieb mir den Schlaf aus den Augen. Es war taghell und jetzt unschwer festzustellen, dass ich mich in unserer Küche befand. Genau genommen auf dem blauen Sofa. Langsam kam die Erinnerung zurück. Ich hatte hier mit Anton gesessen. Oder gelegen. Oder beides. Irgendwann musste ich wohl eingeschlafen sein. Ich blickte mich um. Weit und breit keine Spur von ihm. Plötzlich durchzuckte es mich. Die Küche! Der Schnellkochtopf! Das Massaker! Wir hatten nicht mehr aufgeräumt, und dem Stand der Sonne nach zu urteilen, musste Swantje längst wach sein. Ich richtete mich noch weiter auf und wandte meinen Kopf Richtung Kochbereich: alles picobello. Wie konnte das sein?

»Guten Morgen«, ertönte da eine wohlbekannte Stimme. Swantje kam gut gelaunt in die Küche. »Kaffee?«

»Oh ja, gerne«, sagte ich und fasste mir an den Kopf. »Ähh …«

»Ja?«

»Weißt du, warum ich hier bin? Ich meine, hier auf dem Sofa? Und … wo ist Anton?«

Swantje lachte. »Du bist eingeschlafen. Als Alva und ich nach Hause kamen, lagst du wie ein Schluck Wasser in der Kurve da und hast geschnarcht wie ein Sägewerk. Anton und ich haben beschlossen, dich da liegen zu lassen, und dann hat er dein Plumeau geholt. Und dich ganz süß zugedeckt. Vorsichtig, damit du nicht aufwachst. Und als er dachte, ich sehe es nicht, hat er dir mit dem Zeigefinger über die Wange gestrichen und ›Schlaf gut, Babe‹ gemurmelt. Sag mal, kurze Frage: Läuft da wieder was zwischen euch?«

»Äh … nein. Wieso?«

»Och, nur so. Keine Ahnung, wie ich da jetzt drauf komme.«

»Und die Küche?«, fragte ich kleinlaut.

»Wie, Küche? Roch ein bisschen angebrannt gestern Abend, wenn du das meinst. Aber mit einmal Lüften war das aus der Welt.« Swantje reichte mir eine dampfende Kaffeetasse.

»Oh«, sagte ich und war nun fast ein bisschen gerührt. Wegen des Plumeaus, Antons Zeigefinger und weil er gestern Abend anscheinend noch alles alleine sauber gemacht hatte.

»Was sind denn das für rote Punkte da an der Tapete?« Swantje blickte stirnrunzelnd an die weiße Wand.

»Ähm … kleiner Kochunfall«, sagte ich zerknirscht. »Müsste man wohl mal drüberstreichen … Ach, und falls du den Schnellkochtopf im Müll gefunden haben solltest: Das hat seine Richtigkeit. Der hätte uns fast das Leben gekostet.«

»Wie?«

Ich schlug die Bettdecke zur Seite und erhob mich schwerfällig vom Sofa. Stöhnend stemmte ich meine Hände in die Hüften und bog den Rücken durch, als wäre ich im neunten Monat schwanger. Dieses Möbel war zum Schlafen wirklich denkbar ungeeignet. Nachdem ich mich einigermaßen wieder eingerenkt hatte, blickte ich an mir hinab. Ich trug noch die Jeans und das T-Shirt von gestern, plus ein paar rote Punkte auf den Armen. Kurz spielte ich mit dem Gedanken, noch vor dem Frühstück unter die Dusche zu springen, doch weil die Küche nach frischen Brötchen roch und mein T-Shirt noch ein bisschen nach Anton, verwarf ich die Idee schnell wieder. Ich setzte mich mit Kaffeetasse an den Frühstückstisch, schmierte mir ein Honigbrötchen und erzählte Swantje vom Rote-Bete-Massaker.

»Oh nein!« Sie blickte mich betreten an. »Vielleicht sollte man manche Dinge besser nicht auf dem Flohmarkt kaufen.«

»Da könntest du recht haben.« Ich biss in mein Brötchen. »Alles, was mit Strom oder Gas zu tun hat.«

»Oder was explodieren kann«, stimmte sie mir nachdenklich zu. Dann sprang sie auf und umarmte mich stürmisch.

»Was ist denn mit dir los?«

»Ach, ich bin nur einfach froh, dass du überlebt hast. Und Anton ebenfalls.«

Ich lachte. »Ja, da bin ich auch sehr froh.«

»Gerade jetzt, wo er dich wieder …«

»Ja?«

»Zudeckt.«

Ich wurde ein bisschen rot, stopfte den Rest meines Brötchens in den Mund und spülte es mit Kaffee runter. Dann warf ich einen schnellen Blick auf die Ikea-Uhr.

»Hast du's eilig?« Swantje goss sich noch Kaffee ein.

»Ein bisschen. Klaus holt mich gleich ab«, informierte ich sie. »Ich hab ihm versprochen, mit ihm in die Stadt zu gehen.«

»Oh, zum Shoppen? Wie schön!«

»Shoppen mit Klaus. Wie anstrengend!«, korrigierte ich sie.

»Auch wieder wahr.«

»Er hat nächste Woche ein Vorstellungsgespräch.«

»Ach?« Erstaunt blickte mich Swantje über ihre Kaffeetasse hinweg an. »Wo denn?«

»Bei Shopping Queen!«

»Nicht dein Ernst.«

»Leider doch. Er ist der Meinung, aufgeregte Hühner beim Einkaufen zu begleiten sei besser als arrogante Millionärinnen bei Brust-OPs. Aber da bin ich mir ehrlich gesagt nicht so sicher.«

»Pest oder Cholera.« Swantje nickte mit ausdrucksloser Miene. »Deinen Opa wird's freuen. Guckt er das immer noch?«

»Shopping Queen? Ja, jeden Tag. Außer dienstags. Da ist Bingo-Nachmittag.« Ich seufzte. »Na ja, was soll er auch sonst den ganzen Tag tun. Passiert ja nicht viel in so einem Heim …«

Swantje nickte. »So gesehen ist es eigentlich eine gute Sache, bei Shopping Queen zu arbeiten. Trotzdem, wenn du mich fragst, sollte Klaus was ganz anderes machen.«

»Wenn du mich fragst, ich denke auch, aber er fragt uns nicht, außerdem meint er, er kann nichts anderes, und deshalb muss ich heute mit ihm eine neue Hose kaufen.«

»Als hätte er nicht schon genug Hosen.«

»Hat er nicht. Er hat gestern einen Blick in den Kleiderschrank geworfen und festgestellt, dass er modetechnisch verheerend aufgestellt ist und Guido Maria Kretschmar ihm seine Hosen vermutlich um die Ohren hauen würde, so out, wie die sind. Vom Schnitt her UND farblich gesehen.«

»Aha.«

»Wer ist out?«, fragte Alva, die unbemerkt in die Küche gekommen war.

»Klaus' Hosen«, erwiderte ich und erhob mich von meinem Stuhl.

»Oh ja, das kann man laut sagen. Ach, Marie, da liegt übrigens noch dein Brief neben dem Toaster.«

»Jaja, ich öffne ihn nachher«, sagte ich.

»Warum nicht jetzt?«

Ich seufzte. »Du hast recht.«

Alva hielt den Umschlag bereits in den Händen und musterte ihn stirnrunzelnd. »Warum sind da rote Punkte drauf?«, fragte sie und reichte ihn mir.

»Weil Anton versucht hat zu kochen. Danke.« Ich nahm ein unbenutztes Messer vom Tisch, atmete tief ein und schlitzte den Umschlag auf.

27. Kapitel

»Brauchst du noch Fleisch?«, fragte Klaus, als wir später in seiner Küche saßen. »Meine Mutter lässt fragen. Morgen ist der letzte Tag, und im Kühlhaus baumeln noch halbe Schweine.« Angewidert verzog er den Mund.

»Auf jeden Fall«, sagte ich und starrte in meine Teetasse. Ich hatte wieder die Queen.

»Ich ruf sie nachher an«, versprach Klaus und deutete auf eine Papiertüte. »Sag mal, meinst du, das mit der Hose war eine gute Entscheidung?«

Ich zuckte mit den Schultern. Klaus und ich hatten die letzten Stunden damit zugebracht, gefühlt jedes Klamottengeschäft in der Kölner Innenstadt abzuklappern, um eine Shopping-Queen-taugliche Hose zu finden. Am Ende hatte er sich für eine eng geschnittene Chino von Zara entschieden – in Karminrot, was nicht gerade meinem Geschmack entsprach. Schon gar nicht nach gestern Abend. Am Ende hatte mir jedoch die Kraft gefehlt, sie ihm auszureden, und jetzt war es sowieso zu spät.

»Sie ist halt auffällig«, murmelte ich ausweichend.

»Eben«, sagte Klaus. »Ich will ja auch auffallen.«

»Hmmmm«, machte ich abwesend. Ich hatte gerade andere Sorgen, und zwar deutlich größere als die, in Sachen Hosenkauf möglicherweise ins Klo gegriffen zu haben.

Klaus sah mich prüfend an. »Du hast einen ganz schönen Kater, oder?«

»Geht allmählich wieder.«

»Du bist schon den ganzen Tag so ruhig, Hase. Ist irgendwas?«

»Nein, nichts«, sagte ich, was eine glatte Lüge war.

»Irgendwas ist doch. Hat es was mit deinem Ex zu tun?«

Ich schüttelte den Kopf. In Sachen Anton war er natürlich im Bilde. Klaus wäre nicht Klaus gewesen, wenn er nicht so lange gebohrt hätte, bis ich ihm jedes kleinste Detail über meinen Besuch im Bergischen und den gestrigen Abend ausführlich geschildert hatte.

»Er ist bis über beide Ohren verknallt«, hatte sein Fazit gelautet. »Aber so was von!« Und dann hatte er einen lang gezogenen Seufzer ausgestoßen. »Ihr zwei seid aber auch wie geschaffen füreinander. Das absolute Traumpaar!«

»Wir sind kein Paar«, hatte ich ihn freundlich erinnert, aber da hatte Klaus nur eine wegwerfende Handbewegung gemacht und »Abwarten« gesagt. Und dass er sich auch gerne endlich mal wieder verlieben würde. Das verstand ich allerdings gut. Klaus' letzte Beziehung lag nämlich schon zwei Jahre zurück. Die Fernbeziehung mit dem bildschönen Musicalsänger Toto aus Hamburg war von Anfang an kompliziert gewesen. Toto spielte eine der Antilopen in »König der Löwen« – fast jeden Abend. Entsprechend wenig Zeit hatte er gehabt, und Klaus war regelmäßig vor Eifersucht fast geplatzt. Er war nämlich der festen Überzeugung gewesen, dass Toto ihn mit einem der Zebras betrog. Leider hatte er irgendwann herausgefunden, dass es stimmte. Bis heute war er nicht richtig drüber weg, auch wenn er das vehement bestritt.

»Was ist es dann?«, bohrte Klaus weiter und sah mich besorgt an. »Das Petite Pauline?«, fragte er leise.

»Ich bin … am Ende, Klaus«, entfuhr es mir da auf einmal.

»Wie meinst du das?«

»Ich hab Post bekommen. Vom Finanzamt. Den Bescheid für zweitausendsechzehn.«

»Sechzehn?« Klaus runzelte die Stirn. »Das ist drei Jahre her.«

»Ich weiß. Ich war spät dran mit der Steuererklärung. Deshalb muss ich eine Strafe zahlen, aber das macht den Kohl auch nicht mehr fett. Zweitausendsechzehn, da hat mein Vater ja noch gelebt und das Restaurant noch Gewinn abgeworfen.«

Klaus nickte langsam. »Wie viel ist es?«

»Zwanzigtausend.«

»Wow!«

»Genau!«

»Und … wie viel hast du noch?«

»Minus acht.« Fahrig fuhr ich mir mit der Hand durch die Haare. Ich spürte, dass ich zitterte. »Klaus, ich … ich weiß nicht, was ich machen soll. Ich kann das Geld nicht aufbringen. Ich muss in die Privatinsolvenz gehen …« Ich schluckte. »Hast *du* noch irgendwo Geld?«, hörte ich mich da plötzlich fragen. Im selben Augenblick schlug ich die Hände vors Gesicht. Ich konnte selbst nicht glauben, dass ich gerade versuchte, meinen besten Freund anzupumpen.

»Puh. Ja. Ich … ich muss mal schauen«, stammelte Klaus. »Ein bisschen was hab ich gespart. Aber zwanzigtausend. So viel …«

»Nein«, sagte ich schnell. »Vergiss es, Klaus. Bitte vergiss, dass ich dich das gefragt habe.« Ich hob den Kopf, sah ihn an und legte die Hände vor mir auf den Tisch. »Auf keinen Fall leihe ich mir Geld von dir. Oh mein Gott! Ich schäme mich so. Ich … Bitte sag es niemandem.«

Klaus griff über den Tisch nach meiner Hand und drückte sie. »Mach dir keinen Kopf. Natürlich nicht. Und selbstverständlich leihe ich dir auch was, wenn ich …«

»Ich werde verkaufen«, unterbrach ich ihn mit fester Stimme.

»Was? Nein …«, sagte Klaus leise.

»Doch! Mir steht das Wasser bis zum Hals. Es gibt keine andere Möglichkeit.«

»Bestimmt gibt es noch …«

Ich schüttelte den Kopf. »Man muss wissen, wann man verloren hat. Und ich hab verloren.«

Da drückte Klaus meine Hand noch fester. »Das … das tut mir so leid, Liebes.«

28. Kapitel

Ich hatte Spätschicht. Pünktlich um sechzehn Uhr stand ich in der Küche, doch mit den Gedanken war ich woanders. Das Gespräch mit Klaus vorhin hatte mir endlich die Augen geöffnet. Wie ich es auch drehte und wendete: Der Steuerbescheid brach mir das Genick. Dass da eine Nachforderung zu erwarten war, hatte ich gewusst, aber zwanzigtausend? In meinen schlimmsten Worst-Case-Szenarien, die ich mir immer wieder ausgemalt hatte, wenn ich nachts um drei wach lag, war diese astronomische Summe nicht vorgekommen. Nun war es also vorbei. Mein Traum war zerplatzt. Das Familienunternehmen in dritter Generation – einfach vor die Wand gefahren. Ich fühlte mich schrecklich.

»Hey, wie geht's dir?«, fragte da jemand. Ich zuckte zusammen. Anton war in die Küche gekommen, er sah blendend aus.

»Frag lieber nicht«, murmelte ich.

Er musterte mich prüfend. »Du bist blass. Alles okay?«

Ich nickte.

»Der Wein?«

»Ja. Der Wein«, sagte ich schnell, obwohl der am wenigsten dafürkonnte. Doch ich wollte Anton nicht von dem Finanzamtbrief erzählen und auch nicht von dem, was nun unweigerlich folgen würde. Ich wollte gut dastehen vor ihm. Als Macherin, die alles im Griff hatte. Wenn man pleite war, stand man aber nicht gut da. Man war eine Versagerin. Eine arme Sau, die es nicht gepackt hatte. Klar, irgendwann musste ich es ihm sagen – und allen anderen auch. Sie würden es ja sowieso erfahren. Aber nicht heute. Heute musste ich erst mal alles sacken lassen. Die neue Erkenntnis und was sie für mich, mein Leben, meine Zukunft bedeutete. Und für die Zukunft meiner kleinen Petite-Pauline-Familie.

Anton bohrte nicht weiter nach. Vielleicht, weil er das mit dem Wein glaubte oder weil er spürte, dass es in diesem Augenblick besser war, einfach nichts zu sagen. Er hatte eine ausgeprägte Antenne für Stimmungen, was ich schon immer sehr zu schätzen gewusst hatte.

»Ich Zwiebeln, du Tomaten?«, fragte er.

»Wenn ich es mir aussuchen kann, nehme ich die Zwiebeln«, erwiderte ich. Mir war nach Weinen zumute, und wenn man Zwiebeln schnitt, wunderte sich keiner.

Anton runzelte die Stirn. Normalerweise machte ich einen großen Bogen um die Zwiebeln. Doch er sagte nichts, dachte sich wohl seinen Teil und holte die Tomaten.

Kuno war inzwischen auch eingetroffen und begann ohne viele Worte mit dem Panieren der Schnitzel. Es ging hier heute ungewöhnlich ruhig zu.

»Ich hab sie übrigens gefragt«, erklärte Kuno, nachdem er achtundzwanzig Schweineschnitzel auf Vorrat paniert und in den Kühlraum getragen hatte.

»Was?« Ich sah ihn verständnislos an.

»Ebay Kleinanzeigen.«

Ich stand völlig auf dem Schlauch.

»Das Cello. Es war bei Ebay Kleinanzeigen inseriert. Sie hat es einer Frau abgekauft. Aus der Südstadt.«

»Oh. Ah!«, sagte ich. »Das Cello. Ach, das ist ja interessant.« Langsam kam wieder etwas Leben in mein Gehirn. »Wusste sie zufällig auch noch, wie die Dame hieß?«

Kuno vergrub seine Rechte in der Hosentasche und förderte einen geknickten Bierdeckel zutage. Er faltete ihn auseinander und starrte eine Weile mit zusammengekniffenen Augen darauf.

»Dupont«, sagte er schließlich, sichtlich zufrieden, dass er seine eigene Schrift entziffert hatte. »Claire Dupont. Wohnt in der Alteburger Straße.«

»Claire? Nicht Katja?«

Kuno sah noch einmal auf den Bierdeckel und schüttelte den Kopf. »Claire. Brauchst du die Telefonnummer?«

Ich nickte.

29. Kapitel

»Hier!« Ich reichte Klaus' Mutter ein Papiertaschentuch. Rita Heinen nahm es und putzte sich geräuschvoll die Nase. Die Metzgerei hatte am Samstag endgültig ihre Türen geschlossen, und nun hieß es: ausräumen.

»Alleine stehe ich das nicht durch. Psychisch«, hatte Klaus gestern via Facetime gejammert. »Die Schweine, die Würste, meine Eltern – das alles auf engstem Raum. Ich krieg schon Schnappatmung, wenn ich nur daran denke.« Er hatte schwer zu atmen begonnen, zu Demonstrationszwecken vermutlich, und sich die rechte Hand aufs Herz gelegt. »Wenn morgen um ist, könnt ihr mich in die Klapse einliefern, das garantiere ich euch«, hatte er verkündet und uns dabei mit Leidensmiene angesehen.

Swantje war gerade dabei gewesen, einen riesigen Strauß Klatschmohn in einer Vase zu arrangieren. Wir hatten uns durch die Blumen einen schnellen Blick zugeworfen, und ich wusste sofort, dass sie dasselbe dachte wie ich: Dramaqueen.

»Ihr braucht euch gar nicht so anzugucken«, hatte Klaus durchs Handy beleidigt geschnappt. »Ich weiß, was ihr denkt. Dass ich wieder total übertreibe und so. Aber …«

»Wir kommen«, hatte ich ihn da schnell unterbrochen, bevor er noch völlig in Selbstmitleid ertrank. »Ist doch klar.«

»Wirklich?« Seine Miene hatte sich augenblicklich aufgehellt.

»Wirklich«, hatte Swantje gesagt. »Ich schaufele mir den Vormittag frei, und Marie hat Spätschicht. Wann sollen wir da sein?«

Tja, und nun standen wir also hier, an einem Montagmorgen

um zehn, räumten Würste, Töpfe und Zweifel aus und packten das, was von fünfzig Jahren Metzgerei Heinen geblieben war, fein säuberlich in Plastikkisten und Umzugskartons. Rita Heinen schniefte die ganze Zeit vor sich hin, während sie die Auslage zum letzten Mal in ihrem Leben blitzeblank wienerte, und Klaus' Vater Horst strich zwischendurch immer wieder hingebungsvoll über seine scharfen Messer mit den gelben Griffen. Ich wusste genau, was gerade in ihnen vorging, und ich fühlte mit ihnen. Der letzte Tag eines Lebensabschnitts war immer traurig. Ich nahm mir auch ein Papiertaschentuch aus der Packung, denn in meinem Hals wuchs ein Kloß. Das hier war ein Vorgeschmack.

»Hase, kannst du mir mal helfen?«, rief Klaus von nebenan. Er klang irgendwie panisch.

Ich räusperte den Kloß weg, stopfte das Taschentuch in meine Hosentasche und ging in den Kühlraum hinüber. Er war bis an die Decke türkis gekachelt und schon komplett leer geräumt. Trotzdem roch es noch nach Blut und Tier. Ich rümpfte die Nase. Klaus stand oben auf einer wackligen Leiter, mit hochrotem Kopf und angestrengter Miene. Unter Geächze und Gestöhne schraubte er ein Gestänge von der Decke, an dem furchteinflößend riesige Fleischerhaken befestigt waren. Bei jeder Drehung mit dem Schraubenzieher quietschte es. Ich stieg auf eine zweite Leiter und half ihm beim Abschrauben.

Klaus deutete vor sich. »Genau hier hingen übrigens gestern noch zwei tote Schweine. Ratz und Rübe. Höchstwahrscheinlich Brüder«, erklärte er mit Grabesstimme.

»Klaus, bitte …«, stöhnte ich.

»Und da drüben …« Er wischte sich kurz mit der Hand über die Augen. »Ein kleines Kälbchen. Maybritt. Seine Mutter dreht wahrscheinlich durch vor Sorge …«

Ich seufzte und schraubte. »Maybritt? Echt jetzt?«

»Ja. Ist doch schön für ein Kälbchen …«

Im selben Moment bimmelte es in meiner Hosentasche. Mit einer Hand schraubte ich über meinem Kopf weiter, mit der anderen zog ich das Telefon heraus. Unbekannte Nummer. Ich wollte sie schon wegdrücken, doch aus einem Impuls heraus entschied ich mich anders. »De Goff?«, meldete ich mich und hoffte, dass es nicht das Sankt Josef mit einer Katastrophennachricht war.

»Bühnele!«, ertönte es gut gelaunt am anderen Ende der Leitung. »Frau de Goff. Wie geht's? Alles fit bei Ihnen?«

»Jaja, alles bestens«, murmelte ich und versuchte, nicht vor Schreck von der Leiter zu fallen. Da löste sich plötzlich die Schraube, an der ich bis eben herumgedreht hatte, und das Metallgestell, das sie gehalten hatte, neigte sich nun ein wenig Richtung Boden. Ich hielt es mit der freien Hand fest, damit nicht gleich alles runterkrachte.

»Wer ist dran?«, wollte Klaus wissen.

»Bühnele«, formte ich lautlos mit dem Mund.

»Oh no!«

»Das hört man gerne!«, posaunte Bühnele. »Ich hoffe, ich störe nicht!«

»Na ja, wie man's nimmt …«

»Ich hörte, das Petite Pauline ist immer noch geschlossen?«

»Ähm, ja«, murmelte ich und spürte, dass mir schwindelig wurde.

»Fall nicht, Hase«, sagte Klaus besorgt.

»Ich hab noch mal nachgedacht«, plauderte Bühnele munter weiter. »Halten Sie sich fest!«

»Wo denn?«, ächzte ich in den Hörer.

»Äh, wie bitte?«

»Ach, nichts.«

»Na gut. Ich mache Ihnen ein richtig gutes Angebot. Ich hatte

Ihnen ja schon mal eine Hausnummer genannt. Die erhöhe ich noch mal. Um zwanzigtausend, wenn Sie sofort einschlagen.«

Mittlerweile drehte sich alles um mich, und mein Oberkörper begann gefährlich zu wanken.

»Halt dich fest!«, rief Klaus alarmiert.

»Frau de Goff? Hallo? Sind Sie noch dran?«

»Ich melde mich«, schaffte ich gerade noch zu sagen, bevor die Leiter ebenfalls zu wanken begann. Verzweifelt suchte ich Halt und griff reflexartig mit beiden Händen nach der Stange über meinem Kopf. Dann stürzte die Leiter mit lautem Getöse um, und ich baumelte, wie gestern noch Maybritt, an dem Gestänge, nur dass es jetzt halb abgeschraubt war. Und dann ging auch das zu Boden, zumindest der Teil mit mir dran.

Das Nächste, was ich mitbekam, war, dass ich auf dem türkisen Fliesenboden lag und ein dumpfer Schmerz sich in meiner gesamten linken Körperhälfte ausbreitete.

»Oh mein Gott!«, rief Klaus und stieg so schnell von seiner Leiter, dass er auch halb herunterfiel.

»Hase?« Klaus rüttelte sanft an mir. »Hase, bist du ohnmächtig?«, hörte ich ihn wie von ganz weit weg fragen.

Ich setzte mich stöhnend auf und kam langsam wieder zu mir.

»Bist du verletzt?«

Ich betastete meine Knochen. Mein linkes Knie schien ein wenig in Mitleidenschaft gezogen zu sein, und mein Ellbogen schmerzte. Aber ich konnte aufstehen und alles noch bewegen. Wie es aussah, war ich mit ein paar blauen Flecken davongekommen. »Ich glaube, ich bin weitgehend unverletzt«, sagte ich also. »Und du?«

Nun erhob sich auch Klaus. »Ich … hab mir den Knöchel verstaucht.« Beim Versuch aufzutreten, verzog er schmerzerfüllt das Gesicht.

»Schlimm?«

»Geht schon«, erwiderte er mit Leidensmiene. »Was hat er gesagt?«

»Wer?«

»Bühnele natürlich.«

»Er erhöht sein Angebot. Um zwanzigtausend.«

»Wow!«

Ich nickte. »Es ist ein Zeichen.«

»Ja. Vielleicht ist es das«, stimmte Klaus mir nachdenklich zu.

»Alles okay bei euch? Was war das denn da eben für ein Getöse?«, fragte Swantje, die unbemerkt zu uns in den Kühlraum gekommen war.

»Bühnele hat angerufen und ihr zwanzigtausend mehr geboten, und da ist Marie von der Leiter gefallen, weil es so viel ist und ein Zeichen.«

»Ach, du meine Güte«, sagte Swantje.

»Krrrk«, machte es da über unseren Köpfen.

Erschrocken blickten wir nach oben.

»In Deckung!«, rief Klaus und scheuchte uns humpelnd Richtung Ausgang. Im selben Moment krachte der Rest des Gestänges mit den Fleischerhaken zu Boden und verfehlte uns nur um Haaresbreite.

»Das ist auch ein Zeichen«, wisperte Klaus erschrocken.

»Ja, dafür, dass ihr jetzt lieber Besteck sortieren geht und jemand anders die Handwerkstätigkeiten übernimmt«, sagte Swantje kopfschüttelnd.

»Sehr witzig!« Beleidigt hinkte Klaus davon.

»Und? Was machst du jetzt?« Swantje blickte mich besorgt an.

»Ich verkaufe.« Meine Stimme war fest.

Swantje nickte stumm. Dann umarmte sie mich. »Es tut mir

so leid, Marie.« Sie ließ mich wieder los und schüttelte den Kopf. »Das ist so was von ungerecht! Du hast so sehr gekämpft, bis zum Umfallen gearbeitet und warst immer für alle da. Es ist einfach … nicht fair.«

Nein, fair war das nicht. Aber das nützte mir jetzt auch nichts. »Ich rufe Bühnele später an und bitte ihn um einen Termin. Aber vorher muss ich noch was erledigen.«

»Warte.« Swantje kramte in ihrer Hosentasche, zog ihren Ladenschlüssel heraus und drückte ihn mir in die Hand. »Hier. Sie stehen rechts. Ganz hinten neben den Rosen.«

Ich musste lächeln. Woher wusste sie nur schon wieder …

30. Kapitel

Ich betrat den riesigen Melaten-Friedhof durch das verschnörkelte Eisentor. Der Kies auf dem schnurgeraden Weg knirschte unter meinen Füßen. Ich humpelte ein wenig. Mein Knie schmerzte immer noch. Die hohen Eichen rechts und links spendeten Schatten. Es wäre ein schöner Ort zum Spazierengehen gewesen, wenn die alten Gräber links und rechts mich nur nicht immer daran erinnert hätten, dass das Leben endlich ist. Und dass es schneller zu Ende sein kann, als man denkt. Meine Mutter starb, als ich drei war. Ein Fahrradunfall. Absurderweise war sie gerade auf dem Weg zum Friedhof gewesen, um das Grab ihrer Oma zu besuchen, als sie in den toten Winkel eines Linienbusses geriet. Sie erlag ihren Kopfverletzungen noch in derselben Nacht. Ich bildete mir ein, dass ich eine vage Erinnerung an diese Nacht hatte. Wie Paps ihren Tod verkraftet hatte, wusste ich nicht. Irgendwie hatte er es geschafft. Dass es mich gab, hatte ihm geholfen, ins Leben zurückzufinden. »Du warst meine Rettung«, hatte er einmal gesagt. »Mein Lichtblick, mein Leben, mein Ein und Alles.« Für mich hatte er weitergemacht. Er musste hart arbeiten, um uns durchzubringen. Oma und Opa kümmerten sich oft um mich. Nur montags nicht. Montags war Ruhetag im Petite Pauline und Paps-Tag für mich. Montags, wenn ich aus dem Kindergarten kam, und später aus der Schule, durfte ich mir etwas wünschen. Im Sommer wollte ich meistens mit ihm auf den Spielplatz gehen und danach ein Eis essen bei »Eis Giulia«. Eine Institution in unserem Veedel. Eine Zeit lang fand man uns montags auf dem Bouleplatz im Nippeser Tälchen.

Paps brachte mir das Spiel mit den schweren Metallkugeln bei und behauptete, ich sei ein Naturtalent. Manchmal spielten wir mit seinen Freunden aus der Nachbarschaft. Ich war immer das einzige Kind, stand im Mittelpunkt und fand es großartig. Einmal habe ich sogar gegen den Lottobudenbesitzer Herrn Eichhorn gewonnen, der bis dato ungeschlagen war. Dass ausgerechnet eine Sechsjährige ihn vom Boule-Thron gestoßen hatte, ging in die Geschichte ein. Später, als ich dreizehn oder vierzehn war, wollte ich nicht mehr so oft Boule spielen und dafür häufiger auf die Schildergasse, zu H&M oder Zara. Ich trieb mich stundenlang in Geschäften herum, und Papa begleitete mich. Geduldig beriet er mich in Stilfragen, auch wenn das nicht gerade seine Kernkompetenz war, und wenn der Geldbeutel es hergab, erfüllte er mir den einen oder anderen Wunsch. Wir gingen ins Kino, chinesisch essen oder ins Freibad. Manchmal blieben wir auch einfach zu Hause und schauten Filme. Mein erstes Kölsch trank ich mit fünfzehn. An einem Montag, im »Wilhelmsburger Hof«. Natürlich mit Papa. Seit er tot war, verging kein einziger Tag, an dem ich nicht an ihn dachte. Aber montags dachte ich besonders viel an ihn, und manchmal, wenn ich an einem Bouleplatz vorbeikam oder bei »Eis Giulia«, musste ich weinen und schnell nach Hause laufen, damit keiner es sah. An solchen Tagen haderte ich mit der ganzen Welt, und auch wenn ich wusste, dass es müßig war, fragte ich mich zuweilen, warum Paps so früh hatte gehen müssen, wo ich doch schon fast mein ganzes Leben ohne Mutter zurechtkommen musste. Nein, das Leben war nicht gerecht. Weiß Gott nicht. Besser, man fand sich damit ab, statt sich immer wieder die gleichen Fragen zu stellen, auf die man sowieso nie eine Antwort bekam. Swantje hatte das gesagt. Schon ein paarmal, wenn Montag war, und natürlich, sie hatte ja recht.

Ich ließ die alten Familiengräber mit den Statuen und Obelisken, mit viel Grünspan und Efeu und großen Kölner Namen wie Millowitsch, Ostermann und Farina hinter mir und erreichte einen Bereich mit kleineren Gräbern. Es war ein ordentlicher Fußmarsch. Fünfundfünfzigtausend Gräber. Fünfundfünfzigtausend beendete Leben. Zwei davon lagen zu meinen Füßen, in dem Grab, an dem ich nun Halt machte. Der Grabstein war auch schon grün. Die große Eiche, die ihre Äste darüber streckte, hatte etwas von ihrer Farbe abgegeben.

»Hi, Mama«, sagte ich leise. »Hallo, Paps.« Ich nahm die Grabvase, entfernte die verblühten Blumen und füllte sie mit frischem Wasser. Dann stellte ich sie zurück aufs Grab und ordnete die weißen Lilien darin an, die ich aus dem Bloom & Vogel mitgebracht hatte. Es waren Mamas Lieblingsblumen gewesen. Paps und ich hatten Mama hier regelmäßig besucht und ihr weiße Lilien gebracht. »Damit sie sich nicht so allein fühlt«, hatte ich als Kind oft gesagt, und Paps hatte genickt und manchmal verstohlen geschnieft. Nun war ich allein, und sie zu zweit.

Ich sah mich um. Niemand weit und breit. Ich konnte also sprechen. »Ich … ich muss euch etwas sagen«, begann ich leise und sah mich sicherheitshalber noch ein zweites Mal um. »Das Pauline. Ich … ich hab's nicht geschafft. Aber es ist nicht meine Schuld. Also, nicht nur jedenfalls. Die blöden Wenders mit ihrer dämlichen Wandprobe. Ich kann doch nichts dafür, dass die da jetzt so einen Film machen wegen dem Brandschutz.« Ich strich mir eine Träne aus den Augenwinkeln. »Hab ich euch ja schon erzählt. Und jetzt kommt auch noch das Finanzamt. Zwanzigtausend wollen die haben. ZWANZIGTAUSEND! Die hab ich nicht. Woher auch?« Ich holte ein Taschentuch aus meiner Handtasche und putzte mir die Nase. »Und deshalb bin ich jetzt am Ende. Also pleite. Was bedeutet: Ich kann mein Versprechen nicht halten. Ich hab's wirklich versucht, Paps. Aber es hat sich alles gegen mich verschworen, und nun … Da ist dieser Typ. Der macht mir ein gutes Angebot. Er hat es jetzt sogar noch mal erhöht. Es ist schrecklich, ich weiß. Dein Lebenswerk. Und das von Oma und Opa. Das jetzt zu verkaufen an diesen … Bühnele.« Ich spuckte den Namen förmlich aus. »Ich weiß, es ist mies, dir das einfach so ohne Vorwarnung vor den Latz zu knallen, aber … nun ist es raus«, sagte ich und kämpfte mit den Tränen. Sie waren stärker als ich. Plötzlich liefen sie mir wie Sturzbäche über die Wangen. Ich ließ mich auf die Knie sinken und verbarg das Gesicht in den Händen. »Ihr fehlt mir so«, schluchzte ich. »Paps, was soll ich machen? Ohne dich … Ich schaffe es nicht ohne dich.« Irgendwann legte ich mich neben das Grab, neben meine Eltern, einfach auf den Boden, und schaute hoch in das Blätterdach der Eiche. Es war kühl am Rücken, und meine linke Seite tat weh, aber ich ignorierte es einfach. Auch, dass meine Tränen nun seitlich an meinem Gesicht runterliefen. Ich schloss die Augen, Gedanken zogen vorbei wie Wolkenfetzen. Sorgenvolle und traurige vor allem.

»Es ist nicht deine Schuld«, hörte ich Paps irgendwann im Geiste murmeln. »Du hast alles versucht. Es sollte nicht sein. Es ist gut.«

Ich schluckte.

»Tu, was du tun musst. Aber eigentlich musst du nur eins.«

»Was denn?«

»Glücklich sein, mein Engel.«

Da fiel plötzlich eine große Last von mir ab, wie ein viel zu schwerer Rucksack, und ich konnte wieder atmen und plötzlich auch fliegen.

»Marie«, hörte ich eine weit entfernte Stimme. Jemand rüttelte an mir. »Marie. Wach auf.«

Benommen öffnete ich die Augen. »Wo bin ich?«

»Melaten«, sagte Swantje und half mir auf. »Ich hab mir Sorgen gemacht. Du bist seit Stunden weg.«

Ich klopfte mir ein bisschen Dreck und Gras von der Kleidung. »Ich muss eingeschlafen sein.«

»Ja.« Swantje nickte. Dann wandte sie sich dem Grab meiner Eltern zu, legte ein Sträußchen Vergissmeinnicht darauf ab und faltete die Hände. Einen Moment blickte sie stumm und traurig auf die Grabinschriften. Sie hatte meinen Vater auch gekannt. Schließlich wandte sie sich wieder mir zu. »Komm, lass uns mal gehen.«

Ich nickte.

Sie zupfte vorsichtig noch ein Stückchen Moos aus meinem Haar, hakte sich bei mir unter und ging mit mir Richtung Ausgang. »Und?«, fragte sie, als wir das alte Eisentor fast erreicht hatten.

»Er hat es gut aufgenommen. Ich muss glücklich werden, hat er gesagt.«

Swantje legte ihren Arm um meine Schultern. »Er war schon immer ein kluger Mann, Marie.«

31. Kapitel

Ich schloss mein Rad an und lupfte mein T-Shirt. Es war ein warmer Tag und der Weg von Nippes zum Appellhofplatz ganz schön weit, wenn man ihn mit dem Fahrrad zurücklegte. Als ich wieder halbwegs auf Betriebstemperatur heruntergekühlt war und somit bereit für meinen alljährlichen Kontrolltermin beim Zahnarzt, vibrierte es in meiner Handtasche. Schnell sah ich nach. Mist, Opa! Ich war sowieso schon spät dran, aber nicht ranzugehen war keine Option. Es könnte etwas passiert sein. Bei ihm wusste man nie.

»Hallo, Opa!«, rief ich, weil sein Hörgerät sicher wieder auf dem Nachttisch lag.

»Marie? Bist du es?«, brüllte er am anderen Ende der Leitung. Alles klar. Es lag auf dem Nachttisch.

»Ja, Opa. Ich bin's! Mach mal dein Hörgerät rein!«

»Was?«

»Dein Hööörgeerääät!« Eine mit Einkäufen bepackte Frau ging auf der anderen Straßenseite vorbei und schaute irritiert zu mir herüber.

Am anderen Ende hörte ich jetzt ein seltsames Rumoren. Ich warf einen Blick auf meine Armbanduhr. Sieben nach drei. Ich hoffte, dass sie mich trotz Verspätung noch drannehmen würden. Ungeduldig wartete ich, sagte ab und zu »Opa?« ins Telefon, bekam aber keine Antwort. Dann, endlich, war er wieder dran.

»Elmar kommt gleich zu dir«, verkündete er. Er sprach jetzt in Zimmerlautstärke.

»Elmar? Warum das denn?«

»Warum wohl? Wegen dem Fahrrad!«

»Oh, wirklich? Aber … ich hab ihn doch gar nicht angerufen …«

»Eben! Deshalb hab ich es gemacht.«

»Du hast Elmars Nummer?«

»Steht im Telefonbuch. Martha hat sie gefunden.«

»Oh, super«, sagte ich wenig begeistert. »Wann kommt er denn?«

»Jetzt. Ist wahrscheinlich schon da. Mit Eisensäge.«

»Eisensäge?«

»Das Fahrradschloss. Hast du Alzheimer?«, blaffte Opa.

»Nein, aber … aber ich bin gar nicht zu Hause, Opa. Er kommt nicht rein.«

»Er weiß, wo der Kellerschlüssel liegt. Unterm Basilikum. Wenn er fertig ist, bringt er mir mein Rad. Du kommst ja damit nicht aus den Puschen.«

»Na, spitze«, entfuhr es mir. Elmar hatte meinen Opa lange nicht gesehen und war deshalb wohl nicht ganz im Bilde, was dessen geistigen und körperlichen Zustand anging. Höchste Zeit, ihn darüber zu informieren, bevor Opa seine erste große Fahrradtour startete.

»Du, Opa, ich muss Schluss machen. Bis bald!«, sagte ich schnell, blickte auf die Uhr und stellte fest, dass das akademische Viertel gleich rum war.

Ich legte auf und begann, fieberhaft in meinen Kontakten herumzuscrollen. »Köhler, Elmar, da bist du ja«, murmelte ich irgendwann, wählte und hoffte inständig, dass er ranging. Ich hatte Glück.

»Wer stört?«, brummte er in den Hörer.

»Elmar? Marie hier.«

»Chefin! Bin grad in deinem Keller. Hab das Fahrrad von

deinem Opa schon gefunden, aufgepumpt und geölt. Schönes Stück. Bisschen in die Jahre gekommen, aber an sich noch gut. Eine alte Gazelle. Sind unkaputtbar, die Dinger …«

»Äh, ja, stimmt. Ein wahres Schätzchen. Elmar, Folgendes: Das Schloss lässt sich NICHT aufsägen!«

»Doch, doch, das geht. Hab 'ne richtig gute Säge hier.«

»Falsch!«

»Wie, falsch?«

»Falsch im Sinne von: Du bist NICHT im Besitz einer passenden Säge, weshalb du das Schloss leider nicht aufkriegst.«

»Wohl!«, beharrte Elmar trotzig.

»Elmar, wann hast du meinen Opa das letzte Mal gesehen?«

»Puh. Vor einem halben Jahr?«

»Okay. Seitdem ist viel passiert. Mit anderen Worten: Mein Opa kann nicht mehr Fahrrad fahren. Und soll es auch nicht.«

»Nich?«

»Nich! Es wäre nämlich glatter Selbstmord.«

»Oha! Das wollen wir ja nun nich riskieren …«

»Jetzt hast du's. Also, ich fasse noch mal zusammen: Schloss geht nicht auf. Nix zu machen. Schade, aber ist eben so. Sagst du es ihm? Bei mir würde er misstrauisch werden …«

»Au Mann! Geht klar, Chefin. Ich ruf ihn an.«

»Du bist ein Schatz, Elmar. Ich melde mich nachher noch mal. Trotzdem danke, dass du meinem Opa den Gefallen tun wolltest.«

»Ehrensache, Chefin.«

Erledigt, dachte ich erleichtert und betrat mit beinahe zwanzig Minuten Verspätung die Praxis von Frau Doktor Falter. Des einen Glück ist des anderen Leid: Ich kam trotzdem noch dran. Die Wurzelbehandlung vor mir hatte länger gedauert.

Als ich wieder zu Hause war, rief ich noch einmal bei meinem Opa an. Ich wollte sichergehen, dass das mit dem Fahrrad geklappt hatte. Beziehungsweise nicht geklappt. Ich musste es ganze fünf Mal klingeln lassen, bis er endlich ranging. Ich atmete auf. Zumindest war er gerade nicht mit seinem Drahtesel unterwegs.

»Elmar ist da!«, schrie er in den Hörer, ohne sich groß mit einer Begrüßung aufzuhalten.

»Elmar? Wieso?«, rief ich alarmiert.

»Brille kaputt! Hab mich draufgesetzt.«

Ich stöhnte. Irgendwas war immer mit Opa. »Und was hat Elmar damit zu tun? Kannst du ihn mir mal geben?«

Am anderen Ende der Leitung knisterte es, und dann war mein Beikoch am Apparat.

»Chefin!«

»Elmar! Was machst du denn bei meinem Opa?«

»Hab ihn angerufen.« Jetzt raunte er in den Hörer. »Wegen dem Fahrradschloss. Wie besprochen …«

»Ich glaub, du brauchst nicht zu flüstern. Wenn ich die Lage richtig einschätze, hat mein Opa sein Hörgerät nicht drin.«

»Stimmt.«

»Was hat er gesagt? War er sauer wegen dem Fahrrad?«

»Nein, es war ihm egal.«

»Egal?«

»Ja, hat mich auch zuerst gewundert, aber dann hab ich festgestellt, dass er ziemlich verwirrt war. Er hat sich auf seine Brille gesetzt. Deswegen vermutlich … Bin dann zu ihm rüber, um wenigstens die zu reparieren. Also, provisorisch. Schätze, ihr müsst morgen mal zum Optiker, aber so lange hält sie hoffentlich. Er sieht ja sonst nix.«

»Ach, Elmar, du bist ein Schatz. Sag mal, gibt's eigentlich irgendwas, was du nicht reparieren kannst?«

»Nicht viel. Außer vielleicht einen Herd. Elektrik, da trau ich mich nicht ran, Chefin.«

»Alles klar, Elmar. Danke dir. Und … bis bald mal.«

»Ähm, Chefin?«

»Ja?«

»Ich wollte dich noch was fragen. Wenn ich darf«, druckste er herum.

»Ja, sicher. Was denn?«

»Ähm, wann macht eigentlich das Petite Pauline wieder auf? Ist nämlich doch nicht so dolle bei meiner neuen Arbeitsstelle, und wenn es bei uns bald wieder losgeht, würde ich glatt überlegen, da schon mal bald zu kündigen.«

Ich seufzte. Sollte ich es ihm sagen? Irgendwann musste er es ja sowieso erfahren. »Du, Elmar … es ist so, dass ich wahrscheinlich, um nicht zu sagen … sogar sicher … gar nicht mehr aufmachen kann.«

»Oh«, kam es aus dem Hörer.

»Das Blöde ist, dass jetzt noch das Finanzamt Geld von mir will, und ich … ich kann das nicht zahlen, Elmar.« Ich spürte, dass mir Tränen in die Augen stiegen. »Ich wünschte wirklich, ich hätte bessere Nachrichten für dich.«

»Verdammt!«

»Es tut mir sehr leid«, sagte ich leise.

»Alles klar. Is jetzt so.«

»Ja. Is jetzt so. Leider. Also lieber nicht kündigen, Elmar.«

»Alles klar, Chefin.« Er hüstelte ein wenig und räusperte sich dann. »Kannst du ja nix für.«

Ich seufzte.

»Vorsicht, Herr Erwan, die Brille!«, hörte ich Elmar rufen. Dann war er wieder dran. »Fast hätte er sich schon wieder draufgesetzt«, sagte er. »Nee, nee, nee. Dein Opa ist aber heute ganz schön durch ’n Wind.«

»Danke noch mal fürs Reparieren und Kümmern. Und lass uns irgendwann in Ruhe sprechen, ja?«

»Klar, Chefin. Machen wir.«

32. Kapitel

»Vergiss es, Mama!«, hörte ich Alva lauthals schimpfen, als ich am nächsten Morgen um acht das Bloom & Vogel betrat. Es war ein Samstag, und ich wunderte mich, sie um diese Uhrzeit bereits wach und in aufrechter Position anzutreffen. Irgendwas musste passiert sein.

»Vergiss es, vergiss es!«, krächzte Eddie in seinem Käfig, und ich steckte ihm mein letztes Stück Apfel zu.

»Vergiss es!«, krächzte er nun noch lauter.

»›Danke‹ wäre die richtige Antwort gewesen«, erklärte ich ihm.

»Vergiss es!«

»Schnauze, Eddie!«, motzte Alva.

»Was ist denn hier los?« Ich runzelte die Stirn und blickte Swantje fragend an. »Schlechte Stimmung?«

Sie stand hinter dem Tresen, schüttete Kaffeepulver in das Sieb der Kaffeemaschine und stellte eine Espressotasse unter den Ausguss.

»Kishan kommt!«, platzte Alva heraus. »Übernächste Woche schon!«

»Oh, wie schön.« Ich freute mich jedes Mal, wenn Alvas Vater aus Mumbai zu Besuch kam. Er war immer gut aufgelegt, redete wie ein Wasserfall und kochte jeden Abend indisches Essen für uns alle. Meistens blieb er etwa eine Woche, wirbelte von früh bis spät durch unsere Wohnung und verbreitete gute Laune und den Duft nach Curry und indischer Seife. Zumindest Ersteres konnte ich gerade gut gebrauchen.

»Und, wo ist das Problem?«, fragte ich also.

»Alva will nicht, dass er in ihrem Zimmer schläft.« Swantje rollte mit den Augen und hantierte weiter an der Kaffeemaschine herum. Ich hoffte, dass der Espresso für mich gedacht war.

»Er schläft doch *immer* in deinem Zimmer.« Ich sah Alva verständnislos an. »Das ist Tradition.«

»Eben. Und ich auf dem Küchensofa. Das nervt voll.« Mit ihrer vorgeschobenen Unterlippe sah sie aus wie ein schmollender Karpfen. »Es ist unbequem wie Sau, und ich brauche meine Privatsphäre. Höchste Zeit also, mit dieser bescheuerten Tradition aufzuhören. Warum geht er nicht einfach in ein Hotel, wie jeder normale Inder, der nach Köln kommt?«

»Weil er erstens kein normaler Inder ist, sondern dein Vater, und es somit zweitens unhöflich wäre, ihm keine Schlafgelegenheit anzubieten.«

»Super Vater. Er kommt EINMAL im Jahr. DAS ist unhöflich!« Alva blitzte ihre Mutter an.

»Aber dann bringt er immer tolle Sachen mit«, warf ich ein. »Saris, Seife, indische Konserven …«

»Ja, mega. Alles Sachen, mit denen man null anfangen kann!«

»Na ja, die Seife …«, begann ich.

»Die Seife stinkt, und die Saris auch!« Alva rümpfte die Nase.

»Aber für Karneval sind die eigentlich …«

Die Espressomaschine kreischte.

»Marie, die Sachen sind SCHEISSE! Punkt. Du brauchst jetzt gar nicht zu versuchen, mir Kishans Besuch schönzureden!«

Swantje seufzte und reichte mir die Espressotasse.

»Super, danke.«

»Warum schläft ER nicht auf dem Sofa?«, wollte Alva wissen.

»Weil es unbequem ist. Und er der Gast.« Swantje kam hinter dem Tresen hervor.

»Ich kann auch auf dem Sofa schlafen«, bot ich an und dachte an den Abend mit Anton und Alicia Keys. In der Nacht hatte ich ja im Prinzip bestens geschlafen, und die Rückenschmerzen am nächsten Morgen waren eigentlich auch ziemlich schnell wieder weg gewesen.

»Und Kishan schläft dann … in deinem Chaoszimmer?«

»Äh … ja.«

»Hoffentlich findet er das Bett.«

»Witzig«, knurrte ich. Alva war heute wirklich in Höchstform.

»Kommt nicht infrage!« Swantje machte eine abwehrende Handbewegung. »Wenn es schon sein muss, dann schlafe ich auf dem Sofa«, verkündete sie. Ihrem Gesicht nach zu urteilen, konnte sie dem Gedanken aber auch nicht sonderlich viel abgewinnen. »Oder ich schau einfach mal nach einem hübschen günstigen Hotel.«

»Das ist der beste Vorschlag, den ich bisher gehört habe«, sagte Alva zufrieden und reckte einen Daumen hoch.

»Na ja.« Ich wog mit dem Kopf und nahm einen Schluck aus meiner Tasse. »Es ist Messe. Außerdem: ›hübsch‹ *und* ›günstig‹, das schließt sich hier in Köln ja eigentlich aus. Also, zumindest wenn es um Hotelzimmer geht.«

»Quatsch«, meinte Alva. »Da wird sich schon was finden. Und soooo hübsch muss es ja auch gar nicht sein. Wenn ich euch erinnern darf: Kishan kommt aus Mumbai. Wisst ihr, wie's da aussieht?«

Ich hob beide Hände in die Luft. »Okay, okay … Ich meinte ja nur.« Ich trank den Rest meines Espressos auf ex und stellte die Tasse auf den Verkaufstresen. »Danke, Swantje. Ich muss leider schon wieder los.«

»Danke! Danke!«, krächzte Eddie.

»Geht doch«, murmelte ich.

»Musst du arbeiten?« Swantje schnappte sich einen Reisigbesen, der an der Wand lehnte, und begann, den Laden auszufegen.

»Ja. Wir haben gleich ein Meeting. In einer Woche ist es so weit. Der große Tag!«

Swantje nickte. »Klaus ist auch schon völlig aus dem Häuschen.«

»Ich weiß. Er hat von seiner Chefin die Erlaubnis erhalten, einen Beitrag zu drehen. Arbeitstitel: ›Küchenchefs im Dienste der Windsors.‹«

»Klingt toll.«

»Fand Frau Holtmann auch. Sie hat sofort ihren Segen dazu gegeben, dass er in der Küche filmt.«

»Hoffentlich steht er euch nicht die ganze Zeit im Weg rum.«

»Ja, das hoffe ich auch.« Ich blickte auf die Uhr. Bei dem Gedanken an das William-und-Kate-Event wurde ich jetzt doch langsam nervös. Es gab noch so viel zu organisieren. Aber wir würden Unterstützung bekommen, und zwar die beste, die ich mir vorstellen konnte. Ich hatte einen Teil meines alten Teams aus dem Petite Pauline angefragt. Dazu hatte Frau Holtmann zum Glück auch ihren Segen gegeben. Fast alle hatten sich die Stunden für den großen Event freigeschaufelt, und so würden wir zumindest personell bestens aufgestellt sein. In der Küche *und* im Service, denn auch Elfi und Alfonso hatten zugesagt. Am Telefon waren sie fast noch mehr aus dem Häuschen gewesen als Klaus. Das zusätzliche Personal würden wir auch benötigen, denn William und Kate und ihre zwanzig Begleiter sollten bei laufendem Betrieb im Sankt Josef essen. Natürlich würden wir einen Teil des Gastraums für sie absperren müssen. Das hatten Anton und ich so mit dem Servicechef vereinbart, und es geschah in enger Absprache mit der königlichen Security. Gestern waren bereits zwei britische Bodyguards da gewesen und hatten sich einen Überblick verschafft. Ein bisschen hatten sie so ausgesehen wie Tommy Lee Jones und Will Smith in »Men in Black«, und ganz kurz hatte ich darüber nachgedacht, wie es wäre, wenn sie mich blitzdingsen würden und ich plötzlich wieder in einer Welt lebte, in der es Paps und das Pauline noch gab. Und in der Anton und ich gemeinsam Ostereier versteckten. Leider hatten die Bodyguards kein Blitzdings-Ding dabeigehabt, und mein Leben war so geblieben, wie es war: kompliziert und auf den Kopf gestellt. Was mich in diesem Moment daran erinnerte, dass ich gleich noch einen dringenden Anruf zu tätigen hatte. Herr Bühnele wartete sicher schon ungeduldig, dass ich mich endlich meldete. »Ich muss echt los, Leute«, sagte ich. »Mit meinem Opa zum Optiker und dann … telefonieren.« Ich warf Swantje einen vielsagenden Blick zu.

Sie hielt inne und stützte sich auf den Besenstiel. »Du willst es wirklich tun, oder?«

»Von wollen kann keine Rede sein.«

»Ich weiß.« Sie lehnte den Besen an die Wand und umarmte mich.

»Hä? Worum geht's eigentlich?« Alva sah uns verständnislos an.

»Ach, nichts«, sagte Swantje schnell.

»Boah, das ist echt mies. Ihr behandelt mich wie ein Kindergartenkind. Immer verheimlicht ihr mir alles. Dabei bin ich ein vollwertiges Mitglied unserer WG. Fürs Putzen und Kochen bin ich anscheinend alt genug. Wäre toll, wenn ihr mich ansonsten auch mal für voll nehmen würdet. Ich bin vierzehn!«

»Eben. Es gibt Dinge, die …«, begann Swantje.

»Boah ey!« Alva rollte mit den Augen.

»Ach was, warum sollte Alva es nicht wissen?«, unterbrach ich Swantje. »Sie wird es ja sowieso irgendwann erfahren. Spätestens wenn unter uns ein Handwerkertrupp Einzug hält und den Investitionsstau beseitigt.«

»Hä?« Alva blickte mit finsterer Miene von mir zu ihrer Mutter und zurück.

»Es geht um das Petite Pauline«, begann ich. »Es gibt da einen Interessenten. Bühnele heißt er. Der will mir ein gutes Angebot machen. Tja, und … ich … ich werde das Restaurant verkaufen.«

»Echt jetzt?«, fragte sie fassungslos.

»Echt jetzt.«

Da kam auch sie auf mich zu und schloss mich fest in die Arme. »Scheiße«, murmelte sie.

Ich nickte. »Besser hätte ich es nicht sagen können.«

33. Kapitel

»Oh, was haben Sie denn da gemacht, Herr de Goff?« Der Optiker Herr Drimakis blickte stirnrunzelnd auf den provisorisch mit Klebeband befestigten Brillenbügel.

»Draufgesetzt. Was denn sonst?«, bellte Opa.

»Hatten Sie wohl Ihre Brille nicht auf, was?« Herr Drimakis lachte schallend über seinen eigenen Witz.

»Wann ist das Ding fertig?«, fragte Opa schroff.

»Äh, ja. Warten Sie …« Der Optiker wirkte plötzlich verunsichert. »Bis Dienstag sollte es klappen.«

»Montag!« Opa funkelte ihn böse an.

»Äh … ja, gut. Montag. Sie müssten sie nur noch einmal kurz aufsetzen, wegen der Passform.«

»Wegen was?«

»Opa, setz sie einfach kurz auf«, bat ich. Der harsche Auftritt meines Großvaters war mir ein wenig unangenehm. Er machte nie einen Hehl daraus, wenn er jemanden nicht mochte, und Herr Drimakis schien ihm alles andere als sympathisch zu sein. Dabei war er eigentlich ganz nett.

Herr Drimakis machte Anstalten, Opa die Brille aufzusetzen, doch der schlug nach ihm.

»Lassen Sie mich mal.« Ich lachte peinlich berührt, nahm dem Optiker die Brille aus der Hand und setzte sie Opa auf. Das ließ er sich brummelnd gefallen.

Herr Drimakis ruckelte nun ein wenig an dem Gestell. »Etwas zu weit«, murmelte er.

»Was?«, schrie Opa.

»Die Brille ist ein wenig zu weit geworden, aber das kriegen wir hin.«

»Das hoffe ich doch! Ist ja teuer genug. Saftladen!« Opa riss sich die Brille herunter. Ich nahm sie an mich und reichte sie Herrn Drimakis.

»Haben Sie eine Ersatzbrille?«

»Was hab ich?«, schrie Opa.

»Ja, hat er«, sagte ich schnell. Und an meinen Opa gewandt: »Lass gut sein. Ich hole die Brille Montag ab, und dann kannst du wieder richtig gucken.« Ich verabschiedete mich von Herrn Drimakis und seinen drei Kollegen, die inzwischen auch auf uns aufmerksam geworden waren und mangels Kundschaft gespannt den Auftritt meines Großvaters verfolgten.

»Was guckt ihr so blöd?«, pöbelte Opa.

»Wiedersehen!«, sagte ich und schob ihn schnell aus dem Laden, um uns allen weitere Peinlichkeiten zu ersparen.

Wir stiegen in meinen Fiat, und ich schimpfte ein wenig mit Opa, weil er sich so schlecht benommen hatte.

»Vollpfosten«, murmelte er, und ich hoffte, dass er damit Herrn Drimakis meinte und nicht mich. »Kam sich wohl witzig vor, der Schwachkopf.«

Um zu verhindern, dass er sich jetzt vollends in Rage redete, beschloss ich, unser Gespräch auf ein anderes Thema zu lenken. »Du hattest übrigens recht mit dem Cello.«

»Was?«

»Das Cello auf den Fotos. Es war Mina.«

Opa starrte stumm geradeaus. »Wusste ich es doch«, murmelte er schließlich.

Ich hatte gestern nicht nur Bühnele angerufen, um einen Termin mit ihm zu vereinbaren, sondern auch die Nummer auf Kunos Bierdeckel gewählt. Zweimal war keiner rangegangen, doch dann hatte ich Claire Dupont plötzlich an der Strippe. Sie war sehr freundlich, und als ich ihr von meinem Großvater erzählte, der Mina auf einem Foto wiedererkannt haben wollte, wurde es am anderen Ende der Leitung einen Augenblick ganz still.

»Er hat richtig gesehen«, sagte Claire Dupont schließlich. »Das Cello hieß Mina und hat meiner Mutter gehört. Sie hat zeit ihres Lebens darauf gespielt.«

»Zeit ihres Lebens?«, fragte ich vorsichtig.

»Ja. Sie ist letztes Jahr in Paris gestorben. Das Herz.«

»Das tut mir sehr leid.«

»Ja. Es war ein Schock. Sie fehlt an allen Ecken und Enden. Meinen Vater haben wir schon vor Jahren begraben müssen.« Sie schwieg einen Augenblick. »Man fühlt sich sehr allein, wenn die Eltern plötzlich nicht mehr da sind. Ganz egal, wie alt man ist.«

»Ich weiß«, erwiderte ich leise.

»Mina zu verkaufen ist mir schwer gefallen. Aber es war der ausdrückliche Wunsch meiner Mutter. Ich selbst spiele nicht, und sie wollte nicht, dass das Cello in der Ecke verstaubt. Celli sind auf der Welt, damit man auf ihnen spielt, hat sie immer gesagt. Und ich glaube, ich habe eine würdige Nachfolgerin gefunden.«

»Oh ja, Valerie spielt wunderbar«, sagte ich. »Und sie behandelt Mina wie einen Schatz.«

»Das freut mich zu hören. Sagen Sie, Ihr Großvater, heißt er Erwan?«

»Ja«, erwiderte ich. »Erwan de Goff.«

»Erwan de Goff. Ihre große Jugendliebe aus Köln.« Ich sah Claire Dupont förmlich lächeln. »Der Mann, der ihr Mina zum Geburtstag geschenkt hat. Sie hat mir diese Geschichte oft erzählt. Einmal hat sie mir sogar Fotos gezeigt. Fesch sah er aus, Ihr Großvater.«

»Ja, er war sehr attraktiv. Und ist es immer noch, für sein Alter.«

»Das glaube ich gern.«

»Schade, dass sie sich nicht mehr wiedergesehen haben. Ihre Mutter und er.«

»Ja«, hatte Claire erwidert. »Es wäre meiner Maman eine große Freude gewesen, da bin ich mir sicher.«

Bewegt hatte ich mich von Claire verabschiedet und gedacht, ich hätte ihre Maman auch gern kennengelernt.

»Woher weißt du …«, fragte Opa und holte mich abrupt in die Gegenwart zurück.

»Ich habe mich schlaugemacht, wie versprochen. Katjas Tochter Claire lebt in Köln. Sie hat Mina verkauft. Per Inserat. So ist das Cello bei Valerie gelandet.« Ich ließ den Motor an.

»Mhmmmm«, machte er und starrte wieder aus dem Fenster. »Spielt sie nicht mehr?«, fragte er schließlich.

»Wie bitte?«

»Katja. Spielt sie nicht mehr?«

Ich seufzte und legte meine Hand kurz auf seine. »Sie ist letztes Jahr gestorben, Opa«, erklärte ich leise.

Opa nickte stumm. »Wo ist meine Brille?«, fragte er schließlich.

»Beim Optiker. Sie ist kaputt.«

»Mhmmmmm. Wie spät ist es?«

Ich warf einen Blick auf die Uhr am Armaturenbrett und rechnete eine Stunde ab. Sie stand noch auf Winterzeit. »Viertel vor drei.«

»Gib Gas. Shopping Queen fängt gleich an.«

34. Kapitel

Wenn der königliche Zeitplan eingehalten wurde, würden William und Kate um exakt zehn Minuten vor eins am Hintereingang des Sankt Josef eintreffen, unverzüglich zu ihrem Tisch geleitet werden und dort ein eiskaltes, frisch gezapftes Begrüßungskölsch erhalten. Jetzt war es zehn vor zwölf, und in der Küche herrschte bereits rege Betriebsamkeit. Es wurde geschnippelt, vorgekocht und probeangerichtet, und im Großen und Ganzen lief alles nach Plan, wie bei einer gut geölten Maschine.

»Deine Leute sind ja echt gut eingespielt.« Anton sah beeindruckt aus.

»Klar sind sie das. Nach so vielen Jahren zusammen versteht man sich blind und ohne Worte.«

»Auch bei Himmel un' Äd statt Ente à la de Goff?«

Ich deutete auf Kamal, der für die Beilagen zuständig war. »Siehst du doch.«

Tobi hatte den Fleischposten übernommen und war voll in seinem Element, während sich Elmar um die Vorspeisenteller kümmerte und mit Hingabe aus Sellerie und Radieschen kleine Krönchen schnitzte, um damit den Endiviensalat zu dekorieren. Anton und ich würden uns nachher am Pass abwechseln, jeden Teller einer sehr genauen Endkontrolle unterziehen und ansonsten versuchen, den Überblick zu behalten, und da anpacken, wo es gerade nötig war. Kuno würde erst später kommen und sich um den normalen Betrieb kümmern. Der musste ja schließlich auch weitergehen. Als ich mit ihm den Dienstplan durchgegangen war, hatte er etwas von einem privaten Termin gemurmelt, unaufschiebbar und sehr wichtig, und ich war mir sicher gewesen, dass das, was Kuno vorhatte, ausgerechnet an diesem Vormittag, wirklich von großer Bedeutung sein musste, sonst hätte er niemals gefragt.

»Was macht dein Knie?«, wollte Anton wissen.

»Geht wieder. Der Arm auch.«

Er nickte zufrieden. Als ich ihm erzählt hatte, dass ich von der Leiter gefallen war, sodass nun eine Vielzahl blauer Flecke meine linke Körperhälfte zierte und Knie und Ellbogen in Mitleidenschaft gezogen waren, hatte er schon Angst gehabt, dass ich nun auch noch ausfallen würde, aber zum Glück war ich inzwischen so weit wiederhergestellt, dass ich kochen konnte, und das war die Hauptsache.

Ich ging ins Kühlhaus, um Fleisch und Gemüse zu inspizieren. Es war heute Morgen in aller Herrgottsfrühe frisch aus dem Bergischen gekommen. Ich nahm das eine oder andere Lebensmittel in die Hand. Die Qualität war top. Hanni und Gerd hatten geliefert. Auf dem Weg zurück in die Küche klingelte mein Handy. Ich warf einen Blick aufs Display und stöhnte. Frau Holtmann. Sie rief heute schon zum dritten Mal bei mir an, und bei Anton hatte sie es auch schon zweimal probiert. Ich ging trotzdem ran. Sie war schließlich die Chefin.

»Frau Holtmann«, sagte ich ein wenig kurzatmig.

»Marie. Jut, datt ich disch noch mal erwische.«

»Mhmmm«, machte ich und dachte, wie man's nimmt. Ich klemmte mir das Telefon zwischen Schulter und Kinn und verschloss die Tür des Kühlhauses sorgsam von außen.

»Wenn Sie nachher der Kate und dem William datt Essen servieren, dann nehmen Se bitte unbedingt datt jute Jeschirr und Besteck. Wissen Se, wo Se datt finden?«

»Ja, Frau Holtmann. Haben Sie mir schon gesagt.«

»Im Schrank in meinem Büro is datt janze Zeuch.«

»Weiß ich, Frau Holtmann«, beruhigte ich sie. »Haben wir doch alles schon besprochen. Wir nehmen das Bankettgeschirr und das Bankettbesteck. Elfi und Alfonso wissen Bescheid.«

»Ach, dann is ja jut. Und informieren Se mich bitte, wenn der hohe Besuch da ist.«

»Mach ich, Frau Holtmann«, versprach ich ihr nunmehr zum dritten Mal. »Nun muss ich aber gucken, dass ich das Essen fertig kriege.«

»Ja, sicher datt. Datt is ja wichtig!«

»Eben«, erwiderte ich mit Nachdruck.

»Is die Presse schon da?«

»Wenn Sie mit Presse meinen Freund Klaus meinen: Nein, noch nicht.« Ich warf einen Blick aus dem Fenster und stellte fest, dass er gerade im Anmarsch war. »Da kommt er ja«, sagte ich. »Mit Praktikant und großem Besteck oder, wie man in Fernsehkreisen sagt, Equipment.«

»Wunderbar. Der soll datt Sankt Josef auch mal von außen filmen. Sagen Se ihm datt.«

»Sag ich ihm, Frau Holtmann. Bis später!« Ich legte schnell auf, bevor ihr noch eine Frage einfiel und bevor Klaus drinnen war und die gesamte Küche in Beschlag nahm. Sein Equipment sollte er im Personalraum abstellen, und den Praktikanten am besten auch, wenn er nicht zwingend gebraucht wurde. In der Küche musste er sich so unauffällig wie möglich verhalten, damit hier alles weiterhin seinen gewohnten Gang gehen konnte. Das alles hatte ich ihm bereits gesagt, war aber nicht sicher, inwieweit es in sein Bewusstsein gedrungen war. Klaus war nämlich ein Meister darin, nur das zu verstehen, was er verstehen wollte. Was das anging, hatte er viel mit meinem Großvater gemein.

»Hase!«, rief er da schon und ließ drei große schwarze Taschen auf den Boden plumpsen. »Guck mal, ich hab noch jemanden mitgebracht. Gregor vom Ton. Er ist der Beste bei RTL.

Also, in der Sparte ›Ton‹.« Klaus deutete auf einen höchstens zwanzigjährigen, hoch aufgeschossenen Mann, der mich nun höflich anlächelte und dabei ziemlich gut aussah. Ich fragte mich, ob Klaus ihn wirklich nur wegen seiner fachlichen Qualitäten mitgebracht hatte oder ob womöglich noch andere Vorzüge im Spiel waren.

»Gregor, das ist meine beste Freundin Marie. Komm her, Hase.« Er umarmte mich, hielt mich dann einen Meter von sich entfernt und blickte mir prüfend ins Gesicht. »Und? Aufgeregt?«

Mein Handy klingelte schon wieder. Ich warf einen schnellen Blick drauf. Finn! Sein Timing war wirklich grandios. Schnell drückte ich ihn weg und stöhnte: »Eher gestresst.«

Klaus nickte mit mitleidiger Miene.

»Jedenfalls: Schön, dass ihr da seid«, sagte ich. »Aber …« Ich runzelte die Stirn. »Zu zweit wart ihr ja eigentlich nicht angekündigt, oder?«

»Jaja, ich weiß. Aber es hat sich jetzt irgendwie so ergeben. Ich kann ja nicht alles allein machen, und es soll natürlich auch gut werden. Der Film, meine ich. Deswegen dachte ich, der Gregor muss einfach mit. Er fällt auch nicht weiter auf …«

Ich blickte zu dem attraktiven Tonmann auf. »Na ja, wie man's nimmt …«

»Und? Wann kommen sie?« Klaus ballte beide Hände zu Fäusten und hielt sie sich aufgeregt vor den Mund.

»In einer halben Stunde. Aber denk dran: Ihr dürft ausschließlich hier in der Küche drehen. William und Kate wünschen keine Presse beim Essen.«

»Weiß ich doch! Nur der offizielle Fototermin nach dem Essen vorm Brauhaus.«

»Ich sag's ja nur. Nicht, dass sich nachher plötzlich wieder was …«, ich malte Anführungszeichen in die Luft, »… irgendwie so ergibt.«

»Jaja.« Klaus zog beleidigt eine Schippe.

»Kommt mit. Ich zeige euch euer Hauptquartier«, lenkte ich ein und deutete auf die drei riesigen Taschen. »Die müssen hier auch schnellstens raus, sonst haben wir gleich den nächsten Bänderriss.«

»Klar, logisch.« Klaus nickte folgsam und stiefelte dann samt Gregor und Gepäck hinter mir her.

Inzwischen hatte sich eine Traube Journalisten vor dem Haupteingang des Sankt Josef gebildet, doch sie warteten vergeblich, denn die Kolonne aus schwarzen Mercedes-Limousinen und einem Rolls Royce fuhr weiter bis zum Hintereingang, der weiträumig abgesperrt worden war und somit für niemanden zugänglich. Der Rolls Royce hielt genau vor der Tür, Tommy Lee Jones und Will Smith sprangen heraus, sondierten unauffällig die Lage und nickten beinahe unmerklich zwei Herren in Livree zu, die von irgendwoher plötzlich aufgetaucht waren und nun die beiden hinteren Türen des Rolls Royce öffneten, um Kate und William herauszuhelfen. Klaus und ich klebten am Küchenfenster und verfolgten das Geschehen fasziniert. Mir fiel ein, dass ich ja Frau Holtmann bei Eintreffen des hohen Besuchs informieren sollte. Ich nahm mein Smartphone, filmte kurz aus dem Fenster heraus und schickte die Sequenz mit den Worten »Es geht los!« Richtung St. Vinzenz-Hospital.

Ich rechnete damit, dass Frau Holtmann umgehend anrufen würde, doch dieses Mal begnügte sie sich mit einer WhatsApp-Nachricht: »Toi, toi, toi. Habt ihr das gute Geschirr genommen?«

»Sie sieht einfach … großartig aus«, hauchte Klaus, während ich schnell einen Daumen hoch zurückschickte und Klaus dann schnell am Arm festhielt. Nicht, dass er vor lauter Aufregung noch in Ohnmacht fiel. »Dieses Kleid. Die Frisur. Das Lächeln.«

»Kocht hier noch jemand?«, hörte ich Anton von hinten rufen. Er stand mutterseelenallein am Pass, denn auch der Rest der Küchencrew hatte sich inzwischen an die Fenster begeben, um einen Blick auf das Prinzenpaar zu erhaschen.

»Komm mal gucken! Schnell!«, rief Klaus. »Sie ist einfach umwerfend.«

Anton kam zu uns herüber, stellte sich neben mich und blickte nun ebenfalls nach draußen. Seit unserem Probekochabend hatten wir keine Gelegenheit mehr gehabt, länger allein zu sprechen, was vor allem damit zu tun hatte, dass ich ihm seitdem aus dem Weg gegangen war. Die Entwicklungen der letzten Tage hatten mich voll in Anspruch genommen. Die Tatsache, dass ein Verkauf des Petite Pauline nun unumgänglich war, bereitete mir fast körperliche Schmerzen und überschattete den zugegebenermaßen sehr schönen Abend, den wir zusammen gehabt hatten. Aber im Moment war alles zu viel. Ich konnte weder klar denken noch klar fühlen und hatte deshalb beschlossen, mich zunächst neu zu sortieren und die Sache mit Anton erst mal auf sich beruhen zu lassen, auch wenn das gar nicht so einfach war und ich immer noch das mit dem Atmen hatte, wenn er in meiner Nähe auftauchte – so wie jetzt, als er so dicht neben mir stand, dass unsere Arme sich berührten.

»Hammer, oder?«, sagte Klaus.

»Hammer!«, stimmte Anton zu.

»Royalblau ist aber auch genau ihre Farbe.« Klaus inspizierte eingehend Kates wadenlangen Glockenrock mit passendem Jäckchen. »Der Name sagt es ja auch schon«, seufzte er. »*Royal*blau.«

»William sieht aber auch adrett aus in seinem dunkelblauen Anzug«, stellte ich fest.

»Da hast du recht, Hase. Guck mal, die Krawatte ist auf Kates Rock abgestimmt. Aber mehr Haare hat er ja nicht gerade gekriegt.«

Kate hatte ihren Rock glatt gestrichen und sich bei William

eingehakt. Links und rechts von ihnen: Men in Black mit ausdrucksloser Miene. Da fiel Kates Blick plötzlich auf unser Fenster. Sie sah uns, hob kurz die Hand und warf uns ein strahlendes Lächeln zu.

»Oh, mein Gott!« Klaus bekam Schnappatmung, und während er nach Luft rang, setzte sich das Prinzenpaar in Bewegung.

»Sie kommen rein!«, sagte ich und spürte, wie Anton mir einmal sanft über den Rücken strich. Ein angenehmer Schauer durchfuhr mich. Ich drehte mich zu ihm um, und er lächelte mir ruhig und ein wenig verlegen zu.

»Jetzt wird's ernst«, sagte er.

Ich nickte. Atmete tief durch. Ich war so angespannt wie früher vor einer Mathearbeit. »Auf gutes Gelingen«, erwiderte ich und hielt die rechte Hand hoch.

Anton schlug mit seiner dagegen und ließ sie einen Augenblick länger dort ruhen, als unbedingt nötig gewesen wäre. Ich spürte, dass seine Haut ein bisschen feucht war. Man merkte es ihm nicht an, aber nun wusste ich: Er war auch aufgeregt.

»An die Töpfe!«, rief ich und klatschte in die Hände.

Außer Klaus rissen sich alle von Kates Anblick los und marschierten an ihre Arbeitsplätze. Anton ging zum Pass hinüber, ich zum Fleisch, falls Tobi gleich Hilfe mit den Bürgermeisterstücken benötigen sollte. Es war der schwierigste Part, sie auf den Punkt zu braten. Ich warf einen Blick auf meine Armbanduhr. Bis vor wenigen Sekunden war hier noch gescherzt und gelacht worden. Jetzt war es plötzlich mucksmäuschenstill. Alle konzentrierten sich, besannen sich auf ihre Aufgaben. Die Ruhe vor dem Sturm. Ich sah, dass Arno, seines Zeichens Servicechef, an den Pass kam und Anton ein Zeichen gab. Der nickte erst ihm zu, dann mir.

»Drei, zwei, eins«, zählte ich im Geiste hinunter. Dann klatschte ich wieder in die Hände. »Vorspeisenteller an den

Pass!«, rief ich. Elmar schnappte sich eine Spritztüte, gab auf jeden Teller ein kunstvolles Häubchen aus frischem Kräuterquark und reichte sie dann zügig, einen nach dem anderen, weiter. Anton inspizierte jeden Teller genau, bevor er an den Service ging. Trotzdem waren die Vorspeisen innerhalb weniger Minuten draußen. Ich sah wieder auf die Uhr. Wir hatten jetzt genau fünfzehn Minuten Zeit, um einundzwanzig Teller mit dem zu bestücken, was wir letzte Woche probegekocht hatten. Wir arbeiteten konzentriert. Jeder wusste, was er zu tun hatte. Jeder Handgriff saß. Klaus und Gregor filmten unterdessen in unserer Küche, hielten die Kamera in die brodelnden Töpfe und spritzenden Pfannen, holten O-Töne ein – hauptsächlich von Anton und mir – und standen ansonsten meistens irgendwie im Weg. Aber ich wusste ja, wie wichtig es Klaus war, heute dabei zu sein, und so half ich ihm, so gut es ging, indem ich alle seine Fragen beantwortete und nur ein einziges Mal mit seinem schönen Tonmann Gregor schimpfte, und zwar, als der mit einer Tonangel hinter mir stand und das Mikro, das wie ein toter Fisch daran baumelte, fast in den Topf mit der fein abgeschmeckten Soße tauchte. Zum Glück war das der einzige blöde Zwischenfall, bis … ja, bis plötzlich der Herd ausging. Und nicht wieder an. Zuerst mochte ich nicht glauben, dass das wirklich gerade passierte. Es konnte nur eine Art Fata-Morgana-Déjà-vu-Täuschung sein. Etwas, das nicht wirklich stattfand. Einer dieser Streiche, die einem das Gehirn schon mal spielt, wenn man Stress hat, oder, na ja, irgendwie nicht ganz dicht ist. Doch leider war es Realität. Ich ging zu Anton und erklärte ihm aufgeregt, was los war. Soeben waren die Hauptgerichte rausgegangen – außer die vegetarischen. Die Teller wurden gerade angerichtet. Für die Kohlrabi mit Rote-Bete-Sud fehlte nur noch die geröstete Mandelmilch, die auf den Punkt heiß gewesen wäre – wenn, ja, wenn man einen funktionierenden Herd gehabt hätte.

»Mein Gott, was machen wir denn jetzt?«, fragte ich panisch. Ich spürte, wie mir der Schweiß den Rücken hinunterlief.

Anton legte seine immer noch etwas feuchte Hand auf meine zitternde. »Ruhe bewahren«, sagte er.

»Haben wir Cräcker?«, flüsterte ich apathisch.

Er blickte mich an, als wäre ich nicht ganz bei Trost. »Nein, aber wir werden eine Lösung finden. Eine ohne Cräcker.«

»Gut.« Ich nickte erleichtert.

»Was fehlt jetzt noch fürs Hauptgericht?«, fragte Anton ruhig.

»Die Mandelmilch für die vier vegetarischen Teller muss erhitzt werden. Einer davon für Kate«, fügte ich mit Nachdruck hinzu, für den Fall, dass er es vergessen haben sollte.

»Gut. Das haben wir gleich.« Er lief hinüber zum Herd. Ich folgte ihm. Er zauberte einen Bunsenbrenner aus dem Schrank, entzündete ihn und sagte: »Halt mal den Topf mit der Milch hoch.«

Genial, dachte ich und tat wie geheißen.

»Elmar, was ist mit dem Herd?«, fragte Anton, während er den Topfboden flambierte.

»Die Gaszufuhr scheint unterbrochen zu sein.«

»Wie passiert so was?«

»Vermutlich die Zündelektrode«, brummte Elmar. »Kriegen wir jetzt nicht so schnell ausgetauscht.«

»Hmmm, sieht schlecht aus für die Armen Ritter. Die kann man jetzt wohl eher nicht mit dem Bunsenbrenner braten.«

In diesem Moment kam Kuno in die Küche. Er wirkte gut gelaunt und für seine Verhältnisse äußerst gesprächig. »Was wird das denn?«, fragte er, als er Anton, mich und den Bunsenbrenner sah. »Knallgasprobe?«

»Der Herd ist kaputt«, informierte ich ihn mit Grabesstimme.

»Puh, schon wieder?«, stöhnte er.

»Und die Armen Ritter sind noch nicht fertig«, ergänzte Anton.

»Ah!« Kuno kam zu uns, drehte einmal kurz an den Knöpfen und murmelte etwas Unverständliches. Dann holte er mit dem rechten Bein aus und trat mit Karacho gegen den Herd. »Gern geschehen.«

Anton und ich wechselten einen irritierten Blick. Elmar reagierte als Erster. Er drehte an dem Schalter für die vordere Herdplatte. Im selben Augenblick erschien ein Flammenkranz. Er probierte auch die anderen Platten durch. Alle funktionierten. Kuno hatte den Herd mit einem Fußtritt repariert. Das Leben kann so einfach sein, dachte ich und schalt mich selbst dafür, es im Petite Pauline nicht auch so gemacht zu haben, statt Philipp von Berseburg und seine Geburtstagsgesellschaft mit Cräckern abzuspeisen.

Die Mandelmilch war inzwischen heiß geworden.

»Kate ist bestimmt schon halb verhungert«, vermutete Klaus, schulterte die Kamera und filmte, wie Elmar den königlichen Teller anrichtete.

Klaus schnappte sich einen kleinen Löffel und probierte aus dem Topf, den ich anschließend zurückstellte. »Ein Gedicht«, sagte er und schloss genießerisch die Augen. »Glückwunsch an das Mandelmilchteam.«

»Danke.« Anton packte den Bunsenbrenner weg und lief zurück an den Pass.

»Mandelmilchteam«, murmelte ich kopfschüttelnd und begann mit den Armen Rittern, bevor der Herd noch einmal seinen Geist aufgab.

Nachdem die königliche Gesellschaft den Nachtisch verspeist hatte, stürzte Servicechef Arno atemlos in die Küche. »William und Kate wollen den Küchenchef sprechen.«

»Oh, was?«, stieß ich hervor, und mein Herz fing augenblicklich an zu rasen.

»Küchenchef, das sind wir beide«, stellte Anton treffend fest.

Ich nickte.

»Na, dann mal los.«

»Klaus!«, rief ich panisch. »Wie spreche ich sie an?«

»Wen?«

»William und Kate. Sie wollen mit mir reden!«

»Was? Echt? Bitte, bitte, bitte! Kann ich mit?«

»Nein, Klaus. Sie wünschen keine Presse und lassen dich auch gar nicht an sich ran, wenn du da mit einer Kamera aufschlägst.«

»Ohne Kamera. Ich will sie nur als Privatperson sprechen.«

»Nein, das geht wirklich nicht, Klaus. Frau Holtmann bringt mich um, wenn irgendwelche Klagen kommen. Also, wie sprechen wir sie an?«

»Your Royal Highnesses«, murmelte Klaus sichtlich frustriert.

Anton hielt mir seinen Arm hin. Ich hakte mich ein und blickte dabei in das unendlich enttäuschte Gesicht von Klaus. »Na gut, komm mit«, hörte ich mich sagen. »Mir fällt schon was ein.«

Klaus hüpfte vor Freude in die Luft, wies Tonmann Gregor an, die Stellung zu halten, und schwebte mit Anton und mir in den Gastraum.

Wir näherten uns dem mit dunkelblauem Band abgesperrten Bereich. Ich wurde inzwischen immer panischer und fragte mich, was das Prinzenpaar wohl von uns wollte.

»Ich glaub, die Mandelmilch war doch nicht so dolle.« Ich schluckte.

»Quatsch, die war super«, sagte Klaus. »Kate hat ja sogar noch mal nachgenommen.«

»Vielleicht, weil sie einfach Hunger hatte …«, dachte ich laut. »Und es gab ja nichts anderes Vegetarisches.«

»Quatsch, Hase. Du spinnst echt total. Sieht aus wie im Flughafen bei der Sicherheitskontrolle«, stellte er fest, als wir die abgeriegelte lange Tafel erreichten.

Ich bemerkte Alfonso, der gerade einem älteren Herrn ein Kölsch brachte und sich höflich verbeugte. Ich musste lachen. Es gehörte zum Berufsbild eines Köbes', unfreundlich und ruppig zu sein, was Alfonso offenbar noch nicht richtig verinnerlicht hatte. Auf der anderen Seite des Tisches redete Elfi wortreich und mit ausladenden Gesten auf eine fein gekleidete Dame mittleren Alters ein, und ich hoffte, dass es nicht das war, wonach es aussah, nämlich, dass sie mal wieder einen Schwank aus ihrer Jugend zum Besten gab – oder irgendeine Tratschgeschichte aus Nippes.

Ich wollte unter dem Absperrband hindurchschlüpfen, doch da stellten sich mir Will Smith und Tommy Lee Jones in den Weg.

»Yes?«, bellte Will Smith mit verschränkten Armen und ausdrucksloser Miene.

Ich deutete auf Anton und mich. »We are … äh … the kitchen … chefs«, erklärte ich und nahm meine Kochmütze ab. Anton tat es mir gleich.

»Chief cooks«, sagte Klaus.

Oh Gott, ich muss dringend an meinem Englisch arbeiten, dachte ich ein wenig beschämt.

»And this guy?« Will Smith deutete auf Klaus.

»Ähm … our … dings … Dolmetscher.«

»Translator«, sagte Anton.

»Interpreter«, verbesserte Klaus ihn.

»Okay«, murmelte Will und begann, Klaus von oben bis unten abzuklopfen. Die Dolmetschergeschichte war offensichtlich plausibel. Unser »Interpreter« nahm, während er gefilzt wurde, bereits Blickkontakt mit Kate auf. Er lächelte ihr zu und winkte zaghaft. Kate, die etwa drei Meter entfernt am Kopfende des Tisches saß, lächelte zurück. Klaus stieß einen entzückten Seufzer aus.

Nachdem Will festgestellt hatte, dass Klaus gänzlich ohne Waffen gekommen war, durften wir alle drei durch die Absperrung. Mein Herz klopfte bis zum Hals. Ich wurde immer panischer. Wegen der Mandelmilch, meinem schlechten Englisch und weil ich nicht wusste, ob ich jetzt so was wie einen Knicks machen musste und wie das überhaupt ging. Ich beschloss, es vorsichtshalber bei einem schlichten »Guten Tag, Your Royal Highnesses« zu belassen, als ich vor William und Kate stand, womit ich Anton meilenweit voraus war, denn er begrüßte das Prinzenpaar mit einem freundlichen, aber sehr schlichten: »Hi!«

»Hi«, sagte Kate, lachte ihr unvergleichlich strahlendes Lächeln, und jetzt, endlich, beruhigte ich mich einigermaßen, denn ich dachte, wer so lächelt, dem muss es doch wenigstens halbwegs geschmeckt haben. Und genauso war es auch. Nachdem wir uns vorgestellt hatten, sagte sie freundlich: »I just wanna tell you how delicious it was.«

»Sie möchte euch sagen, wie lecker es war«, übersetzte Klaus dienstbeflissen.

»Ah, ja, danke«, murmelte ich in seine Richtung und »Thank you very much« in Richtung Kate.

»This kölsch food is so awesome. I really like it!«

»Dieses kölsche Essen ist so …«

»Ich hab's verstanden, Klaus, danke«, sagte ich und lächelte die entzückende, entzückte Kate an, und dann auch William, der ebenfalls sehr zufrieden aussah und sich gerade über den Bauch strich.

»Okay, okay«, murmelte Klaus beleidigt in meine Richtung.

»Especially the vegetarian food was great. I absolutely loved it«, schwärmte Kate weiter.

»I am also a vegetarian«, informierte Klaus nun die Herzogin statt zu übersetzen.

»Good man!« Kate strahlte ihn an.

»Könntest du ihnen vielleicht sagen, dass es uns eine große Freude war, für sie zu kochen?«, fragte ich ihn.

»Ja, und dass die Zutaten aus dem Bergischen stammen? Frisch vom Hof meiner Eltern?«, bat Anton.

»Äh, ja, klar.« Klaus wandte sich an das Königspaar: »It was a pleasure for us to cook for you, and by the way, the food was from the Börgische Land. Fresh from the farm of his parents.« Er deutete auf Anton.

»Oh, that's amazing«, sagte Kate.

»Oh, das ist toll«, übersetzte Klaus. Dann strahlte er die Prinzessin an und hauchte: »You are so … beautiful.«

Ich hielt die Luft an. Aus den Augenwinkeln sah ich, dass William die Stirn runzelte, Will Smith etwas in sein Headset-Mikro murmelte und ein gut gekleideter älterer Herr mit Knopf im Ohr sich neben dem Prinzen in Stellung brachte. Doch Kate hob fast unmerklich die Hand, sagte strahlend »Donke schön« zu Klaus und »You are a very good cooking team« zu uns.

»Your Royal Highness«, begann Klaus nun feierlich. »Would it be possible to take a photo of you and William? With the mobile? Maybe even a small video with a few words for the cooking team? And me? By the way: I'm Klaus.«

»No, that's definitely not okay!«, sagte da der ältere Herr neben William.

»Oh yes, no problem, Klaus«, sagte Kate, und an den Herrn neben William gewandt: »It's okay, Dickie.«

»Thank you so much.« Klaus zückte sein Handy: »Okay!«

Kate strahlte in die Handykamera und sagte: »I am here in

the kölsch Brewhaus Sankt Josef and what I want to say is: I have not eaten so well in weeks. Thank you very much to the great cooking team!« Sie lächelte Klaus zu. »And thank you to Klaus for spreading so much joy.«

»Jetzt fällt er gleich in Ohnmacht«, flüsterte ich Anton zu und machte mich bereit, Klaus im Notfall aufzufangen. Doch das war dann gar nicht nötig.

Wir bedankten und verabschiedeten uns so überschwänglich, wie es bei einem streng bewachten königlichen Paar eben möglich ist, und dann gingen wir glücklich und erleichtert zurück in die Küche, wobei Klaus eher hüpfte, als dass er ging, und sich währenddessen das Video anschaute. Er hatte es am Ende sogar irgendwie geschafft, von Kate die Freigabe für eine Veröffentlichung zu bekommen, und das, so glaubte er, würde jetzt definitiv seinen beruflichen Durchbruch bedeuten, obwohl er es darauf eigentlich gar nicht angelegt habe. Er hatte mit Kate gesprochen, persönlich, wohlgemerkt, und es war sofort eine große gegenseitige Sympathie da gewesen. Er war am Ziel seiner Träume!

»Und?«, riefen Tobi und Elmar wie aus einem Munde, als sie uns in die Küche kommen sahen.

»Sie hat seit Wochen nicht so gut gegessen«, platzte Klaus heraus. Dann runzelte er die Stirn. »Was eigentlich ziemlich erstaunlich ist, wenn man bedenkt, dass sie gestern Abend in diesem Drei-Sterne-Tempel Bruno's in Düsseldorf diniert hat. Ach ja, und dann hat sie sich noch bei mir bedankt.« Er strahlte. »Weil ich so viel Freude verstreue.«

35. Kapitel

Nachdem die königliche Entourage weitergezogen und die Küche wieder halbwegs in den Normalzustand versetzt war, machten Anton und ich Feierabend. Wir schlossen unsere Fahrräder auf und ließen den Event noch einmal Revue passieren.

»Ist doch gut gelaufen«, meinte Anton.

»Na ja, im Großen und Ganzen …«

»William und Kate waren begeistert und Frau Holtmann erst recht, als ich ihr das erzählt habe. Was will man mehr?«

»Auf den Zwischenfall mit dem Herd hätte ich gerne verzichten können, aber ist ja noch mal gut gegangen.«

»Eben!«

»Tja, wer hätte gedacht, dass wir beide mal so was auf die Beine stellen. Ein Essen für die Windsors …«

Anton lachte. »Also, ich nicht. Am Anfang haben wir es ja nicht mal geschafft, einen Teller Schweinshaxe mit Kartoffelpüree fertigzubekommen.«

Anton schob sein Rad neben meins. »Ehrlich gesagt, als du plötzlich in der Brauhausküche standest, an deinem ersten Arbeitstag, habe ich kurz überlegt, mir einen anderen Job zu suchen.«

»Echt? Ich auch.«

»Gut, dass wir es nicht gemacht haben.«

»Gut für wen?«

Anton runzelte die Stirn. »Für William und Kate. Und für uns«, fügte er hinzu. »Also, jedenfalls für mich. Mir macht es Spaß, mit dir zu kochen.«

»Ich geb's zu: mir auch mit dir.«

»Sag mal, hast du Lust auf ein Gläschen Wein? Zur Feier des Tages, meine ich. Ich hab einen leckeren Chianti zu Hause. Und du hast ja meine Wohnung auch noch gar nicht gesehen.«

Ich zögerte und wusste selbst nicht, warum. Eigentlich wollte ich Zeit mit Anton verbringen. Aber das mit dem Atmen. Das mit dem Herz. Das mit dem Leben aufräumen …

»Du denkst zu viel«, hörte ich Swantje sagen.

»Klar. Super Idee«, hörte ich mich sagen.

Seine Dachwohnung bestand im Wesentlichen aus zwei kleinen Zimmern und einer kleinen Küche mit großem Herd und kleinem Fenster. Auf der Fensterbank stand ein stattlicher Kaktus. Das Wohnzimmer war gemütlich eingerichtet, mit einem kuschligen bordeauxroten Sofa unter den freigelegten Balken der Dachschräge. Davor ein kleiner Couchtisch und ein Fernseher.

»Schön hast du es hier«, lobte ich, und es stimmte. Ich fühlte mich sofort wohl.

»Danke. Ja, klein, aber fein. Ähm, ich hol dann mal den Wein. Sag … hast du auch so einen Hunger?«

Ich fühlte in mich hinein. »Oh ja, und wie.« Wir hatten zwar eben stundenlang gekocht, waren aber selbst nicht zum Essen gekommen. Wie immer eigentlich. »Hast du irgendwas Essbares da?«

Anton zuckte mit den Schultern. »Schauen wir mal.«

Wir gingen in die sehr aufgeräumte Küche. »Darf ich?« Ich deutete auf den Kühlschrank und öffnete ihn, um mir einen Überblick über Antons Vorräte zu verschaffen – was schnell ging, denn es waren wenige. Drei Erdbeerjoghurts, ein altersschwacher Boskop-Apfel, ein schon leicht welker Raisa-Salat, Milch, vier braune Eier der Größe M (was ich auf den ersten Blick erkannte), ein Glas Feigensenf, Oliven und ein Stück Höhlenkäse.

Anton räusperte sich. »Ich ... müsste, glaube ich, dringend mal wieder einkaufen.«

»Wo du's sagst ...« Ich nahm einen Joghurt heraus und warf einen Blick auf das Haltbarkeitsdatum. Seit sieben Tagen abgelaufen. Typisch Anton. Er hatte schon damals Sachen gegessen, die ich nicht mal mehr mit einem Gummihandschuh angefasst hätte. »Bäh!«, rief ich.

»Wieso? Gerade mal eine Woche drüber. Die gehen noch ...«

»Klar gehen die. Wenn man Salmonellenvergiftungen mag, sind die perfekt.« Plötzlich hatte ich wieder so ein Déjà-vu-Gefühl. Es kam mir vor, als hätten wir dieses Gespräch schon zig Mal geführt – damals, als wir noch zusammengewohnt hatten.

»Ich weiß, was du denkst.« Anton grinste mich ein wenig verlegen an.

»Nämlich?«

»Er isst immer noch diese abgelaufenen Sachen und höhlt den Käse so blöd aus. Er hat sich null verändert.« Er sah zu, wie ich die Kühlschranktür schloss. »Stimmt's?«

»Na ja ... so ähnlich.« Ich fühlte mich ertappt. »Ähm ... hättest du denn noch was anderes im Haus außer ... abgelaufenen Erdbeerjoghurt?«

Er öffnete einen der Oberschränke. »Da liegst du übrigens falsch.«

»Womit?«, fragte ich irritiert.

»Mit dem, was du über mich denkst. Also ... dass ich mich nicht verändert habe.«

»Ja?«

»Ja. Mal schauen, was haben wir denn da ... Tomaten, Hefe, Mehl, etwas luftgetrocknete Mailänder Salami ...«

Anton war schon immer ein Meister darin gewesen, aus nichts eine einfache, leckere Mahlzeit zu zaubern, und nun hoffte ich inständig, dass ihm dieses Talent in den letzten zwei

Jahren nicht abhandengekommen war. Ich hatte nämlich *richtig* Hunger.

»Ich könnte uns schnell eine Pizza machen. Käse ist ja auch noch im Kühlschrank«, schlug er vor.

»Klingt gut und geht schnell«, sagte ich erleichtert. »Du den Teig, ich den Belag?«

»Aye, aye, Chef.« Anton holte eine große Schüssel aus dem Schrank und suchte die Zutaten zusammen.

»Aus dir wäre ein richtig guter Italiener geworden«, lobte ich ihn, als wir die Pizza eine halbe Stunde später aus dem Ofen holten. Sie sah superlecker aus. Der Rand knusprig, der Boden dünn – genauso musste Pizza sein. Mir lief das Wasser im Munde zusammen. »Alfonso wäre stolz auf dich.«

»Ja, und das völlig zu Recht. Er war ja heute bei William und Kate voll in seinem Element.«

»Stimmt. Aber er sah so anders aus ohne seinen schwarzen Kellneranzug.«

»Das Köbeswämschen stand ihm aber auch nicht schlecht.« Anton schnitt die Pizza in mundgerechte Stücke und legte sie auf einen großen Teller.

»Ich weiß nicht. Jedenfalls haben Elfi und er einen tollen Job gemacht. Hat Arno gesagt. Ich hoffe, dass Alfonso bald eine neue Stelle findet. Er sah blass aus, oder?«

Anton nickte. »Er vermisst seine Arbeit. Er vermisst das Petite Pauline.«

Ich stieß einen tiefen Seufzer aus. Anton hatte ich immer noch nichts von meinen Verkaufsplänen erzählt. Ich brachte es einfach nicht über mich …

Wir nahmen den Pizzateller und den Chianti mit ins Wohnzimmer und machten es uns auf dem Sofa bequem.

»Musikwunsch?« Er zückte sein Handy und öffnete Spotify.

»›La donna è mobile‹«, sagte ich.

»Gute Wahl.« Anton fand die italienische Arie, ließ sie laufen und schenkte uns Wein ein. Dann hob er sein Glas.

»Auf das gelungene Mahl!«, sagte er feierlich. »Also, auf das hier vor uns und auf das Königsessen von heute Mittag.«

Ich hielt ihm mein Glas entgegen. »Und auf Alfonso!«

Wir stießen an, tranken und nahmen uns ein Stück Pizza auf die Hand. Sie hielt, was sie optisch versprach, und es tat gut, endlich etwas in den Magen zu bekommen. Das erste Stück schlangen wir beide förmlich hinunter. Das zweite und dritte genossen wir, wie es sich für Gourmets gehörte. Beim Wein hatte Anton auch nicht zu viel versprochen. Er war gut und sorgte für eine wohlige Wärme in meinem Inneren. Wir putzten die ganze Pizza weg, und dann schaltete Anton die Musik aus und den Fernseher ein, denn wir wollten uns die Bilder von William und Kate vor dem Sankt Josef ansehen.

»Die beiden sehen immer noch total glücklich aus«, stellte ich fest. »Wie lange sind sie eigentlich schon zusammen?«

»Keine Ahnung. Seit der Uni, glaube ich.«

»Wir haben es nur drei Jahre miteinander ausgehalten.«

»Wir hatten auch andere Umstände.«

»Nämlich?«

»Mehr Arbeit, weniger Butler.« Anton nahm die Fernbedienung und schaltete den Fernseher aus und seine Playlist ein.

Billie Eilish hauchte nun leise ihr »Bad Guy« aus der Bluetooth-Box auf dem Bücherregal.

Anton schenkte Wein nach. »Hat sich eigentlich dein Ex-Freund noch mal bei dir blicken lassen?«

»Finn? Nein. Er versucht ab und zu, mich anzurufen, aber … ich gehe nicht ran.«

Anton nickte nachdenklich. »Ist vielleicht besser so. Warst du eigentlich lange mit ihm zusammen?«

»Ein paar Monate. War so eine On-Off-Beziehung. Ich weiß auch nicht, was …«

»Wie gesagt. Griffe ins Klo gehören auch dazu.«

»Erzähl mal von deinen. War Julia einer?«

Er runzelte die Stirn und schüttelte unwillig den Kopf. »Das mit ihr war doch …«

»Ja?«

»Etwas völlig anderes.«

»Ah. Wer war es dann? Dein Griff ins Klo? Und sag jetzt bloß nichts Falsches!«

Anton lachte kurz auf. »Nein, du warst kein Griff ins Klo, falls du das meinst. Du warst … meine Traumfrau. Und …«

»Und?«

Er schwieg einen Augenblick. »Na ja, was wir hatten, das hatte ich danach mit niemandem. Und … ich hab es vermisst, die letzten beiden Jahre. Ich hab *dich* vermisst. Erst in letzter Zeit merke ich, wie sehr.«

»Oh«, sagte ich. Mehr nicht, denn dazu war ich zu überrascht. Von seiner Offenheit. Die war neu. Vielleicht war er wirklich nicht mehr der Alte. Ich trank noch einen Schluck Wein. Er benebelte ein wenig meine Sinne. Ich fühlte mich wohl. Da legte Anton seine Hand auf meine und drückte sie. Mein Herz klopfte. Billie Eilish hatte ihren »Bad Guy« beendet. Maroon 5 erklang nun aus der kleinen Box. »Memories«. Wie passend.

… 'cause the drinks bring back all the memories
Of everything we've been through …

sang Adam Levine.

»*And the memories bring back, memories bring back you*«, stimmte Anton leise mit ein, und da hatte ich plötzlich wieder das mit dem Atmen.

»Marie?«, sagte er leise.

Ich sah ihn an.

»Du hast da was …« Sanft strich er mir mit dem Daumen über die Wange. »Kleckerliese.«

»Käse?«

»Tomatensoße.«

»Oh.« Ich wurde ein bisschen rot.

»Hey, Babe«, flüsterte Anton da, rückte ganz nah an mich heran, sodass seine Beine meine berührten, und dann drehte er mit dem Zeigefinger sanft mein Gesicht in seine Richtung. Er beugte sich zu mir herüber. Plötzlich war er mir ganz nah, roch nach Pizza, Wein und Anton, und ich schloss die Augen. Da spürte ich seine weichen Lippen auf meinen. Nur einen kurzen, wunderbaren Augenblick. Dann öffnete ich die Augen wieder. Er sah mich an, lächelte unsicher.

Ich biss mir auf die Lippen, lächelte auch. »Ich … ich weiß nicht …«

»Du denkst zu viel«, raunte er, und ich dachte. Dachte, dass er vielleicht recht hatte und dass Swantje das ja auch immer sagte. Und dann schloss ich meine Augen wieder, und wir küssten uns noch einmal, nur dieses Mal viel länger, und ich stellte das Denken ein, denn küssen *und* denken, das geht ja nicht. Zu viele Endorphine im Kopf. Zu viel Klopfen im Herzen. Zu viele Bienen im Bauch. Seine Lippen auf meinen. Es war ein aufregendes Gefühl, neu und bekannt zugleich. Wie der magische erste Kuss. Und gleichzeitig wie nach Hause kommen.

Als ich wach wurde, war es mitten in der Nacht. Ich lag nicht in meinem Bett, und neben mir war kein Chaos aus Zeitschriften und getragenen Klamotten. Stattdessen Anton, selig schlafend. Ich hielt die Luft an. Langsam kam die Erinnerung. Wir hatten noch ziemlich lange auf dem Sofa gesessen, und später auch gelegen. Irgendwann war es unbequem geworden, und Anton hatte gefragt, ob ich hier übernachten möchte, und wenn ja, ob ich dann vielleicht rübergehen wolle in sein Schlafzimmer, weil es sich da etwas bequemer liege. Ich hatte sofort wieder zu denken begonnen und »Nein, nein, auf keinen Fall« gesagt, und dass ich mich gleich auf den Weg nach Hause machen würde. Aber dann hatte er mich doch überredet zu bleiben. Es sei doch dumm, so spät noch in der Dunkelheit mit dem Fahrrad nach Nippes zu fahren, zumal es inzwischen schüttete wie aus Eimern. Dass ich mir keine Gedanken machen müsse und er auch freiwillig auf dem Sofa schlafen würde. Gestern Abend hatte das in meinen Ohren alles äußerst plausibel geklungen, deshalb war ich schließlich geblieben. Und auch, weil es gerade so gemütlich und … wunderschön gewesen war mit Anton, der mich küsste, und dem Regen, der auf das Dachfenster trommelte. Wir hatten noch etwas getrunken, uns aneinander gekuschelt und Musik gehört, und irgendwann hatte Anton mich ins Bett gebracht und mir einen ausgiebigen Gute-Nacht-Kuss gegeben. »Bleib doch«, hatte ich gemurmelt. »Sofas sind zum Schlafen viel zu ungemütlich.« Auch das war mir gestern Abend noch deutlich plausibler erschienen, als es das jetzt tat, wo ich wieder im Vollbesitz meiner geistigen Kräfte war. Ich angelte nach meinem Handy, das neben dem Bett auf dem Boden lag, und schaute nach der Uhrzeit. Es war kurz nach drei Uhr morgens. Ich schaltete die Taschenlampenfunktion ein und warf einen Blick unter die Bettdecke. Meine Jeans hatte ich ausgezogen. Ich erinnerte mich, dass ich ihm meine blauen Flecken gezeigt hatte. Aber ich trug ein T-Shirt, ein viel zu großes von ihm, und auch noch meine Unterwäsche. Erleichtert atmete ich auf. Wir waren einfach zusammen eingeschlafen. Ich in seinem Arm. Quasi wie Freunde. Nur dass Freunde vorm Einschlafen nicht knutschten. Na ja, geschenkt. Alles gut. Ich leuchtete zu ihm hinüber. Er trug auch ein T-Shirt und schlief tief und fest. Anton. Wie oft war ich neben ihm aufgewacht? Unzählige Male. Irgendwann war es zur Gewohnheit geworden, dass er morgens neben mir lag. Der Normalfall eben. Bis zu unserem schlimmen Streit. Wir hatten uns die halbe Nacht angeschrien und gegenseitig Vorwürfe gemacht. Als ich am nächsten Morgen wach geworden war, war er weg gewesen. Einfach so. Er hatte seinen Schrank ausgeräumt und zwei Koffer mitgenommen. Drei ganze Tage meldete er sich einfach nicht. Ich bin fast durchgedreht damals. Ich hatte keine Ahnung, wo er war, wie es ihm ging und ob er vorhatte zurückzukommen. Irgendwann stand er plötzlich wieder in der Wohnung, aber nur, um ein paar Sachen abzuholen. Ich konnte es nicht fassen. Habe geweint und mich dafür entschuldigt, ihn einen gefühllosen Klotz und einen Kommunikationslegastheniker genannt zu haben. Ich hatte noch ganz andere Dinge gesagt, aber ich glaube, die beiden Sachen hatten ihn besonders gekränkt. Die Entschuldigung hatte er angenommen, aber trotzdem den Kopf geschüttelt. »Ich muss raus hier«, hatte er gesagt. »So geht es nicht weiter. Wirklich nicht. Ich liebe dich, aber ich kann nicht mehr. Es ist vorbei, Marie.«

Ich hatte natürlich selbst gemerkt, dass wir an einem schwierigen Punkt angelangt waren, aber ich wäre bereit gewesen, etwas zu ändern. Auch mich, denn ein Leben ohne Anton konnte ich mir trotz der Probleme, die wir hatten, einfach nicht vorstellen. Doch Anton konnte sich ein Leben ohne mich vorstellen. »Es wird mir zu viel«, hatte er gesagt. »Du bist mir zu viel. Verzeih mir, Babe.« Dann hatte er mir noch einen Kuss auf die Wange gedrückt und die große blaue Ikea-Tasche mit seinen Lieblingsbüchern, zwei Ordnern und ein paar Klamotten drin geschultert. Im letzten Moment war er noch einmal in die Küche gegangen und hatte seinen kleinen Kaktus von der Fensterbank und seine Lieblingskaffeetasse aus dem Schrank genommen.

Und dann ist er verschwunden. Das nächste Mal, dass ich ihn gesehen habe, war zwei Jahre später in der Küche des Brauhauses Sankt Josef. Und nun? Nun lag ich plötzlich wieder neben ihm, und es war nicht mehr der Normalfall, sondern eigentlich, je länger ich darüber nachdachte, ein großer Fehler. Was, wenn ich mich wieder daran gewöhnte, neben ihm aufzuwachen? Es wieder zum Normalfall wurde und ich ihm inmitten der ganzen Normalität wieder zu viel? Wenn sich der ganze Schlamassel einfach wiederholen würde? Ich hatte so lange gebraucht, um irgendwie damit klarzukommen. Nun lag ich stumm da, starrte an die Decke und versuchte, so leise wie möglich zu atmen. Ich leuchtete nach oben und entdeckte eine kleine Spinne. Sie seilte sich gerade ab. Blitzschnell. Ich beobachtete sie still und war plötzlich hin- und hergerissen. Der schöne Abend gestern. Anton, wie er dalag. Er sah schön aus, wenn er schlief. Sollte ich ihn mit einem Kuss wecken? »Schläfst du?« murmeln, mich an ihn schmiegen und gucken, was passierte? Die Vorstellung war verführerisch. In jeder Hinsicht. Und es war auch das, was ich am liebsten getan hätte. Doch mein Kopf schaltete sich ein, mit den unschönen Erinnerungen – und der Stimme meines Vaters. Die Spinne schaukelte auf halber Höhe hin und her. Mich blitzschnell abzuseilen, erschien mir auf einmal die einzig vernünftige Lösung. Vorsichtig schlug ich die Decke zurück, stieg leise aus dem Bett und schlüpfte in meine Jeans.

»Verzeih mir«, murmelte ich.

36. Kapitel

Es regnete immer noch in Strömen, als ich mit dem Fahrrad durch die Dunkelheit nach Hause raste. Ich wurde nass bis auf die Haut, doch es war mir egal. Ich war einfach nur traurig und trat so kräftig in die Pedale, wie ich konnte. Meine nassen Oberschenkel schmerzten, und das war gut so, denn so wurde all der andere Schmerz in mir überdeckt.

Ich war in Rekordgeschwindigkeit zu Hause, lehnte mein Fahrrad an eine Straßenlaterne und schloss es an. Da stand Finn plötzlich vor mir, wie aus dem Boden gewachsen, mitten in der Nacht und wie immer im denkbar schlechtesten Augenblick.

»Was zur Hölle machst du hier?«, stieß ich schwer atmend hervor. Mit einer fahrigen Handbewegung wischte ich mir über die Augen.

»Na, das ist ja eine tolle Begrüßung.« Finn stemmte seine Hände in die Hüften und zog ein beleidigtes Gesicht. Aber wenigstens lallte er diesmal nicht.

»Du hast mich fast zu Tode erschreckt«, zischte ich.

»Tut mir leid.« Er musterte mich von oben bis unten. »Du bist ja klitschnass.«

»Es regnet!«

»Ja, ich weiß. Ich muss mit dir reden, Marie. Dringend.«

»Es ist mitten in der Nacht, Finn.«

»Ich weiß, aber … du gehst ja nie ran. Ich hab auf dich gewartet. Stundenlang.«

»Ich bin müde«, murmelte ich, doch dann überlegte ich es mir anders. »Nein, das stimmt nicht«, hörte ich mich sagen. »Ich bin nicht müde. Ich bin hellwach. Aber ich habe keine Lust, mit dir zu reden. Nicht die geringste Lust. Jetzt nicht und auch in Zukunft nicht. Lass mich einfach in Ruhe, Finn. Für immer!« Ich musste mich schwer zusammenreißen, um nicht anzufangen zu schluchzen. Nicht, weil ich Finn gerade endgültig den Laufpass gab, sondern weil ich innerlich so zerrissen war. Und so unendlich traurig. In diesem Moment wünschte ich mich aller Zweifel zum Trotz in Antons Arme zurück.

Finn baute sich vor unserer Haustür auf.

»Lass mich vorbei!«, sagte ich scharf.

»Warte doch mal. Ich .... ich hab einen Fehler gemacht. Jeder macht doch mal Fehler. Oder?«

Ich seufzte schwer. »Ähm … ja, sicher.«

Er blickte kurz zu Boden, dann wieder zu mir. »Ich vermisse dich, Marie! Können wir nicht einfach so tun, als wäre das mit Malle nicht passiert? Und … das an deinem Geburtstag auch nicht?«

Jetzt tat er mir fast ein wenig leid. Kurz überlegte ich, ob ich ihn nicht doch reinbitten sollte, um mir anzuhören, was er zu sagen hatte. Doch ich besann mich eines Besseren. Gerade war ich wirklich nicht in der Verfassung dazu, sondern musste mich selbst trösten. Und ich wollte ja auch mein Leben aufräumen. Aufräumen und von vorn beginnen. Das hieß, sich von Altem trennen, um Platz für Neues zu schaffen. Ich dachte an Anton, der vielleicht gerade wach geworden war und sich fragte, wo ich steckte. Und mir fiel Marie Kondo ein. Finn war zwar kein alter Pullover, den man in die Altkleidersammlung gab, aber ich beschloss trotzdem, ihn zu umarmen. Einem Impuls folgend, schlang ich meine Arme um seinen Hals, schloss kurz die Augen und fühlte in mich hinein.

»Oh, wow, wow, wow!« Finn war völlig überrumpelt.

Ich ließ ihn wieder los.

Unsicher lächelte er mich an. »Marie, ich … ich wusste, dass da noch etwas ist zwischen uns, und …«

Ich schüttelte den Kopf. »Es war eine Abschiedsumarmung, Finn. Du machst mich nicht glücklich. Du versprühst keine Freude in mir. Und ich auch nicht in dir. Lass es uns dabei belassen, okay?«

»Aber … Marie!«

Da schob ich ihn einfach beiseite, schloss die Tür auf und schlüpfte ins Treppenhaus.

»Danke, dass du mich ein Stück meines Lebens begleitet hast«, sagte ich lächelnd und ließ einen völlig verdatterten Finn im Regen stehen.

37. Kapitel

Als ich am Morgen die Augen aufschlug, dauerte es eine Weile, bis ich mir ins Gedächtnis gerufen hatte, was gestern alles passiert war. Ich horchte in mich hinein und versuchte, den Klumpen unterschiedlicher Gefühle, die sich wie verkochtes Frikassee in mir ausgebreitet hatten, zu entwirren. Ich seufzte. Er wog schwer in meinem Bauch, dieser Klumpen, denn er bestand zu einem großen Teil aus Kummer, das war nicht schwer zu erspüren. Vor allem Liebeskummer, weil man die Vergangenheit nicht ungeschehen machen konnte. Ich fragte mich, was Anton gedacht hatte, als er merkte, dass ich nicht mehr neben ihm lag. Ich hätte einen Brief dalassen sollen. Aber es war alles so schnell gegangen gestern Nacht. Panik hatte mich erfasst.

Ich horchte weiter in mich hinein. Neben Liebeskummer waren noch andere Zutaten im Frikassee. Der Kummer wegen des Petite Pauline zum Beispiel. Heute würde ich mich mit Bühnele treffen, um zu verhandeln. Sicher würde er auf eine schnelle Abwicklung dringen. Dann gäbe es kein Zurück mehr. Ich stand seufzend auf und spürte plötzlich noch etwas. Eine kleine Prise einer Zutat, die ich nicht richtig identifizieren konnte, die dem Frikassee aber eine besondere geschmackliche Note verlieh. Es hatte etwas mit dem gelungenen Prinzenmenü von gestern zu tun und auch mit meiner nächtlichen Begegnung mit Finn. Aufbruchstimmung! Ja, das war es!

Ich tappte im Pyjama Richtung Tür, denn es roch schon nach Frühstück. Da fiel mein Blick auf den Haufen ausrangierter Pullover, der noch immer auf dem Fußboden lag. Ich konnte es selbst nicht fassen. Manchmal ging mir meine eigene Unordnung auf die Nerven. Entschlossen packte ich die alten Kleidungsstücke und stopfte sie in den Umzugskarton, den Alva mir schon vor Tagen aus dem Keller geholt hatte. Ich verschloss ihn sorgfältig und trug ihn in den Flur. Dann marschierte ich zurück in mein Zimmer, kramte in der Schreibtischschublade nach einem Edding und stellte fest, dass ich einige besaß, aber nur noch einer zu gebrauchen war. Er war grün. Ich entsorgte zwei rote, einen blauen und einen schwarzen, schrieb in Grün »Elisabethsammlung« auf den Karton und schwor mir, ihn schnellstens in Alvas Schule zu bringen, damit er von dort die lange Reise nach Russland antreten könnte.

»Marie?«, hörte ich Swantje rufen. »Bist du wach?«

»Jaha!«

»Willst du ein Ei?«

»Unbedingt!« Ich zog meinen Morgenmantel über und schlurfte in die Küche. Swantje balancierte gerade mit einem Löffel zwei Eier in einen Topf mit kochendem Wasser, und Alva blickte mich erwartungsvoll an.

»Fünfeinhalb Minuten?«

Ich nickte, und Swantje stellte die alte Eieruhr mit dem roten Sparkassenlogo. Ein Werbegeschenk von Herrn Broderich, das ich in Ehren hielt.

»Und? Hast du's schon gesehen?« Alva deutete hibbelig auf den *Express*, der auf meinem Platz lag.

»Nee, was denn?« Ich setzte mich und nahm die Zeitung zur Hand. »Woooowww! Das glaub ich jetzt nicht!«, rief ich und schaute noch einmal genauer hin: »I HAVE NOT EATEN SO WELL IN WEEKS« titelte der *Express* in riesigen Lettern, dann etwas kleiner: »Herzogin Kate nahm zweimal Nachschlag!« Darunter war ein überdimensionales Foto der beiden Windsors zu sehen, fröhlich winkend und unglaublich sympathisch vor dem

Brauhaus Sankt Josef. Ich hatte heute noch nicht auf mein Handy gesehen. Mit Sicherheit hatte Frau Holtmann schon mindestens zwölfmal angerufen. Sie musste ausgerastet sein vor Freude.

»Lies mal den Artikel«, forderte Swantje mich ungeduldig auf.

Ich las: »Pünktlich und mit Kaiserwetter im Gepäck trafen Prinz William und Herzogin Kate gestern in Köln ein, wo sie zunächst mit der Bürgermeisterin zusammentrafen und den Kölner Dom besuchten. Danach kehrten sie ins Brauhaus Sankt Josef ein (siehe Foto), wo sie zu Mittag speisten. Marie de Goff kreierte ein perfekt auf das Paar zugeschnittenes kölsches Menü aus besten regionalen Zutaten, das dem Prinzenpaar sichtlich Gaumenfreuden bereitete. Well done!«

»Uuaahhhh!«, rief ich und hibbelte jetzt auch auf meinem Stuhl herum.

»Well done, Chef de Cuisine«, lobte Swantje. »Exzellente Leistung, meine Liebe, auch wenn ich natürlich nichts anderes von dir erwartet habe. Herzlichen Glückwunsch!«

»Herzlichen Glückwunsch«, sagte auch Alva und reckte ihren Daumen nach oben.

»Na ja, ich war's ja nicht allein«, wandte ich ein. »Wenn Anton, Tobi und Elmar nicht gewesen wären … ganz zu schweigen von Kuno!« Bei dem Gedanken an den kaputten Herd bekam ich jetzt noch Herzrasen.

»Aber du hast die Speisen kreiert, und die waren offenbar köstlich«, beharrte Swantje.

»Auf Seite drei sind sogar Fotos von dem Essen. Guck mal!« Alva schlug die Zeitung auf und hielt sie mir unter die Nase. »Sieht megalecker aus. Wann kochst du das mal für uns?«

Ich runzelte die Stirn. »Mach ich gerne die Tage. Ich frag mich nur, wie der *Express* an die Fotos gekommen ist. Und überhaupt an die Insiderinfos aus der Küche.«

»Dreimal darfst du raten«, sagte Swantje grinsend.

Die Eieruhr klingelte zeitgleich mit der Türglocke. »Du die Eier, ich Klaus.« Swantje sprang auf und lief in den Flur. Ich schreckte die Eier ab.

»Haaaseeee!« Klaus umarmte und beglückwünschte mich nun auch überschwänglich und hielt mir dann die *Bild*-Zeitung unter die Nase. »Delicious! Kate und William verliebt in kölsche Küche!«, lautete die Schlagzeile, und der Artikel darunter ähnelte dem im *Express* sehr.

»Mega, oder?«

Ich nickte. »Setz dich. Ja, wirklich mega. Aber woher wissen eigentlich *Bild* und *Express*, was es gab? Und woher haben sie die Fotos?«

Klaus grinste. »Sagen wir, ein Insider aus der Küche hat aus Versehen an einen Freund vom Print etwas … weitergeleitet. Du weißt ja, wie schnell man etwas an den falschen Verteiler schickt, per WhatsApp, wenn man nicht aufpasst …«

»Klaus, du bist echt unmöglich!«

»Ich will nur, dass jeder weiß, dass meine beste Freundin die beste Köchin der Welt ist. Was ist daran schlimm?«

»Nothing«, stimmte Alva ihm zu.

»Na ja, wenn man es so sieht …«, murmelte ich.

»Hast du dir meinen *Explosiv*-Beitrag gestern angeguckt?« Klaus holte eine Tasse aus dem Schrank. »Kann ich die?« Er hielt mir die Seite mit dem Kölner Dom entgegen.

»Klar. Ausnahmsweise. Weil du's bist.«

»Tausend Dank.« Er setzte sich und schenkte sich Kaffee ein.

»Klar hab ich den gesehen.«

»Ich hab dich noch angerufen gestern Abend. Wollte fragen, ob wir ihn zusammen gucken. Du bist nicht rangegangen.«

»Nee.«

»Sie war die halbe Nacht weg«, informierte Alva ihn kauend.

»Aha?!«

»Ich war … bei einem Freund«, erwiderte ich ausweichend.

»Was für ein Freund?« Klaus sah mich misstrauisch an.

»Na ja. Bei … Anton.«

»Aha! Ähm … die halbe Nacht?«

»Ja.«

Klaus und Alva wechselten einen vielsagenden Blick.

»Sie kann ihre Nächte verbringen, wo sie will. Halb oder ganz. Sie ist erwachsen, und es geht euch nichts an«, schaltete Swantje sich nun ein.

»Na ja, ich ….« Klaus zog ein beleidigtes Gesicht. »Ich find schon irgendwie, dass es mich was angeht. Ich bin ihr bester Freund, und wenn sie nun wieder mit Anton zusammen ist, dann macht das ja auch irgendwie was mit uns.« Er hob beide Hände in die Luft. »Obwohl ich es natürlich toll fände. Nicht falsch verstehen. Er ist ja auch echt ein Süßer.« Seine Miene verdunkelte sich ein wenig. »Aber nicht, dass du dann wieder gar keine Zeit mehr hast für … deine Freunde.«

»Wir sind nicht wieder zusammen, Klaus.«

»Oh, nicht? Aber, ähm … die halbe Nacht?«

»Es hat plötzlich in Strömen gegossen.«

»Ach so!« Klaus sah beinahe erleichtert aus. »Und dann hast du noch so lange gewartet, bis es aufgehört hat …«

»Ja. Ähm … so ähnlich.«

»Ah …« Nun wirkte Klaus völlig verwirrt.

»Lange Geschichte.« Ich warf einen Seitenblick auf Alva, die so aussah, als könnte sie es nicht erwarten, diese lange Geschichte en détail zu erfahren. »Erzähl ich mal in Ruhe.«

»Na, toll«, schimpfte sie. »Langsam nervt's echt!«

»Was hat denn eigentlich Chrissie zu dem Beitrag gesagt, Klaus?«, lenkte ich schnell ab.

»Fand sie richtig super. Dickes Lob! Ich krieg jetzt auch öfter mal andere Themen. Die Botox-Unfälle soll demnächst hauptsächlich die Volontärin machen, meinte sie.«

»Echt? Das hat sie gesagt? Ist ja super«, freute ich mich für ihn.

»Na ja, so richtig gesagt hat sie es nicht. Eher irgendwie … durchblicken lassen …«

»Mega«, brummte Alva.

»Ja, ein Glück.« Er seufzte. »Von Shopping Queen habe ich nämlich gestern eine Absage bekommen.«

»Oh nein, wirklich?«, rief ich ehrlich entsetzt. »Und das erzählst du uns hier mal so eben nebenbei?«

»Ach, Klaus, das tut mir leid.« Swantje sah ihn mitleidig an.

»Egal. Die Hose war aber auch irgendwie echt kacke.« Er sah auf die Uhr. »Ich muss leider schon wieder los. Meinen Eltern in der Wohnung beim Kistenpacken helfen. Nächste Woche geht's ab nach Florida.«

»Oh, so schnell?« Ich blickte Klaus erstaunt an.

»Ja, offensichtlich können sie es kaum erwarten, hier wegzukommen, jetzt, wo die Metzgerei leer steht und sie nichts mehr zu tun haben.«

»Was passiert eigentlich mit dem Haus?« Swantje schenkte sich noch Kaffee nach.

»Ach, hör bloß auf! Erst mal wollen sie alles renovieren lassen. Das Ladenlokal und die Wohnung. Und dann irgendwann vermieten. Und ratet mal, wer sich darum kümmern soll!«

»Du?«, fragte Alva emotionslos.

»Richtig. Ich hab ja auch sonst nichts zu tun. Die Herrschaften weilen in Florida am Strand, während ich hier die ganze Arbeit an den Hacken habe. Neben meinem richtigen Job, wohlgemerkt. Na ja, wenigstens kann meine Mutter mir dann nicht mehr ständig auf die Nerven gehen. Hat also auch sein Gutes, die ganze Florida-Aktion.«

»Sag mal …« Alva schob sich den Rest ihres Brötchens in den Mund. »Heischt das, dasch die Wohnung ab nächste Woche leer steht?«, nuschelte sie. Ich sah, dass plötzlich Leben in ihre toten Augen kam.

»Ähm … ja. Wieso?«

»Kishan! Wir suchen noch eine Bleibe für ihn.« Alva blickte Swantje erwartungsvoll an. »Da könnte er doch wohnen, die eine Woche. Hotels sind nämlich alle ausgebucht, und hier kann er nicht bleiben.«

»Warum nicht?«, fragte Klaus stirnrunzelnd.

»Hallo? Weißt du, wie stressig der ist?«

»Ach ja, stimmt.« Klaus erhob sich.

»Mama, das wäre doch super, oder?«, insistierte Alva.

Swantje blickte unsicher zu Klaus auf. »Äh … nein, das können wir doch nicht …«

»Klar!« Klaus griff sich die *Bild*-Zeitung. »Die Möbel bleiben sowieso drin, bis sie eingelagert werden. Die Küche auch. Und die Handwerker kommen erst in vier Wochen.« Er rollte mit den Augen. »Sind ja alle bis zum Sankt Nimmerleinstag ausgebucht.«

»Mega!«, rief Alva. »Mama?«

»Na gut, wenn es wirklich kein Problem ist?«

»Kishan kann da gerne wohnen. Aber nur, wenn ich was von seinem indischen Essen abkriege.«

»Gebongt«, sagte Alva und klatschte mit Klaus ab.

38. Kapitel

»Hey«, grüßte ich ein wenig kleinlaut, als ich die Küche des Sankt Josef betrat. Es war früh, und außer Anton war noch niemand da.

»Hi«, sagte er, ohne aufzusehen, und hackte wie wild auf eine Zwiebel ein.

»Wie geht's?«

»Bestens.« Jetzt warf er mir doch einen kurzen Blick zu, den ich aber nicht richtig deuten konnte. Ich fühlte mich unbehaglich und beschloss, den Kühlraum aufzusuchen, um Salatzutaten zu holen und um Zeit zu gewinnen, für was auch immer.

Einige Minuten später kam ich zurück, mit zwei Kilo Tomaten, drei Kopfsalaten und Kuno. Ihn hatte ich in der Eiseskälte beim Aussortieren der abgelaufenen Lebensmittel angetroffen und beschlossen, ihm schnell zu helfen, damit er sich nicht erkältete und damit er gemeinsam mit mir zurück in die Küche ging, denn ich wollte jetzt nicht mit Anton allein sein.

Kuno marschierte wortlos zu seinen Schnitzeln, und ich begann stumm, die Tomaten zu waschen.

»Sagt mal, ist was?«, fragte Kuno, als mindestens fünf Minuten vergangen waren, in denen keiner auch nur ein einziges Wort gesprochen hatte.

»Nö, alles okay.« Anton bearbeitete stoisch die Zwiebeln und wischte sich ab und zu mit dem Ärmel über die Augen.

»Genau, alles in bester Ordnung«, sagte ich schnippisch.

Anton blickte nun endlich von seinen Zwiebeln auf. »Du bist doch schließlich einfach abgehauen.«

»Bin mal auf Klo«, murmelte Kuno und verkrümelte sich.

»Und dich interessiert nicht, warum?«

»Doch. Wäre aber schön gewesen, wenn du es mir vorher erklärt hättest.«

»Du hast geschlafen, und ich … Es war eine … Übersprungshandlung.«

»Hab ich irgendwas falsch gemacht?«

»Nein. Überhaupt nicht. Wie gesagt, es war einfach … Es ist mir einfach passiert. Ich hab plötzlich Panik bekommen, weil … weil wir uns geküsst haben und so.«

»Ah.« Er nickte. »Ich fand es schön.«

»Ich auch. Aber … dann ist mir alles wieder in den Sinn gekommen. Unsere Trennung. Ich habe lange gebraucht damals, weißt du. Du bist einfach gegangen, und ich wusste nie richtig, warum.«

»Und da dachtest du, das mach ich jetzt genauso? Damit er mal merkt, wie das ist?«

»Nein. Das habe ich überhaupt nicht gedacht. Wirklich nicht. Ich … entschuldige, ich hätte was sagen müssen. Es dir erklären.«

»Stimmt. Aber egal. Erklär es mir einfach jetzt.«

Ich schwieg einen Augenblick. »Als wir im Gewächshaus waren, bei deinen Eltern, da hatte ich plötzlich das Gefühl, dass das geht: sich zweimal in dieselbe Person verlieben. Aber gestern Nacht habe ich gemerkt, dass es schwieriger ist, als ich dachte. Die Erinnerungen kommen immer wieder hoch. Und die Angst.«

»Welche Angst?«

»Die Angst, dass mir dasselbe mit dir noch mal passiert. Dass dir wieder alles zu viel wird. Dass ich dir zu viel werde.«

»Das hast du dir gemerkt?«

»Wie sollte ich so einen Satz vergessen? Die Zeit heilt alle Wunden, heißt es, aber weißt du was? Das stimmt gar nicht. Und wenn doch, dann ist, was uns betrifft, anscheinend noch nicht genügend Zeit vergangen.«

»Es ist Zeit vergangen, Marie. Viel Zeit, und wir haben uns geändert. Ich ... habe jetzt eine Idee davon, was ich wirklich will. Und beruflich sind wir jetzt auch anders aufgestellt.«

»So kann man es auch nennen«, murmelte ich und dachte an den gestrigen Termin mit Bühnele. Wir waren uns irgendwann einig geworden. Der nächste Schritt war der Notartermin, um den Bühnele sich schnellstmöglich kümmern wollte. Das Petite Pauline war also so gut wie Geschichte. Jedenfalls für mich.

»Entschuldige. So war es nicht gemeint. Aber ... vielleicht hat es ja sogar auch etwas Gutes, dass du das Petite Pauline verkaufst.«

»Bitte? Was soll daran gut sein? Das Pauline war mein Traum. Mein Leben. Meine Familie. Und jetzt, jetzt stehe ich vor dem Nichts. Meine Mitarbeiter musste ich entlassen, und ich arbeite in einem ... Brauhaus.« Das letzte Wort spuckte ich ihm fast entgegen.

»Das Pauline ist dir über den Kopf gewachsen, Marie. Es war zu viel für dich allein.«

»Ja, das hast du damals schon immer gesagt. Du hast mir nie zugetraut, dass ich es allein schaffe.«

»Doch, du hättest es schaffen können. Wenn ...«

»Wenn du mir geholfen hättest. Du hättest ja mit einsteigen können.«

»Das haben wir doch damals schon tausend Mal durchgekaut. Wir zusammen in einer Küche. Du als meine Chefin ... da wäre spätestens nach einer Woche ein Mord passiert.«

»Aber dass ich es allein gemacht habe, hat dir auch nicht gepasst.«

»Doch, aber ich hab ja gesehen, dass es zu viel war. Weil es nicht dein Ding war.«

»Wie, nicht mein Ding?« Ich starrte ihn verständnislos an.

»Das High-Cuisine-Konzept, die Enten, die Art, es zu führen.«

»Aber wir haben es doch immer so gemacht.«

»Ja, eben«, sagte Anton. »Du hast nie mal daran gedacht, es in was Eigenes zu verwandeln. Ein anderes Konzept, deine eigenen Kreationen. Einen Arbeitsaufwand, den du auch stemmen kannst. Der Laden hat dich aufgefressen. Weil du es immer nur deinem Vater recht machen wolltest. Selbst nach seinem Tod …«

»Lass bitte meinen Vater aus dem Spiel«, erwiderte ich kühl.

»Versteh mich nicht falsch«, sagte Anton. »Aber ich glaube, das Petite Pauline hat damals auch das zerstört, was wir hatten.«

»Was wir hatten, hat jemand anders zerstört«, zischte ich wütend.

»Ach ja? Wer denn?«

»Du!«

»Oh. Okay«, erwiderte Anton leise, nahm sein Messer und teilte die letzte Zwiebel mit einem kräftigen Hieb in zwei Teile. In diesem Moment wusste ich, dass ich zu weit gegangen war.

39. Kapitel

»Essen ist fertig!«, rief Kishan und rührte eifrig in einer riesigen Pfanne. Es roch nach Curry, Reis und Indien. Kishan war voll in seinem Element. Er trug einen knallorangen Sari über einer Jeans und fühlte sich in unserer Küche wie zu Hause. Er war heute Nachmittag angekommen, hatte sein Gepäck, bestehend aus einem winzigen braunen Koffer und etlichen Plastiktüten, überall in der Wohnung verteilt und Swantje, Alva und mich herzlich in seine Arme geschlossen. Alva hatte er erst wieder losgelassen, als sie versichert hatte, sie würde ersticken, wenn er sie nicht augenblicklich freigebe. Danach hatte er Geschenke verteilt. Wie immer hatte er einen Jahresvorrat an orangefarbenen, merkwürdig riechenden Seifen dabei und für jede von uns einen bunten Sari. Außerdem acht Tütchen mit verschiedenen Currysorten, drei Päckchen Laddu und ein Kilo Basmatireis.

»Nicht schon wieder die Stinkeseife«, maulte Alva.

»Stinkt nicht. Riecht sehr gut«, sagte Kishan und strahlte über das ganze Gesicht. »Zieh mal der Sari an.«

»Vergiss es«, schnaubte sie. »Außerdem heißt es *den* Sari, Sprachgenie.«

Ein Sprachgenie war Kishan wirklich. Als er und Swantje sich kennenlernten, hatten sie sich zunächst auf Englisch verständigt, doch Kishan hatte es sich nicht nehmen lassen, am Goethe-Institut Deutsch zu lernen – aus Liebe zu Swantje, Alva und Köln. Ich war immer wieder erstaunt, wie gut er es inzwischen beherrschte.

»Du wohnst übrigens bei Klaus' Eltern«, teilte Alva ihm dann mit. »Ist zu eng hier.«

Dieses Problem erschloss sich Kishan nicht. In Mumbai bewohnte er mit seiner Frau und fünf Kindern eine winzige Drei-Zimmer-Wohnung, weshalb ihm unsere schon immer vorgekommen war wie ein Palast. Doch er tat, was man von ihm verlangte, und ließ sich von Klaus die Sechs-Zimmer-Wohnung über der Metzgerei zeigen, wo er schließlich mit Sack und Pack und all seinen Plastiktüten einzog und sich vorkam wie der König von Köln.

»Du musst essen mit uns heute Abend. Ich koche Curry«, hatte er zu Klaus gesagt, der die Einladung natürlich gerne angenommen hatte.

Lange aufhalten wollte Kishan sich trotz des Komforts nicht in der Wohnung über der Metzgerei. Er fühlte sich einsam dort, und er war ja auch wegen Alva nach Köln gekommen. Deshalb war er, kaum hatte er sein Gepäck rübergebracht, wieder bei uns aufgetaucht und hatte zu kochen angefangen.

Nun setzten sich alle an den Tisch. Klaus war inzwischen auch eingetrudelt, und Kishan trug auf. Es roch köstlich. Wir hatten Hunger und nahmen reichlich. Vielleicht hätte ich besser erst probieren sollen oder mich an Kishans Mahlzeiten im letzten Jahr erinnern, denn das Curry war dermaßen scharf, dass es mir schon beim ersten Happen die Tränen in die Augen trieb. Ich lief rot an, hustete und trank hastig ein Glas Wasser.

»Willst du uns umbringen?«, keuchte nun auch Klaus, der aussah, als müsste er gleich unters Sauerstoffzelt. Er exte eine ganze Flasche Kölsch, um wieder einigermaßen zu sich zu kommen. »Warum sagt mir das denn keiner?«, rief er empört.

»Ich hatte es vergessen.«

»Ich … auch.« Swantje hustete. »Ist aber auch besonders scharf dieses Mal, Kishan«, sagte sie, als sie wieder Luft bekam.

»Nein.« Kishan lächelte und schüttelte den Kopf. »Guck ma, Alva isst der ganzen Teller.«

»Den!«, murmelte Alva mit vollem Mund. Tatsächlich schaufelte sie das Curry Gabel für Gabel in sich hinein, obwohl es objektiv nicht essbar war – oder wenn doch, nur in sehr kleinen Dosen.

»Indische Gene.« Kishan klopfte Alva auf die Schulter und sah stolz aus. »Ganz den Papa!«

Alva verdrehte genervt die Augen, nahm aber einen zweiten Teller, und irgendwie wurde ich das Gefühl nicht los, dass sie sich über Kishans Kompliment freute – wenn auch mehr nach innen.

Nach dem Essen plapperte Kishan ununterbrochen über seine Jobs als Fensterputzer und Yogalehrer, die indische Politik und seine Familie. Er gestikulierte, lachte und versprühte gute Laune, die ich gerade bestens gebrauchen konnte. Irgendwann zeigte er uns Fotos von seiner Frau und seinen Kindern, zwei Jungen und drei Mädchen. Die Kleinste war gerade mal zwei Jahre alt, hieß Shiva und sah unglaublich niedlich aus.

»Sie sieht aus wie du.« Er zog ein Foto der Kleinen auf dem Handy groß und hielt es neben Alvas Kopf.

»Lass das!«, sagte sie ungehalten, doch dann wollte sie ihre kleine Halbschwester doch einer näheren Betrachtung unterziehen und grapschte nach dem Handy. Sie blickte lange auf das Foto. »Ich möchte sie kennenlernen«, sagte sie auf einmal. »Und die anderen auch.«

»Ihr kommt nach Indien. Alle zusammen. Nächstes Jahr«, erklärte Kishan feierlich. »Ihr könnt wohnen bei uns in die Wohnung. Bisschen eng, aber kein Problem.«

»Gar kein Problem!«, rief Klaus begeistert und bestellte direkt online einen Reiseführer für Mumbai.

»Da brummt übrigens die ganze Zeit irgendwas.« Alva stand

auf und sah sich suchend um. »Deins!« Sie nahm mein Smartphone von der Fensterbank und reichte es mir.

Das Elisenstift. Sie hatten es schon dreimal versucht. Schnell ging ich in mein Zimmer, rief zurück und hatte direkt Martha am Apparat.

»Ist Ihr Großvater bei Ihnen?«, fiel sie mit der Tür ins Haus.

»Nein, wieso?«

»Er ist verschwunden«, erklärte sie.

»Wie? Wann? Wie ist das passiert?«, rief ich erschrocken.

Sie konnte mir nichts Genaues sagen, erklärte aber, dass er nicht zum Abendessen erschienen sei. Da habe sie auf seinem Zimmer und im Park nachgesehen und ihn dort auch nicht gefunden.

»Oh Gott!«, stieß ich hervor. Mir kam sofort das Fahrrad in den Sinn.

»Sollen wir die Polizei einschalten?«, wollte Martha wissen.

»Warten Sie noch. Ich melde mich wieder.«

Ich legte auf, rannte in den Flur, wo ich fast über den Karton mit den Pullis stolperte. »Verdammt!«, fluchte ich, riss die Wohnungstür auf und stürmte die Treppen hinunter in den Keller. Das Fahrrad war weg! Wie konnte das sein? Wie hatte er es nur geschafft, das Schloss zu knacken? Beziehungsweise, wer hatte ihm dabei geholfen? Ich rief Elmar an, doch der schwor hoch und heilig, dass er nichts damit zu tun hatte. Dann telefonierte ich noch einmal mit Martha, doch von einem Fahrrad wusste sie auch nichts. Wir beschlossen, nun doch die Polizei einzuschalten. Die Altenpflegerin versprach, direkt dort anzurufen und ihnen alles zu sagen, was sie wusste – auch wenn das nicht allzu viel war.

Ich setzte mich im Schneidersitz auf mein Bett und dachte fieberhaft nach. Wo war mein Großvater? Vor meinem geistigen Auge sah ich ihn im gestreiften Pyjama auf seinem alten Fahrrad sitzen und durch die dunklen Straßen Kölns irren – frierend, schwankend, orientierungslos. »Ruhig bleiben«, redete ich mir gut zu und überlegte weiter. Heute am frühen Nachmittag, kurz bevor Kishan eingetroffen war, war ich noch kurz bei ihm gewesen. Eigentlich hatte er einen guten Eindruck gemacht. Ich hatte ihm Käsekuchen mitgebracht, der ihm nicht so gut geschmeckt hatte, weil Aprikosen drin waren. Er mochte ihn lieber ohne. Also hatte ich die Früchte für ihn herausgeprökelt, ihm von William und Kate erzählt und die Zeitungsartikel mit den Fotos vorm Sankt Josef gezeigt. Das hatte ihn brennend interessiert. Ich musste sie ihm alle vorlesen, da ich, wie mir erst in dem Moment siedend heiß einfiel, immer noch nicht dazu gekommen war, seine Brille abzuholen, und er mit der Ersatzbrille nicht allzu gut sah. »Oh nein«, murmelte ich, denn das bedeutete ja, dass er auch jetzt mit der schlechten Brille unterwegs war. Ich ärgerte mich über mich selbst, dass ich Herrn Drimakis nicht längst einen Besuch abgestattet hatte. Dann kehrte ich gedanklich zum heutigen Nachmittag zurück. Opa hatte ganz genau wissen wollen, was wir für William und Kate gekocht und wie genau wir die Gerichte zubereitet hatten. Natürlich hätte er das meiste ganz anders gemacht, aber dass es zum Nachtisch für das englische Königshaus *Arme* Ritter gab, fand er höchst amüsant. Dann hatte er mir ausführlich von dem Tag erzählt, als John F. Kennedy einmal in der Stadt gewesen war. Im Juni 1963 war das, einige Monate vor seiner Ermordung. Mein Großvater erinnerte sich noch genau an den Tag. Hunderttausende Kölner hatten rund um den Dom gestanden und dem amerikanischen Präsidenten zugejubelt. Einer von ihnen sei er selbst gewesen. Kennedy hatte eine Rede gehalten, auch das wusste Opa noch wie heute. Vor allem sein letzter Satz war ihm im Gedächtnis geblieben: »May I greet you with the old Rheinisch saying: Köln Alaaf!«

Nachdem Opa den Käsekuchen gegessen hatte, und ich die

herausgepulten Aprikosenstücke, hatte ich ihm einen Spaziergang im Park vorgeschlagen, aber er hatte sich standhaft geweigert. Stattdessen wollte er einen Mittagsschlaf machen. Martha war kurz reingekommen, um nach ihm zu sehen. Da war ein Lächeln über sein Gesicht gehuscht. »Katja«, hatte er gemurmelt. »Sehen wir uns heute Abend?«

Martha hatte gelächelt und »Natürlich« gesagt. Dann hatte mein Opa sich hingelegt und ich mich verabschiedet, aber das hatte er gar nicht mehr so richtig mitbekommen. Er war wieder in einer anderen Welt unterwegs gewesen. Wahrscheinlich dort, wo er und Katja noch jung und heiße Feger waren. Ich hatte mir darüber keine großen Gedanken gemacht, denn er unternahm ja öfter Zeitreisen in die Vergangenheit. Ich war einfach nur froh gewesen, dass er nicht wieder von dem blöden Fahrrad angefangen hatte, das nun auf mysteriöse Weise verschwunden war. Wo steckte er nur, dieser Sturkopf?

Plötzlich verspürte ich den Impuls, Anton anzurufen. Ich wählte seine Nummer, doch nach dem fünften Klingeln legte ich wieder auf.

Klaus steckte den Kopf zur Tür herein. »Alles okay, Hase?«

»Nein. Mein Opa ist verschwunden!«

»What??« Er schloss die Tür hinter sich. »Wie verschwunden?«

»Na ja, nicht mehr da halt. Martha hat eben angerufen. Er ist nicht zum Essen erschienen, und dann haben sie ihn überall gesucht und nicht gefunden.«

»Ach, du Scheiße!« Klaus schnappte sich den Schreibtischstuhl, schob ihn vor mein Bett und ließ sich mit besorgter Miene darauf sinken.

»Gott, wo kann er nur sein?«, sagte ich. »Ich hab Angst, dass ihm was zustößt. Vor allem, weil sein Fahrrad weg ist.«

»Welches Fahrrad?«

Ich erzählte Klaus die ganze leidige Geschichte.

»Immer mit der Ruhe, Hase«, sagte er und wippte mit seinem rechten Bein unaufhörlich auf und ab. »Überleg mal ganz genau.«

»Was überlegen?«

»Na, wo er sein könnte. In Filmen kommt doch auch immer irgendwann jemandem die Erleuchtung, und dann fahren alle bei strömendem Regen zu einer verfallenen Jagdhütte mitten im Wald, und da steht der Verschwundene dann in schmuddeligem Unterhemd am Fenster und hält sich eine Knarre an den Kopf.«

»Na, spitze«, murmelte ich.

»Denk nach. Wann hast du ihn zuletzt gesehen? Und worüber habt ihr gesprochen?«

Ich sagte es ihm, ging den ganzen Nachmittag noch mal durch. Käsekuchen, William und Kate, Kennedy am Dom, Martha, die er für Katja gehalten hatte. Mein Blick fiel auf den Abreißkalender über meinem Schreibtisch. »Zweiundzwanzigster Juni«, murmelte ich. »Es gibt Daten, die vergisst man nicht«, hörte ich meinen Großvater sagen, und dann hatte ich plötzlich wirklich eine Erleuchtung. »Komm mit!« Ich sprang vom Bett auf und schlüpfte in meine Chucks. »Ich glaub, ich weiß, wo er sein könnte.«

»Jagdhütte?« Klaus hielt nun auch nichts mehr auf dem Stuhl. Mit weit aufgerissenen Augen blickte er mich an. Als ich den Kopf schüttelte, sah er fast ein bisschen enttäuscht aus.

Wir sagten den anderen Bescheid und fuhren dann mit meinem kleinen Fiat Richtung Elisenstift, wo wir auf eine völlig aufgelöste Martha trafen. Wie vereinbart, hatte sie die Polizei informiert.

»Die nette Dame in der Notrufzentrale meinte, sie gibt die Information an alle Streifenwagen durch. Sie halten die Augen offen. Mehr können sie nicht tun.«

Ich seufzte. »Hoffentlich finden sie ihn rechtzeitig, bevor etwas passiert …«

»In den meisten Fällen tauchen alte Leute wieder auf, hat sie gemeint«, beruhigte mich Martha.

»Ja, in den *meisten* Fällen …« Dann erklärte ich ihr, dass ich eine vage Idee hätte und deshalb einen Blick in das Zimmer meines Großvaters werfen müsse.

Sie nickte. »Nur zu …«

Klaus und ich stürmten die Treppe hinauf und schauten uns in Opas Gemach um. Eigentlich sah alles aus wie immer. Das Bett war nicht gemacht, der benutzte Käsekuchenteller stand noch auf dem Tisch. Ich öffnete die Schublade des Nachtschränkchens. Tabletten, Taschentücher, eine kleine Bibel. Es befand sich alles Mögliche darin – nur nicht das, wonach ich suchte. Ich warf einen Blick in seine Kommode. Auch hier herrschte die übliche Unordnung. Handtücher, Anziehsachen, Badutensilien – alles durcheinander.

»Daher hast du das«, sagte Klaus, griff hinter einen Stapel Unterwäsche und zog etwas hervor. »Guck mal, was ist das denn?«

»Das alte Fotoalbum! Danach habe ich gesucht!«, rief ich erleichtert. Schnell blätterte ich es durch. »Wusste ich es doch.«

»Was?« Klaus sah mich verständnislos an.

Ich deutete auf eine Stelle mit Tesafilm. »Hier klebte mal ein Schlüssel. Und der ist jetzt weg.«

Wir fuhren zum Hauptbahnhof und hatten Glück. Ich fand sofort einen Parkplatz. Von hier aus war es ein Katzensprung zur Domplatte. Ich führte Klaus zum Seiteneingang. Dorthin, wo sich der Lastenaufzug befand.

»Was machen wir hier?«, wollte er wissen.

Ich rüttelte an der schweren Eisentür. Sie war natürlich verschlossen. »Wir warten«, sagte ich.

»Es zieht«, maulte Klaus und schlang seine Arme um den Oberkörper.

Wir gingen hinter die nächste Ecke. Hier war es etwas weniger zugig, und wir hatten trotzdem einen guten Blick auf die Eisentür.

»Kannst du mir jetzt endlich erklären, warum er ausgerechnet hier sein sollte?«, fragte Klaus nun schon zum dritten Mal. Da erzählte ich ihm die ganze Geschichte von Mina und Katja und der Kammer im Südturm. »Ich glaube, er will mit ihr hoch«, schloss ich schließlich.

»Was? Wieso …?«

»Heute ist der zweiundzwanzigste Juni. Katjas Geburtstag.«

»Aber sie ist doch schon … gestorben.«

»Das hat er wahrscheinlich vergessen«, sagte ich leise.

»Oh.« Klaus blickte betroffen zu Boden. Er nahm meine Hand in seine und drückte sie.

Ich ließ meinen Blick über die Domplatte schweifen. Plötzlich hielt ich die Luft an. »Schau mal da«, flüsterte ich. »Das ist er doch, oder?« Ich deutete auf einen alten Mann. Er schlenderte auf uns zu – beide Hände in den Hosentaschen vergraben und, wie es aussah, fröhlich pfeifend. Er kam näher. Kein Zweifel, das war mein Großvater. »Gott sei Dank!«, stieß ich erleichtert hervor. Zielstrebig steuerte er den Lastenaufzug an und förderte, dort angekommen, etwas aus seiner Hosentasche zutage.

»Der Schlüssel«, murmelte ich.

Nun stand er da, den Schlüssel in der Hand, und hielt Ausschau.

»Du hattest recht, Hase. Er wartet auf sie.«

Ich nickte. »Er will sich mit ihr treffen. Nach zweiundfünfzig Jahren.«

»Wie traurig, dass sie nicht mehr lebt.«

Ich nickte. »Komm. Lass uns mal rübergehen.«

»Opa!«, rief ich und fiel ihm um den Hals. »Mann, bin ich froh. Was machst du denn für Sachen?«

»Katja!« Mein Großvater machte einen verwirrten Eindruck.

»Nein, Opa. Ich bin es. Marie!«

Er sah mich an durch seine schlechte Ersatzbrille. Trotzdem schien er mich jetzt zu erkennen. »Aber wo ist …?«

»Katja … Katja schafft es heute nicht«, erklärte ich schnell und hakte mich bei ihm unter.

»Ach so«, murmelte er. »Warum denn nicht?« Der Wind pfiff uns um die Ohren und erfasste sein schlohweißes Haar.

»Lass uns mal nach Hause. Es zieht.«

»Scheißkalt hier!«

»Eben. Wie bist du eigentlich hergekommen? Etwa mit dem Fahrrad?«

»Quatsch!«, schnauzte Opa. »Zu Fuß natürlich.«

40. Kapitel

Noch von der Domplatte aus rief ich sowohl das Elisenstift als auch die Polizei an und gab Entwarnung. Dann brachten Klaus und ich meinen Opa zurück in Marthas Obhut und machten uns, nachdem er eingeschlafen war, auf den Heimweg.

»Weinchen?«, fragte Klaus, nachdem ich geparkt hatte.

Ich nickte. »Den haben wir uns jetzt wirklich verdient.«

Ich schloss das Petite Pauline auf, holte eine Flasche Riesling aus dem Kühlschrank und zwei hübsch geschliffene Kristallgläser aus dem Regal. Dann setzte ich mich zu Klaus, der es sich bereits an Tisch fünf gemütlich gemacht hatte, und schenkte uns ein.

Wir stießen an.

»Bin ich froh, dass wir Opa wohlbehalten zurückhaben«, sagte ich und trank. »Nur das Rätsel um das verschwundene Fahrrad ist noch nicht gelöst.«

»Finden wir auch noch raus«, meinte Klaus zuversichtlich. Dann machte er plötzlich ein nachdenkliches Gesicht. »Apropos zurückhaben ...«

»Ja?«

»Was ist eigentlich mit Anton und dir? Jetzt mal Butter bei die Fische.«

»Nichts. Hab ich doch schon gesagt.«

»Ja, hast du, aber ich glaube es dir nicht. Also!«

»Okay, dann fange ich wohl mal ganz von vorne an ...«

»Bitte!«

»Da wir ja, wie du weißt, quasi jeden Tag zusammenarbeiten, unterhält man sich ab und zu mal. Bleibt ja nicht aus.«

»Logisch.« Klaus nickte.

»Über alte Zeiten, über neue Zeiten, über alles Mögliche. Irgendwie haben wir dann gemerkt, dass wir uns eigentlich doch noch ganz gut verstehen. Oder besser gesagt, wieder. Na ja, so kam dann eins zum anderen. Wir waren zusammen bei seinen Eltern, wo er echt süß war. Und dann haben wir das William-und-Kate-Menü gemeinsam gestemmt, was auch gut geklappt hat.«

»Unschlagbares Team! Hab ich immer schon gesagt.«

»Na ja. Jedenfalls war er plötzlich wieder ständig in meinem Kopf.«

»Auch, wenn ihr euch nicht gesehen habt …«

»Genau.«

»Aber du nicht in seinem?«

»Doch. Ich glaub schon.«

»Und?«, fragte Klaus erwartungsvoll.

»Und was?«

»Wo ist das Problem?«

Ich seufzte und trank einen sehr großen Schluck Wein. »Ich hab Angst«, erklärte ich. »Angst, dass es wieder so wird wie vorher. Ich meine … beim letzten Mal sind wir kläglich gescheitert. Das will ich nicht noch mal erleben. Scheitern – davon hab ich echt genug.«

»Das verstehe ich.«

»Ich möchte mein Leben aufräumen. Alles ordnen. Und neu anfangen. Da macht es doch überhaupt keinen Sinn, sich in eine alte Beziehung zu stürzen, die schon mal in die Brüche gegangen ist. Es würde bestimmt wieder passieren. Das ist mir gestern endgültig klar geworden.«

»Wieso?« Klaus schenkte uns Wein nach.

»Er hat gesagt, dass es vielleicht besser ist, wenn ich das hier verkaufe.« Ich machte eine ausladende Handbewegung.

Klaus runzelte die Stirn. »Echt? Krass!«

»Ja, finde ich auch. Er hat das früher auch schon manchmal gesagt. Wir hatten uns ja ständig in der Wolle wegen des Petite Pauline. Er fand, es sei zu viel für mich. Und dass wir wegen des Restaurants keine Zeit mehr füreinander hätten.«

»Ganz falsch war das ja nicht. Für mich hattest du auch kaum noch Zeit«, warf Klaus ein und klang dabei fast ein wenig beleidigt.

»So ist das nun mal, wenn man selbstständig ist. Oder überhaupt in der Gastro arbeitet. Es ist der schönste Job der Welt, aber die Arbeitszeiten … na ja. Man muss schon dafür brennen. Und das tue ich. Und deshalb brauche ich einen Partner, der entweder auch dafür brennt oder mich zumindest so akzeptiert.«

»Hast ja recht, Hase.«

»Eben, und dann war da auch noch Julia. Damals. Ich weiß bis heute nicht, was zwischen den beiden gelaufen ist.«

Klaus horchte auf. »Julia? Kenne ich die?«

»Ja, diese Kollegin von Anton aus dem ›Fasan‹. Auch Köchin.«

»Ach ja, ich glaube, ich erinnere mich. Blond, groß, meganett?«

»Keine Ahnung, ob die meganett war«, murmelte ich. »Jedenfalls hat er ständig mit ihr geschrieben. Sie haben sich getroffen, wenn ich gearbeitet habe, außerdem haben sie sich ja auch jeden Tag in der Küche gesehen.«

»Du meinst, er hatte was mit ihr und hat es dir nie erzählt?«, fragte Klaus erschrocken.

Ich zuckte mit den Schultern. »Er hat immer gesagt, sie sei nur eine gute Freundin, aber irgendwann habe ich ihn im ›Fasan‹ besucht. Wir hatten uns morgens mal wieder in der Wolle gehabt, und ich hatte ein schlechtes Gewissen. Also habe ich früher Feierabend gemacht. Ich wollte ihn überraschen. Dachte, wir gehen zusammen ins Kino und danach noch was essen. ›La La Land‹ lief zu der Zeit gerade.«

»Ach, der Film ist so schön«, schwärmte Klaus.

»Ist er? Ich hab ihn dann nämlich doch nicht gesehen.«

»Weil …?«

»Weil ich in die Küche des ›Fasan‹ gegangen bin, und da …« Ich stockte.

»Und da was?«

»Da habe ich sie gesehen. Beziehungsweise erst mal nicht. Aber dann doch. Sie waren in der Speisekammer, ganz hinten in der Ecke, und standen superdicht voreinander.«

»Und haben sich … geküsst?«, vermutete Klaus.

»Nein. Schlimmer«, erwiderte ich leise.

»Schlimmer?« Er sah mich entsetzt an. »Du meinst, sie haben …«

»Er hat ihr Tomatensoße aus dem Mundwinkel gewischt …«

»Äh, wie bitte?«

»Verstehst du denn nicht, Klaus? Das kann er doch nicht machen. Das darf er nicht bei jemand anderem. Es war total offensichtlich, dass sie sich … nahestanden und …«

»… was miteinander hatten?«

»Ja! Ich bin dann schnell weg. Einfach nur raus! Anton hatte mich ja noch gar nicht bemerkt. Und als er nach Hause kam, haben wir uns natürlich wieder gestritten und uns gegenseitig sehr heftige Sachen an den Kopf geworfen. Natürlich habe ich ihn auch mit Julia konfrontiert, aber da ist er gar nicht drauf eingegangen, was auch typisch für ihn ist. Oder zumindest war. Er hat ja nie Tacheles geredet.«

»Mhmmm … und dann?«

»Dann sind wir irgendwann ins Bett gegangen, beide sauer eingeschlafen, und als ich am nächsten Morgen aufgewacht bin … war er weg.«

»Und war er danach mit dieser Julia zusammen?«, wollte Klaus wissen.

»Ehrlich gesagt, weiß ich es nicht. Er ist ja dann gleich ins Ausland. Was mit ihr war oder nicht war – keine Ahnung.«

»Warum hast du ihn nicht mal gefragt? Ich meine jetzt, in der letzten Zeit?«

»Hab ich ja, aber er hat nicht richtig geantwortet …«

»Hast du schon mal daran gedacht, dass sie vielleicht wirklich nur Freunde waren? Und dass du womöglich auch nicht ganz unschuldig daran warst, dass es so gekommen ist?«

»Klar hab ich daran gedacht. Und … ja, natürlich hab ich auch Fehler gemacht. Jeder macht Fehler. Aber nicht immer führen sie dazu, dass alles mit Pauken und Trompeten den Bach runtergeht. Letztlich ist es zu viel gewesen. Ich bin ihm zu viel gewesen. Das hat er sogar selbst so gesagt. Und er ist mir auch zu viel gewesen. Ja, so kann man es wohl sagen. Und nun bin ich gerade in einer Phase meines Lebens, in der ich …« Ich blickte mich um und trank noch einen Schluck Wein. »Ich will kein Risiko mehr eingehen. Ich hab keine Lust mehr auf … Beziehungstrouble. Und Anton … er erinnert mich an das Pauline, das ich jetzt verkaufen werde, und … ach, es hängt alles irgendwie zusammen. Verstehst du?«

»Na ja, so halb.«

»Ich will einfach von vorne anfangen. Ganz von vorne.«

»Mhmmmm …« Klaus griff über den Tisch nach meiner Hand. »Trotzdem.«

»Was trotzdem?«

»Ich versteh dich irgendwie. Aber betrogen hat er dich bestimmt nicht. Nicht Anton. Es passt einfach nicht zu ihm.«

»Warum ist er dann damals gegangen?«

Klaus zuckte mit den Schultern. Wir schwiegen eine Weile.

»Marie?«, sagte er da plötzlich.

»Ja?«

»Wenn man aufräumt, muss man nicht zwingend alles wegwerfen. Manches lohnt sich zu reparieren. Und wenn du mich fragst: Besser, du wartest nicht zweiundfünfzig Jahre damit.«

41. Kapitel

»Backgammon im Park?«

Opa nickte und versuchte, sich aus dem Sessel zu hieven. Ich reichte ihm meinen Arm, und er nahm ihn. Ich half ihm in seine Jacke, dann gingen wir hinunter.

»Eines musst du mir aber jetzt mal erklären«, sagte ich, als wir auf der Parkbank saßen und ich das kleine Backgammonspiel aus meiner Tasche gekramt hatte. »Wo ist dein Fahrrad?«

»Dahinten.« Opa deutete auf den Fahrradständer neben dem Eingang. Ich verengte meine Augen und glaubte nun tatsächlich, sein altes Hollandrad zu erkennen.

»Opa?« Ich versuchte, geduldig zu klingen. »Warum ist es da? Und vor allem: Wie ist es dahin gekommen?«

»Ich nehm Schwarz«, murmelte Opa.

Ich legte die schwarzen und weißen Steine auf das Backgammonbrett. »Opa?«

»Mhmmm …«

»Das Fahrrad. Wie ist es dahin gekommen?«

»Hab Alfonso angerufen. Wusstest du, dass er keine Arbeit hat?«

Ich biss mir auf die Unterlippe und nickte. »Der hatte Zeit und hat seinen Bruder Alfredo gefragt. Der hatte auch Zeit. Und eine sehr große Eisenzange.«

»Verstehe. Das heißt, Alfonso und Alfredo sind in unseren Keller geschlichen und haben heimlich das Schloss geknackt?«

»Mhmmm. Was heißt heimlich?«

»Heimlich heißt, dass ich es nicht mitbekommen sollte, Opa.«

»Du wolltest ja nicht, dass ich das Fahrrad verschenke! Denkst du, das habe ich nicht gemerkt?«

Überrascht blickte ich ihn an. »Du willst es verschenken?«

»Was denn sonst!«, schimpfte er. »Ich kann ja wohl kaum selbst damit fahren.«

»Ja, das … stimmt wohl. Ähm … wem willst du es denn schenken?«

»Marek.«

»Ah, Marek. Wer ist Marek?«

»Ich fang an«, sagte Opa und machte den ersten Zug.

Ich seufzte. Und dann spielten wir. Wer Marek war, erfuhr ich nicht mehr, obwohl es mich brennend interessiert hätte.

Nachdem Opa mich so richtig abgezogen hatte, packte ich das Backgammonspiel wieder ein, und wir spazierten langsam zurück. Ich brachte ihn in sein Zimmer und fragte, ob er sich ein wenig hinlegen wolle.

»Keine Zeit«, sagte er.

»Shopping Queen?«

»Damenbesuch!«

»Okay. Darf man fragen, von wem?«

»Katja«, sagte er lächelnd.

Ich seufzte. »Na gut. Viel Spaß. Aber nicht wieder weglaufen, Opa, hörst du?«

»Wieso weglaufen?« Er blickte mich verständnislos an.

Ich verabschiedete mich und fuhr mit dem Fahrstuhl hinunter. Am Ausgang traf ich Martha. Sie hatte anscheinend früher Feierabend als sonst.

»Ach, Frau de Goff, ich bin ja so froh, dass Ihr Großvater wieder da ist«, sagte sie zum wiederholten Male, als sie mich sah.

»Und ich erst!«

»Sagen Sie ihm bitte noch mal allerherzlichsten Dank für das Fahrrad.«

Ich sah sie irritiert an. »Er hat es Ihnen geschenkt?«

Martha lachte. »Ach, das hat er Ihnen gar nicht erzählt?«

»Nein …«

»Er hat es für meinen Sohn Marek herbringen lassen. Der ist letzte Woche aus Krakau nach Köln gekommen.« Ihre Wangen wurden rot. »Er hat einen Studienplatz für Medizin ergattert.«

»Wow, das ist toll!«

»Oh ja. Und wie. Aber er muss ja irgendwie zur Uni kommen. Von Stammheim ist das mit öffentlichen Verkehrsmitteln wahnsinnig kompliziert. Irgendwann habe ich Ihrem Großvater davon erzählt, und nun steht hier plötzlich dieses Fahrrad. Er hat es mir heute Morgen gezeigt. ›Damit der Marek zur Uni kann‹, hat er gemeint, und dass ein Alfonso noch ein neues Schloss besorgt. Ich war … ganz gerührt«, sagte sie und schniefte ein bisschen.

Ich nickte lächelnd und schniefte auch ein bisschen.

42. Kapitel

»Na, wie geht's deinem Opa?« Klaus kramte in einem Werkzeugkasten nach einem passenden Schraubenzieher.

»Den heimlichen Ausflug hat er jedenfalls gut überstanden, und er ist bester Laune. Als ich ihm gestern aus dem Sessel helfen wollte, hat er nicht mal meinen Arm weggeschlagen.«

»Hervorragendes Zeichen«, nickte Klaus.

Ich hatte ihm versprochen, mich noch einmal mit ihm in der Metzgerei zu treffen, die letzten Überbleibsel auszuräumen und abzuschrauben und den Laden dann einer gründlichen Reinigung zu unterziehen.

»Dieser Gestank!« Klaus rümpfte die Nase. Der Geruch nach Fleisch würde ihm sicher noch einige Zeit erhalten bleiben. So schnell ließen sich fast vierzig Jahre Metzgerei nicht aus der Luft vertreiben.

»Und das verschwundene Fahrrad? Hast du ihn danach gefragt?«

»Allerdings! Stell dir vor: Er hat Alfonso und dessen Bruder Alfredo angestiftet, das Schloss zu knacken, und dann hat er es dem Sohn seiner Pflegerin Martha geschenkt, weil der sonst nicht weiß, wie er zur Uni kommen soll.«

»Ernsthaft?«

Ich nickte.

»Oh. Das ist ja total … süß von ihm. Kann das sein, dass du ihn manchmal unterschätzt?«

»Ja, kann sein«, gab ich zu. »Im Backgammon hat er mich auch nassgemacht.«

»Gut, das ist jetzt keine Kunst …«

»Ha, ha! Mal sehen, ob die gute Laune erhalten bleibt, wenn ich ihm erzähle, dass das Pauline ab dem ersten Juli endgültig Geschichte ist.«

»Weiß er das nicht längst?«

»Nicht, dass es schon einen Notartermin gibt. Bühnele will so schnell wie möglich mit den Umbauarbeiten beginnen. Zeit ist Geld, hat er gesagt.«

»Wann ist der Termin?«

»Morgen«, seufzte ich, legte den Fleischwolf zu den Fleischerhaken in einen Umzugskarton und sah mich um. »Tja, ich glaube, das war's. Alles verpackt.«

»Eine ganze Ära in Kartons.« Klaus ließ nachdenklich den Blick schweifen.

»Jetzt sag nicht, du wirst doch noch wehmütig.«

»Nee. Doch. Irgendwie schon. Ich bin froh, dass hier keine toten Tiere mehr baumeln, aber die Vorstellung, dass es vielleicht demnächst ein Handyladen oder ein Ein-Euro-Shop wird, ist irgendwie auch komisch.«

»Hallloooo! Gut geschlafen?« Kishan kam durch das Treppenhaus in die Metzgerei, trug einen roten Sari und wie immer ein breites Lächeln im Gesicht.

»Geht so«, sagte ich. »Und du?«

»Seeehr gut. Es ist so schön bei dir, Klaus! Hoffentlich ich kann schlafen auch hier nächstes Jahr. Herrlich, das große Bett.«

»Ich fürchte nicht, Kishan«, erwiderte Klaus mit bedauernder Miene. »Bis dahin ist die Wohnung hoffentlich renoviert und vermietet.«

»Waaaas?« Kishan konnte seine Enttäuschung kaum verbergen. »Du willst Mietwohnen machen? Warum nicht kleine Hotel? Und hier unten …« Er drehte sich einmal im Kreis und machte eine ausladende Handbewegung. »Rezeption und Bar.«

»Nee, ist klar, Kishan.« Ich lachte laut auf.

Klaus lachte nicht. Er war plötzlich wie elektrisiert. »Ein Hotel …«, murmelte er.

In diesem Moment wurde die Eingangstür aufgestoßen, und Swantje kam mit ihrem Cousin Gerrit herein.

»Morgen, ihr Lieben.« Sie begrüßte uns der Reihe nach mit Küsschen links und Küsschen rechts.

»Morgen!«, sagte Gerrit und nickte uns zu.

»Was macht ihr hier?«, fragte ich überrascht.

»Ich hole Kishan ab. Ein Bummel durchs Belgische Viertel«, erwiderte Swantje. »Und, ach ja. Gerrit will dich sprechen.«

»Oh, wirklich?« Ich rieb meine staubigen Hände unauffällig an meiner Jeans ab. »Äh, ja … was gibt's denn?«

Der Brauerei-Vertriebler sah sich in dem leeren Ladenlokal um. »Können wir uns irgendwo setzen?«, fragte er. »Dauert vielleicht etwas länger …«

»Jetzt bin ich neugierig«, erklärte ich.

»Ich auch. Lass uns hochgehen.« Klaus deutete in Richtung Treppenhaus. »Ins Hotel«, fügte er ehrfürchtig hinzu und schwebte vor uns die Treppe hinauf.

Swantje warf mir einen fragenden Blick zu, den ich nur mit einem Schulterzucken beantworten konnte. »Kommst du mit?«, bat ich sie.

Swantje blickte Kishan an.

»Ich hab Zeit. Wir können bummeln später.« Er strahlte. »Ist so schön da oben.«

Wir drei folgten Klaus ins ehemalige Wohnzimmer seiner Eltern, wo noch die alte Polstergarnitur stand.

»Dieses Zimmer werde ich *William und Kate* nennen«, erklärte er auf einmal mit feierlicher Miene. »Es wird die perfekte Nachbildung ihres Original-Schlafzimmers im Kensington Palace sein. Eins zu eins.«

»WHAT?« Ich sah ihn an, als wäre er von allen guten Geistern verlassen.

»Ich werde mir die Pläne besorgen. Irgendwie …«

Okay. Er WAR von allen guten Geistern verlassen.

»Du machst ein Hotel draus?«, fragte Gerrit und hockte sich auf das fluffig gepolsterte rostrote Sofa.

»Ja, ich mache ein Hotel draus.« Klaus runzelte die Stirn. »Oder ein Hostel.«

»Ähm, seit wann?«, fragte ich und wechselte einen vielsagenden Blick mit Swantje.

»Seit … ähm … gerade. Es wird Hotel Windsor heißen, und jedes Zimmer ist einem anderen Mitglied der Königsfamilie gewidmet. Und auch entsprechend eingerichtet. Es wird ein Queen-Elizabeth-Zimmer geben, ein Charles-und-Camilla-Zimmer und eventuell auch ein Harry-und-Meghan-Zimmer. Aber das weiß ich noch nicht so genau, weil Meghan mag ich nicht besonders. Außerdem sind die ja jetzt in Übersee. Was natürlich irgendwie nachvollziehbar ist, wegen Archie und der Presse und so, aber ganz ehrlich … muss man der Queen so was noch antun? Die Frau ist zweiundneunzig!«

Wir hatten es uns inzwischen alle auf den Polstermöbeln bequem gemacht, nur Klaus lief aufgeregt hin und her und redete und redete. »Ich werde Hotelier. Das ist es, Leute. RTL kann mich mal. Ich hab soeben meine Berufung gefunden. Und?«, fragte er schließlich. »Was sagt ihr dazu?« Abrupt blieb er stehen und blickte uns einen nach dem anderen erwartungsvoll an.

Niemand sagte etwas.

»Hase?«

»Wow!«, sagte ich. »Das ist eine unfassbar … bekloppte Idee. Also, bekloppt … im Sinne von … GENIAL!!!«

»Krassnicealta!« Kishan grinste von einem Ohr zum anderen.

»Alva«, lautete Swantjes seufzende Erklärung für diese neue Wortschöpfung.

»Gerrit?« Klaus sah den Brauereifachmann erwartungsvoll an.

»Gibt's im Windsor Kölsch?«

»Ja, logo.«

»GENIAL«, sagte da auch Gerrit. »Apropos Berufung.« Jetzt wandte er sich endlich an mich. »Ich habe heute mit meinem Chef gesprochen. Irgendwie sind wir noch mal auf dich und die Zeitungsartikel gekommen. Ist ja eingeschlagen wie eine Bombe, dein kölsches Gekoche, und, na ja, lange Rede, kurzer Sinn, wenn du was mit Kölsch machst, würde die Brauerei dir einen Kredit geben.«

»Äh, wie, mit Kölsch?« Ich starrte ihn verständnislos an.

»Das Getränk, Hase«, half Klaus mir auf die Sprünge.

»Ihr meint, ich soll …«

»Sie hat's gleich«, versprach Klaus und machte mit seinem Zeigefinger kreisende Bewegungen in Höhe seiner Schläfe.

»… ein Brauhaus eröffnen?«

»Nicht irgendein Brauhaus«, warf Gerrit ein.

Auf einmal lichtete sich etwas in meinem Gehirn, und plötzlich sah ich es glasklar vor mir. »Ein Brauhaus mit besonders … hochwertigen, leckeren Gerichten! Natürlich selbst gemacht, ohne Konvektomat oder Mikrowelle. Alles bio und frisch vom Bauernhof, nachhaltig und …«

»… mit einem umfassenden vegetarischen Angebot«, beendete Klaus meinen Satz.

Ich sprang vom Sessel auf und lief nun auch wie ein aufgescheuchtes Huhn hin und her. »Natürlich«, murmelte ich. »Das könnte es sein.« Ich blickte zu Gerrit hinüber. »Und auch mit besonderen Bieren. Craft-Bieren zum Beispiel!« Meine Stimme überschlug sich fast vor Aufregung und Begeisterung.

»Kriegen wir hin.« Gerrit nickte.

»Ich … das wäre ja …« Ich stockte. »Ich muss das erst besprechen.«

Swantje kramte in ihrer Handtasche und reichte mir einen Schlüssel. »Mitte links, neben den Anemonen«, sagte sie. »Und lass dir nichts einreden. Es ist dein Leben. Und die Zeiten ändern sich.«

43. Kapitel

»Hi, Mama. Hallo, Paps.« Ich nahm die Vase mit den verblühten Lilien vom Grab und tauschte sie gegen frische aus. »Wie geht's denn so? Alles okay bei euch?«

»Was ist los, Kleines?«, hörte ich Paps in meinem Kopf fragen. »Wenn du so anfängst, dann ist doch was.«

»Ja, es ist was«, murmelte ich, und dann erzählte ich ihm und Mama im stillen Zwiegespräch von Gerrit und der Idee, aus dem Petite Pauline ein kleines, aber feines Brauhaus zu machen, mit gutbürgerlicher Küche, besten Zutaten und Craft-Bier.

Bevor ich hergekommen war, hatten Gerrit und ich noch eine Weile unter vier Augen gesprochen. Er hatte mir ein konkretes Angebot für ein Darlehen unterbreitet und mir vorgerechnet, dass ich damit, wenn ich es klug anstellte, mein Petite Pauline würde retten können.

Ich schnappte mir einen Rechen, der am Stamm der Kastanie neben dem Grab lehnte, und begann, einige verwelkte Blätter aufzuharken. »Und?«, fragte ich leise. »Ihr sagt ja gar nichts.«

»Craft-Bier?«, hörte ich meinen Vater brummen. »Chichi-Kram. Sieh zu, dass man da vernünftiges Kölsch kriegt.«

Ich nickte, stellte den Rechen weg und schniefte ein bisschen. So einfach hatte ich es mir nicht vorgestellt. »Mach ich, Paps.«

»Bin stolz auf dich, Kleines«, sagte er.

Wie gerne hätte ich ihn und Mama jetzt umarmt. Sie fehlten mir gerade so sehr. Ich umarmte sie im Geiste und sagte: »Es wird wunderbar werden.«

»Natürlich wird es das«, sagte Paps.

Ich schlenderte langsam zurück und blieb kurz am Grab von Dirk Bach stehen. »Und wer tot ist, wird ein Stern«, stand dort in goldenen Lettern auf schwarzem Marmor. Warum gingen die Besten immer zuerst?

Während ich zum Ausgang spazierte, fanden ein paar Sonnenstrahlen den Weg durch die dicke Wolkendecke. Nun hellte sich auch meine Laune auf. Ganz allmählich drängte sich in mein Bewusstsein, dass ich es geschafft hatte. Das Petite Pauline war GERETTET! Das letzte Stück rannte ich fast. Ich schloss mein Rad auf und fuhr nach Hause. Rekordgeschwindigkeit.

Swantje und Alva saßen am Küchentisch und schnippelten Gemüse. Kishan briet irgendwas Exotisches.

»Sie sind einverstanden!«, rief ich. »Das Petite Pauline ist gerettet. Ich bin gerettet!«

Da stürzten Swantje und Alva auf mich zu und umarmten mich so fest, dass ich kaum noch Luft bekam.

»Ich kann dir gar nicht sagen, wie ich mich freue«, sagte Swantje und drückte mich noch fester. Und dann kam plötzlich auch Kishan, umarmte uns alle drei und rief: »Ich freu mich auch! Ich kann nächstes Jahr wieder schlafen bei Klaus – und essen bei dir in den Brauhaus.«

»Apropos essen …«, sagte Swantje und stürzte zum Herd, denn plötzlich stieg schwarzer Qualm aus der gusseisernen Pfanne. Swantje zerrte sie vom Feuer, und Kishan riss lächelnd ein Fenster auf. Der Gestank war erbärmlich.

Alva fragte: »Haben wir noch Cräcker?«

Da lachten wir, bis uns die Tränen kamen, wobei die vielleicht auch vom beißenden Rauch herrührten, aber das war gerade völlig egal, denn in diesem verrückten Moment fühlte ich mich zum ersten Mal seit Monaten gelöst und glücklich. Einzig der Gedanke an Anton trübte meine Stimmung, weshalb ich ihn einfach ganz weit wegschob.

44. Kapitel

»Hey, Anton.«

Er blickte auf, ohne im Rühren innezuhalten. »Hey.«

Ich sah ihm über die Schulter. Wirsingeintopf. Neben dem Herd das Döschen mit Kümmel. Er ist also doch lernfähig, dachte ich zufrieden. »Sieht lecker aus.«

»Mhmmm.« Er schien nicht in Plauderlaune zu sein. Seit unserem Streit hatten wir uns nicht mehr gesehen. Gestern hatte er seine Schicht getauscht, vorgestern freigenommen.

»Ich hab gerade mit Frau Holtmann telefoniert«, erklärte ich und legte mir Schneidebrett und Messer bereit.

»Wie geht's ihr?«

»Na ja. Kennst sie ja. Sie ist ungeduldig, hat Schmerzen, aber will wieder arbeiten. Dabei hat der Arzt es ihr verboten.«

Anton lächelte leicht.

»Ich hab sie angerufen, weil …« Nun schaute er von seinem Wirsing auf. »Weil ich gekündigt habe.«

»Oh. Wirklich?« Es klang gleichgültig, doch ich spürte, dass ihn diese Nachricht nicht kaltließ.

»Ja.« Ich blickte mich um. »Und ich werde das alles hier tatsächlich vermissen. Euch alle.« Dich, dachte ich. Und dann erzählte ich Anton von Gerrits Besuch in Klaus' zukünftigem Hotel Windsor, von der Brauhaus-Idee und dem Kredit.

»Das ist ja wirklich … toll«, sagte er, und es klang ehrlich.

»Ja, das ist es.« Ich nickte. »Und ich wollte mich bei dir bedanken. Ohne dich hätte ich das nie geschafft.«

Er runzelte die Stirn. »Ich hab doch gar nichts gemacht.«

»Du hast sehr viel gemacht. Ohne dich wäre das Prinzenmenü ein Desaster geworden, die Presse hätte sich nicht überschlagen, beziehungsweise doch, aber mit Negativschlagzeilen. Nein, Anton, du hast einen ganz großen Anteil daran, und dafür möchte ich dir danke sagen.«

»Ach was.« Er lächelte verlegen, und in dem Moment hätte ich ihn am liebsten umarmt. Ich unterdrückte den Impuls. Es wäre unpassend gewesen.

»Wann hörst du hier auf?«, wollte er wissen.

»Schon nächste Woche. Ich möchte das Petite Pauline so schnell wie möglich wiedereröffnen. Es ist noch wahnsinnig viel Arbeit.«

»Verstehe.«

»Ich hol mal Salat und Gemüse.«

»Marie?«

»Ich freu mich für dich. Und … ich werde dich hier vermissen.«

»Ich werde dich auch vermissen, Anton. Ganz ehrlich.«

Er lächelte und sah ein bisschen traurig aus. »Und noch was.«

»Ja?«

Er deutete auf den Wirsingeintopf. »Du hattest recht mit dem Kümmel.«

Ich stieß ihm mit dem Ellenbogen in die Rippen, grinste und sagte: »Du weißt doch, ich hab immer recht.«

Da schüttelte er den Kopf und sagte leise: »Nein. Nicht immer …«

45. Kapitel

Drei Wochen später stattete ich Swantje einen Besuch im Bloom & Vogel ab. Sie hatte den großen, nostalgisch anmutenden Vogelkäfig vor sich auf den Boden gestellt und war gerade dabei, ihn auszumisten. Eddie saß derweil in der Dattelpalme und schaute sich das Schauspiel mit schief gelegtem Kopf von oben an.

»Hey, ihr zwei«, begrüßte ich die beiden.

»Hey, hey«, erwiderte Swantje, hob nur kurz den Kopf und ließ sich nicht bei der Arbeit stören.

Eddie befand es nicht für nötig, mich zu begrüßen.

»Unhöflicher Vogel«, schimpfte ich und erntete ein abschätziges »Krak-krak«.

»Hast du Anton noch getroffen?« Swantje kippte eine Schaufel Vogeldreck in eine Mülltüte.

»Nein. Anton? Wieso Anton?« Ich spürte ein leichtes Flimmern im Solarplexus.

»Er war eben hier. Wollte zu dir.«

»Oh.« Ich hatte ihn nach unserem letzten Gespräch nur noch einmal gesehen, aber da war im Sankt Josef so viel los gewesen, dass wir kaum Zeit gehabt hatten, ein Wort miteinander zu wechseln. Er schien aber auch gar kein Interesse daran gehabt zu haben, war ziemlich mürrisch und wortkarg gewesen. »Was wollte er denn von mir?«

»Sich verabschieden. Er zieht weg.«

Ich schnappte nach Luft. Der Solarplexus flimmerte nicht mehr, sondern fühlte sich an, als hätte man ihm einen gezielten

Faustschlag versetzt. Treffer, versenkt. »Wow. Äh, wie bitte? Warum? Wohin denn? Und wann?«

»Nach Leipzig. Ich glaube, schon nächste Woche. Er hat wohl einen neuen Job. Als Souschef. Ein unschlagbares Angebot von irgend so einem gutbürgerlichen Restaurant. Name habe ich vergessen.

»Das sind ja Neuigkeiten!«

»Ja, habe ich auch gedacht. So plötzlich alle Zelte abzubrechen. Er meinte, Köln bringt ihm kein Glück und dass er von vorne anfangen will. Ganz von vorne diesmal.« Swantje knotete die prall gefüllte Vogeldrecktüte zu.

»Hier.« Ich reichte ihr einen Sack mit frischer Streu. »Ganz von vorne also. Aha.«

Swantje schüttete den Inhalt des Sacks in den Vogelkäfig. »So, Eddie, jetzt hast du es wieder sauber und schön.«

»Krak«, krächzte Eddie.

»Du, ich muss mal los«, sagte ich. Plötzlich wollte ich nur noch weg. Nach Hause. Den Schock verarbeiten und die Tatsache, dass es überhaupt ein Schock für mich war. Und mein Zimmer aufräumen.

»Kannst du die mit rausnehmen?« Swantje hielt mir die Mülltüte entgegen.

»Klar«, sagte ich, nahm sie ihr ab und verabschiedete mich.

Den Vogeldreck warf ich draußen in den Müllcontainer und mich kurze Zeit später auf mein Bett. Ich starrte an die Decke und fragte mich, warum mein ganzer Körper sich plötzlich so wehmütig anfühlte. Ich ließ den Blick durch meine vier Wände schweifen. Plötzlich fand ich alles unerträglich. Anton. Das Chaos hier im Zimmer. Und das in meinem Kopf. Mich selbst. Meine wirren Gedanken. Meine Unentschlossenheit. Ich sprang auf, holte den Staubsauger aus der kleinen Kammer neben der Küche und eine sehr große, schwarze Mülltüte aus der Schublade unter der Spüle. Marie Kondo würde stolz auf ihre Namensvetterin sein.

Ich parkte meinen Fiat am Ende der Blücherstraße und sah schon von Weitem den großen Lkw vor dem Leonardo-da-Vinci-Gymnasium stehen. Alva hatte mir gesagt, es sei die letzte Gelegenheit, meinen Karton loszuwerden, denn heute würde der Lastwagen für Russland beladen. Ich hob die Kiste aus dem Kofferraum und schleppte sie die paar Meter Richtung Lkw. Sie war etwas sperrig, aber zum Glück nicht sonderlich schwer. Pullover wiegen nicht allzu viel. Ich sah, dass einige Leute eine Ameisenkette gebildet hatten und so unzählige Kartons vom Schulhof bis an die Laderampe beförderten. Ein mittelalter Mann mit Schnäuzer und cognacfarbener Feincordhose stapelte sie im Innenraum des Lastwagens. Alvas Erzählungen zufolge konnte es sich hier nur um Herrn Erdmann handeln – ihren kauzigen Erdkundelehrer, der, wie er nicht müde wurde zu witzeln, seinen Namen zum Programm gemacht hatte.

»Guten Tag«, grüßte ich ein wenig unsicher in Richtung Ameisenkette und wandte mich dann an Herrn Erdmann. »Ich habe hier noch ein paar Pullover für Russland.«

»Ah, schön für Sie. Diese Sachen hier gehen in die Ukraine.«

Alva hatte mir also etwas Falsches erzählt. Und ich meinen Pullovern, dachte ich.

»Oh.« Ich lächelte verlegen. »Ukraine. Meinte ich auch. Ist ja alles … irgendwie dasselbe.«

»Es ist etwas völlig anderes, aber geben Sie schon her«, keuchte Herr Erdmann und nahm meinen Karton entgegen.

»Äh, ja, natürlich. Etwas völlig anderes. Nur für die Pullover ist es ja …«

Der Mann blickte stirnrunzelnd zu mir herab.

»… äh … fast dasselbe.« Ich errötete. Was redete ich da eigentlich? Irgendwie verunsicherten mich Lehrer immer noch zutiefst. »Jedenfalls danke, dass Sie meine Pullis mitnehmen. Und kommen Sie gut nach … ähm …« Mein Gehirn war wie leer gefegt. »Usbekistan?«

»Ukraine«, schnaubte Herr Erdmann.

»Äh, ja.« Ich hob dankend die Hand, winkte der Ameisenkette flüchtig zu und verdünnisierte mich dann auf schnellstem Wege und mit hochrotem Kopf.

Ich stiefelte zu meinem Auto, öffnete die Fahrertür und machte Anstalten, mich hineinzusetzen.

»Hey, Marie«, sagte plötzlich jemand hinter mir.

Ich fuhr herum, und da stand er, einen Umzugskarton in den Händen und ein verlegenes Lächeln im Gesicht.

»Anton!«, sagte ich überrascht. »Was machst du denn hier?« Ich hörte selbst, dass ich kurzatmig klang.

»Vermutlich das Gleiche wie du: entrümpeln.« Er deutete auf den Lkw. »Ist das der Laster nach Russland?«

Ich nickte und verzichtete darauf, ihn darüber aufzuklären, wo er wirklich hinfuhr.

Anton stellte den Karton vor seinen Füßen ab. »Gut, dass ich dich treffe, Marie«, sagte er nun. »Ich hab's gestern mal bei dir versucht, aber du warst nicht da. Ich muss dir etwas sagen. Oder vielleicht weißt du es ja auch schon.«

»Ich weiß es schon. Du ziehst nach Leipzig.«

Er nickte. »Ja, ich hab ein Angebot bekommen. Vom Ratskeller.«

»Du bleibst bei der rustikalen Küche?«

Er nickte. »Haute Cuisine ist mir zu anstrengend.«

»Verstehe ich. Aber Leipzig?«

»Ist verdammt weit weg, ich weiß. Aber schön. Ich war schon ein paarmal da. Ist 'ne coole Stadt.« Er schwieg einen Augenblick. »Köln … Köln bringt mir einfach kein Glück.« Er sah mich direkt an. »Eine Zeit lang dachte ich, ich hätte es gefunden, aber …«

Ich wollte etwas sagen, nur was? »Bitte bleib!«, hätte vielleicht schon gereicht für den Anfang, doch es wollte mir einfach nicht über die Lippen kommen.

»Ich … falls wir uns nicht mehr sehen vorher … ich wünsche dir alles Glück der Welt. Für das Petite Pauline. Und sowieso. Meld dich mal, okay?«

Ich nickte stumm. Der Kloß in meinem Hals ließ sich nicht hinunterschlucken.

»Mach's gut.« Jetzt klang auch er ein bisschen nach Kloß im Hals. Sein Handy klingelte. Er zog es aus der Hosentasche. Dabei segelte ein gefaltetes weißes Blatt auf die Straße.

Ich bückte mich, hob es auf und reichte es ihm. »Hier. Ist vielleicht wichtig.«

Er drückte das Gespräch weg, steckte das Handy zurück in seine Hosentasche und nahm den Zettel. »Danke. Ja. Den brauche ich noch. Für nächsten Samstag.«

Ich sah ihn fragend an.

»Mein letzter Poetry Slam in Köln. Den Auftritt mach ich noch.« Er hielt den Zettel in die Höhe. »Alles schon fertig. Ich bin echt aufgeregt. Wünschst du mir Glück?«

»Ich wünsch dir Glück«, antwortete ich leise. »Ganz viel davon!«

46. Kapitel

Lange hatte ich mit mir gerungen und mich schließlich doch auf den Weg gemacht. Das Licht im Koschinski war schummerig. Meine Augen mussten sich erst daran gewöhnen. Aus den Boxen drang Musik. Nicht sehr laut, aber gut zu hören.

»*Tommi, ich glaub ich hab Heimweh*«, sang Henning May von AnnenMayKantereit. Ich beschloss, es als gutes Omen zu nehmen, dass ich hier heute mit meinem derzeitigen Lieblingslied begrüßt wurde. Leise sang ich mit, während ich nach einem Platz Ausschau hielt.

Ich will mal wieder am Rhein stehen
Einfach hineinsehen
Zuschauen, wie Schiffe vorbeiziehen

Ich blickte mich um. Es war rappelvoll. Nicht ein einziger Platz schien noch frei zu sein.

Vielleicht liegt es am Licht
Und wie's sich gerade bricht

Ganz hinten auf der Fensterbank entdeckte ich schließlich noch ein winziges Plätzchen. Ich drängelte mich durch.

Tommi, vielleicht ruf ich an
Damit du sagst, irgendwann, irgendwann, irgendwann
Fangen wir hier zum letzten Mal von vorne an

»Ist da noch frei?«, fragte ich die beiden Frauen, die es sich bereits am Fenster bequem gemacht hatten. Sie sahen jung aus. Vielleicht Studentinnen. Eine trug Jeans, T-Shirt und einen Anglerhut, die andere ein langes, geblümtes Kleid.

»Klar«, sagte die mit dem Anglerhut und rückte bereitwillig ein Stück zur Seite.

Da, wo mer zusamme groß jeworde sin
Da ziehn mer alle irgendwann wieder hin
Damit die Kinder, die mer krieje könne,
alle in Kölle jebore sin. Jeboooore sin …

AnnenMayKantereit verklang, und ich hielt Ausschau nach Anton. Ich konnte ihn nirgends entdecken. Vermutlich hockte er irgendwo im Getümmel in der Nähe der Bühne.

Ich hatte mich gerade auf die Fensterbank gequetscht, als auch schon der erste Act angekündigt wurde. Eine junge Frau, die mir sehr bekannt vorkam. Es war Linda, die Siegerin des letzten Slams. Sie hatte auch dieses Mal die Ehre, den Anfang zu machen, und sie machte ihn gut. Ihr mitreißender Text über Cybermobbing gefiel mir noch besser als »Summ, summ, summ«, und offenbar war ich nicht die Einzige. Am Ende bekam sie lang anhaltenden Applaus einschließlich vereinzelter Rufe nach einer Zugabe. Die musste sie sich aber für später aufheben, denn nun folgten drei weitere Darbietungen, allesamt ziemlich gut. Anton würde sich anstrengen müssen, um da mithalten zu können. Er kam als Letzter auf die Bühne. Gut sah er aus in seinem schlichten weißen T-Shirt und der Levi's-Jeans. Ich registrierte, dass die beiden Frauen neben mir die Köpfe zusammensteckten und tuschelten. Anton räusperte sich und blickte in die Runde. Kurz dachte ich, er hätte mich entdeckt, doch sein Blick wanderte weiter.

»Hi«, begrüßte er das Publikum und wirkte fast ein bisschen verlegen, was ihn jedoch nur noch sympathischer machte. »Mein Name ist Anton Kröger. Ich bin hier heute schon das zweite Mal dabei, genau wie Linda. Diesmal werde ich einen Slam vortragen, der …« Er stockte kurz. »… gerade erst entstanden ist. Ich habe ihn ›Neubeginn‹ genannt.« Anton justierte noch einmal das Mikrofon, atmete tief ein und aus und begann zu sprechen. Ein wenig zurückhaltend zunächst, doch je länger er auf der Bühne stand, desto sicherer wurde er. Seine ruhige Performance füllte den Raum. Er hatte die Gabe, leise zu sein und trotzdem laut. Sein Text war … persönlich. Vermutlich war ich die Einzige im Raum, die wusste, *wie* persönlich. Er hatte in Verse gegossen, wie er die letzten zwei Jahre erlebt hatte. Die schwierige Suche nach dem richtigen Weg und zu sich selbst. Plötzlich verstand ich ihn besser. Absurd, dass ich dazu ins Koschinski kommen und ihn mir auf der Bühne ansehen musste, zusammen mit hundert anderen.

Er sprach etwas länger als fünf Minuten, dann kam er zum Schluss.

Wir zu zweit für die Ewigkeit.
Das war der Traum, hell. Bright.
Doch dann kam der Streit,
immer einer, der schreit.
Am Ende war ich zu gehen bereit.
Wir hatten es schließlich beide leid.
Denn: Was ist schon für die Ewigkeit?

Also hab ich gebrochen,
mit dir, mit Köln und mit dem Kochen.
Die letzte Kartoffel gepellt,
dann auf in die Welt.
Hab mein Leben auf den Kopf gestellt.

Wollte Fremdes erkunden.
Hab vieles gefunden.
Muscheln, Freunde, unvergessliche Stunden.
Dann kam ich zurück. Du stehst plötzlich vor mir.
In der Brauhausküche. Sagst: Ich arbeit jetzt hier!

Du mäkelst herum,
wäschst mir ständig den Kopf,
echauffierst dich über meinen Wirsingeintopf.
Schmeckt nicht nice. Zu wenig spice.
Und dann ist er noch nicht mal heiß.

Dann kamen einmal William und Kate.
Vielleicht war es doch noch nicht zu late?
Wir ließen zusammen Herd und Liebe erflammen,
kochten und küssten, waren einfach beisammen.

Eine zweite Chance. Super. Klar.
Doch zu viel, was damals war. Und noch zu nah.
Das mit uns beiden ging überhaupt nicht mehr klar.

Ich liebe dich trotzdem, hatte ich das schon gesagt?
Nein, hab ich nicht. Hab's nicht gewagt.
Dann sag ich jetzt, auch wenn du's nicht hörst:
Ich liebe dich, Babe, ich schwör's, ich schwör's.

Du bist mein Alles, mein High und mein Light.
Was mir jetzt bleibt, ist Traurigkeit.
Und ein Neuanfang in einer anderen Stadt.
Mein Leben steht nun auf einem anderen Blatt.

Ich vermiss dich, Babe, schon jetzt und für immer.
Ich sag's lieber nicht, macht's ja nur noch schlimmer.
Das mit uns war groß und furios,
Ohne dich in Leipzig, wie mach ich das bloß?

Du bist meine Sonne und mein Stern in der Nacht.
Dachte, es wäre für ewig.
Falsch gedacht.

Danke schön.

»Brauchst du ein Taschentuch?«, fragte die Frau mit dem Anglerhut und blickte mich leicht irritiert an. Ich schniefte, nickte und applaudierte heftig und mit feuchten Augen. Sie reichte mir eins.

Ich schnäuzte mich. »Heuschnupfen«, sagte ich in ihre Richtung.

»Klar!«, sagte sie grinsend.

Während der Applaus langsam verebbte und Anton sich noch einmal verbeugte und »Danke schön« ins Mikrofon murmelte, musste ich plötzlich an meinen Opa und Katja denken. Und dann hatte ich Klaus' Worte im Ohr: »Manches lohnt sich zu reparieren.« Und: »Besser, du wartest nicht zweiundfünfzig Jahre damit.«

Anton ging von der Bühne.

Er wurde Zweiter, freute und bedankte sich. Doch als die Siegerehrung vorbei war, hatte er es plötzlich eilig. Er nahm seine Jeansjacke von der Garderobe, drängte sich durch die Menge zum Ausgang und verschwand. Ich sprang von der Fensterbank, verabschiedete mich hastig von meinen beiden Sitznachbarinnen und stürzte hinaus. Da war er, etwa zwanzig Meter entfernt, und schloss sein Fahrrad auf. Ich sprintete zu meinem, das ich an einem Poller angeschlossen hatte. Ich befreite es von seinem Schloss und stieg auf. Gerade noch rechtzeitig, um zu sehen, dass Anton um die Ecke bog und in Richtung Cinedom radelte. Ich trat in die Pedale und nahm die Verfolgung auf. Es war bereits stockdunkel, und ich hatte kräftigen Gegenwind. Ein Auto überholte mich. Dann sah ich Anton plötzlich nicht mehr. Also fuhr ich schneller. Er konnte ja nicht einfach vom Asphalt verschluckt worden sein. Da entdeckte ich sein Rad. Es lehnte an einer Hauswand, direkt neben dem Weltmeistergrill, wo wir früher oft zusammen gewesen waren – meist nach einer durchtanzten Nacht. Die Currywurst dort war ein Gedicht, und Poetry-Slammen machte offenbar hungrig. Ich stellte mein Rad neben seins, ging zum Eingang und blickte unentschlossen durch die Glastür ins Innere. Anton saß auf einem Barhocker und bestellte gerade. Sollte ich hineingehen? Ich war hin- und hergerissen. Dann nahm ich mir ein Herz, zumal ich auch Hunger hatte. Anton hob nicht einmal den Kopf, als ich den Laden betrat. Er starrte vor sich hin wie ein eingeschlafenes Pferd. »Was mir jetzt bleibt, ist Traurigkeit«, schoss es mir in den Sinn. Ich trat hinter ihn und sagte über seine Schulter hinweg: »Einmal Currywurst scharf, bitte. Und ein Kölsch.«

Anton fuhr herum. »Was … machst du denn hier?«, fragte er völlig verdattert.

»Na ja, ich … war im Koschinski und …«

»Du warst da?« Er sah mich betreten an.

»Ja.«

»Oh. Ich hatte eigentlich nicht mit dir gerechnet … Hast du meinen Auftritt gesehen?«

»Deswegen war ich ja da. Ich fand ihn … gut.«

»Ja?«

»Ja! Wobei mir Happy Ends lieber sind. Und dein Text hatte kein Happy End. Also, kein richtiges jedenfalls.«

Er nickte stumm.

»Und was hast du jetzt vor?«, wollte ich wissen.

»Abschied nehmen. Von Köln.«

Der Würstchenverkäufer reichte Anton seine Currywurst und eine Flasche Kölsch.

»Wie funktioniert das? Abschied nehmen von Köln?«

»Indem ich alles, was ich hier immer gern gemacht habe, ein letztes Mal tue. Das hier zum Beispiel ist meine letzte Kölner Currywurst. Und wenn ich die gegessen habe, werde ich mein letztes Kölsch trinken.«

»Im Lenny?«, fragte ich.

»Klar im Lenny.«

Ich nickte. Das alte »Lennys Eck« am Eigelstein war schon immer seine Lieblingskneipe gewesen. Und irgendwann war es mal *unsere* …

»Würde es dir etwas ausmachen, wenn … ich dich beim Abschiednehmen begleite?«, hörte ich mich fragen und dachte sofort, hoffentlich ist das jetzt kein Fehler. Vielleicht wollte er lieber allein Abschied nehmen. Für sich sein, an diesem letzten denkwürdigen Abend.

Anton überlegte einen Augenblick. »Es würde mich sehr glücklich machen«, sagte er dann.

»Oh. Wirklich?«

Er nickte ernst. »Ja, wirklich.«

Nun bekam auch ich meine Wurst und mein Kölsch, und wir aßen und tranken schweigend vor uns hin.

Als Anton sein letztes Stück Currywurst aufspießte, sagte ich: »Stopp« und legte meine Hand auf seinen leicht gebräunten Arm. »Tschüss, Wurst«, sagte ich zu dem Wurststück auf seinem Holzpikser.

»Ja, tschüss, Wurst«, echote Anton, ohne eine Miene zu verziehen, und schob es sich dann einfach so in den Mund, was ich ziemlich emotionslos fand, dafür, dass es ja wirklich sein allerletztes Stück Kölner Currywurst war. Aber ich sagte nichts. War ja sein Abschied.

Als auch ich aufgegessen hatte, radelten wir gemeinsam zum Eigelstein. Vorm Lenny waren alle Tische besetzt. Also gingen wir hinein und ergatterten noch einen Platz am Fenster. Die Kneipe gab es schon seit 1841, und dementsprechend rustikal sah es hier aus. Uralte Holztische, knarzender Dielenboden und eine gigantische Zapfanlage, die allerdings wohl nicht aus dem Jahre 1841 stammte. Wir bestellten Kölsch und stießen an.

»Ich werde das alles vermissen«, sagte Anton. »Das Lenny, Köln, das Sankt Josef. Dich.«

Ich sah ihn nachdenklich an. »Dein Slam war wirklich gut. Aufschlussreich«, sagte ich schließlich. »Nur eines habe ich immer noch nicht verstanden.«

»Was?«

»Warum bist du damals einfach abgehauen?«, platzte ich heraus. Ich konnte nicht anders. Ich wollte es jetzt verstehen. Zumal dies wahrscheinlich die letzte Gelegenheit war, es zu erfahren. »Hatte es was mit Julia zu tun?«

»Mit Julia? Nein! Sie ist eine Freundin. Nicht mehr. Ist sie nie gewesen!«

»Wirklich?«

»Wirklich! Sie heiratet bald. Ihren Freund Max. Sie sind seit Jahren zusammen.«

»Oh.« Ich starrte eine Weile vor mich hin. »Was war es dann? Du und ich, das war doch mehr. Das hätte damals doch eine zweite Chance verdient gehabt, oder?«

Anton blickte stumm in sein Kölschglas. »Es war damals … so viel. Der Tod deines Vaters, das Petite Pauline, mein Job im ›Fasan‹. Ich wusste nicht mehr, was richtig war.«

»Einfach zu gehen sicher nicht.«

»Dein Vater …«

»Was hat denn mein Vater damit zu tun?«

»Ich war bei ihm, kurz bevor er starb, weißt du noch?«

Ich nickte. Paps hatte ausdrücklich darum gebeten, dass Anton noch einmal vorbeikam. »Du hast nie richtig erzählt, was er gesagt hat …«

»Er wollte mir ein Versprechen abnehmen, damals. Ich sollte ihm mein Wort geben, dass ich ins Petite Pauline einsteige. Und dann das Restaurant zusammen mit dir führe.«

»Was?«, flüsterte ich.

»Ja, er wollte meinen Handschlag darauf. Aber … das konnte ich ihm doch nicht versprechen. Das Pauline, das war nicht das, was *ich* machen wollte, Marie. Das war dein Ding, und seins. Mich festlegen, für immer … das war mir einfach zu viel. Verstehst du das?«

»Ja, das verstehe ich sehr gut«, sagte ich leise.

»Ich habe ihm versprochen, dich zu unterstützen und gut auf dich aufzupassen, aber in dein Restaurant einzusteigen – darauf konnte ich ihm einfach nicht mein Wort geben. Es fühlte sich nicht richtig an.«

»Was hat er gesagt?«

»Er hat gesagt, dann soll ich besser den Weg frei machen.«

»Was?« Entsetzt blickte ich ihn an.

»Er wollte nur dein Bestes, Marie. Er war voller Sorge, dass es für dich zu viel wird, und hat vielleicht Dinge gesagt, die er später nicht mehr so gesagt hätte. Aber wenn man stirbt, hat man eben keine Chance mehr, etwas zu korrigieren. Das ist mir erst viel später klar geworden. Aber damals dachte ich, dann muss es vielleicht eben wirklich so sein. Dann mache ich den Weg frei, damit du jemanden findest, der dich *und* dein Petite Pauline liebt. Na ja, und es lief ja auch sowieso nicht mehr so toll zwischen uns. Ich hab es als Zeichen genommen und bin gegangen …«

»Mein Gott, Anton, warum hast du mir das nie erzählt?«

»Ich wollte nicht, dass du deinem Vater böse bist. Oder mir. Ich weiß auch nicht. Es war eine so intensive Zeit. Mir ist einfach alles über den Kopf gewachsen. Es war ein einziges Durcheinander. Ich wusste ja selbst nicht, was ich wollte. Beruflich und privat. Aber eins kannst du mir glauben: Ich habe mich oft gefragt, ob meine Entscheidung richtig war.«

»Gott!«, sagte ich, und mir kamen die Tränen.

Anton nahm meine Hand. »Vielleicht sollte es so sein, Marie«, sagte er leise.

Ich nickte. »Vielleicht.«

Wir tranken noch ein Kölsch, und als ich mich wieder einigermaßen im Griff hatte, sagte ich: »Ich weiß einen Ort, an dem man sich super von Köln verabschieden kann.«

»Wo denn?«

Wir ließen die Fahrräder stehen, gingen zu Fuß zum Dom, und ich führte ihn zu dem alten Lastenaufzug.

Mein Großvater hatte mir am Nachmittag den Schlüssel zugesteckt. »Vielleicht kannst du ihn mal gebrauchen. Küsst sich gut da oben«, hatte er augenzwinkernd gemeint.

»Danke, aber du …«, hatte ich erwidert.

»Ich brauche ihn nicht mehr.«

»Stimmt.« Innerlich machte ich drei Kreuze.

»Katja hat noch einen«, erklärte er da und lächelte. Ich nahm den Schlüssel seufzend an mich und hoffte inständig, dass Opa vorerst keine weiteren Dates im Dom geplant hatte.

Dass ich seinen rostigen Schlüssel so schnell brauchen würde, hätte ich allerdings nicht gedacht. Er ließ sich ohne Probleme in das Schloss stecken und herumdrehen.

»Was wird das?«, fragte Anton. »Ist das … legal?«

Ich zuckte mit den Schultern. »Nein, aber mein Opa hat gute Kontakte zum Domprobst.«

»Na, dann …«

Wir fuhren hoch, und ich führte Anton durch enge Gänge, eine kleine Leiter hinauf und ein Treppchen wieder hinunter. Gerade, als ich dachte, ich hätte mich verlaufen, standen wir plötzlich vor der alten Holztür. Erleichtert atmete ich auf.

»Was machen wir hier?«, fragte Anton und klang ein wenig ehrfürchtig.

»Abschied nehmen.« Ich öffnete die Tür, und wir betraten den kleinen Raum. Ich schaltete das spärliche Licht an.

»Wow!« Erstaunt blickte Anton sich um. »Was ist das hier?«

»Opas Lieblingsort.« Ich trat ans offene Fenster und stellte mich auf die Zehenspitzen. Anton stellte sich neben mich. Ein leichter Windstoß erfasste unsere Haare. Die Luft war kühl. Gemeinsam blickten wir hinaus. Tausende Lichter funkelten über uns. Der Sternenhimmel. Und Tausende Lichter unter uns. Köln. Dazwischen wand sich ein dunkles Band. Der Rhein.

»Es sieht großartig aus.«

»Ja. Jetzt, bei Nacht, ist es noch schöner«, murmelte ich.

»Ich kann mich nicht sattsehen«, sagte Anton.

Ich musste an den Grabstein von Dirk Bach denken. »Und wer tot ist, wird ein Stern.« Ich schaute nach oben in den Himmel.

»Du denkst an deine Eltern.«

»Ja.«

Er legte einen Arm um meine Schultern und drückte mich kurz an sich. »Sie schauen uns zu von da oben.«

»Meinst du?«

»Ja.«

Eine Weile sagten wir nichts. Versuchten, uns doch sattzusehen. Es gelang nicht.

Irgendwann seufzte Anton. »Jetzt fällt mir der Abschied noch schwerer.«

»Anton?«

»Ja?«

»Ich … ich hatte unrecht.«

»Womit?«

»Man kann sich doch zweimal in dieselbe Person verlieben. Und … jeder macht mal Fehler, ich hab auch welche gemacht, vielleicht ist das ja auch gut so, weil man aus Fehlern lernt. Und ich will … ich will nicht, dass du nach Leipzig gehst.«

Anton starrte wortlos auf das Lichtermeer unter uns.

»Ich möchte morgens mit dir aufwachen und zum Frühstück Höhlenkäse essen. Im Bad soll wieder Niveacreme stehen, und ich möchte Hühnersuppe kochen, wenn du krank bist, und manchmal Babe genannt werden. Und Kleckerliese, und vielleicht irgendwann mit dir nach New York, und …«

In diesem Moment verstummte ich, denn Anton zog mich zu sich heran und sah mich plötzlich sehr ernst an. Er strich mir sanft eine Haarsträhne aus dem Gesicht und mit dem Daumen etwas vom Kinn. »Warum hast du das nicht früher gesagt, Kleckerliese?« Er lächelte. Und dann schlang er seine Arme um mich, und ich spürte seine warmen Lippen auf meinen. »Warum hast du das nicht früher gesagt, Babe?«, murmelte er noch einmal.

»Weil ich dumm war. Weil ich Angst hatte, einen Fehler zu machen. Weil ich zu viel nachgedacht habe.«

»Dein altes Problem. Du denkst zu viel. Viel zu viel.«

Er blickte mir in die Augen. »Ach, Babe«, sagte er leise, und dann umschlang er mich wieder, und seine Lippen suchten meine.

»Küsst sich gut hier oben«, murmelte er.

»Ja«, erwiderte ich leise. »Man kann sich gar nicht sattküssen.«

47. Kapitel

Drei Monate später manövrierte ein großer, weißer Lkw durch die schmale Schillstraße und hielt direkt vor dem Petite Pauline. Ich rannte hinaus und begrüßte die beiden Männer, die aus dem Fahrerhaus sprangen und den Laderaum öffneten.

»Er ist da!«, rief ich Tobi zu, der mir gefolgt war.

»Das wurde aber auch Zeit«, stöhnte er, und dann sahen wir zu, wie die beiden Männer einen nigelnagelneuen Gastroherd aus dem Lastwagen hievten.

Mein alter und neuer Souschef hatte recht. Es wurde sogar allerhöchste Zeit, denn schon heute Abend sollte die Eröffnung des kleinen Brauhauses Pauline stattfinden. Swantjes Cousin Gerrit hatte Wort gehalten. Mit dem Kredit seiner Brauerei hatten wir eine Grundrenovierung und die erforderlichen Brandschutzmaßnahmen finanziert. Herr Kottmann war zur Abnahme gekommen und alles in allem sehr zufrieden gewesen. Einzig und allein den Standort des Feuerlöschers auf der Toilette hatte er bemängelt und diesbezüglich noch einmal ein umfassendes Schreiben gesandt. Doch inzwischen war auch dieses Problem behoben, und somit stand einer Wiedereröffnung nichts mehr im Wege. Außer eben, dass es bis vor einer Minute noch keinen Herd gegeben hatte, aber der war ja nun auch gerade noch rechtzeitig im Anmarsch. Es war ein Herd der Superlative, mit sieben Kochplatten und einem eingebauten Grill, und er würde das Herzstück unserer kleinen, aber feinen Brauhausküche werden. Ich hatte mit dem Brauereigeld sparsam gehaushaltet, und so konnte ich mir das gute Stück leisten. Anton hatte mir übrigens beim sparsamen Haushalten geholfen. Wir hatten mehrere Handwerkerangebote eingeholt, sie penibel durchgesehen und alles genauestens nachgerechnet. Den zweitgünstigsten hatten wir genommen, denn er hatte die besten Bewertungen bei myhammer.de und auch schon mal was im Sankt Josef gebaut. Mit Erfolg, wie Frau Holtmann mir versichert hatte. Meine Ex-Chefin war nun auch endlich wieder einigermaßen auf dem Damm. Sie humpelte noch ein wenig, aber das würde sich mit der Zeit geben, hatte der Arzt ihr versprochen. Gestern war sie bei uns gewesen und hatte das im neuen Glanz erstrahlte Pauline höchstpersönlich in Augenschein genommen.

»Nur nich, datt du mir jetz die janzen Jäste wegschnappst, Frollein«, hatte sie gesagt und mir mit dem Zeigefinger gedroht, aber dann im selben Atemzug festgestellt, dass es ja in Köln eigentlich gar nicht genug Brauhäuser geben könne. »So jern, wie die Lück hier Kölsch drinke …«

Der Elektriker Herr Evers kam pünktlich auf die Minute und sah aus, als könnte er auch schon ein Kölsch vertragen, aber erst musste er den Herd anschließen, und da wollten wir beide kein Risiko eingehen. Während er auf dem Boden kniete und mit Kabeln und Schraubenziehern werkelte, wobei er ab und zu leise vor sich hin fluchte, wirbelte ich in der Küche herum und bereitete schon mal die Kaltspeisen für das Eröffnungsbuffet zu. Tobi, Elmar und Kamal halfen mir. Elfi und Alfonso richteten derweil den Gastraum für den großen Ansturm heute Abend her. Mir war es tatsächlich gelungen, fast alle meine ehemaligen Mitarbeiter aus dem Petite Pauline zurückzugewinnen, und das Gefühl, so etwas wie eine Familie zu sein, hatte sich sofort wieder eingestellt. Einziger Wermutstropfen war, dass unsere Auszubildende Polly im Restaurant Becker bleiben würde. Sie hatte dort die Möglichkeit bekommen, ihre Ausbildung zu Ende zu führen, und wollte verständlicherweise nicht noch einmal wechseln. Dafür hatten wir aber ein neues Familienmitglied hinzugewonnen. Als ich vor zwei Wochen meine Post durchgesehen hatte, war eine Bewerbung dabei gewesen. Ich hatte sie beiseitegelegt und beschlossen, mich später darum zu kümmern. Drei Tage später hatte plötzlich Hung im Pauline gestanden, mitten in der frisch gestrichenen Küche.

Er habe gehört, dass wir wieder eröffnen würden, hatte er erklärt, und dass er unbedingt eine Ausbildung zum Koch bei uns beginnen wolle – und zwar, weil es ihm so viel Spaß gemacht habe, an diesem Abend mit den komischen Gästen. Mit einem freundlichen, aber bestimmten »Ich denke darüber nach und melde mich« hatte er sich nicht abspeisen lassen, und da war mein Herz weich geworden, und ich hatte ihn kurzerhand eingestellt. Allerdings unter einer Bedingung: Bis eine umfassende Einarbeitung erfolgt war, durfte er sich dem neuen Herd höchstens bis auf zwei Meter nähern. Dieser Vorschlag war auf Antons Mist gewachsen. Die größte Neuerung bestand nämlich darin, dass das Pauline nun zwei Chefs hatte: mich und ihn. Nachdem wir uns im Dom geküsst hatten, wollte er nicht mehr Abschied nehmen. Nicht von mir, und auch nicht von Köln. Den Job in Leipzig sagte er kurzerhand ab, was mir sehr überstürzt vorgekommen war, doch Anton hatte gemeint, er wisse jetzt, was richtig sei. Da gebe es nichts zu überlegen. »›Denk nicht immer zwei Mal. Manchmal reicht auch kein Mal‹«, hatte er die kölsche Band Miljö zitiert und hinzugefügt: »Das gilt auch für dich.«

Tja, was soll ich sagen: Miljö schien recht zu behalten. Und Anton auch. Wir gingen wieder gemeinsame Wege. Neue Wege, die sich trotzdem wie Nach-Hause-Kommen anfühlten. Wir waren nie glücklicher miteinander gewesen. Einmal hatte ich dann doch noch zweimal gedacht, nämlich als Anton mir wenig später den Vorschlag unterbreitet hatte, beim Pauline mit einzusteigen. »Das geht bestimmt nicht gut«, lautete meine spontane Reaktion, doch Anton wollte sich auch das nicht ausreden lassen. Ein kleines Brauhaus, das sei genau sein Ding. Unser Ding, hatte er gesagt, und als ich eingewendet hatte, dass er dann von nun an immer mit mir zusammenarbeiten müsse, sagte er, er könne sich nichts Schöneres vorstellen. Und dann hatte er sich mit großem Elan in die Arbeit gestürzt. Er würde die Buchhaltung übernehmen und viel Organisatorisches. Der Küche würde er aber auch nicht ganz fernbleiben und mit mir, wann immer es nötig wäre, Hand in Hand arbeiten. Der Besuch von William und Kate habe ja schließlich gezeigt, dass es funktionieren könne.

»Hey«, hörte ich da plötzlich seine Stimme. Ich drehte mich überrascht um. »Du bist schon hier?«

»Hab's ohne dich nicht mehr ausgehalten.« Anton drückte mich fest an sich. Nachdem er mich so ausgiebig geküsst hatte, dass Herr Evers sich bemüßigt sah, fast gänzlich im Backofen des Herds zu verschwinden, zog er sich seine weiße Kochjacke an und fragte: »Wie kann ich mich nützlich machen?«

»Mach uns den Kuno«, sagte ich grinsend und drückte ihm einen Schnitzelklopfer in die Hand.

48. Kapitel

Ich warf einen Blick auf die Entenuhr über dem Tresen. Wir hatten Teile des Interieurs erneuert, vieles aber auch unverändert gelassen. Dieses Relikt aus alten Tagen zum Beispiel musste einfach dort hängen bleiben, als Hommage an ein kleines, aber feines Enten-Restaurant – und an diejenigen, die es einst mit viel Liebe und Herzblut aufgebaut und geführt hatten. Der Zeiger rückte ein Stückchen vor, er zeigte jetzt eine Minute vor acht an.

»Wollen wir?«, fragte ich und spürte, dass ich Herzklopfen bekam.

»Wir wollen.« Anton nahm mich bei der Hand, und so gingen wir gemeinsam zum Eingang. Ich zückte meinen Schlüssel, steckte ihn von innen ins Schloss, und Anton legte seine Hand auf meine.

»Wartet!«, rief da jemand ziemlich empört. »Das muss doch dokumentiert werden.« Klaus schnappte sein Handy, hielt es in unsere Richtung und rief: »Kamera läuft. Uuuund Action!«

Anton und ich drehten den Schlüssel gemeinsam herum und öffneten erstmalig und feierlich die Tore des Brauhauses Pauline. Klaus filmte alles und rief dann: »Das frischgebackene Restaurantbesitzerpaar darf sich nun küssen.«

Wir ließen uns nicht lange bitten und küssten uns – direkt vorm Eingang.

»So, reicht jetzt auch«, sagte Klaus irgendwann, schaltete die Kamera ab und marschierte davon.

Anton lächelte mich an. »Herzlichen Glückwunsch zum neuen Restaurant«, sagte er leise.

»Gleichfalls!« Ich nahm mein Handy und machte ein Foto von ihm, draußen vor dem Eingang. Ich wählte den Bildausschnitt so, dass auch das neue Schild über der Eingangstür zu sehen war, auf dem nun »Brauhaus Pauline« stand. »Steht dir ausgezeichnet«, erklärte ich.

»Die neue Kochjacke?«

»Nein, das neue Brauhaus.«

»Wir wollen auch ein Foto mit den neuen Besitzern«, rief da jemand. Es war Swantje. Sie trug ein wunderschönes, rot geblümtes Kleid und brachte Alva und einen riesigen Blumenstrauß mit. »Herzlichen Glückwunsch, ihr zwei.«

Dann ging es Schlag auf Schlag. Immer mehr Gäste trudelten ein. Sie hatten Geschenke und Blumen dabei und waren alle voll des Lobes für das frisch renovierte Pauline. Nur Opa sagte gar nichts. »Mhmmmm«, brummte er nur und starrte auf die neue brandsichere Wand, die wir halbhoch mit grünen Metrofliesen versehen hatten und obendrüber mit gerahmten Schwarz-Weiß-Fotos meiner Eltern und Großeltern. »Den kenn ich«, rief er auf einmal und deutete auf ein Foto, auf dem er als Zwanzigjähriger mit Kochmütze und Kochlöffel in der alten Petite-Pauline-Küche zu sehen war. Das Foto sprang sofort ins Auge, denn mein Großvater sah toll darauf aus und lächelte gewinnend in die Kamera.

»Das bist du, Opa«, sagte ich etwas kleinlaut. Ich hatte ihn zwar um sein Einverständnis gebeten, dieses Foto von ihm zu vergrößern und aufzuhängen, doch mit ziemlich großer Wahrscheinlichkeit hatte er das längst wieder vergessen.

Nun betrachtete auch Swantje das Bild und nickte anerkennend. »Wow. Kein Wunder, dass Ihnen die Frauen damals zu Füßen lagen.«

»Wieso damals?«, bellte Opa.

»Und noch zu Füßen liegen«, beeilte sich Swantje zu sagen.

Da trat Klaus zu uns und setzte eine Leidensmiene auf. »Ich will ja nichts sagen, aber langsam krieg ich Hunger«, erklärte er. »Und by the way, Hase: Ich glaube, da bin ich nicht der Einzige.«

Ich blickte mich um. Das Pauline war inzwischen gut gefüllt. Alle waren gekommen. Freunde, Nachbarn und Stammgäste. Sogar Alfred Biolek war soeben hereinspaziert, blickte sich wohlwollend um und setzte sich dann mit seinem Lebensgefährten an seinen angestammten Platz – direkt unter dem gut aussehenden jungen Erwan.

Ich ging auf ihn zu und begrüßte ihn herzlich. »Hoffentlich werden Sie die Pauline'sche Entenbrust nicht allzu sehr vermissen.«

»Ach was.« Er machte eine wegwerfende Handbewegung. »Die hing mir eh langsam zum Halse raus.«

»Falls Sie doch einmal Heißhunger darauf verspüren sollten, lassen Sie es mich wissen. Für so treue Stammgäste wie Sie brate ich gerne einmal eine Extrawurst. Beziehungsweise eine Extra-Ente.«

Er bedankte sich, bestellte bei Alfonso ein Kölsch, und ich hielt nach Anton Ausschau. Schließlich entdeckte ich ihn im Getümmel. Er stand mit Kuno an der Theke, die beiden unterhielten sich angeregt.

Ich drängelte mich zu ihnen durch und deutete auf die Entenuhr. »Wird Zeit für die Eröffnungsansprache.«

Anton nickte. »Aber erst musst du Kuno gratulieren.«

»Wozu denn?«, fragte ich.

»Ich hab einen Studienplatz«, grinste Kuno.

»Studienplatz? Was denn für einen Studienplatz?«

»Musik. Also, Kontrabass.«

»Waaaas?«, rief ich verdutzt. »Aber ich dachte, ohne Abitur …«

»Ging ohne Abitur. Sie fanden mein Vorspielen gut, und da …«

»Oh, das ist ja wunderbar!«, rief ich, umarmte den völlig überrumpelten Kuno und drückte ihn so fest an mich, dass er fast keine Luft mehr bekam. »Ich wusste gar nicht, dass du dich beworben hattest. Wo denn überhaupt? Hier in Köln?«

»Ja. Musikhochschule. Das Vorspiel war am William-und-Kate-Tag.«

»Ahhh. Deshalb bist du später gekommen.«

»Jepp.«

»Mensch, Kuno, das war ja damals wirklich dein Tag. Erst das Vorspiel gerockt und dann das königliche Essen gerettet!«

»Jepp«, sagte Kuno wieder, und dieses Mal lächelte er stolz.

»Wollen wir?« Anton deutete auf die Entenuhr.

Ich nickte. Wir stellten uns dahin, wo sonst Tisch fünf stand, Anton nahm ein Mikro und sagte »Eins, zwei, drei« hinein. Es funktionierte. »Hier!« Er reichte es mir. »Du fängst an.«

Die Gäste verstummten und bauten sich gespannt vor uns auf. Ich hatte mich nicht groß vorbereitet. Es war einfach keine Zeit dafür gewesen. Also begann ich aus dem Stegreif.

»Liebe Gäste, herzlich willkommen im Brauhaus Pauline!« Das reichte schon für den ersten Applaus. Läuft, dachte ich. Kurz resümierte ich die letzten Monate, berichtete vom Aus des Petite Pauline und davon, wie untröstlich unsere kleine Familie gewesen war, dass sie sich hatte auflösen müssen. »Ich landete, wie ihr wisst, im Sankt Josef. Danke noch mal, Frau Holtmann, dass Sie mir Asyl gewährt haben.«

»Jute Leute kann isch immer jebrauchen«, ertönte es aus der Menge.

»Tja, und im Sankt Josef habe ich an meinem ersten Arbeitstag dann eine Begegnung der dritten Art gehabt«, fuhr ich fort und deutete auf Anton.

Alle lachten, und Anton nahm mir das Mikro aus der Hand. »Ich hab meiner Ex-Freundin dort das Kochen beigebracht«, sagte er.

»Es war umgekehrt«, rief ich.

»Ich glaube, wir haben beide voneinander gelernt, und zwischen den Töpfen …«

»Ja, da hat's wieder gefunkt. Haben wir alle mitgekriegt. Gibt's jetzt endlich was zu essen?«, unterbrach Klaus ungeduldig.

»Gleich«, versprach ich in das Gelächter hinein. »Erst wollen wir uns noch bedanken. Bei dir zum Beispiel, Klaus! Ohne dich wäre das hier nicht möglich gewesen. Weil du so viel geholfen hast beim Streichen und mit den Fliesen. Und weil du das Unmögliche möglich gemacht und Kate den legendären Satz entlockt hast: ›I have not eaten so well in weeks.‹« Alle lachten, und Klaus wurde glatt ein bisschen rot. »Dann bei meinen lieben Freundinnen und Mitbewohnerinnen: Swantje und Alva. Was hätte ich nur ohne euch beide getan? Ihr seid meine Felsen in der Brandung, wart immer für mich da, mit Rat und Tat und schönen Blumensträußen. Swantje, ohne dich würden wir hier jetzt nicht stehen. Danke dir! Und Alva: Danke für deine Unterstützung. Stichwort ›aufräumen‹. Du weißt schon …« Ich warf den beiden eine Kusshand zu.

»Und bei Frau Holtmann«, übernahm Anton wieder. »Dass Sie uns überhaupt zusammen haben kochen lassen. Das war ein gewagtes Experiment.«

»Datt kannste wohl laut sagen. Watt wart ihr für Streithähne!«, rief sie.

»Umso größer unser Dank – für Ihr Vertrauen!«

»Ach, hör op! Allet joot.«

Dann wandte Anton sich Swantjes Cousin zu. »Ein ganz großes Dankeschön geht an Gerrit Kremer und alle Anwesenden von der Brauerei. Danke, dass Sie an uns glauben!«

»Aber sicher doch!« Gerrit hob sein Kölschglas in unsere Richtung. Er hatte die komplette Vorstandsetage mitgebracht, die sich als äußerst illustres Völkchen erwies und bereits die eine oder andere »Gerstenkaltschale« zu sich genommen hatte, wie Gerrit es ausdrückte. »Mit unserem leckeren Kölsch hier kann ja nichts schiefgehen. Prost zusammen!«

Alfonso reichte uns je eins, und Anton und ich erhoben unsere Gläser und riefen wie aus einem Munde: »Prost zusammen!«

»Ich möchte mich aber auch noch bei meiner neuen alten Crew bedanken«, sagte ich, nachdem ich einen großen Schluck getrunken hatte. »Tobi, Alfonso, Elfi, Elmar, Kamal, ich kann gar nicht sagen, wie froh ich bin, dass ihr alle wieder da seid. Dass ihr zurückgekommen seid, auch wenn hier nun einiges anders wird. Das Pauline ist jetzt ein Brauhaus. Wir Köche müssen uns auf ganz neue Gerichte einstellen, und Alfonso muss lernen, wie man sich als Köbes benimmt.« Alle lachten. »Den schwarzen Anzug hast du ja schon gegen ein Wämschen eingetauscht. Jetzt musst du nur noch lernen, unhöflich und ruppig zu den Gästen zu sein und ihnen ungefragt Kölsch auf den Tisch zu knallen.« Erneut gab es Gelächter, und Alfonso erwiderte grinsend: »Kein Problem!« Ich sah, dass er mit der einen Hand über sein nigelnagelneues Wämschen und mit der anderen einmal kurz über seine Augen strich. Für ihn freute ich mich am allermeisten, dass es hier weiterging, auch wenn er derjenige war, der die größte Herausforderung zu meistern hatte. Ich begrüßte noch kurz unseren neuen Auszubildenden Hung und gab das Mikro dann zurück an Anton, denn plötzlich spürte ich, dass auch ich feuchte Augen bekam.

Anton bedankte sich noch bei Kuno und seiner Band *Schattengewächse* dafür, dass sie den Abend musikalisch begleiten würden. Dann eröffneten wir zu Klaus' großer Erleichterung endlich das kölsche Buffet.

Die Gäste aßen mit beachtlichem Appetit, was wir als großes Kompliment auffassten. Kurz hatten wir Angst, dass das Essen womöglich nicht reichte, doch am Ende wurden alle satt. Irgendwann packten Kuno und seine Freunde ihre Instrumente aus. Valerie war als Erste bereit, setzte sich auf einen Stuhl und stimmte ihr Cello. Da ging Opa zu ihr hinüber. »Dürfte ich einmal ganz kurz?«, fragte er die junge Cellistin.

»Aber ja«, sagte Valerie und überließ ihm Mina. Er strich sanft mit der Hand über das Holz und zupfte an den Saiten. Dann gab er das Instrument zurück. »Kennen Sie den ersten Satz von Bachs Vierter Sonate für Cello?«, fragte er.

Valerie lächelte, konzentrierte sich einen Augenblick und stimmte das Stück an. Sie kannte es auswendig.

Die Gäste verstummten nach und nach und lauschten den warmen Klängen. Ich schielte zu Opa hinüber. Er war zur Theke gegangen, hielt sich an einem Kölsch fest und hatte feuchte Augen. Ich ahnte, an welchen Ort und in welche Zeit er gedanklich gerade gereist war. Ich stellte mich neben ihn.

»Mina steht ihr«, murmelte er, nachdem Valerie geendet hatte.

»Absolut«, sagte ich.

Die *Schattengewächse* spielten fast den ganzen Abend, und mein Opa wippte zu den Liedern und kippte sich ab und zu klammheimlich einen Korn hinter die Binde.

Beweisfotos würde es trotzdem geben. Klaus machte ganz viele Bilder mit seinem Handy, und ab und zu drehte er Videos und holte O-Töne ein. Irgendwie konnte er noch nicht richtig raus aus seiner Reporterhaut. Dabei hätte es ihm gutgetan, einfach mal entspannt zu feiern, denn er war zurzeit ziemlich gestresst. Die Umbauarbeiten im Hotel Windsor liefen auf Hochtouren und forderten ihm einiges ab. Aber inzwischen waren fast alle Zimmer fertig, und die nächste Eröffnungsfeier stand schon bald ins Haus.

Irgendwann, zu sehr später Stunde, als die ersten Gäste bereits gegangen waren, nahm Klaus Anton und mich beiseite und bat uns, mit ihm in die Küche zu kommen. Wir folgten ihm, und ich fragte mich, was er im Schilde führte. Er hielt die ganze Zeit etwas hinter seinem Rücken versteckt.

»Ich hab noch ein Geschenk für euch«, sagte er ein wenig atemlos, nachdem wir uns alle drei an den Verschnauftisch gesetzt hatten. Und dann überreichte er uns ein rechteckiges Päckchen, hübsch eingewickelt in Blümchenpapier.

»Was ist das?«, fragte ich gespannt.

»Pack's aus, Hase.«

Das ließ ich mir nicht zweimal sagen. Zum Vorschein kam ein großes, gerahmtes Bild: ein Schwarz-Weiß-Foto von William und Kate vor dem Sankt Josef.

»Für eure Fotowand«, erklärte Klaus stolz.

Ich sprang auf, drückte ihn und bedankte mich. »Was für eine tolle Idee, Klaus«, sagte ich gerührt. »Es bekommt einen Ehrenplatz.«

Nun umarmte auch Anton ihn. »Das Bild wird uns immer an einen sehr denkwürdigen Tag erinnern«, erklärte er feierlich.

»Ja, toll, oder?« Klaus nickte. »Ich hab's natürlich auch. In bunt allerdings. Das passt besser ins Windsor. Ich werde es wahrscheinlich in der Hotelbar aufhängen. Oder hinter die Rezeption.«

Ich nahm das Bild und verstaute es vorsichtig hinter der Tür. »Gleich morgen suche ich nach einem schönen Platz dafür.«

Wir wollten gerade zurück in den Gastraum gehen, als Klaus sagte: »Warte mal, Hase. Das ist noch nicht alles.«

»Du hast noch ein Geschenk?«

Er nickte und wühlte in seiner Hosentasche.

»Jetzt bin ich gespannt.« Anton runzelte die Stirn.

»Tadaaa!« Klaus förderte einen Schlüssel mit Hundeanhänger zutage und ließ ihn vor meiner Nase hin und her baumeln.

»Was ist das?«, fragte ich argwöhnisch.

»Das ist der Schlüssel zur William-und-Kate-Suite«, erklärte er und drückte ihn mir in die Hand. »Ihr dürft sie einweihen.« Er verschluckte sich fast vor Aufregung. »Heute Nacht.«

»Wow!« Anton und ich wechselten einen Blick und sahen dann Klaus an. »Das ist wirklich … eine große Ehre«, sagte ich.

»Ehre, wem Ehre gebührt«, hauchte Klaus und schwebte davon. Doch dann kam er noch mal zurück. »Äh, eins noch. Ich stell euch morgen früh Brötchen vor die Tür. Aber bitte, Hase!« Er blickte mich flehentlich an. »Nicht alles vollkrümeln, ja?«

49. Kapitel

»Das nenn ich mal königlich«, flüsterte ich und schaute mich andächtig um. Der große Raum war mit Chippendale-Möbeln eingerichtet, und von der Decke baumelte ein riesiger goldener Kronleuchter. Der Boden war mit dickem, bordeauxrotem Teppichboden ausgelegt, vor den Fenstern hingen schwere Samtvorhänge. Wenn man sie nicht beiseiteschob, konnte man glatt glauben, man befände sich in einem Schloss inmitten eines riesigen Parks und nicht an der viel befahrenen Neusser Straße. Ich zog sie trotzdem auf und schaute zuerst auf die Straße, dann in den Himmel. Er war sternenklar. »Und wer tot ist, wird ein Stern«, dachte ich wieder und lächelte. »Ich hab's geschafft, ihr Lieben«, sagte ich still zu Mama und Paps. »Alles ergibt nun einen Sinn.«

»Glückwunsch, Kleines«, sagte Paps. Es klang ähnlich stolz wie damals, als ich Herrn Eichhorn im Boule besiegt hatte.

»Danke«, murmelte ich.

Da stand plötzlich Anton hinter mir und schlang seine Arme um mich. »Sie sind sehr stolz auf dich, stimmt's?«, sagte er leise in mein Ohr.

»Ja, das sind sie.« Noch einmal schaute ich in den Himmel. Dann zog ich die Vorhänge wieder zu und sah mir das William-und-Kate-Zimmer genauer an.

»Das ist ja riesig!« Ich deutete auf das Kingsize-Bett aus verschnörkeltem goldfarbenen Metall. Ihm gegenüber an der Wand hing ein Porträt: die Queen in festlichem Gewand und mit Krone auf dem Kopf. Mit Argusaugen wachte sie über das Schlafgemach, was Anton irgendwie nervös zu machen schien.

»Glaubst du, im echten Schlafzimmer des Prinzenpaars hängt auch die Queen?«, fragte er stirnrunzelnd.

Ich schüttelte den Kopf. »Kann ich mir nicht vorstellen. Sonst hätten die nicht drei Kinder …«

Anton nickte.

Ich ging in das königliche Bad, putzte mir die Zähne und gab Anton die Klinke in die Hand. Dann schlüpfte ich in mein Schlaf-T-Shirt und ließ mich mit einem lauten Juchzer auf das riesige Bett fallen. Das Plumeau war so dick und so weich, dass ich fast darin versank. Schnell mummelte ich mich darin ein und genoss den Duft nach frisch gewaschener Bettwäsche.

»Hey, Babe, wo steckst du?«, fragte Anton, als er aus dem Bad zurückkam, und legte sich lachend neben mich.

Ich steckte die Nase aus der Daunendecke. »Hier.«

»Gut«, murmelte er. »Ich möchte dich nämlich nicht noch einmal verlieren.«

Ich rückte ganz nah an ihn heran, schlang meine Arme fest um seinen Hals und schloss die Augen.

»Hey, Babe«, flüsterte Anton in mein Ohr.

»Pssst«, machte ich leise.

»Was ist los?«

»Ich fühle gerade in mich hinein.«

»Und was fühlst du?«

»Freude«, murmelte ich glücklich. »Sehr große Freude!«

Rezepte

Himmel un' Äd mit Flönz (Himmel und Erde mit Blutwurst)

Zutaten (für 4 Personen)
1 kg Kartoffeln, mehlig kochend
Salz, Muskat
50 g Butter
¼ l Milch (oder etwas mehr)
6 Äpfel (z.B. Boskop)
2 bis 3 EL Zucker
500 g Schalotten
1 Ring Flönz (zu hochdeutsch: Blutwurst)
Butterschmalz
Saft von einer Zitrone
etwas Mehl

Zubereitung
Die Kartoffeln schälen, kochen und zerstampfen. Erhitzte Milch, Butter, Salz und eine Prise Muskat hinzufügen und mit dem Schneebesen kräftig durchschlagen. Die geschälten, entkernten und geviertelten Äpfel mit Zucker und Zitronensaft würzen und in wenig Wasser weichkochen. Grob zerstampfen und unter das Kartoffelpüree mischen.
Die Schalotten in Streifen schneiden und rösten, bis sie goldgelb sind. Die geschälte Blutwurst in fingerdicke Scheiben schneiden, in wenig Mehl wenden und in etwas Schmalz von beiden Seiten knusprig braten.
Das Püree auf Teller verteilen, Blutwurst darauf legen und geröstete Zwiebeln darüber geben.

Arme Ritter

Zutaten (für 4 Personen)
1 Ei
8 EL Milch
1 TL Honig
4 Scheiben Weißbrot (Toastbrot oder Brötchen gehen auch)
50 g Butter
Etwas Zimt und Zucker

Zubereitung
Ei schaumig schlagen. Milch und Honig hinzugeben und alles gut verrühren. Beide Brotseiten darin einweichen. Butter bei mittlerer Hitze in einer Pfanne schmelzen lassen und Brotscheiben für ca. 2 Minuten pro Seite goldbraun anbraten. Noch warm mit Zimt und Zucker bestreuen und sofort servieren.
Köstlich dazu: Vanilleeis und/oder Beeren

Pauline'sche Entenbrust

Zutaten (für 4 Personen)
4 Entenbrüste à 180 g
Salz
Pfeffer
Butterschmalz
Rosmarinzweige

Zubereitung
Die Haut der Entenbrüste mit einem sehr scharfen Messer rautenförmig einschneiden. Anschließend das Fleisch mit Salz und Pfeffer einmassieren. Den Backofen auf 180 Grad Ober-/Unterhitze vorheizen.
Butterschmalz in eine ofenfeste Pfanne geben und erhitzen. Die

Entenbrüste mit der Hautseite nach unten hineinlegen und bei nicht ganz so starker Hitze goldbraun anbraten lassen. Umdrehen und noch mal 2 Minuten auf der anderen Seite braten lassen. Danach die Pfanne für 8 Minuten in den heißen Ofen stellen. Die Entenbrüste herausnehmen, in Alufolie wickeln und 5 Minuten ruhen lassen. Fleisch in Scheiben schneiden und mit Beilagen anrichten. Zum Garnieren Rosmarinzweige verwenden.
Zur Entenbrust passen Kartoffelpüree oder Kartoffelklöße und Gemüse.

Danke

Auch diesen Roman hätte es ohne die Hilfe vieler Menschen nicht gegeben. Deshalb möchte ich »Danke« sagen. Zuerst meiner Familie: Danke für eure Unterstützung, fürs Brainstormen, für viele gute Ideen und einfach dafür, dass ihr da seid.

Meinen Eltern: herzlichen Dank für eure moralische und tatkräftige Unterstützung und das Plätzchen in eurem Strandkorb. Es ist ein wunderbarer Ort zum Schreiben.

Meiner Schwester Christina Hartman: lieben Dank für deine Hilfe beim »Plotten« und fürs Probelesen.

Anja Eigen und Silke Müller Stephan: danke für viele wertvolle und inspirierende Gespräche beim Laufen am Rhein oder Kaffee im Garten. Und, liebe Anja, danke für die schönen Videos und Fotos, den Social-Media-Support und dafür, dass du dein Wissen und deine Kontakte in Sachen Hotellerie und Gastronomie mit mir geteilt hast. Mille grazie!

Herzlichen Dank an Georg Hannappel, Küchenchef des Kölner Brauhauses Gaffel am Dom, für die Beantwortung aller meiner Fragen und die ausführliche Schilderung von Arbeitsabläufen in einer Kölner Brauhausküche.

Ein großes Dankeschön an Küchenchef Tobias Arnold, der mir ausführlich von seinem Arbeitsalltag in einer Sterneküche berichtet und mir die eine oder andere gute Idee geliefert hat.

Herzlichen Dank an die passionierten Köche und Gourmets Philip Jaeger und Magdalena Klein, die mir sehr interessante Einblicke in die Arbeitswelt der gehobenen Küche gaben – und in das Privatleben eines Köchepaars.

Daniel Rabe: Vielen Dank für die wertvollen Informationen in Sachen Kölner Gastronomie.

Lieben Dank, Claudia Schlottmann, für die tolle Zusammenarbeit, für Ihre guten Einfälle und dafür, dass Sie die Geschichte »rund« gemacht haben.

Ein großes Dankeschön geht an das Team von Bastei Lübbe. Besonders möchte ich meiner Lektorin Stefanie Zeller danken. Ohne deine tollen Ideen und dein Vertrauen gäbe es dieses Buch nicht. Gleiches gilt für Claudia Müller: herzlichen Dank für deine Unterstützung.

Last but not least: danke euch Leserinnen und Lesern, dafür, dass ihr das Buch gekauft und gelesen habt. Ich hoffe, ihr hattet Spaß damit und eine schöne Lesezeit.

Sylvia Deloy

Halt es fest, das Glück, sonst macht es, was es will

Sylvia Deloy
DAS GLÜCK IST ZUM GREIFEN DA
Roman
DEU
352 Seiten
ISBN 978-3-404-17921-3

Aus und vorbei, der Job bei einem hippen Kölner Start-Up ist in letzter Minute geplatzt und damit Anas Chance, in Deutschland bleiben zu können. Der Vater ihrer Zwillinge ist unauffindbar, er tourt derweil als Hornist irgendwo durch die Weltgeschichte. An willigen Helfern fehlt es nicht, alle wollen, dass Ana und ihre Kinder bleiben. Nicht zuletzt der attraktive, aber entnervend sorglose Musiklehrer der talentierten Zwillinge, der Ana mit seinem unerschütterlichen Optimismus zur Weißglut treibt. Bis sie erkennt, dass auch auf Traumtänzer Verlass sein kann …

Was nützt einem der schönste Ort, wenn die, die man liebt, woanders sind?

Lübbe

Lesejury